Alianza de sangre

LENA VALENTI

Alianza de sangre

Grijalbo

Papel certificado por el Forest Stewardship Council®

Penguin
Random House
Grupo Editorial

Primera edición: julio de 2024

Printed in Spain – Impreso en España

IISBN: 978-84-253-6769-4
Depósito legal: B-9.144-2024

Compuesto en La Nueva Edimac, S. L.

Impreso en Liberdúplex
Sant Llorenç d'Hortons (Barcelona)

GR67694

Para todos los que creen.
Para la Buena Gente, que sé que bendice esta historia

1

«Todos tenemos monstruos en nuestro interior, cohabitando con nosotros. Unos solo hibernan y duermen. Otros despiertan. Es un gen que poseemos —o que nos posee—, pero como sucede con las enfermedades, unos lo desarrollan y otros, no. Sin embargo, todos somos portadores.

»El monstruo, como la rabia en los animales, también es una esencia externa, una doctrina, que se puede transmitir por contagio y por educación. Como el mordisco que todo lo envenena.

»Pero hay algo que diferencia a humanos y a animales y que convierte a los segundos, sin lugar a dudas, en la especie más noble.

»El animal es instinto, y sus impulsos de lucha, caza y persecución se activan por mera supervivencia. Solo por eso.

»El humano no necesita estar en modo supervivencia para que su monstruo despierte. Tampoco necesita que lo muerdan para que muestre su verdadera cara.

»Al animal solo lo puedes volver agresivo si lo tratas muy mal, pero nunca sibilino ni malicioso. El animal solo reaccionará violentamente por miedo a que le vuelvan a hacer daño.

»En el humano, el monstruo puede despertar por sí solo

con la maldad y la perversión suficientes como para aterrorizar a quien esté a su alrededor. Porque sí, la inteligencia que se le presupone al cerebro humano se corrompe con facilidad.

»El animal, en cambio, carece de esos rasgos abyectos y pérfidos.

»Y es algo que no entendemos como sociedad, por eso cuando insultamos y llamamos a alguien "animal", ensuciamos la honorabilidad del animal y le damos demasiada nobleza al humano. Pensamos que este último es bueno por naturaleza, por eso aún creemos en la reinserción y liberamos a violadores, maltratadores, pederastas y asesinos, no solo porque nuestro sistema penitenciario es pésimo y las penas que imponen las leyes son ridículas. Los dejamos libres porque creemos que han aprendido lo que está mal y que no lo volverán a hacer, como si fuéramos magnánimos y ellos se hubiesen curado. Pero ¿qué sucede cuando se disfruta haciendo el mal? ¿Cómo habría que actuar cuando el mal es el móvil y el alimento para este tipo de individuos? ¿Qué pasa cuando la sociedad en la que se desarrollan estos personajes tiene *inputs* preocupantes alrededor y connotaciones maliciosas graves que provocan que ese monstruo crezca como una enfermedad?

»Lo que sucede es que reinciden.

»Reinciden y reincidirán una y otra vez.

»Así que, cuando me preguntan por qué prefiero la compañía de los animales antes que la de las personas, mi respuesta es siempre esta: porque confío en ellos más que en los humanos».

Ese era el pódcast que Elora escuchaba en su Jeep ranchera de color negro mientras se dirigía a su nuevo trabajo y, también, a su nuevo hogar.

Le gustaba escuchar a Susane Spencer, una socióloga que hablaba sobre la naturaleza humana en su programa *De animales y hombres*. Ella no dudaba en admitir que la especie noble era la animal, a pesar de ser más salvaje. El ser humano, en cambio, como tenía la inteligencia al servicio de los deseos y del poder, había olvidado su moral y su espiritualidad y eso lo convertía en un monstruo potencial. En el auténtico depredador.

Y Elora lo creía también a pies juntillas. Era veterinaria porque sentía más conexión con los animales que con las personas.

Se inclinó hacia delante para leer el rótulo de bienvenida, de fondo verde y con la fuente en amarillo, al pueblo en el que iba a instalarse durante, al menos, tres meses.

—Meadow Joy —susurró solo para notar cómo se deslizaban las letras entre la punta de su lengua y sus dientes blancos.

Prado Alegría. No había oído hablar de ese lugar jamás hasta que recibió la oferta de trabajo en el buzón de su correo. Ofrecían una plaza como veterinaria con alojamiento incluido y un buen sueldo fijo. Por el tono, era urgente cubrir el puesto.

Y como Elora tenía urgencias personales, decidió aceptar la propuesta. Agarró todo lo que tenía, dejó su piso de alquiler en la gran ciudad y se lanzó a su nueva aventura profesional y personal, porque no tenía nada que perder. Sus padres siempre viajaban y, aunque los quería, tenían una relación sin dependencias excesivamente emocionales. Ella odiaba que la atasen en corto y ellos habían aprendido a respetar su espacio y a quererla así. Porque ellos también la habían querido marcando distancias.

Estaba soltera, no tenía hijos ni nadie a quien cuidar o de quien responsabilizarse, excepto de su tesoro más preciado en la ciudad, su mejor amiga, Gisele. Pero a ella jamás la perdería, porque Gisele y ella siempre estarían juntas y tampoco estaban tan lejos, solo a tres horas en coche.

De quien sí quería olvidarse era del tóxico de quien huía y al que no echaría de menos ni siquiera un poco. De hecho, no quería ni pensar en él porque se agriaba. Aún no comprendía cómo había tenido tan mala suerte de cruzarse con un individuo como ese, ella que siempre había alardeado de detectar a los nocivos y gilipollas a un kilómetro de distancia... Pues ¡zas! Había caído en las redes de Rud, de sus buenos modales y su carácter afable al principio. Aunque se había dado cuenta a tiempo de que era un friki y la sangre, menos mal, no había llegado al río.

Elora sacudió el recuerdo de su mente y movió el cuerpo como si le hubiese entrado un escalofrío. Rud la incomodaba y su viaje no debía verse empañado por recuerdos amargos.

Estaba dispuesta a empezar de cero y comprobar cómo de idílica o apacible podía ser la vida en un pueblo norteño como ese. Oculto en un cerro de encinas, robles y pinares, las fotos que había visto de él eran muy bucólicas y no podía negar que tenía un aspecto encantador que le recordaba a una aldea irlandesa o escocesa enorme rodeada por un bosque insondable y misterioso. Pero no había encontrado mucho más, como si Google tampoco tuviera muchos registros de Meadow Joy. Si hasta al GPS le había costado ubicarse y, a veces, la brújula y la orientación se volvían locas y se salían de la ruta.

Con lo urbanita que había sido siempre, ante ella se abría un nuevo ambiente, un nuevo espacio de trabajo y nuevos vecinos y animales a los que ayudar. Una nueva vida.

Dejó atrás el cartel del pueblo y abrió la ventanilla para que el olor a naturaleza inundase sus fosas nasales y el canto de los pájaros bailotease en el interior del coche dándole la bienvenida. Su melena larga y castaña oscura ondeó con el viento y sus ojos de color miel, grandes y algo curvos en las comisuras, sonrieron y se cerraron con gusto, abrazados por el recibimiento acogedor. Un suave sonrojo cubrió sus pómulos, como si el frío los besara, y se llenó los pulmones de ese oxígeno tan puro, difícil de absorber en la ciudad.

Sí, sin duda había tomado una buenísima decisión al irse. Encendió el MP3 del coche y puso «Book of Days», de Enya, no solo porque le encantaba, sino porque para ella la cantante representaba la música del mundo etéreo y de las hadas, y parecía que Meadow Joy tenía mucho de cuento.

El futuro era de los valientes y de los emprendedores, y Elora empezaba su historia en esas tierras.

El pueblo se erigió ante ella como aparecido de la nada. Había salido de los senderos y las curvas del interior de la montaña y, tras pasar por debajo de troncos de árboles trepadores que con sus ramas formaban arcos gigantescos, asomó la villa.

Elora esperaba un pueblo más modesto y pequeño, pero era grande y demasiado coqueto. Tenía tanto duende que cualquier rincón podía convertirse en una fotografía maravillosa para el ojo del buen observador y del artista. El verde era el color predominante tanto en la villa como a su alrededor. Las casas tenían tejados empinados, estaban dispuestas en hileras y muchas moteaban las calles con sus colores azules, rojos, amarillos y algunas de blanco, las más tímidas y tradicionales, obvio. Era como si un Walt Disney escocés hubiese creado un barrio inspirado en su parque temático de Main Street.

El pueblo descansaba en un prado por el que ella conducía para encontrar la casa en la que se iba a hospedar.

Atravesó un puente de piedra que cruzaba un río, y se quedó embobada con la clorofila que flotaba en la superficie. A lo lejos, en las faldas de las montañas que rodeaban la enorme pradera, se divisaban castillos ocultos entre la vegetación frondosa, pero incapaces de esconder su magnificencia, que contrastaban mucho con la florescencia de la villa.

¿Por qué un pueblo tan bello y especial no tenía más reconocimiento? ¿Por qué no había oído hablar antes de él?

La gente paseaba por las aceras adoquinadas y la miraban con curiosidad. Claramente, era una extranjera allí. ¿Estaban los habitantes de Meadow Joy censados? ¿Cuántos tendría?

Dejó de pensar en ello cuando vio la preciosa librería cafetería del pueblo y a una mujer muy guapa y sonriente saliendo de ella para poner un cartel informativo sobre el libro que iban a tratar en el club de lectura. La joven, de pelo largo rizado de color caoba, la miró con interés y después se dio la vuelta para entrar de nuevo en el local.

—Hasta club de lectura tienen... —murmuró Elora.

Ubicó un par de pubs que podrían estar sin problemas en el centro de Dublín, varias pastelerías y tiendas vintage y siguió adelante como indicaba el GPS para llegar a su alojamiento. Se suponía que allí encontraría a Charlotte, la señora que había aceptado su contratación y que debía recibirla.

Entonces, después de recorrer sus callejuelas y su avenida principal, se dio cuenta de que su destino estaba un poco alejado del centro, aunque no demasiado. Casi a cinco kilómetros.

Era una casa adosada de dos plantas, tipo *cottage*, cuya preciosa fachada estaba pintada de un tono verde pastel y el tejado, de gris oscuro. Tenía su propio jardín salpicado con florecitas de todo tipo que habían nacido de forma libre y silvestre, sin orden, alrededor de las cuales habían crecido tréboles, algunos de cuatro hojas. Las ventanas eran grandes con cornisas blancas y la puerta principal era roja.

Elora se enamoró de las vistas que la rodeaban y también del edificio. No solo iba a trabajar allí, también iba a vivir en esa casa, dado que la segunda planta era la vivienda particular y la de abajo, el centro veterinario.

Aparcó el coche e inspiró de nuevo sin poder ocultar una sonrisa de satisfacción.

Residiría allí sin pagar alquiler, en un pueblo encantador y haciendo lo que más le gustaba. Tenía la sensación de que había tomado una de las mejores decisiones de su vida.

Salió del coche y advirtió que refrescaba. Era normal, estaban en la sierra. Se subió la cremallera de la chaqueta larga y verde que llevaba y echó un vistazo al cartel blanco de madera que ocupaba un par de metros de su jardín en el que había escrito: CENTRO VETERINARIO MEADOW JOY. URGENCIAS 24 HORAS.

Cuando se acercó a la puerta y llamó al timbre, se quedó contemplando la herradura metálica que había clavada en el suelo. Solo tuvo que esperar un par de segundos para que una mujer que le recordaba a la señora Doubtfire, vestida con una falda negra larga y un jersey de lana blanco, la abriese. Parecía ir un poco ajetreada. Le sonrió y la miró de arriba abajo.

—Dime que eres Elora Hansen, por favor. —Le faltaba un trocito de la paleta delantera derecha y a Elora le pareció entrañable y divertida.

—Soy Elora Hansen —contestó ella con una sonrisa.

—Ay, menos mal —exclamó poniendo los ojos en blanco y llevándose la mano al corazón—. Pasa, querida. Soy Charlotte. —La mujer le dio la mano con calidez—. Qué jovencita eres… Te imaginaba un poco más mayor —reconoció y la admiró una vez estuvieron dentro de la casa.

—Bueno, soy mayor —aclaró sin entender a qué se refería—. Tengo veinticuatro años.

—Pero si eres un bebé… Y qué cutis. Tienes la piel de alabastro. Eres muy guapa… —dijo hipnotizada por la naturalidad de la joven—. Y me haces sentir muy mayor. —Se puso las manos en las mejillas—. Mira mi cara, parece que se haya hecho el último circuito de Fórmula Uno en él.

Elora sonrió dulcemente y contestó:

—A mí me parece que está bien.

—Qué bonita —dijo como si no se la creyera—. Joven y educada. A mis sesenta y cuatro años me queda solo un añito para jubilarme. Y no sabes cuánto lo necesito… —aseguró, lo deseaba con todas sus fuerzas—. Soy la que se ocupa de la bolsa de trabajo de Meadow Joy e intento buscar soluciones a las vacantes laborales del pueblo, pero ya estoy cansada y quiero que se ocupe otro de mis labores.

En realidad, no parecía tener sesenta y cuatro. Parecía un poco más mayor, pero Elora no se lo diría.

—¿Vienes sola, chiquilla?

Menudo bombardeo verbal el de esa mujer.

—Sola, sí —dijo revisando la entrada.

—Puedes traer a tu pareja, si tienes —aseguró.

—No. —Si ella supiera…—. Estoy bien así.

—Tú y todas —auguró mirando al techo—. Quiero a mi Arnold, pero a veces me gustaría empujarlo por las escaleras, así. —Hizo el gesto como si se lo imaginase—. Un empujoncito y a volar… Y estar en silencio. En un profundo silencio —repitió gozándolo en su cabeza—, solo para ver lo que es. —Entonces salió de su ensoñación, suspiró y añadió—: Pero ¿no te da miedo estar en una casa aislada en un lugar extraño?

—El pueblo está justo aquí al lado. No estoy aislada —convino para tranquilizarla—. Y me parece un sitio precioso.

—Lo es. Es pintoresco y especial. Pero tiene sus cositas... —aseguró entornando los ojos y se rio para quitarle importancia—. Madre mía... —Se volvió a quedar imantada al rostro de Elora.

—¿Qué?

—Cuando los vecinos vean que la veterinaria es tan bonita, se te va a llenar la consulta.

—Mientras sea para tratar a sus animales y no a ellos, no habrá problema.

Eso hizo reír a Charlotte. Le puso la mano sobre el hombro y caminó con ella por la casa.

—Así me gusta, preparada para cualquier cosa. ¿Ahora salís todas así de la universidad?

Elora se aguantó la risa y se humedeció los labios.

—¿Así cómo?

—Tan... dispuestas y valientes. En mi época nos costaba más tener arrojo e independencia.

—Acabé la universidad hace unos años. No estoy acabada de hornear. Y vengo de la gran ciudad. Aquello sí es una jungla.

—Ya me lo dirás en unas semanas... Ojalá te quedes —rezó con sinceridad.

—¿Y por qué no iba a hacerlo?

—Porque en este centro veterinario todos se acaban yendo. O se mueren de viejos o se largan de un día para otro. Excepto el señor Donald.

—¿Se jubiló?

—Lo jubilamos, porque llegó un punto en que no sabía diferenciar la cola de un animal del rabo.

—¿Cómo? —se quedó a cuadros.

—Que le parecían las dos cosas lo mismo... Y la última veterinaria se fue sin más. Sin avisar. Por eso hace dos semanas que estamos sin nadie. Como indicamos en la oferta, vas a estar tú sola trabajando. No tienes auxiliares ni ayudantes. Esto tampoco es una gran ciudad, así que tendrás menos afluencia —aclaró con sinceridad—. Tendrás horas muertas también... Y dependerá de lo activa que seas y de si te gusta este ritmo. Aunque tú eres joven y te ves preparada. Al menos sé que no te morirás de un ataque al corazón o de una caída al romperte la cadera.

—Esperemos que no.

—Y no parece que seas de las que abandonan. —Charlotte la miró con atención. La señaló con el dedo, aún con tono pizpireto—. Si quieres cobrar, tienes que quedarte, al menos, el mes obligado que hay por contrato. Y si decides irte, no cobrarás, pero me harás un favor si me avisas con días de antelación.

—Entendido. Pero, Charlotte, vengo con la intención de quedarme —le aseguró.

—Si al final va a ser que nos has caído del cielo... —Se santiguó y eso volvió a hacer reír a Elora—. Ahora ven, que te voy a enseñar la casa y te explico cómo funciona todo.

Aquel fue el recibimiento de la señora Charlotte, y Elora sabía que no podía tener mejor anfitriona, porque las mejores eran las que hablaban por los codos y daban todo tipo de información, aunque no les preguntasen.

Ese era el mejor modo de conocer un pueblo, sus costumbres y a sus vecinos.

El tour que le hizo la señora Charlotte por toda la casa le sirvió no solo para darse cuenta de que el centro veterinario de la planta inferior estaba muy bien equipado, aunque era pequeño. Sino también para apreciar que el piso de arriba era como la típica cabañita de montaña con buhardillas inclinadas, claraboyas en el techo de la habitación a través de las cuales se podían contemplar la luna y las estrellas, una chimenea encantadora en el salón tipo panadero, de vitrocerámica con un gran cristal templado para controlar y ver las llamas, otra en la habitación, apacibles rincones y unos ventanales bien largos que dejaban entrar la luz exterior y lo iluminaban todo.

A Elora le gustó mucho. Como la cocinita, que estaba abierta al salón para que la estancia en su conjunto pareciera más grande. Todo estaba en perfecto estado y para entrar a vivir.

Lo cierto era que, en su vida, siempre le había acompañado la suerte en cuanto a elecciones materiales. Su pisito de la gran ciudad era maravilloso, un ático muy bonito que tuvo la suerte de alquilar con renta antigua a pesar de estar remodelado. Lamentaba haber tenido que irse de allí por causas externas y tóxicas, como su media historia con Rud, porque estaba muy cómoda en aquella vivienda. Pero esta oferta de trabajo le había venido como anillo al dedo. Además, era justo lo que quería. Estaría en un centro veterinario que ella podría gestionar a su manera sin necesidad de pedir permiso para hacer pruebas de más o esperar el visto bueno de ningún director. Y dado que sería la única trabajadora allí, también sería la jefa. Entonces todo le venía bien: la casita, el trabajo y un pueblo nuevo.

También se fijó en algunos detalles curiosos de la casa. Y le preguntó a Charlotte sobre ellos:

—¿Por qué hay cabezas de ajos en las ventanas?

—Ah... Bueno, son manías de aquí.

—¿Manías? ¿El ajo no aleja a los vampiros? —Elora

acarició una que colgaba de la ventana de la cocina. Le parecía muy tierno que las personas creyesen en esas cosas.

Charlotte dejó escapar una risita, pero no le dio mucha importancia.

—Supongo que somos excéntricos. —Se encogió de hombros—. El ajo ahuyenta cualquier tipo de bicho o de infección. Y en Meadow Joy somos muy precavidos. Y supersticiosos. —Elora frunció el ceño con gesto divertido—. Este pueblo fue fundado por una mezcla de familias con raíces celtas, irlandesas y escocesas y, con ellas, se adoptaron sus tradiciones y sus leyendas.

—¿Leyendas? —repitió Elora incrédula.

—Aquí hay muchas —resopló haciendo recuento de vasos y platos—. Ya las conocerás. Tenemos un bosque temático, que es el principal reclamo turístico del pueblo.

—¿Ah, sí? No lo sabía.

—Sí; cuando tengas tiempo, haz una ruta, pero nunca vayas de noche.

—¿Porque hay vampiros? —bromeó.

Charlotte soltó una risa nerviosa e incómoda.

—No. Es por los animales... Como te digo, ya sé que vienes de la gran ciudad, pero esto es igual de salvaje a su manera. En la metrópoli te pueden robar, pero aquí puede venir un zorro o un lobo y confundirte con un trozo de bistec.

—Esos animales no atacan sin más —dijo Elora con tranquilidad, acariciando de nuevo las cabezas de ajos y mirando a través de la ventana. Le gustaba lo que veía, aunque los árboles la rodeasen en esa zona—. Pero lo tendré en cuenta —añadió para tranquilizar a la señora Charlotte y a su necesidad de hacerle entender los riesgos de vivir en la montaña—. ¿Y qué más leyendas hay? —preguntó con curiosidad.

—Ah, ya las descubrirás. En un mes puedes hacer muchas cosas. —Arqueó las cejas, dejándole claro que esperaba que se quedase ese tiempo—. Los más ancianos las conocen todas, son los más abusioneros. Pero los jóvenes hacen menos caso y no les dan importancia.

—Me gusta leer sobre leyendas y mitologías.

—¿Y crees en ellas?

Elora meditó la respuesta unos segundos.

—No. Pero me gusta conocerlas. Porque creo que en ellas se cimentan las bases de todas las culturas y sociedades.

La señora la miró por encima del hombro con cara de no entenderla.

—Al amanecer y al anochecer, el valle y las montañas que lo rodean se cubren de niebla —le informó mientras comprobaba que todo estuviera en su sitio—. Es un tanto espesa, casi la puedes tocar. Suele ser baja, pero a veces le da por levantarse unos dos metros y arraigarse a la tierra, por eso debes tener cuidado al conducir. Y también con los ciervos blancos, se cruzan cuando menos te lo esperas.

—¿Ciervos blancos? —Elora apartó la mirada del exterior y se dio la vuelta de golpe para mirarla entusiasmada—. ¿Hay ciervos blancos aquí?

—Bueno, eso dicen —contestó Charlotte. Cerró los armarios de la cocina y se dio por satisfecha con la revisión de la vivienda—. Yo no he visto ninguno. No se dejan ver mucho. Pero eso dicen las leyendas. —Le guiñó un ojo.

—Yo tampoco he visto nunca ninguno. Y es uno de mis animales favoritos. Sé que existen, que es un tipo de ciervo albino y que son sagrados en muchas culturas. En la antigüedad, matar al ciervo sagrado era una especie de iniciación que los dioses exigían.

—Vaya, sí que sabes cosas... Aquí también son sagrados —aseguró Charlotte y se acercó a ella—. Los respetamos mucho. Sabemos que Meadow Joy es especial, justo porque decían que, antiguamente, era un lugar de sosiego para ellos. Ahora ya nadie habla de ellos porque no se los ha visto en mucho tiempo. Pero estas tierras eran como un santuario. Les gustó y lo eligieron. Tal vez, en algún momento, se vuelvan a avistar —presagió deseosa—. Verás que las tiendas del pueblo tienen muchas figuritas de regalo. Los ciervos se venden mucho. —Le señaló la nevera de acero de dos puertas y le mostró el imán con la silueta de su animal fetiche.

Vaya. Esa información era fascinante para Elora. De pequeña, entre otras muchas cosas, tenía una obsesión con los ciervos blancos. Los solía dibujar a menudo. Sus padres, Rebecca y John, siempre le decían que no existían, pero ella los dibujaba igualmente hasta que aprendió a leer y descubrió que sí eran de verdad, que eran una rareza, cierto, pero que se trataba de ciervos albinos, muy difíciles de divisar.

—También hay ciervos normales, y alces —convino Charlotte sacándose las llaves de la casa del bolsillo de su falda—. Y lobos, y muchas bestias por estos lares… Estamos en plena montaña. Por eso debes tener cuidado.

—No se preocupe. Los animales y yo nos llevamos bien. Por eso me dedico a lo que me dedico.

Su relación con los animales era tan especial que nadie la comprendía. Ni siquiera ella, pero la había aceptado y había asumido que iba a ser así siempre. Ahora estaba en ese lugar y, tal vez, sería capaz de ver con sus propios ojos un ciervo blanco. Era extraordinario.

—Yo habría sido una peluquera maravillosa —dijo Charlotte con tono ácido—. Pero aquí estoy, trabajando para el ayuntamiento como responsable de la bolsa de empleo público. Disfruta de dedicarte a lo que te gusta.

—Gracias. Eso hago.

—Bueno, te doy ya las últimas directrices. Las persianas son eléctricas y van con el interruptor de al lado. No hay comida en la nevera, lo siento.

—Oh, no pasa nada. No era necesario. Tenía pensado ir al pueblo a comprar.

—Y aquí está la llave de la casa, la de la puerta del jardín, la del buzón rojo y la del centro veterinario —dijo sacudiendo el manojo frente a su cara—. El mando del garaje hace de llavero, aunque tienes tanto espacio que puedes aparcar en el porche de fuera. A no ser que venga una pasa de tos perruna, siempre tendrás plazas libres. Creo que ya lo tienes todo, Elora. Si necesitas cualquier cosa, me llamas. ¿De acuerdo?

—Sí, señora.

—Pareces buena chica —suspiró mirándola con ternura—. Cierra siempre la puerta de la casa con llave por dentro, y la del centro también. La veterinaria tiene cámaras de seguridad propias por si acaso. Están en la recepción y dentro de la consulta. Se conectan a tu teléfono. Si crees que violan tu privacidad o la de los clientes, siempre puedes desconectarlas. Pero te recomiendo que las actives por si acaso te encuentras con algún cliente problemático, así podrás cubrirte las espaldas. Tienes el código QR para bajarte la aplicación y enlazarlo con tu teléfono en la entrada.

—Está bien. Lo haré. Muchas gracias por todo. Estoy muy emocionada de estar aquí y de poder empezar a trabajar. Y quería darle las gracias por aceptarme.

—Tan dulce… —murmuró compasiva—. Ojalá nos dures. La gente de pueblo es muy pesada, pero es muy entrañable y somos extrovertidos. Quedas avisada. Casi todos tienen mascotas en sus casas, así que trabajo no te faltará, pero no creo que sea tan estresante como en la ciudad. Mucha suerte, querida. —Le dio tres golpecitos en la nariz que sorprendieron a Elora por su familiaridad—. Este es un gesto de buenaventura típico de Meadow Joy y heredado de nuestros antepasados.

—¿Eran gnomos? —dijo estupefacta.

Charlotte dejó escapar una risotada.

—Ya te acostumbrarás. Y no te frotes la nariz ahora o se irá el efecto de la derechura.

—Oh, está bien. —Quería rascarse, pero le haría caso y se aguantaría. No se despreciaban los buenos gestos.

Elora la acompañó a la puerta de abajo y contempló cómo la señora Charlotte atravesaba su jardín y caminaba con el tiento de pisar solo el caminito de piedra pavimentada, nunca las flores ni el césped.

La joven se apoyó en el marco de la puerta y sonrió, dando vueltas al juego de llaves en su mano, mientras la veía desaparecer en su Citroën blanco.

Era todo un personaje esa señora. Pero le caía bien. A Elora le gustaba la gente auténtica, transparente y cálida.

Echó un último vistazo a la herradura del suelo, se frotó la nuca con desconcierto y se dirigió a su coche para recoger las maletas y todo lo que traía consigo.

Además, tenía mucha información que digerir.

Cuanto antes se instalara y se acomodara, antes podría ir a dar una vuelta por el corazón de Meadow Joy.

2

La sensación era inequívoca para él.

Fue como un pitido, un detonador, como el sonido del velo invisible que se rasgaba sorprendido al ser invadido.

Necesitaba cerciorarse de que su intuición, de que sus sensaciones íntimas eran reales y no un espejismo fruto de su deseo y su anhelo más oculto y vergonzoso. De una espera que había sido más eterna que su misma existencia.

Durante lustros, se había visto en la obligación de mantenerse alejado, de no esperarla ni de atraerla. Jamás la buscó. No debía hacerlo. Y no lo había hecho por cumplir su palabra, por no romper la promesa que pronunció con su último suspiro, porque no había nada más sagrado que eso.

Sin embargo, en aquel momento, todas sus precauciones acababan de reducirse a cenizas, porque esa mujer, convertida en arcano por su propio hermetismo, estaba ahí.

Con sus increíbles ojos de color purpúreo revisó la profecía escrita sobre el escudo de armas de trazados celtas, colocado en aquel espléndido salón del castillo encumbrado cuyas vistas controlaban con ojo avizor toda la superficie del valle. La fecha sacra y perentoria estaba cercana, muy próxima.

Y aquello era inesperado. Que la pudiese percibir de ese

modo, tan cerca, en Meadow Joy, era muy inoportuno e inadecuado para sus intereses.

No entendía cómo había podido pasar.

Las delgadas uñas de Sarah se deslizaron por su espalda desnuda, intentando atraer de nuevo su atención hacia ella, hacia su cuerpo y a lo que estaban haciendo en aquel sofá palaciego y gigantesco, hasta que él se apartó sumido en aquel estado de alerta.

—Señor... —susurró ella colocándose de rodillas detrás de su espalda ancha y musculosa. Su pelo rubio y rizado cayó hacia delante como una cortina, cubriendo parte de su angosto hombro derecho—. ¿Por qué has parado? Necesito más... —Se acercó a su oído y le mordió el lóbulo de la oreja.

Lamentablemente, él ya no podría darle más a nadie mientras sintiera la presencia de esa chica tan cerca. Mientras ella estuviera en su mismo círculo, a tan pocos metros de su persona.

Todo cambiaba en su realidad si ella estaba ahí. Y tenía que comprender por qué había pasado eso.

Las manos de la amante le rodearon el duro abdomen y descendieron hasta sujetar su miembro con las dos manos.

—Lo quiero —le dijo pasándole la lengua por el lateral de la garganta—. Estoy tan mojada... Lo necesito.

Él se levantó, ignorando por completo sus súplicas, y se acercó desnudo hacia los ventanales completos a través de los cuales veía toda la campiña a sus pies.

Sarah suspiró al contemplar tanta belleza masculina. Aquel hombre era la perfección absoluta, hecho con la imaginación de un dios y las manos artistas del mejor de los escultores. Su espalda, con sombras, curvas y valles dibujados por su musculatura, tenían marcas extrañas de color negro entre los omóplatos, como si los cruzasen de arriba abajo en cada lado. Sus nalgas tan bien esculpidas, aquellos muslos y pantorrillas tan marcados... Era cautivador.

Y, sin embargo, lo más espectacular de todo era su cara. ¿Cómo podía ser tan atractivo, tan bello? Con aquellas facciones tan bien delineadas, duras en la mandíbula, desafiantes en los pómulos e increíblemente desgarradoras en los ojos, aquel era el más apuesto de los hombres, con su mirada de aquel morado rojizo tan subyugante, esos ojos grandes y profundos, las pestañas demasiado largas para un hombre y el surco en la barbilla.

¿Y qué decir de su anatomía sexual? Su miembro era colosal, en tamaño y también en actitud. Era incombustible. ¿Cuántas veces se había corrido ella? ¿Seis? ¿Siete desde que había empezado a oscurecer?

La mujer se pasó la lengua por los labios y quiso llamar su atención, coqueta, poniéndose las manos sobre los pechos para provocarlo.

—Señor..., ¿no quieres volver a tocarlas y a besarlas?

Pero él oía llover. Ya no había mujer en su castillo ni cuerpo del que obtener lo que necesitaba. Ya no había alimento dentro. Sarah había dejado de existir en su realidad.

Ahora, el verdadero alimento, su fruto más prohibido, estaba fuera, y su instinto no iba a ser capaz de ignorarla nunca más.

—¿Señor?

Él expulsó el aire por la boca, molesto con la situación y con su contrariedad interna y, con voz dura y afilada, dijo:

—Vístete y vete.

Sarah se quedó en shock, pero respondió a la orden inmediatamente, porque no podía no hacerlo. Él nunca había sido rudo, por eso la sorprendió tanto y la asustó. Y mientras se vestía, sin darse por vencida, preguntó:

—¿Cuándo nos volveremos a ver, señor?

Él se cruzó de brazos mirando al frente y contestó con seguridad:

—No nos volveremos a ver. Nunca más.

A Sarah se le rompió el corazón al oír su sentencia categórica. Hablaba muy en serio. *Ellos* nunca mentían.

—Eso es muy triste, señor. ¿He hecho algo que no te ha gustado? —Se puso los vaqueros y la camiseta con rapidez y se sentó para calzarse las botas.

—No has hecho nada malo. Es mi decisión.

—¿Y no puedo hacer nada para que cambies de parecer?

Él reaccionó mirándola de soslayo.

—Gracias por todos los servicios prestados, señorita Sarah. Me aseguraré de que tú y tu familia seáis muy bien recompensados. Nunca os faltará de nada. Ha sido un placer.

Sarah agachó la cabeza y cubrió su rostro apesadumbrado para no mostrar su decepción ni sus lágrimas. En algún momento, en sus sueños y en sus fantasías, víctima de su deseo, esperó que él la reclamase, que quisiera oficializar su relación.

Sabía que sería imposible, pero soñar era gratis.

—El placer ha sido mío, señor. Si cambias de parecer, siempre estaré dispuesta para ti. —Le hubiera gustado acercarse y acariciarlo, darle un beso entre esas paletillas fuertes y prominentes, que aún lo hacían más intimidante.

—Agradecido —contestó sin darles demasiada importancia ni valor a sus palabras—. Ahora vete y ten cuidado al volver. Que regreses bien.

—Sí. Buenas noches.

—Buenas noches.

Sarah desapareció en silencio, sin hacer ruido. Tampoco la hubiese oído, porque su escandaloso corazón palpitaba con demasiada fuerza, como aquella primera y única vez, tiempo atrás.

Definitivamente, no esperaba un acontecimiento así, porque estaba acostumbrado a que las cosas se hiciesen del modo y en el momento que él designara. Pero no cabía ninguna duda. Ella estaba allí, en algún lugar entre las luces rutilantes de ese pueblo, y con su llegada podía reventarlo todo. Iba a hacerlo.

Y lo peor era que su naturaleza ya no podía ignorarla. Esa chica había roto su protección, lo había encontrado y acababa de echar por tierra lo que él hizo y preparó para mantenerla lejos y a salvo de todo y de todos, pero, en primer lugar, de él mismo.

Sin embargo, en su interior, nada de eso servía ni importaba.

Ahora los dos estaban destinados a verse, a encontrarse y a entenderse. Sería imposible evitarlo, sería luchar contra una fuerza de la naturaleza, contra la de ambos.

Ansiaba verla.

Y era lo que pensaba hacer, ni más ni menos.

En ese momento, su teléfono móvil empezó a sonar. Se dio la vuelta y se dirigió a la mesilla ubicada al lado del sofá, donde lo había dejado.

Cuando miró la pantalla y vio que era Puck, lo descolgó enseguida.

—Señor.

—Sí.

—Creo que deberías venir al Cat Sith. Están pasando... cosas. Y no quiero equivocarme...

Él cerró los ojos maldiciendo, y contestó:

—En nada estoy ahí.

Puck era el dueño y barman del pub más popular del pueblo, además de un excelente informador. El Cat Sith era el lugar de reunión favorito de la mayoría, y también el suyo.

Así que no tardó en vestirse y en prepararse para mirar a los ojos adultos de esa mujer que acababa de cruzar la única línea que él había trazado para mantenerla lejos, distanciada hasta que fuera el momento.

Y aquel no lo era.

Pero ya no importaba.

El Cat Sith era un pub muy peculiar y en la línea de todos los edificios del pueblo. Elora había estado dando vueltas con el coche en busca de un badulaque o un supermercado y no había encontrado ninguno abierto. Ya había aprendido una cosa de ese lugar: cerraban pronto.

Lo único abierto y disponible donde preparaban cenas o comida para llevar eran los pubs. Y sabía que había dos en el pueblo, pero la verdad era que ese le había llamado la atención desde el principio.

Su fachada era verde oscuro, con una mezcla de ladrillo rojo y madera, y las ventanas que daban al exterior no dejaban vislumbrar nada de lo que sucedía dentro. Eso le gustó, porque así nadie veía lo que pasaba y era como tener mucha intimidad. A esas horas, con el fresco que se levantaba en el valle, no había nadie en la terraza y todos se congregaban en el interior.

Y cuando Elora entró, tuvo la sensación de estar en Irlanda sin estarlo. La música de The Corrs, «This is Your Lifetime», sonaba con sus violines a todo trapo; la gente, jóvenes y menos jóvenes, hablaba muy fuerte y había mucho jaleo. Desde luego, era un lugar muy animado y con mucho ambiente.

Las cervezas iban y venían de un lado al otro de la ancha barra, tras la cual un tipo con aire hípster y bastante atractivo servía a los clientes los platos que sacaban de la cocina y lo que él mismo mezclaba como barman. Una camiseta blanca y un chaleco verde oscuro cubrían su torso fuerte, y su barba castaña rojiza estaba perfectamente recortada, como su pelo, algo más largo en la parte superior que en los laterales.

Y sucedió lo que no quería que sucediera, pero entendía que ocurriese. Allí era una extranjera y llamaba la atención, por eso todos, hombres y mujeres, la miraron con descaro. Evidentemente, en un pueblo así, muchos se conocían y, además, como en las tribus, todos tenían un estilo parecido. Ella no. Era la única que llevaba un gorro negro de lana que le había regalado Gisele y que solía ponerse porque se le congelaban las orejas enseguida. En la ciudad pasaba frío, pero allí se estaba dando cuenta de que el anochecer en otoño en Meadow Joy era otro nivel.

Mientras Elora avanzaba algo incómoda, pensó que podrían ser todos un poco más discretos, pero no se le podía pedir peras al olmo, sobre todo cuando algunos eructaban como si fuera una habilidad prodigiosa de la que enorgullecerse y otros incluso habían dejado de jugar a los dardos solo para darle un repaso de arriba abajo y silbar.

Un pub irlandés de estilo victoriano. Eso era.

Aguantó estoicamente las miradas y logró alcanzar un taburete vacío en la barra. Se sentó y suspiró.

Allí olía a bocanadas de humedad con una mezcla de lúpulo tostado, musgo y los diferentes perfumes que cada uno llevaba. Era un local extravagante, casi tanto como el pueblo.

Estudió la carta que ofrecía el local, cubierta con un metacrilato. La mayoría eran bebidas, pero también servían bocadillos. Pensó que era mejor eso que nada.

Inmediatamente, el barman estaba frente a ella con una sonrisa de oreja a oreja mientras secaba una jarra de cerveza recién lavada.

—¿Qué va a ser para ti, linda?

—¿Puedo pedir un bocadillo para llevar?

—Por supuesto.

—Entonces quiero un bocadillo de beicon con queso, por favor. —No solía contar calorías ni hidratos. Comía lo que quería y nunca había hecho dietas. Tenía un buen metabolismo—. Y una Coca-Cola Zero.

Él asintió y se dio la vuelta para indicar al de la cocina que preparase el bocadillo. Después, volvió a centrarse en ella.

—Chica…, menudo éxito. —Señaló divertido por las miradas que recibía Elora—. No eres de aquí.

—No —contestó ella bajándose la cremallera de la chaqueta. Allí dentro hacía calor.

—¿Estás de paso? ¿Te has perdido?

—No. He llegado hoy para hacerme cargo del centro veterinario.

—¡Ah! —celebró—. Entonces ¡eres la nueva veterinaria!

—Sí —contestó. Se sorprendió de lo fácil que era hablar con ese tipo. Parecía que se conocieran de toda la vida.

—Bienvenida a Meadow Joy —le dijo el barman como un buen anfitrión—. ¿Te gusta tu nueva casa?

—Es bonita y… peculiar.

—Aquí todo lo es —admitió orgulloso—. ¿Has venido al pub a practicar el *craic*?

—¿El qué?

—El *craic*. Es el momento de socialización, de compartir con la gente… De hacer amigos y conocidos. —Levantó y bajó las cejas repetidamente—. ¿Quieres que te presente formalmente?

—No, gracias —dijo muerta de la vergüenza—. En realidad, solo he venido a comer. Aquí las tiendas cierran muy pronto.

—La gente se recoge en cuanto se va la luz del sol —asumió—. Y los más nocturnos se reúnen en el Cat Sith. —Le guiñó un ojo—. También se cena pronto.

—Ya veo… Parecéis vampiros.

—Es por la niebla. Por la noche se cuela en el pueblo y en los alrededores, todo se vuelve un poco más frío y hay menos visibilidad. Entonces, salen los monstruos —sonrió.

Elora le devolvió la sonrisa porque intuía que le estaba tomando el pelo.

—Ya, y todos se reúnen aquí. En este club social —continuó siguiéndole la broma.

—Algunos sí.

El barman se encogió de hombros y después clavó sus ojos de color negro en un punto lejano por encima de la cabeza de Elora. Fuera lo que fuera, le cambió un poco la expresión, como si algo le sorprendiese. Algo que se estaba acercando.

Elora lo advirtió y, cuando miró por encima del hombro, se topó con un pecho cubierto por una camiseta blanca y una cazadora tres cuartos. Cuando llegó al rostro del individuo, se quedó impactada por la visión.

Era un hombre alto, rubio y de pelo largo y liso. Muy llamativo, imposible de no admirar. Tenía un porte distinguido y un gesto altivo y también dulce. Si las hadas existiesen, él sería un espécimen de macho perfecto. Sus ojos sonreían burlones, pero sus labios gruesos y bien delineados tenían algo soberbio y duro.

El individuo le dedicó a Elora una mirada penetrante y después, con toda normalidad, clavó en el barman sus ojos del color de un lago helado, de ese azul pálido inhumano capaz de embaucar a cualquier mujer, con la habilidad de transmitir frío y calor a la vez.

—Buenas noches, Puck —lo saludó sin efusividad.

Tenía una voz sutil, masculina, muy clara... y con una cadencia musical inusual.

Elora tuvo que carraspear y volteó el cuerpo de nuevo hacia delante. Se había quedado en blanco, aunque ya se estaba recuperando de la impresión.

—Buenas noches, Finn. ¿Qué vas a tomar?

—Un hada azul. ¿Y podrías servirle otro a la señorita? —El rubio dejó caer la mirada de nuevo hacia ella—. ¿Te puedo invitar?

Elora se vio abducida de nuevo, se ahogaba en esas aguas intensas y celestes que tenía por ojos. Era como un hechizo. Pero sacudió la cabeza, algo aturdida y con una sonrisa de disculpa contestó:

—No, gracias. —Miró a Puck decidida—. Para mí solo lo que te he pedido.

—¿No te gusta el hada azul? —preguntó ese hombre misterioso llamado Finn.

—Todo lo que sea bebida y lleve el nombre de «hada» delante lo evito. Tuve una noche de absenta muy mala. Además, no me sienta bien el alcohol.

Finn la miró de arriba abajo, como si no comprendiese esa respuesta.

—A las hadas no les gustaría nada oír eso.

—Menos mal que no veo a Campanilla por aquí. —¿Qué les pasaba a esos tipos? ¿Por qué le hablaban como si fuera una niña pequeña y crédula?

—¿Puedo preguntarte cómo te llamas? ¿Eres nueva en el pueblo?

Sí. Estaba claro que allí la mayoría se tenían fichados los unos a los otros. Y ella iba a ser como el juguete nuevo.

—Me llamo Elora. Y soy la nueva veterinaria.

Finn sonrió complacido, como si el nombre le gustase.

—Elora... —repitió, luego tomó su mano con delicadeza y le dio un beso en el dorso—. Hermoso nombre. Como tú —contestó haciéndole una caída de ojos con gesto seductor.

A ella se le puso el vello de punta. Nunca nadie había pronunciado su nombre así. Y menos, que le besaran el dorso de la mano como si fuera una princesa. Qué comportamiento más extraño... y fuera de época.

—Gracias. —Recibió el halago con vergüenza pero con educación, y retiró la mano cohibida, frotándose la piel donde sus labios la habían rozado.

—¿Sabes lo que significa tu nombre?

Ella sacudió la cabeza en respuesta negativa. Nunca se lo había planteado.

—Conciliadora. Compasiva. La que trae la paz. —Su mirada se deslizó por sus ojos y reposó sobre sus hermosos labios, acabados de hidratar.

—Mira qué bien... No lo sabía.

Él la estudiaba sin reparo, era extrañamente encantador y magnético, como una serpiente. Intenso y difícil de ignorar.

—He oído que te llamas Finn.

—Así es.

Puck estaba mirándolos a los dos con atención mientras agitaba el cóctel en la coctelera con fuerza y un gesto turbado.

—¿Y qué significa?

—Claridad. Luz. —Sus gestos eran un tanto principescos y de alguien pagado de sí mismo.

—Blanquito —contestó una voz ruda tras ellos.

Puck miró al techo como si supiera lo que iba a venir y, dejando la coctelera sobre la barra, dijo:

—Voy a hacer una llamada.

Dejó a la chica con Finn y el individuo.

Elora volvió a echar un vistazo por encima del otro hombro y se encontró con un hombre que, aunque completamente distinto al rubio en estilo y en rasgos, era igual de atractivo.

Tenía el pelo rasurado, negro y marcado que delineaba perfectamente la forma de su cuero cabelludo, con la tez más bronceada que la de Finn, desde luego. Sus ojos eran del color del acero, expresivos y también desafiantes, muy diferentes a esa mirada coqueta que poseía el de pelo largo y claro.

Su complexión parecía más dura, más corpulenta, pero sin parecer un tanque, y llevaba una chupa corta con una camiseta gris debajo, unos vaqueros y unas botas por encima de los bajos del pantalón.

Tal vez debería intimidar más, pero Elora se sintió protegida de inmediato por él, cuidada e inusitadamente confiada, y eso que era un extraño, como si su llegada lo calentase todo.

Señor... Todo era un poco insólito.

¿Qué les daban de comer allí? ¿Belleza y sensualidad? ¿Demasiada proteína? Eran los tipos más atractivos que había conocido en su vida. ¿Qué edad tendrían? Parecían jóvenes. ¿Entre veinte y treinta años?

—También quiere decir blanquito, paliducho... —insistió el tipo, le dedicó una leve sonrisa a Elora y se colocó a su otro lado, como un paladín.

—Resplandeciente y cegador —añadió Finn, llamando de nuevo su atención—. Es algo que él no entenderá jamás —aseguró burlándose del cabeza rapada.

Elora se movió entre los dos gigantes, intentando encontrar su lugar otra vez.

—Soy Kellan —le dijo el recién llegado ofreciéndole la mano.

—Elora —respondió ella mirándolo con confianza.

Kellan no le besó el dorso. Le estrechó la palma con respeto y delicadeza.

—He oído que eres la nueva veterinaria.

—Sí. —¿Cuándo lo había oído? ¿Estaba tan cerca?—. Tienes buen oído.

—Como los cotillas —contestó Finn por él.

Elora entendió que había una extraña relación entre ellos y que se conocían. Era una camaradería tensa.

—¿Habías estado aquí antes? —Kellan la miró de arriba abajo, pero con más discreción que Finn.

—Nunca. Es mi primera vez.

—¿Y te ha gustado lo que has visto hasta ahora?

Elora asintió con sinceridad. No podía negar que ese lugar le había dado una primera impresión muy buena.

—¿Te hospedas en la casa del centro o tienes otra residencia? —preguntó Kellan mirando a Puck, que estaba hablando por teléfono.

Finn también lo observó mientras tomaba un sorbo de su bebida.

Ambos al barman esperaban, y Elora también.

—Esa pregunta es demasiado personal —contestó ella.

—Ya te he dicho que le encanta meter el hocico en todo… —murmuró Finn sin soltar su copa.

—Dijo la Barbie —repuso Kellan mirándolo con desidia—. No soy un acosador. Te lo pregunto porque, hasta la fecha, el centro funciona con inquilino. Y todos se han hospedado allí.

—Pues sí, me hospedo allí —dijo—. La oferta de trabajo era esa.

—Suerte, entonces —le deseó Kellan apoyando los antebrazos en la barra y cruzando una pierna sobre la otra.

Menudo cuerpo tenía, pensó Elora.

—¿Suerte por qué?

—Los inquilinos no duran demasiado —contestó ocultando una sonrisa cómplice con Finn.

Elora miró a uno y a otro.

—¿Hay algo que deba saber?

—¿Tienes paciencia? —replicó Kellan.

—Creo que sí —contestó ella con inocencia.

—Las anteriores veterinarias se fueron sin ni siquiera darle el preaviso a la señora Charlotte. ¿Qué crees que les pasó para irse tan rápido?

Puck volvió con el bocadillo de Elora listo y envuelto en papel y su bebida. Se lo guardó todo en una bolsa de plástico.

Pero ella solo miraba fijamente a Kellan.

—¿Estás intentando asustarme?

Finn se acercó a ella y le dijo:

—Tal vez tuvieron accidentes aparatosos que las obligaron a tomar la baja —le susurró al oído—. Trastornos, ansiedad, pánico… —enumeró—. Historias para no dormir.

—No me dan miedo los fantasmas —contestó ella con todo su pragmatismo, obligándose a sonreír. Las historietas no la iban a alejar de allí.

Finn y Kellan alzaron la barbilla divertidos con su respuesta.

—Tu cena, guapa —anunció Puck mirando con recelo a los dos hombres.

—No temes a los fantasmas y rechazas las bebidas de las hadas —espetó Finn fingiendo que su actitud era un sacrilegio.

—Y Santa Claus son los padres —añadió ella como coletilla antes de pagar su cena con la tarjeta del reloj inteligente.

—No todo son hadas y fantasmas —apuntó Kellan entornando sus ojos de plata.

—Estoy acostumbrada a tratar con otras especies. Por eso sé que de quien hay que cuidarse más es de algunos humanos —opinó chasqueando la lengua contra los dientes—. Dan mucho más miedo.

—Mirad lo que habéis hecho —protestó Puck—. No es bueno que intentéis intimidarla nada más llegar. Meadow Joy es un lugar especial y no está hecho para todos, pero aquí intentamos ser hospitalarios con los extranjeros y no nos comemos a nadie, Elora —aseguró dedicándole una expresión conciliadora—. Aquí estoy para lo que necesites —finalizó con amabilidad.

Elora tomó las bolsas y espetó un escueto «gracias». Después añadió:

—Estaba deseando vivir en un lugar así. —Se la veía entretenida con la actitud de los tres—. Sin vecinos, sin niños corriendo en estampida encima de mi casa, sin contaminación y sin personas ruidosas ni lavadoras activas a las cinco de la mañana. Creo que me gusta este sitio —sentenció con naturalidad.

—Te deseamos una buena estancia, entonces —dijo Finn—. Que nos veamos pronto. —Sonrió como un pirata y le hizo el saludo militar solo con dos dedos.

—Lo mismo te deseo —añadió Kellan.

—Gracias. A los tres —dijo con sinceridad—. Buenas noches.

Se marchó del pub levantando la misma expectación que al llegar.

Qué tipos más raros. Qué misteriosos y con cuánta familiaridad le hablaban. No la conocían y habían entablado conversación con ella sin problemas. Pero no había sido normal. En la ciudad nunca había estado rodeada de presencias tan viriles y dominantes, y menos con ese tipo de coloquio.

¿Eran todos así en Meadow Joy? No, todos no. Porque el pub estaba repleto de hombres y mujeres corrientes, sin nada llamativo o especial. Pero esos dos... No eran corrientes, porque atraían demasiado las miradas, despuntaban entre la medianía. La señora Charlotte era algo excéntrica y también hablaba por los codos..., pero no irradiaba la energía que sí emitían Finn, Kellan y, si la apuraban, incluso Puck.

Al salir del Cat Sith, se dirigió hacia su coche, que estaba aparcado en la acera de enfrente. Al menos, allí jamás habría problemas de aparcamiento como sí había en la gran ciudad. Elora se había vuelto loca cientos de veces buscando sitio para estacionar hasta que tuvo la suerte de alquilar una plaza de parking justo al lado de su casa.

Allí tenía montaña, campo y grandes aceras en las que poder dejar su coche. No habría problema. Y el centro tenía su propio aparcamiento.

Elora tuvo que activar los parabrisas porque la humedad empapaba los cristales; ya empezaba a aparecer esa niebla de la que todos hablaban, una que avanzaba con prisas y que caía como un manto caprichoso sobre Meadow Joy. El humo blanco y plateado cubría casi todo el vehículo, tuvo que encender las luces antiniebla inmediatamente. El centro veterinario solo estaba a cinco kilómetros, pero a esa velocidad tardaría en llegar un poco más, porque la visibilidad era muy reducida. Cuando se internó en el bosque, aminoró aún más y activó todos sus sentidos. No quería sorpresas ni accidentes.

Los altísimos árboles, pinos centenarios la mayoría, bordeaban la carretera como si fueran custodios y observadores de una procesión en la que ella era la estrella.

No veía apenas, solo lo que tenía a uno o dos metros por delante, y era muy poca distancia para reaccionar.

Hasta que advirtió un movimiento frente a ella.

Tuvo que frenar abruptamente al divisar una silueta nada definida que se movía con torpeza delante del coche.

Agarró el volante con fuerza, nerviosa porque no sabía si salir o no. Y cuando sus ojos se acostumbraron a esa claridad brillante y espesa, advirtió que lo que había en medio del camino, sin poder moverse bien, era un perro. Un perro gigante, de pelo gris estufado, conocido como lebrel o *wolfhound*. Y la miraba con fijeza sentado en la carretera, como el que espera a su dueño detrás de la puerta.

Elora no lo dudó ni un segundo. Era un animal.

Se habría perdido o estaría herido... ¿Qué hacía solo en el bosque? ¿Lo habían abandonado?

Salió del coche y dejó las luces de emergencia puestas.

—Hola, pequeño... —Se acercó a él y este lloriqueó. Era un eufemismo, porque los *wolfhounds* tenían una altura en cruz de más de ochenta centímetros, y ese era particularmente grande—. ¿Qué haces aquí? Te pueden atropellar.

Enseguida empatizó y conectó con él. Sabía que el perro no le haría daño y que le estaba pidiendo ayuda. Y ella se la daría.

Elora se comunicaba con los animales de un modo que muchos catalogarían de sobrenatural. Lo asumía. Su don, su habilidad, era considerado quimérico, inverosímil, porque ¿qué humano podía hablar con ellos? Pero ella no hablaba, sentía sus emociones. Y por eso los escuchaba y los comprendía como nadie. Las personas empáticas tenían la habilidad de ponerse en muchas pieles y sentirlas, y a ella le sucedía eso, pero con los animales. No era tan raro, en realidad. Solo era una capacidad especial.

Se acuclilló frente a él y le dijo:

—Te voy a acariciar, no te asustes.

El perro agachó la cabeza y ella le frotó el cráneo y debajo de las orejas.

—Pero si eres muy bueno, bombón... —murmuró lamentando su dolor—. ¿Dónde te duele? ¿A ver?

Elora miró hacia atrás para cerciorarse de que no viniese ningún coche. Después volvió a centrar su mirada en el perro e inspeccionó sus patas delanteras. Vio qué era lo que le dolía.

En su pata derecha tenía una herida abierta provocada por una trampa de cacería. Se irritó mucho al ver la lesión y sintió el dolor del animal.

—Lo siento mucho... —le dijo inspeccionándola. Al menos no era muy profunda, pero si el mordisco serrado del cepo le había llegado al hueso o se lo había rozado, le dolería mucho, eso sin contar que pudiera habérselo astillado—. ¿Te vienes conmigo? —le preguntó—. No te puedo coger. Pesas mucho —aseguró—. Súbete en la parte de atrás de la ranchera —le pidió animándolo y guiándolo con la mano.

El perro se pasó la lengua por el hocico y movió el rabo agradecido.

Cuando se dio la vuelta para ir con el perro a la parte trasera del vehículo, una luz potente que se abalanzaba sobre ella la cegó. El perro ladró en advertencia, pero la joven no tuvo tiempo para reaccionar ni esquivar el atropello.

3

La vida le pasó por delante de los ojos en ese momento fugaz en el que creyó que todo se acababa y que se la iban a llevar por delante.

Pero el impacto no llegó tal y como ella esperaba.

Algo la sacó de la carretera con un placaje, pero controlando en todo momento la fuerza. La reequilibró en el aire, en vertical, y detuvo el choque con su propio cuerpo para apoyarse, al final, en la superficie rugosa del tronco de un pino.

Elora estaba aprisionada contra un torso muy poderoso, abrazada por unos brazos de acero extremadamente protectores. Ella tenía los párpados cerrados con fuerza y su cuerpo estaba tenso.

Le daba miedo abrirlos y mirar. Pero cuando lo hizo, buscó desesperadamente a quien fuera que le hubiese salvado la vida, apartándola del destino de morir atropellada.

Y lo que vieron sus ojos avellana la afectó y la dejó un instante sin respiración y sintiendo una punzada extraña en el centro del pecho, como el aviso de un ataque al corazón. Así se sentía, atacada y sin defensas. Aquella visión era tan hermosa que le dolió por el mero hecho de no haberla disfrutado en toda su vida, justo hasta ese momento.

Era un hombre alto, con el pelo negro como ala de cuervo, liso a la altura de sus trapecios. Sus cejas eran bajas, gruesas, largas y curvas en la punta, y tenía la mirada confinada por una hilera de pestañas negras de un color que solo podía verse en la uva morada, tirando a rojizo con matices magenta. Sus ojos eran rasgados, sin llegar a ser orientales, y aquello le pareció demasiado exótico. Eran de tonalidad purpúrea oscura y, a la vez, poseían demasiada vida y color. Ordenaban, mandaban, seducían, acariciaban…, hablaban sin parar, pero sin pronunciar palabra. Elora hizo el gesto compulsivo de tragar y él se fijó en su garganta. La comisura de sus labios mullidos se curvó con indolencia, como si le gustase su nerviosismo. Tenía una nariz perfecta. Ese hombre, fuera quien fuese, había sido moldeado por los escultores sátiros y lascivos de Satán, porque los ángeles no habían tenido nada que ver con él.

Nada bueno ni puro podía salir de esa manera de mirar.

Y ella tuvo ganas de llorar, porque el pellizco era real, porque esa sensación de belleza suprema la conmovió y se sintió caer a un abismo desconocido, algo que nunca había experimentado.

Aquella noche había conocido a hombres inusualmente atractivos, pero lo de ese individuo era mucho más que belleza.

Era pura fantasía jamás creada.

—¿Es que no miras por dónde vas, *deas*?

El sonido de esas palabras viajó por su cuerpo y se coló bajo su piel. Elora se estremeció y vio que tenía los nudillos blancos de agarrar la solapa de la cazadora negra tres cuartos que cubría el cuerpo musculoso del héroe.

—¿Qué?

—Es un acto inconsciente detenerse en medio de la carretera en una noche con niebla —insistió él—. Lo pone en todos los carteles de Meadow Joy —le recriminó.

¿La estaba riñendo? Elora tartamudeó un par de veces antes de responder:

—No sé de dónde ha salido esa motocicleta... ¿Eso es lo que era?

—Era una motocicleta. —La miró de arriba abajo—. Eléctrica.

—Por eso no hacía ruido —contestó nerviosa por su repaso— y no me di cuenta hasta que la tuve encima...

Seguía abrazándola y ella no se apartaba, como si dos amantes conversaran al amparo de la nocturnidad del bosque.

—No deberías salir del coche en una vía sin visibilidad.

Ella lo miró atribulada, pero también molesta con su tono.

—Ya sé que no tengo que salir. Pero estaba socorriendo a un perro... —Entonces abrió los ojos de par en par y se apartó del cuerpo de ese hombre, de un salto, buscando al lebrel mientras corría alrededor de su coche—. ¡El perro! Estaba herido. ¡Ahora se habrá ido asustado, pobrecito, y...!

—¿Qué perro? ¿Este perro?

Elora giró la cabeza a la velocidad del rayo y se encontró una imagen que sabía que la iba a trastornar en sueños.

El hombre estaba apoyado en el tronco, vestido todo de negro, con el bajo de la chaqueta mecido por el viento, al igual que las hebras extensas de su pelo. La miraba con seriedad mientras permitía que el lebrel, sentado a su lado, le olisquease los largos dedos de su mano, decidiendo si se podía fiar de él o no. Elora esperó al juicio del perro, pero estaba como ella: no sabía quién era ni tampoco de dónde había salido.

—Sí. Ese perro —contestó alzando la barbilla—. Tiene

la pata herida y me lo quiero llevar. Estaba parado en medio de la carretera.

—Los lebreles no suelen ser tan estúpidos como para plantarse delante de un coche. —Miró al animal con gesto divertido.

—Está desorientado y herido —lo defendió indignada—. Intentaba buscar ayuda y alguien que le echase una mano. Era su manera desesperada de pedir auxilio.

Él dejó caer la cabeza a un lado y la observó detenidamente.

—¿Todo eso te lo ha dicho él?

El perro emitió un sonido de lástima, y Elora tuvo ganas de llevárselo ya y curarlo.

—Me lo voy a llevar.

—¿Hasta dónde tienes que ir?

—Al centro veterinario. Me hospedo allí.

Él asintió conforme con la información y le dio un golpecito cariñoso al perro en el hocico.

—Eres la nueva veterinaria.

No era una pregunta.

—Sí —contestó retirándose el pelo de la cara.

—Y nueva en el pueblo.

—También.

—Entonces te acompañaré hasta allí.

—No hace falta.

—Has estado a punto de que te atropellasen. No conoces estas carreteras —le explicó con tono inflexible—. Sí hace falta.

—No quiero ser maleducada porque me has salvado la vida —contestó intranquila—. Pero es que no sé quién eres ni de dónde has salido de repente... Y...

—¿Tienes miedo de que te haga algo?

Ni se movió. Hizo la pregunta sin alterar un solo músculo de su cuerpo, pero Elora juraría que esos ojos se aclararon, como si fueran los de un animal. Y le puso la piel de gallina.

Ella carraspeó y contestó:

—Tengo espray pimienta. Te dejaría los ojos fatal.

Él sonrió y a Elora el corazón se le volvió a saltar algún latido.

—No soy ningún psicópata. Ni violador, ni acosador.

—Tal vez todos digan lo mismo. ¿Cómo te llamas?

—Me llamo Byron.

Era un nombre precioso. Y sonaba increíblemente bien en su cabeza.

—Vivo en uno de los *caisleán* de los montes de Meadow Joy.

—¿En dónde?

—Castillo —le tradujo—. A unos cinco kilómetros del centro veterinario, tirando hacia el monte. Con esa información espero que no vengas a mi casa a matarme. ¿Me puedo fiar de ti?

Ella entornó los ojos y sacó el móvil rápidamente para hacerle una fotografía.

Byron actuó con normalidad, pero Elora estaba segura de que aquello no le había gustado.

—Es un poco ofensivo lo que has hecho, *deas* —la amonestó condescendiente.

—Lo siento, pero me guardo las espaldas. Le voy a enviar la fotografía a una amiga, por si acaso.

Sí, se la enviaría a Gisele, por si a ella le sucediese algo y tuvieran que investigar.

—Es raro encontrar a senderistas nocturnos vestidos así. —Miró su ropa cara. Porque era lujosa, de eso no había duda.

—No cojo el coche, precisamente, por la niebla. Y estoy

acostumbrado a las largas distancias. Voy de camino al Cat Sith.

—Ah… —contestó con credulidad—. De ahí vengo yo.

—¿Cómo te llamas tú? —quiso saber él atendiendo el modo en que el perro seguía oliéndolo.

—Elora.

Byron inhaló profundamente y exhaló como si se sacase un peso de encima, o como si asumiese que, a partir de ese instante, todo le iba a pesar más.

—¿Y no crees que pasear por una carretera sin visibilidad es inconsciente? —objetó devolviéndole la misma acusación que le había lanzado él.

—No, porque yo me conozco cada curva de este lugar y sé por dónde tengo que ir. ¿Quieres que te ayude a cargar al perro en el coche o no? Con esa herida no puede subir. Y tiene que pesar como mínimo cuarenta y cinco kilos.

Elora no le iba a contradecir. El lebrel era de las razas más grandes y no podía darle la espalda a esa ayuda.

—Sí, por favor.

Byron lo cogió sin ningún esfuerzo, como si pesase menos que nada.

—Vaya… —susurró impresionada por su fuerza.

Permitió que Byron llevase al lebrel en brazos hasta ella, momento que el perro aprovechó para darle un lametazo en la cara. Elora sonrió y le dijo:

—Te vas a poner bien. Yo te cuidaré.

Byron le dirigió una mirada más cálida y comprensiva y subió al animal a la parte de atrás de la ranchera.

Con el perro ya colocado, se plantó frente a Elora.

—Déjame guiarte hasta tu nuevo hogar —le pidió solemne—. Le has enviado mi foto a tu amiga, es imposible que sea tan estúpido de hacerte nada. —Miró a la carretera—. La niebla va a seguir creciendo, hay muchas curvas y puedes desorientarte e ir por un desvío inadecuado. Yo te orientaré. El GPS en este lugar, como habrás comprobado, no funciona muy bien.

Era cierto, a veces fallaba y se quedaba bloqueado. No era extremadamente confiada, pero ese hombre le había salvado. No se habría arriesgado para luego intentar arrebatarle la vida, ¿no? No tendría ningún sentido. El problema era que no se atrevía.

Y no sabía por qué.

—Mejor no. Gracias por tu ayuda y por todo, pero prefiero irme a casa sola. Espero que no te ofendas.

Él recibió la respuesta como un caballero.

—Como desees, *deas*. No corras y ten cuidado en la última curva antes de llegar a la casa. Es muy cerrada y tiene algo de desnivel.

Elora frunció el ceño, extrañada ante tanto detalle. Asumió que era porque él habría seguido ese camino muchas veces. La carretera general del valle que daba al centro era de paso obligado para llegar a las montañas de alrededor. Y si él vivía en uno de los castillos, la habría tomado miles de veces.

—Muchas gracias.

Elora le tendió la mano con inocencia y educación.

Byron se la quedó mirando fijamente varios segundos, inhaló y, en vez de aceptarla, decidió no tomársela.

Elora dejó caer el brazo, sintiéndose algo fría por su rechazo. Era un gesto grosero, y ese hombre parecía de todo menos eso.

—Buenas noches, Elora —le dijo con dulzura—. Que nos veamos pronto.

Acto seguido, Byron se dio la vuelta y echó a andar con paso tranquilo por la cuneta. Dos metros después, Elora ya no lo veía de tan espesa que era la niebla.

«Que nos veamos pronto». Esa era la frase de despedida que se solía decir ahí. No un «hasta luego» o un «adiós». No. Era un deseo: verse pronto.

—Sí, buenas noches —dijo ella en un susurro, mirándose la mano. Se la olió, a ver si había algo desagradable en ella, pero no notó nada.

Finn se la había besado, y a él no le había parecido desagradable.

En cambio, Byron no la había aceptado.

Con ese pensamiento incómodo y contradictorio, Elora subió a su ranchera y retomó el camino hasta el centro veterinario, memorizándolo para que nada la volviese a sorprender. Ni nieblas, ni animales heridos ni hombres con los ojos de ese tono violáceo e irreal.

Y llegaría sana y salva, sin problemas, pero pensando en peregrinos nocturnos.

Por primera vez en su existencia, Byron experimentaba la incertidumbre y el escrúpulo.

Él, que nunca había dudado en sus decisiones y que no le temblaba el pulso para dictar sus propias sentencias, ahora, después del encuentro con Elora, se enfrentaba al titubeo más puro y mundano.

Ella no se había dado cuenta. ¿Qué iba a saber lo que le había causado aquel encuentro? ¿Qué iba a saber lo que su sola presencia le provocaba? Que Elora estuviese allí en ese momento lo desestabilizaba. Y más aún ser consciente de que esa chica, esa mujer, no dejaba indiferente a nadie, y menos, a esos dos que divisaba entre la multitud del Cat Sith y que, en cuanto lo percibieron, se volvieron para mirarlo.

Puck, detrás de la barra, lo saludó con un gesto de la cabeza y le indicó que se acercase y que lo siguiese a su despacho, una sala contigua con una puerta de madera robusta en arco y ventanitas de colores salpicadas con motivos de tréboles de cuatro hojas.

Byron les dirigió una mirada desafiante a Finn y a Kellan para dejarles claro que los tenía muy presentes, y estos le devolvieron el gesto. Finn alzó su copa y brindó por él en señal de mofa. Kellan se dio la vuelta de nuevo y le dio la espalda, como si no le importase lo más mínimo verlo allí.

Byron prefirió hablar primero con Puck. A los otros dos ya les dejaría las cosas claras después.

Se alejó de la muchedumbre, en la que él parecía intocable, y se internó en el despacho.

Puck llevaba el Cat Sith desde hacía tiempo. Era sus ojos y sus oídos y lo sabía todo sobre lo que se cocía en Meadow Joy, o casi todo.

Estaba de pie, con el trapo de limpiar encima del hombro y una sonrisa suspicaz en los labios, bien visibles a pesar de la barba.

—Te he llamado en cuanto he visto aparecer al rubito y al militar... No es habitual que los dos confluyan en el mismo lugar, a no ser que haya un hueso que les llame la atención por igual, y como eso es también una rareza... —caviló esperando a que Byron le dijese que estaba en lo cierto.

—¿Y quién era el hueso? —dijo observando la estancia como si no la hubiese visto miles de veces.

Byron hizo la pregunta sabiendo ya la respuesta, pues había sido lo suficientemente rápido y discreto como para que nadie le viera y así poder espiar parte de aquel encuentro en el Cat Sith. Quería observar con sus propios ojos la interacción y el interés y cómo ella reaccionaba. Quería confirmar sus sospechas.

—Una mujer. Elora, la nueva veterinaria. Muy bella, por cierto —apuntó mientras pasaba la mano por el trapo—.

Y hay algo en ella inusual, extraño... Si algo despierta el lado competitivo de esos dos, puede que debamos prestarle atención, ¿no crees?

Puck ni se lo imaginaba... Byron pensaba lo mismo. Todos sabían en qué punto estaban, todos leían la misma profecía día tras día, como un mantra, con la atención y la precaución que requería.

Y estaba ansioso, y también asustado por lo que Elora había activado. Porque Puck tenía razón: Finn y Kellan de caza e interesados en la misma presa no era una buena señal. Al menos, no para él, porque eso tenía que significar algo más trascendente, algo que podía cambiarlo todo.

—Han pasado muchos extranjeros por aquí. Hombres y mujeres que han estado de paso... Ninguno atrajo las miradas como esa joven. Además, algo me dice que tú esperabas algo de todo esto —indagó como un investigador.

—¿Por qué lo dices?

—Te veo inquieto. Y también me he fijado en que tienes salpicaduras de sangre...

Eso alertó al moreno y buscó esas marcas por su ropa oscura. Las detectó en las mangas largas de su elegante chaqueta.

Puck suspiró y abrió un pequeño armario del que extrajo un frasquito dosificador con un líquido blanco y un trapo.

—Ni siquiera te has dado cuenta. ¿Qué ha pasado? —quiso saber acercándose a él para vaporizar las mangas y limpiarlas, como si Byron fuera un niño pequeño. Puck era el único que le podía tratar así, dado que su relación era muy especial—. ¿De quién es esta sangre?

Byron pensaba en demasiadas cosas. Pasado, presente y futuro confluían en él y agitaban su cabeza con todo tipo de recuerdos, vivencias actuales y posibilidades. Tenía un enorme secreto y no le había hablado a nadie de ello jamás, ni siquiera a Puck. Sin embargo, su intuición no dejaba de lanzarle advertencias, y estaba más activa que nunca. El aviso era claro y sospechaba que había llegado el momento.

Pero nunca pensó que aquella chica tuviera nada que ver en ese destino. Ellos no se movilizaban por cualquiera, ni él tampoco. Su sola presencia era un imán y demostraba que acababa de llegar alguien único, excepcional.

Y lo era. Por supuesto que lo era. Solo que ella no lo sabía. Y Byron tampoco lo había esperado.

—Me he tenido que encargar de algo. Eso es todo.

Puck soltó un bufido. La sangre nunca traía buenas noticias.

—¿Algo que deba saber? ¿Algo importante? —Esperó a que contestaste, pero ante su largo silencio añadió—: Byron, ¿vas a hablarme claro? Te conozco, llevamos mucho tiempo juntos… Esto ha sido muy raro. Y sé perfectamente que hay algo que me ocultas y no me quieres decir. Tiene que ver con esa chica, ¿verdad?

Byron asintió mientras permitía que Puck le limpiase las mangas.

—¿Está pasando? —El barman entornó la mirada—. El momento que estábamos esperando, ¿ya ha llegado?

—No estoy seguro —respondió Byron—. Por eso hay que vigilarla y… protegerla de esos babosos. —Se refería a Finn y a Kellan—. Y también del resto.

—¿Y de ti? —preguntó Puck divertido—. ¿De ti no?

Byron, que era el más alto de los dos, negó con la cabeza y lo desafió.

—De todos menos de mí —contestó fijando la mirada en la misma profecía que tenía colgada Puck en su despacho.

—Si el momento ha llegado…, no puedes anular a los demás de la ecuación. No se van a quedar al margen.

—Eso es algo que tendré que solucionar yo con el resto.

53

Y, como te he dicho, antes debo confirmar que ella tenga que ver con lo que estamos esperando.

Le había dado espacio y tiempo. Bien sabía Maeve que había hecho todo lo posible por alejarla, pero por el motivo que fuera, ella, casual o causalmente, había burlado su seguridad y echado por tierra su esfuerzo y sacrificio, y ahora estaba donde menos le convenía.

—Si crees que ella es tan importante, ya te puedes dar prisa y marcar territorio. Porque esa chica parece no saber dónde se ha metido. Eso o finge muy bien.

—No finge. —La voz afilada de Byron salió en su defensa.

Su vehemencia sorprendió a Puck, quien, tras dejar las mangas limpias, alzó el rostro para mirarlo.

—Algo es —aseguró—. Finn y Kellan han intentado marcarla, han ido hacia ella como las polillas a la luz y no han podido. Es como si su influencia no hiciera efecto en ella. No tiene sentido. Y eso solo puede significar una cosa…

Byron alzó levemente la comisura del labio, satisfecho con aquella revelación.

—Tal vez sea inmune a su encanto.

—¿No me lo piensas decir? —insistió Puck.

—Por ahora no. Algo en todo esto me ha sorprendido tanto como a ti. Pero hay demasiado en juego como para hacer movimientos en falso. Debo ir con pies de plomo y necesito que me apoyes y me eches una mano.

—¿Es personal, entonces? ¿Qué tiene que ver ella contigo? ¿Y por qué yo no sé nada de esto?

—Porque no puedes. Nadie puede —respondió—. Aún no. Cómo te he dicho, no quiero errar. Controla tu naturaleza chismosa, Puck.

—Me da que estamos en terrenos pantanosos e inexplorados —arguyó desconfiado.

—Y lo estamos. Pero debemos intentar controlar la situación todo lo que podamos. No puedes saber lo que yo. Eso me pondría en peligro. Y a ti también.

—¿Y cómo te voy a ayudar si no me cuentas qué tengo que observar y escuchar?

—Como haces siempre, Puck. Contándome todo lo que veas.

Byron no mentía. Estaba reconociendo abiertamente que ella era territorio inexplorado por muchas razones. La principal: que él tampoco podía acceder a su persona con facilidad. Aunque era cierto que tenía una carta de más que inclinaba la balanza a su favor. O eso esperaba. Porque el comportamiento de ella y ese encuentro fortuito en la carretera le habían demostrado que era una mujer muy distinta a como la imaginaba y que no reaccionaba a su presencia como hubiera deseado.

¿En qué la convertía eso?

¿Qué consecuencias tendría para ella descubrir la verdad? ¿Y, para él, que todo se supiese?

Tenía mucho que hacer y en lo que pensar, pero antes de nada, dejaría claras las cosas a esos dos presuntuosos. Cuanto antes enseñase la corona, mejor. Además, no le había gustado nada cómo habían interactuado con Elora.

—Elora... —Puck continuaba meditando, intentando averiguar con sus cavilaciones y titubeos por qué esa chica había atraído la atención de los personajes más influyentes de la realeza de Meadow Joy—. Vivía en una gran ciudad... Y, de repente, cayó aquí. Esos dos se le echaron encima en cuanto entró en el Cat Sith, como si la hubiesen olido. Pero ella los capeó muy bien —confirmó—. Y es evidente que tienes algo con ella, aunque ella no lo sabe. —Sacudió la cabeza mostrando su contrariedad.

—No insistas, Puck. Jamás lo adivinarías —suspiró y comprobó que su ropa ya no tuviese ni rastro de sangre.

—¿Por qué tengo la sensación de que esa joven va a remover las aguas? —canturreó el barman con nerviosismo.

Byron tensó los hombros y después volvió a ofrecerle una sonrisa de medio lado.

—Tranquilo, amigo mío. Sea lo que sea lo que remueva, vamos un paso por delante del resto.

—Tío... —Se frotó la cara—. Hablas como si tuvieras preferencia o algún derecho sobre ella. Y me pone nervioso...

—¿Por qué?

—Porque no sé qué supone que te sientas así. Ni tú tampoco. Esto es... nuevo.

Byron apoyó una mano sobre el hombro de su colega y lo miró con seguridad. A Puck las intrigas le podían, y no descansaba hasta averiguarlas. Pero esta vez no se las iba a sonsacar.

—Confía. Sé lo que tengo que hacer.

—Siempre lo hago.

—Gracias por avisarme sobre lo que has visto. Que te sea leve lo que queda de noche.

Puck resopló y tiró la toalla.

—Y a ti, *cara*.

Elora no solo iba a remover las aguas. Era un maldito tsunami si se confirmaban sus sospechas.

Por eso Byron iba a salir del local para empezar a dejar claros los límites; no iba a tolerar que nadie los cruzase.

Pero mientras Byron abandonaba el pub, Puck no se quedó tranquilo.

Su amigo no actuaba como siempre. Algo le había afectado y cambiado en él. Lo conocía desde hacía mucho; sus miradas, sus expresiones, cuándo controlaba la situación —que era casi siempre— y cuándo algo se le escapaba de las manos, como en ese momento. Y a él, siendo el tipo de hombre que era, con su terrible necesidad vital de alimentarse de cotilleos, le carcomían las ganas de descubrirlo.

Allí había gato encerrado.

Byron salió del Cat Sith sabiendo que en el exterior habría alguien esperándole. Finn y Kellan estaban apoyados en la farola que alumbraba la entrada y las mesas vacías del exterior del local, pero su luz no alcanzaba a iluminar toda la acera.

No hablaban entre ellos, pero ambos estaban ahí por lo mismo. Una anomalía acababa de entrar en Meadow Joy y tenían muchas preguntas, pero ninguna respuesta.

Byron tenía algunas, pero no todas. Y no pensaba revelarles ninguna a ellos tampoco.

—Has tardado en venir, Baobhan. Raro en ti, con lo que te gusta el producto fresco —dijo Finn mirándolo de arriba abajo y mostrándole su ya habitual poco respeto.

Ninguno de los tres se lo tenía al otro, más allá de lo estrictamente necesario para la convivencia del pueblo.

Kellan, más cauto en palabras, no dijo nada. En cambio, cruzado de brazos y apoyado en el palo metálico de la farola, inhaló con disimulo buscando en el aire algo que solo él podía detectar. Y lo encontró, porque sus ojos se dilataron con interés y decepción.

—Has estado con ella. Ni siquiera el vaporizador que te ha echado tu lamebotas te ha podido quitar su aroma.

Finn entornó la mirada y su rictus se volvió más serio.

—¿Has estado con Elora?

—Sí. —La respuesta la dio Kellan—. Esa chica tiene un olor personal delicioso. La huelo en su ropa.

—Entonces no hace falta que nos andemos con rodeos. —Finn se estiró las solapas de la chaqueta y se echó el pelo rubio hacia atrás—. Has captado lo mismo que nosotros.

—Así es —contestó Byron finalmente.

Los tres formaron un triángulo en el que intercambiaron varias miradas desafiantes. Porque sabían que el interés que los unía no era algo menor.

—Somos *ceassenach*. Somos dominantes, y hemos notado su presencia de inmediato. Esto, caballeros, nos sitúa de lleno en una competición —sugirió Finn mirándose las uñas cortadas y limpias a la perfección—. La de todas las puertas. La madre de las competiciones.

—¿Cómo sabemos que no es un juego adelantado de Maeve? —preguntó Kellan.

—Halloween es en la siguiente luna —dijo Byron cortante—. Y, Kellan, deja de mover el maldito rabo —le advirtió—. Noto tus feromonas por todas partes.

Kellan alzó una ceja y le sonrió despectivo.

—Debes de estar muy perdido si crees que puedes darme órdenes. Que nuestra cordialidad no te confunda. *An Rogha Iontach* es de todos y para toda nuestra gente. Sea *ceassenach* o no, Finn —aclaró al rubio—. Y, desde luego, no es solo para ti, Byron. Esa chica —dio un paso hacia él— no es tuya.

Las pupilas negras de Byron se dilataron. Esos dos iban a entrometerse donde nadie les llamaba. «*An Rogha Iontach*» significaba la elección perfecta para los hombres y las mujeres solteros.

—*An Rogha Iontach*, Ag Athrú —lo llamó «cambiante» con desprecio—, solo puede tener lugar con alguien de la sangre de Maeve. Todos lo sabemos. Esa chica no tiene nada de nuestra gente. —Quería cortar el debate.

—Tampoco tiene nada de los otros. Esa mujer no es normal —sentenció Finn—. Prueba de ello es que estamos aquí los tres, y tú estás intentando mear como un perro a su alrededor. —Se estaba jactando de su actitud—. ¿Qué hace el gran Byron actuando así? No es propio de tu estirpe.

—En cambio, es muy propio de la tuya, Finn, echarle encima tu marca cuando sabes que es tóxica para nosotros.

—Más para ti que para mí —sugirió Kellan.

—Solo ha sido un besito en el dorso de la mano… para mi futura princesa.

Byron lo agarró del pescuezo y su voz se afiló, al igual que sus uñas, que se clavaron en la piel nívea del cuello ancho de Finn.

—Hazlo otra vez y te arrancaré los malditos labios. Muestra respeto.

Finn le dirigió una sonrisa deslumbrante, como si Byron fuese una mujer a la que conquistar, y le lanzó un beso al aire.

—No quieras buscar un problema, Sith. Tengamos la fiesta en paz.

Kellan intervino para separarlos.

—Esa chica es un faro, Byron. No puedes pretender que le demos la espalda, porque eso no va a pasar —sentenció—. Acepta que vamos a ir a por ella, porque puede haber mucho en juego. No está sellada por nadie. Es demasiado apetecible. No todas las hembras de Meadow Joy tienen que caer rendidas a tus pies. Nosotros también queremos jugar. ¿O acaso dudas de tu conocido encanto?

—A Byron le gusta demasiado la cacería. Sobre todo, ir solo —aseguró Finn muy serio—. No quiere competencia.

—Las cacerías se acabaron gracias a mí —espetó Byron—. ¿De qué sirve lo que aprobamos? Habéis violado los acuerdos del concilio. ¿Habéis olvidado lo que sucedía? El pueblo tenía que cerrar las puertas con doble cerrojo en las noches de luna de cosecha. —Desaprobó a Kellan con la mirada—. Y ya nadie salía a los bosques por culpa de los juegos de los tuyos, Finn —le recriminó—. He sido yo quien ha solucionado todas las pérdidas de control por culpa de vuestra naturaleza. Fui yo quien sugirió las casas de compañía.

—Tú y los tuyos las necesitáis más que nosotros —le echó en cara Finn—. Recuerdo esos tiempos en los que las fachadas de las casas estaban salpicadas de sangre.

—Falso. Las usáis tanto como nosotros. Y es bueno. Y esto también lo será —dijo cambiando el semblante a uno mucho más determinante—. Dejad a Elora en paz. Solo es la chica nueva en el pueblo, una simple veterinaria, y ya os comportáis como acosadores.

—Me aburres. No puedes detenernos —dijo Finn encogiéndose de hombros, dando la discusión por terminada—. Además, es evidente que no es una mujer normal y corriente. Nada de lo que puedas decir me interesa. La competición es justa y abierta y nadie está por delante de nadie. Acéptalo.

—Recuérdalo la próxima vez que uses tus tretas para influenciarla con tus besos y tu saliva —les conminó Byron—. Y recuérdalo tú, Kellan, con tus malditas feromonas. Habéis intentado marcarla por todas partes en pocos minutos... No habléis de competencia justa. Menos mal —sonrió como un diablo orgulloso— que no os ha funcionado.

Eso no gustó nada al rubio. Porque ellos ya se habían dado cuenta de que nada afectaba a esa joven como debería.

—Habrá más oportunidades. —Finn le guiñó un ojo, prometiéndole más dolores de cabeza, y desapareció.

—Esto acaba de empezar —añadió Kellan antes de darse la vuelta para alejarse de aquella reunión improvisada nada amistosa—. La victoria tiene un premio muy gordo,

Byron. —Abrió los brazos mientras caminaba hacia atrás—. No te lo tomes como algo personal. Todo vale si se trata de *An Rogha Iontach*.

Byron observó cómo Finn y Kellan se alejaban.

Lo habían puesto de mal humor, pero prefería que se sintieran confiados y con posibilidades.

Para él, ninguno de los dos tenía ni la más remota oportunidad con Elora.

Porque él sabía a quién respondería esa chica.

Aunque ella aún no lo supiese.

4

Elora sabía que estaba soñando.

Pero no era capaz de despertarse, no quería.

Tal vez era una parálisis del sueño. Nunca había tenido una, pero seguro que se sentía así. Estaba en la cama de su nueva habitación en la casa de Meadow Joy, y lo veía todo como si estuviera fuera de su cuerpo, con detalles demasiado nítidos. Sin embargo, no estaba sola, porque tumbado a su lado se encontraba Byron.

No recordaba cuándo había entrado ni tampoco que le hubiese invitado, pero ahí estaba.

La miraba como si sus manos estuvieran por toda su piel, disfrutando de su tacto, aunque sin llegar a tocarla.

Elora suspiró al sentir el placer de verse observada hasta que advirtió que era ella misma quien se provocaba esa sensación. Se estaba tocando.

¿Cuándo había sido así de atrevida? ¿Ella? El sexo jamás le había llamado demasiado la atención, ni tampoco se había sentido atraída ni interesada por nadie lo suficiente como para jugar y abrirse de ese modo. Había tenido sexo, como casi todos a su edad, pero para ella, y según su experiencia, estaba sobrevalorado.

No obstante, aquel sueño le estaba provocando sensaciones que nunca antes había experimentado.

Dirigió sus palmas a sus pechos y Byron imantó su mirada en ellos, orgulloso, porque lo hacía para él y también para sí misma.

Coló sus manos por debajo de la camiseta del pijama y se acarició los pezones con los pulgares sin dejar de mirarlo. Él apoyó el codo en el colchón y la cabeza en su mano para contemplar con satisfacción el espectáculo que le estaba dando. Se humedeció los labios con la lengua y sonrió, animándola a que fuera a por más.

Elora no comprendía lo que estaba pasando. Sus manos, autómatas, moldeaban su propia figura y tocaban zonas erógenas que pocas veces reaccionaban, menos en ese sueño. En él parecía otra persona, solo porque Byron, ese hombre de ojos magenta, la aprobaba y disfrutaba de todo lo que ella hacía.

Cerró los ojos con gusto, y él también cuando su mano se posó entre sus piernas y se internó dentro de sus braguitas. Se sorprendió cuando notó la humedad y la hinchazón. Estaba muy excitada, tanto que cuando empezó a frotarse con los dedos, sin dejar de mirar a ese hombre, empezó a gemir y el orgasmo explotó, sacándola abruptamente de su sueño, asustándola por su intensidad y su aparición inesperada.

Jamás se había corrido así. Nunca en un sueño.

Lo peor fue que, cuando abrió los ojos, se descubrió en la cama, en la misma posición, con su mano entre las piernas. Cuando la sacó del interior del pantalón, observó los dedos húmedos.

—¿Cómo ha podido ocurrir...? —¿Desde cuándo ella tenía ese tipo de sueños tan vívidos y eróticos?

Los fuertes ladridos del lebrel, que ahora lucía un vendaje en su pata delantera, la obligaron a mirar en su dirección. El perro quería dormir con ella y lloriqueaba si se alejaba, así que había decidido subírselo a la habitación.

Era gigante, bueno, noble y completamente inofensivo, a pesar de la aparatosa herida que Elora le había curado y cosido. Se había dejado bañar y secar, agradecido por esos cuidados. Pero aquella no era la primera vez que ladraba desde que había entrado en esa casa. Había reaccionado a todos los ruidos que sonaban por la vivienda y de vez en cuando correteaba por la habitación, persiguiendo cosas que solo él veía, o se quedaba sentado en la puerta, con la atención fija como si estuviese haciendo de barrera entre él y algo más. Y ahora le estaba gruñendo al balcón, cuyas cortinas se habían descorrido cuando ella habría jurado que las cerró.

Elora, que no había dormido casi nada, se sacó los tapones de los oídos, se incorporó y pisó sin querer el hueso que le había dado para que lo mordisquease y que ahora estaba sobre la alfombra.

—Ouch… —gruñó cojeando un poco—. ¿Qué estás mirando, Bombón? —Así lo había bautizado.

Corrió al baño de la habitación, se lavó las manos y después se dirigió hacia el perro.

Él movía el rabo con sus ojos negros clavados en un punto muy concreto del exterior.

—Ahí no hay nada… —susurró Elora mirando a través de las puertas de la terraza.

La campiña que tenía a sus pies seguía cubierta de niebla, pero más baja. Sintió mucha paz ante esas vistas. Eran serenas, y el verde y el color ocre de sus bosques eran tan intensos que formaba uno de los mejores lienzos otoñales que había contemplado.

Suspiró y miró el reloj. Quedaba poco para amanecer, pero necesitaba dormir un rato más, aunque fuera media horita, ya que se había acostado tarde curando a Bombón. Ninguno de los dos había tenido una noche fácil.

—¡Guau! ¡Guau! —continuaba el lebrel al observar algo que solo él percibía.

—Chis, deja de ladrar —le pidió tocándole la cabeza con los dedos. Menos mal que no tenía vecinos. Él calló de inmediato, porque la había entendido y ahora ella era su dueña y la seguiría y la obedecería hasta el final de los tiempos—. Así me gusta. Por favor, no sé qué estás viendo ni por qué estás tan nervioso, pero necesito dormir un poco… —le explicó como si fuera una persona—. No has parado en toda la noche. Ya sé que la casa está llena de ruidos, pero haz el favor de no ladrar.

Bombón lloriqueó de nuevo, como si fuera muy difícil lo que su dueña le pedía.

—Inténtalo, ¿vale? Solo te pido eso. —Bostezó—. Inténtalo.

Tomó las cortinas y las volvió a correr. Luego se metió de nuevo en la cama de un salto y se cubrió con la colcha hasta la mitad de la cabeza. Siempre se le congelaban las orejas, aunque hubiese calefacción.

El lebrel se subió con ella y se colocó a sus pies, ya en silencio, aunque seguía mirando hacia el balcón.

Ella pensó que sería un gran protector y vigilante, porque esa raza lo era. No tenía chip, nadie lo reclamaba, no había visto carteles en el pueblo anunciando que se había perdido… ¿Decisión? Se lo quedaba.

Era gratificante tener un compañero con el que vivir aquella nueva aventura en Meadow Joy. Aunque fuera tan escandaloso.

Por la mañana empezaría el primer día oficial de Elora en el centro, debía estar lo más descansada posible.

Y a pesar de todo, con la intención de volver a dormirse al menos treinta minutos más, no lo logró.

Porque el magenta de los ojos de Byron no se le iba de

la cabeza. Ese hombre le había causado una gran impresión, la había afectado de un modo demasiado íntimo que no atinaba a comprender.

¿Cómo había sido capaz de tener ese sueño lúcido? Se cubrió la cara con una mano y cerró los ojos, avergonzada e impresionada con su actitud.

Se había tocado para él.

Y le había gustado. Y estaba convencida de que a él, por cómo la miraba, le brillaban los ojos y sonreían sus labios, también lo había disfrutado.

Elora no tardó demasiado en darse cuenta de que sucedían algunas cosas extrañas en su casa y en aquel centro veterinario. No era asustadiza, pero sabía cuándo algo superaba lo normal, y no tenía que ver con torpezas ni descuidos porque ella no era ni torpe ni descuidada; todo lo contrario. Siempre había sido muy organizada. Sabía dónde dejaba las llaves, se preparaba la ropa del día siguiente en una silla y alineaba su calzado. Era ordenada y limpia.

Sin embargo, a la mañana siguiente, empezó a advertir que las cosas nunca estaban donde ni como las había dejado.

Al principio pensó que era Bombón, que tenía manía persecutoria, y como aún era joven (no tendría más de un año), pues le entretenía cogerle las cosas, secuestrarlas y cambiarlas de lugar. Pero el perro no se despegaba de sus piernas y debía ser muy veloz para jugar con ella de ese modo. Tampoco había dejado de ladrar en toda la mañana, como si tuviera una compulsión o como si constantemente estuviera advirtiendo bichos por todas partes. Aun así, la casa estaba en perfecto estado y ahí no había cucarachas ni roedores.

Las desapariciones de las que Elora había sido víctima

empezaron con las zapatillas. Las había dejado bajo la silla, donde había colocado su ropa. La izquierda se había esfumado. Invirtió diez minutos en encontrarla, hasta que la halló debajo del cojín de la cama que acababa de hacer. O sea, debajo. Eso ya le puso la piel de gallina. Ella no la había dejado allí y, mucho menos, Bombón. El perro habría deshecho la cama por completo y la colcha estaba bien.

Después tuvo un problema con las llaves del centro. Las había dejado en la entrada, en lo que parecía una casa de pájaros pero, en realidad, era para guardar las llaves. No estaban ahí. Las encontró media hora después en el bol de frutas de la cocina.

No era estúpida. Algo o alguien le estaba moviendo las cosas de lugar.

Se pasó toda la mañana buscando todo lo que dejaba de estar en su sitio y, con aquellas labores inesperadas, descubrió algo todavía más inquietante. Vasos de leche vacíos detrás de la chimenea, galletas carcomidas debajo de la cama, sal en las esquinas de las habitaciones. Debajo del ordenador del centro veterinario, en el primer cajón del mueble, encontró puertas diminutas, como para que pasaran los ratones, de no más de cinco centímetros de longitud. Y en el mismo cajón, cruces de serbal. Recordó que Charlotte llevaba una colgada del cuello.

Eso sumado a los ajos de las ventanas y las herraduras… Todo era un despropósito y empezaba a estar nerviosa.

No iba a cambiar de opinión ni pensaba irse de allí, pero aquello le pondría la piel de gallina a cualquiera.

Hasta que recibió la primera visita de la mañana. Elora estaba histérica con los sucesos y solo llevaba día y medio allí. Pero llamaron al timbre de la puerta y se encontró con un señor con enanismo, de no más de un metro de altura. Se apoyaba en un bastón con el mango metálico en forma de cabeza de águila. Llevaba un hurón en el hombro y tenía un puro en la boca.

Se llamaba Liek y cojeaba de una pierna.

El hurón tenía los ojos hinchados y le lloraban. Estaba vestido como si fuera un elfo. Era muy gracioso de ver, pero no parecía sentirse cómodo.

Elora tuvo un respiro en ese momento porque, al menos, durante la visita nada le desaparecía de la vista y todo permanecía en su lugar. Como debía ser.

Liek era un hombre amable, pero tenía un carácter fuerte y estaba muy seguro de sí mismo. Además, vestía con ropas muy caras, a tenor del largo abrigo que llevaba de pelo negro, que Elora esperaba que no fuese natural. Odiaba que las personas se vistieran con pieles de animales.

—Mi pequeño Paul tiene alergia estacionaria —dijo Liek al sentarse en la silla de la consulta.

Elora buscó la ficha del hurón. No la encontró, siguiendo la tónica de toda la mañana.

—¿Había venido alguna vez aquí? —preguntó mirando la pantalla del ordenador.

—Es la primera vez.

Ella lo miró por encima del hombro y lo cazó mirándole el trasero. El hurón, en cambio, se acercó a ella y se le subió al hombro.

Liek se sorprendió ante ese gesto y empezó a mirar a Elora de otro modo.

—Parece que tienes buena mano con los animales. Paul jamás se ha ido con nadie. No es sociable. —Se acarició la perilla entrecana y paseó los ojos de color negro por todo el cuerpo de Elora—. Debe de ver algo muy bueno en ti.

Ella ignoró las miradas de Liek y se centró en el animal. Paul tenía los ojos muy hinchados y le estaba diciendo que lo que le sucedía era otra cosa.

Lo tomó en brazos y lo colocó en la camilla para inspeccionarlo con su linternita. Liek no cabía en su asombro de la facilidad que tenía la joven para manipular a Paul.

—¿Eres de por aquí, chica?

—No.

—¿Habías venido aquí antes?

—Es mi primera vez.

—¿Quieres protectores? Vas a necesitarlos en este pueblo.

Elora apagó la linterna, estupefacta, pero se volvió para atender a Liek con un gesto dulce, aunque dispuesta a poner límites.

—¿Qué me está ofreciendo exactamente? Suena un poco mal —sonrió con una disculpa muda.

—Solo protección y ayuda, si la necesitas. No tienes anillo, no estás prometida y no tienes pareja seria, de lo contrario te habrías venido aquí con el novio. Si yo tuviera una novia como tú, no te dejaba ni a sol ni a sombra.

—¿Cómo sabe...?

—En el pueblo se sabe todo. Eres la novedad —contestó con una sonrisa condescendiente—. Y eres una moza de buen ver... Hay mucho bravucón en estas montañas. Repito: te iría bien un protector. Yo me ofrezco —le explicó a modo de confidencia.

Elora pensó que no sabía cómo un hombre de no más de un metro de altura podía protegerla. ¿De quién? Era una tontería.

—No veo por qué iba a necesitar protección de nadie, pero gracias de todos modos, señor. —A Elora le cruzó la mente un pensamiento sobre Byron, Finn y Kellan, pero lo desechó de inmediato—. Señor Liek, su hurón tiene conjuntivitis, no es una reacción alérgica estacionaria. —Se guardó la linterna en el bolsillo delantero de la bata blanca—. La ropa que lleva puesta tiene un tipo de suavizante que no le va bien, huele como a colonia y le produce alergia. Y también le atrofia el olfato. —Se tocó la nariz.

Liek se levantó de la silla en la que estaba sentado y apoyó el bastón en el suelo con una expresión indignada.

—¿Me estás diciendo que mi hurón se está poniendo malo por mi culpa? —dijo muy preocupado.

—No he dicho eso. Digo que para Paul es mejor que no le ponga ropa ni nada con suavizante. Los hurones pueden desarrollar infecciones oculares por el uso de productos inapropiados en sus ropas o en el mobiliario de la casa, por los materiales del arenero y la arena, los desodorantes que pueda utilizar para anular olores...

—No lo sabía. —Tomó a Paul y lo acarició colocándolo contra su pecho—. Lo siento mucho, amigo mío.

Elora comprobó que el hombre cuidaba de la mejor manera al hurón y que lo apreciaba de verdad. No había motivo para preocuparlo.

—Estará bien si le pone estas gotas. —Abrió un mueble de la consulta y encontró un vial allí mismo. Menos mal—. Las primeras se las voy a echar yo —dijo procediendo sin demasiada dificultad. El hurón se quedó inmóvil para que ella se las aplicara—. Le doy lo que queda de este vial para que lo acabe de usar, pero le preparé la receta para que vaya a la farmacia y compre el frasquito, ¿de acuerdo?

—Sí.

Se dio la vuelta, tecleó en el ordenador y la imprimió. Le ofreció el papel a Liek.

—Es un colirio con algo de antihistamínico. Verá la mejoría enseguida. Sobre todo, no use ese suavizante más.

Liek observó a Elora con agradecimiento, valorando su profesionalidad y su buen tino. Se guardó la receta en el bolsillo de la chaqueta.

—Has sido muy rápida, muchacha.

—Es evidente lo que le sucede a su hurón. No ha sido complicado.

—Pero no entiendo cómo lo has sabido con tanta seguridad. Podría haber sido otra cosa.

—Me ha pasado otras veces. He tratado con algún hurón con la misma patología. Se soluciona cuando retiran lo que les causa la alergia. Además, la ropita que lleva huele a lo que sé que no les gusta.

El hombre alzó una ceja muy peluda y despeinada de color negro y le dirigió una mirada suspicaz.

—Tienes buen olfato.

—Un poco.

—¿Hablas con los animales, jovencita?

A Elora le impactó lo directo de la observación.

—Soy veterinaria. Tengo que hablar con ellos y comprenderlos —respondió con naturalidad, sin dar más información de la necesaria sobre su habilidad.

—Ya... —No se lo creía del todo—. ¿Cuánto te debo?

—Nada. —Lo acompañó a la salida—. No ha estado ni tres minutos en la consulta.

—Entonces te debo un favor. —Alzó el dedo índice y regordete mientras Paul bailoteaba por encima de sus hombros—. Y no descansaré hasta devolvértelo.

—No hace falta.

—Sí la hace. Los favores se devuelven siempre.

Al salir, se encontraron con Bombón sentado en el porche, mirando a la campiña. El sol iluminaba el césped del jardín, pero el calor no picaba demasiado. Era agradable.

—Vaya, tienes un *wolfhound* —murmuró el hombre.

Bombón los olfateó para tenerlos un poco vigilados, pero no les dio demasiada importancia. Ni siquiera al hurón. Como si fuera de una especie muy inferior a la suya.

—Sí, lo rescaté ayer por la noche. Lo encontré en la carretera. Tenía una herida en la pata.

—Esos malditos cazadores...

—¿Hay muchos?

—Está prohibido que correteen por aquí. Meadow Joy no es un coto para ellos, pero les encanta violar las normas. Dejan sus trampas por ahí y los animales acaban hiriéndose con ellos —desaprobó con rabia—. Hacía mucho que no veía *wolfhounds* en Meadow Joy. No es un perro cualquiera, ¿lo sabías?

—Sé que son muy especiales.

—¡Claro que lo son! —exclamó con una risotada—. Los *wolfhounds* tenían a los cazadores a raya.

—¿Perros que cuidan a los animales de los cazadores humanos? —Elora frunció el ceño y estudió a Bombón con diversión.

—Ya lo creo que sí... Además, ven y detectan a la Buena Gente. Protegen a sus dueños y ven auras.

Elora tuvo ganas de reírse. ¿Qué les pasaba allí con la magia?

—¿A la Buena Gente? ¿Quiénes son? —dijo con curiosidad.

Él se detuvo y la miró de hito en hito.

—¿Cómo? ¿Acaso no sabes que estás en un pueblo con leyendas y tradiciones basadas en la existencia de ese Otro Mundo? ¿No te habló Charlotte de ello?

—Algo me contó, pero no le di demasiada importancia.

—Se la acabarás dando, ya verás. Aquí todos somos creyentes —aseguró señalando la herradura del suelo de la puerta de entrada—. Todo lo que nos rodea habla de Ellos —arguyó con mucho orgullo sobre el lugar en el que vivía—. A casi todos nos han pasado cosas con Ellos.

—Ya... —murmuró Elora, cada vez más curiosa.

—Deberías informarte —le recomendó—. Si quieres hacerte al pueblo, tienes que empezar a pensar como nosotros y conocer nuestras costumbres, o el otoño será más frío de lo habitual.

—¿Ah, sí? ¿Y qué me aconseja? —Se cruzó de brazos y se apoyó en el quicio de la puerta.

—Ve donde Iris, la librería cafetería del pueblo. Ahí encontrarás toda la información que necesites y podrás leer sobre sus historias y leyendas. Son apasionantes.

Liek bajó las escaleras del porche con Paul en el hombro y se dirigió a su Jaguar negro, conducido por un mayordomo. Estaba en lo cierto: Liek tenía mucho dinero.

—Buena suerte, Elora querida. Cuando necesites mi ayuda, no dudes en pedírmela.

—Gracias, señor Liek.

Se subió a la parte de atrás, bajó la ventanilla eléctrica y se despidió con un:

—Que nos volvamos a ver.

—Que nos... volvamos a ver. —Allí todos se despedían así.

El coche se alejó por el camino y Elora silbó para que Bombón la siguiese al interior de la casa.

—Qué gente más rara hay por aquí... —le dijo al perro.

Entonces, una vez se quedaron a solas de nuevo, escuchó algo que se caía y se rompía en el piso de arriba.

Se asustó y Bombón se adelantó corriendo por las escaleras para ver qué había sucedido.

Cuando llegaron al rellano, se encontraron que el vaso de café con leche que había dejado en el fregadero para meterlo luego en el lavavajillas estaba en el suelo, roto, con el líquido desparramado por el parqué oscuro.

—Oh, mierda... —susurró pálida, y cada vez más preocupada—. ¿Cómo ha llegado el vaso aquí? ¿Qué diantres pasa en esta casa? —se dijo mirando a su alrededor. Luego recogió los cristales con cuidado de no cortarse.

No eran roedores ni animales; de lo contrario, ella lo sabría y habría advertido su presencia. Allí estaba pasando algo más. No había nadie que hubiera podido sacar el vaso del fregadero para tirarlo al suelo.

Charlotte le había mencionado algo sobre los veterinarios anteriores. Sobre por qué no se quedaban, que se iban sin avisar... ¿Cómo no iban a irse, si allí había un *poltergeist* haciendo de las suyas cada dos por tres?

Pero ella no quería irse. No estaba asustada. Había venido huyendo de algo que no quería en su vida, eso sí daba miedo de verdad y era real.

Ahora solo quería comprender lo que sucedía en esa casa.

Por eso, primero llamaría a Gisele para desahogarse, tal vez querría ir a verla.

Y después le haría caso a Liek y buscaría información y respuestas sobre el lugar en el que vivía, en todos los sentidos.

No estaba acostumbrada a cosas así.

Elora ya había reparado en la librería al llegar con el coche al pueblo.

Se llamaba El Edén. Había sido de las cosas que más le habían llamado la atención porque le encantaban los libros.

También era cafetería y servían comidas mientras leías, además, dejaban entrar a los perros.

Y ella había decidido llevarse a Bombón a todas partes. Se sentía muy bien con él, como si siempre hubiese sido suyo, como si hubieran estado destinados a encontrarse.

La fachada estaba pintada de verde césped, el tejado

era de teja oscura, de forma piramidal, con ventanas en la buhardilla, como si hubiese más plantas o una sala en la que hacer presentaciones arriba; el interior estaba pintado de un color mostaza que contrastaba con el tono rojizo de las estanterías que vestían sus paredes. En el suelo, nada más entrar, había un símbolo celta en un zócalo gigante de tono gris: era una triqueta.

En Meadow Joy también había visto mucha simbología celta e irlandesa; normal. Según le había dicho Charlotte, los antiguos fundadores del pueblo norteño habían venido de esas tierras.

Por lo que fuese, a Elora todo aquello le resonaba, la hacía sentirse bien y en sintonía. Además, en el hilo musical de la librería sonaba Enya con «The Celts». Como si todo estuviera guionizado y tuviera sentido y relación.

Además, tenía un aroma que le parecía maravilloso, porque mezclaba el olor a libro, a papel, con el delicioso perfume a canela, nuez moscada, *cookies* y vainilla que emanaba de la cocina. Al fondo de la librería había un mostrador con pasteles y algunas comidas y, frente a él, en una salita para no más de diez comensales, mesitas redondas de color blanco con sillas de formas preciosas esperaban a los clientes para que empezasen a leer mientras degustaban lo que allí se servía.

Lo primero que haría Elora sería preguntar por algunos libros, pero después pensaba sentarse y comer con Bombón al lado.

Incluso podría pedir comida para él.

—Oh, vaya… Un *wolfhound*.

Elora se dio la vuelta para encontrarse con una chica realmente bonita. Vestía de un modo muy moderno y disruptivo, con vaqueros bajos agujereados en los muslos, un top negro y una chupa de cuero corta. Tenía un piercing de aro plateado en el labio inferior y el pelo rojo y ondulado espectacular y abundante, que a Elora le recordó al color de la frambuesa. Sus uñas estaban perfectas, una manicura de color negro con brillantina, y llevaba unas botas de tacón ancho que Elora pensó que le gustarían incluso para ella. Lo cierto era que se salía del arquetipo de la gente del pueblo; excepto por Finn, Kellan y Byron, que, posiblemente, compartían un estilo parecido.

—¿Qué os pasa a todos con este perro?

—Bueno, llama la atención —dijo la chica, que cargaba con unos libros en las manos—. Y hace mucho que no veía uno por aquí. Antes, hace años, era el perro por excelencia de las familias de Meadow. Lo trajeron al valle los fundadores. Pero... desaparecieron.

—¿Desaparecieron? —Elora no lo comprendía.

—Sí —contestó ella sin más—. Me llamo Iris. Soy la dueña del Edén. —Sujetó los libros con una sola mano y le ofreció la otra.

—Yo me llamo Elora.

—¡Ah! —La señaló con el índice y le guiñó el ojo—. La nueva veterinaria.

—Esa soy yo —contestó asumiendo su fama como podía.

—Eres famosa. Liek habla muy bien de ti. Dice que tienes un don con los animales...

—¿Liek? ¿El señor del hurón? Pero si lo he atendido esta mañana.

—Pues ya ha corrido la voz. Aquí todos son así, hablan por los codos en cadena.

Bombón se acercó a Iris y le pasó la lengua por la mano. Elora pensó inmediatamente que, si le gustaba a Bombón, entonces le gustaría a ella. Además, le caía muy bien. Tenía muy buena energía.

—Bueno, cuéntame..., ¿qué estás buscando? ¿Te ayudo en algo? ¿O acaso solo vienes a probar mis deliciosos pasteles? —preguntó Iris mientras empezaba a colocar los libros en las estanterías.

—En realidad, vengo a por un poco de ayuda y orientación —reconoció sin saber por dónde empezar.

—Dime.

—Busco información sobre... sobre leyendas y tradiciones de aquí.

Iris la observó y dibujó una sonrisa elocuente en sus labios.

—¿Por qué me miras como si supieras a qué me refiero?

—No sé... Continúa, a ver si damos con los libros y las historias adecuadas —la animó.

—La cuestión es que me hospedo en la primera planta del centro veterinario. Charlotte ya me habló al principio sobre lo poco que han durado mis antecesores allí. También me dijo que teníais muchas supersticiones y...

Iris se apoyó en el estante y arqueó sus cejas rojas.

—¿Tienes a alguien haciendo travesuras en tu casa, Elora?

—Eh... —Elora dijo que no con la cabeza—. No exactamente. Bueno, no lo sé. Bombón se ha pasado ladrando toda la noche y por la mañana, por toda la casa, por todos los rincones, como si viera algo invisible para mí. Los objetos... se mueven de lugar y aparecen en sitios donde yo no los he dejado. Ha sido una mañana movidita —se frotó las manos en los pantalones—, y solo quiero entender qué está pasando. O puede que me esté volviendo loca... Liek también me ha mencionado a la Buena Gente.

—No. No te estás volviendo loca. —Iris dejó escapar una risita comprensiva—. Estas cosas suceden por aquí. Y no necesitas un libro para eso. Yo te puedo ayudar.

—¿Cómo? ¿No te parece que digo tonterías? —preguntó Elora dubitativa.

—No creo que las digas. Se ha hecho una porra en el pueblo para ver cuánto duras. Ahí queda eso.

—No me digas.

Iris sonrió y afirmó con la cabeza.

—Yo creo que te vas a quedar. Ninguno de los anteriores se interesó o pidió ayuda ni interactuó en el pueblo. Tú apenas llevas dos días y ya quieres saber. Creo que eso es algo muy bueno.

—¿Por qué lo dices? ¿Es que estoy en una casa encantada?

La muchacha lo negó vehementemente.

—No está encantada. Como te digo, en Meadow Joy vivimos con otras creencias. Ven, acompáñame.

Iris la invitó a seguirla a la planta superior. Subieron las escaleras de caracol de madera, donde cada uno de los peldaños era un tomo de libro con títulos de clásicos fantásticos. Elora se quedó prendada mientras los leía todos.

Cuando llegaron arriba, vio que allí había más libros. Se trataba de una sección de títulos especiales. Una vez te alejabas de esas estanterías, aparecía una pequeña salita con sofás formando un cuadrado. Había tres señoras muy parecidas sentadas una al lado de la otra, y en el centro, una mesita con tazas de té y pastas.

Las tres tenían el pelo blanco y corto, por debajo de las orejas. Elora no sabía qué edad echarles, pero eso no importaba. Lo que más le llamaba la atención era que tenían la misma expresión mientras leían el mismo libro, y que sus gafas de ver, con cristal de culo de vaso, se apoyaban como equilibristas en las puntas de sus naricitas regordetas. Le daba ternura verlas. ¿Eran trillizas? Se parecían muchísimo.

Pero las señoras parecían abducidas. No movían un músculo, ni siquiera parpadeaban, como si no se dieran cuenta de que tenían visita. Hasta que Bombón empezó a olisquear el sofá en el que ellas se encontraban y a mover el rabo, lloriqueándoles para que le prestasen atención.

De repente, una de ellas dio un respingo, como si se acabase de resetear, y dijo:

—¡Oh, un *wolfhound*!

Las otras dos copiaron su reacción y a partir de ese momento fue como si volviesen a la vida.

—Ellas son Misa, Demetra y Fone. Por orden y de izquierda a derecha. —Se las señaló—. Las señoras que leen, las moderadoras del club de lectura. —Así las presentó la guapísima Iris—. Ellas son como los oráculos de Meadow Joy. Todo lo saben. —Les guiñó un ojo—. Además, como ves, son muy mayores, deben de tener doscientos o trescientos años... Y se conocen todas las historias de estas montañas —bromeó haciéndolas reaccionar.

—¡Oye, niña! —dijo Demetra—. ¡Ten un respeto!

Iris se rio y eso hizo reír a Elora.

La librera la presentó a las tres mujeres, y estas escucharon con atención lo que dijo que le estaba pasando en esa casa.

—Así que eres la nueva veterinaria... Y ayer por la noche encontraste a este lebrel —musitó Misa sin dejar de repasarla de arriba abajo.

—Hum... —murmuró Fone.

Elora no entendía cómo, después de todo lo que les había dicho, lo relevante para ellas era que venía con Bombón.

—Sí, pero eso es lo de menos —insistió Elora—. Me preocupa lo que pasa en esa casa y no puedo trabajar con los constantes ladridos de Bombón. No sé si hay algún remedio o algo que pueda hacer. O si estas cosas extrañas también les han pasado a los anteriores inquilinos y cómo las han solucionado… —Elora no quería sonar desesperada, pero no podía pasar otra noche sin pegar ojo—. No sé cómo proceder con algo que no sé ni puedo ver.

—Pero sí crees que hay algo, ¿verdad? —quiso saber Fone.

—Es evidente que lo hay. No soy yo quien mueve todas las cosas y las rompe —dijo Elora muy convencida.

Las tres se miraron entre sí, comunicándose solo con los gestos de sus cejas. Elora las miró expectantes hasta que la del medio, Demetra, dijo:

—Tómate un té con nosotras, jovencita. —Apuntó al sofá de color verde oscuro con los cojines amarillos, frente a ellas—. Si nos pides ayuda, tienes que hacer todo lo que te digamos, ¿de acuerdo?

—Sí. Lo haré.

Elora tomó asiento educadamente y el lebrel se colocó a sus pies, entre la mesa y ella.

—Lo primero que debes entender es que, si quieres que te respeten en tu casa, tienes que mostrarles respeto a Ellos en la suya. —Sonrió con aire maternal—. Es la ley de la correspondencia, querida.

5

Durante media hora, Elora estuvo escuchando atentamente las sugerencias de las tres señoras. Eran unos personajes de cuento, pero le parecían entrañables y muy dispuestas a ayudar. Además, le divertían porque las tres eran muy distintas. La que más hablaba era Demetra; Fone era la que siempre soltaba murmullos de asunción, y Misa acababa las frases de Demetra muchas veces o las repetía.

Aun así, el trío la había ayudado y dado unos consejos que ella seguiría al pie de la letra, aunque le hiciese parecer una loca. Aseguraban que si llevaba a cabo sus directrices, controlaría lo que fuera que hubiera en esa casa.

Iris le había caído bien de inmediato y tenía la sensación de que podían ser buenas amigas. Y considerando que Gisele se encontraba tan lejos de ella, nunca sobraba un buen hombro en el que apoyarse o con quien salir de vez en cuando.

Elora había escrito en su móvil todo lo que le habían sugerido las señoras que leen y, a cambio y en agradecimiento por su predisposición, se había apuntado al club de lectura y también había comprado algunos libros, sugerencia de Iris.

Estaba en la caja mientras la joven librera le colocaba sus adquisiciones recientes en una bolsa de cartón con un trébol de cuatro hojas estampado como un logo. Cuando estaba a punto de pagar, dos señores se colocaron tras ella esperando su turno, y no pudo evitar oír la conversación.

—Otro ataque más de lobo casi a la salida de Meadow Joy —decía uno de ellos—. Esas bestias deben de ser gigantes...

Iris los miró de reojo y, mientras pasaba la tarjeta de Elora por el datáfono, dijo:

—¿Un ataque?

—Sí —contestó el señor más alto, de pelo blanco, ojos claros y bigote espeso que se curvaba sobre el labio superior—. Llevaba una moto roja de carreras y un casco rojo. La motocicleta no sufrió grandes daños. Pero él... Lo han destrozado. Le han dejado la cabeza colgando, y lo peor es que ni siquiera le sacaron el casco. ¡Zas! ¡Como si se le hubiesen echado al cuello nada más verlo!

Aquella descripción cuadraba a la perfección con el motorista que estuvo a punto de atropellarla a ella en la carretera. Y se quedó helada, porque no entendía qué había pasado. Un animal no podía arrancar una cabeza así, y menos un lobo.

—¿Los lobos? —inquirió Elora en voz baja, extrañada por esa información—. Los lobos cazan por hambre o porque se sienten amenazados. No van degollando a los humanos.

—¿Qué si no? —adujo el bajito mirándola como si fuese una incrédula—. La carretera alternativa que pasa por Meadow que colinda con el siguiente pueblo tiene unos veinte kilómetros, y justo al final, en esa parte del monte, dicen que viven los lobos. La alcaldesa ya se encargó de advertir con carteles a la salida del núcleo del pueblo que tuvieran cuidado con los animales salvajes.

—¿La alcaldesa avisó de la existencia de lobos que degüellan a humanos? —Elora no se lo quería creer.

—Con la niebla y los resplandores de los focos delanteros se ponen nerviosos. A los coches los saben identificar y no se les echan encima, pero a los motoristas... los huelen. —Se tocó la nariz y alzó la barbilla—. Según dicen los medios, por la marca de los neumáticos, la moto resbaló o dio un frenazo al ver algo en medio del camino, y el animal lo atacó en el suelo. No es el primero que acaba así —aseguró sacudiendo la cabeza.

—No. Los lobos no hacen eso —persistió Elora.

Iris le tendió la tarjeta al tiempo que le hacía caras insinuando que esos dos exageraban.

—Los de Meadow Joy, sí —sentenció el más alto.

—¿Y han dicho cuándo se supone que sucedió el siniestro?

—Sucedió ayer noche. Tal vez a las diez o a las once.

Elora se humedeció los labios. Ella regresó a la casa después del encuentro con Byron sobre esa hora. Byron se fue al Cat Sith, y ella condujo muy despacio hasta llegar al centro veterinario.

—Ya sucedió hará unos cinco lustros, ¿verdad? —insistió el bajito.

—Sí.

—Señores, tal vez haya sido Sleepy Hollow —canturreó Iris sonriendo con dulzura a los clientes.

Inmediatamente, los dos se quedaron embelesados y le siguieron la corriente.

—Iris tiene razón —repuso el más bajito—. Si tenemos ciervos blancos, también tenemos al jinete sin cabeza.

Ambos se acogieron a esa suposición como a un dogma. Y, como por arte de magia, dejaron de insistir y se pusieron a hablar de fútbol.

Aquello dejó descolocada a Elora. El tema era serio. Habían degollado a un hombre a pocos kilómetros de allí.

A un motorista. Y, con toda probabilidad, era el mismo con el que ella se había cruzado. Aunque ella podía contarlo y, después de todo, él no.

—Elora, mañana en el Cat Sith —le dijo Iris ofreciéndole las bolsas con los libros— es la noche del *fish and chips*. Pásate si puedes. —Le guiñó un ojo—. Suele estar bien.

Elora lo meditó unos segundos y pensó que no tenía nada que perder.

—Sí, si no hay ninguna urgencia en el centro, puede que vaya.

—Bien —celebró la librera—. Hasta mañana, y gracias por comprar en El Edén.

—Gracias a ti por tu ayuda y la de las señoras...

—Para eso estamos.

Cuando Elora salió de la librería, iba cargada con una bolsa con un par de libros y las notas del móvil a reventar de directrices a seguir para que en su casa no continuasen pasando esas cosas extrañas. Y le parecía absurdo, pero mejor eso que nada, ya que no tenía ni idea de a lo que atenerse en ese lugar y allí todos eran muy supersticiosos. A pesar de ello, nadie había visto nada y todas sus leyendas se basaban en que «el vecino de una prima de la montaña dijo un día que había visto a un duende» o que «el viejo del antiguo estanco dijo que una señora de los bosques se aprovechaba de él por las noches». Es decir, dimes y diretes basados en pseudociencias imposibles de probar.

Las señoras que leen aseguraban que veían cosas y conocían muchas otras, y que era mejor no enfadar a esos seres invisibles, por eso había que tratarlos bien y hablar su mismo idioma. De ahí que le dieran consejos.

Elora jamás se imaginó vivir en una casa en la que las cosas se cambiaban de sitio solas o los vasos se caían al suelo sin más.

Cuando Gisele llegase y viera lo que había allí, se iba a quedar a cuadros. Porque de las dos, a ella esos temas le encantaban, pero Elora siempre fue la más escéptica.

No porque no creyese. Sino porque le tenía demasiado respeto a todo. Incluso a su propio don, que se negaba a creer que fuera nada mágico.

Aun así, estuvo un buen rato buscando por el pueblo todo aquello que le hacía falta para solventar el problema. Eran cosas incomprensibles para ella, propias de un mundo místico invisible al que había que ayudar a conservar y cuidar, según Fone, Demetra y Misa. También aprovechó para ir al supermercado y comprar lo necesario, al menos, para esa semana. Más adelante ya haría la compra del mes por internet, porque vio que aceptaban encargos.

Cuando lo recopiló todo, ella y Bombón volvieron al coche.

Sin embargo, cuando fue a cogerlo para dirigirse a su casa, vio que la rueda delantera se le había desinflado. Estaba reventada. Se acuclilló para revisarla.

—No fastidies.

El lebrel se quedó a su alrededor y gruñó al olisquear el neumático.

—Eso tiene mala pinta.

Elora miró por encima del hombro y se encontró a Kellan. Ella se levantó poco a poco… y sonrió al verlo. Ese hombre era alto, grande y muy atractivo, con ese aire desenfadado que se traía, sus ojos claros, su pelo rapado y aquella expresión ruda e intensa.

—Acabo de salir de la librería —le explicó Elora—. Al venir no he notado nada en la rueda.

Kellan puso cara de circunstancias y se metió las manos en los bolsillos delanteros de los vaqueros. Llevaba una ca-

misa gruesa tipo polar de color rojo con las mangas arre-
mangadas hasta los codos. Tenía unos antebrazos poderosos y con los músculos marcados.

—¿Quieres que te ayude?

—¿Cómo?

—Mis colegas tienen un taller. Si quieres, les pido que
vengan y te repongan la rueda.

—En realidad, debería estar ya en el centro. He salido
para comprar unas cosas, pero estoy en mi horario labora-
ble y no puedo ausentarme tanto rato —contestó pasándose la mano por la melena castaña oscura.

—Entonces les digo a los del taller que se lleven tu coche
y te lo acerquen al centro cuando esté listo. Y si lo necesitas,
te llevo yo a tu casa.

—No sé... —dudó. No conocía a Kellan tan bien como
para subirse a su coche. Y la noche anterior ya le había dicho a Byron que no, y eso que le había salvado la vida. Era
pensar en ese moreno y el pecho se le constreñía. ¿Por qué?

No obstante, debía responder rápido a Kellan, y no debía rechazar su ayuda porque el centro no podía estar desa-
tendido.

—Puedes fiarte de mí. Aquí me conocen todos —aseguró con una sonrisita—. Soy un buen tipo.

—Seguro que eso lo dicen todos... —Elora no pudo evitar confiar en Kellan. Porque lo hacía. No lo conocía, pero
había algo en él que le transmitía confianza. Las personas
emitían señales, vibraciones, y ella las captaba y las compa-
raba con las de las especies animales—. Aunque la verdad
es que sí me haces un favor si me acercas.

—Entonces, vamos. —Le señaló un Rezvani Tank mate
gris oscuro, aparcado en la otra acera de la gran vía peato-
nal del centro—. Llamo a los del taller y, cuando estén, que te
lo lleven.

—Muchas gracias. Pero que me digan cuánto tengo que pagar.

—Te abrirán una cuenta, no te preocupes por eso.

Cuando Elora vio el coche de Kellan y se fijó en que las puertas se abrían sin apretar ningún mando, dijo:

—¿Es un Transformer?

Kellan ocultó una sonrisa.

—¿Lo parece?

—Un poco sí. Es un tanque.

Lo rodeó y se subió en el asiento del copiloto.

Kellan abrió la puerta trasera para que subiera Bombón. Y este lo hizo sin rechistar.

Una vez dentro los tres, encendió el motor con un botón. Era táctil.

—Me gustan las cosas grandes.

Era una bravuconada, pero cuadraba con él.

—Eres un tipo grande.

—Es genética. En mi familia todos somos así. Además, por estas colinas es mejor ir con un buen vehículo, bien protegido.

—Sí, eso parece —murmuró ella mientras se ponía el cinturón—. Entre la niebla, los ciervos, los lobos que atacan a los humanos...

—¿Te has enterado? —Empezó a conducir.

—Sí. Da miedo pensar que alguien ha muerto degollado. Sobre todo porque antes estuvo a punto de atropellarme con la moto.

—¿Cómo dices? —Kellan se quedó impactado.

—Sí, fue cuando recogí a Bombón. —Señaló con el pulgar a su perro—. Un motorista con esa descripción estuvo a punto de pasarme por encima en esa parte de la nacional. Si no llega a ser por Byron...

—Ah... Byron. —Kellan soltó el aire entre los dientes,

pero no parecía tranquilo ni descansado, más bien irritado—. Ya lo has conocido —asumió.

—Sí. ¿Lo conoces tú?

—Como digo, muchos nos conocemos en Meadow Joy.

—¿Te puedo hacer una pregunta sobre él? —Elora estaba deseando saber más cosas sobre su héroe misterioso.

Kellan asintió con el gesto muy serio.

—¿Qué quieres saber?

—No estoy segura... —espetó con la mirada ausente, porque estaba en el interior de su cabeza, pensando en Byron y en todo lo que quería saber—. Vive en uno de los castillos de la parte alta de los montes de Meadow, ¿cierto? —Quería asegurarse de que lo que le había dicho era verdad.

—Cierto. Pero antes de que me hagas más preguntas, ¿me dejas que te dé un consejo?

—Claro.

—No te acerques mucho a él.

Elora salió de su ensoñación y percibió el tono molesto de Kellan.

—¿Por qué?

—Porque es... es como un depredador. Un colonizador.

Elora se sacudió, víctima de un escalofrío repentino. No sabía por qué, pero no le gustaba que hablasen con aquellos términos sobre su salvador.

—¿Tienes algo pendiente con él?

—Todos tenemos algo pendiente con todos. —Cuando sonrió, suavizó sus rasgos—. Pero si debo decirte algo de él, es que es un gran seductor y nunca ha tenido interés en las mujeres más allá de obtener de ellas un placer momentáneo. Siento serte tan franco, pero eres nueva y va bien que conozcas a los vecinos.

La advertencia en la mirada de Kellan la hizo temblar de

rabia, de frustración y también de inseguridad. No le había dado la sensación de que Byron fuera de esos.

—¿Hace falta que te guíe? —preguntó ella de inmediato con un carraspeo.

—No. Ya sé dónde está el centro —contestó Kellan.

Después de unos segundos de silencio, él volvió a romperlo.

—¿Has conocido a Iris? —preguntó con interés.

—Sí. Es encantadora y ha sido muy amable. Todos, en realidad, lo estáis siendo. Y también he conocido a las señoras que leen...

—Esas mujeres chismosas y su club de lectura... —murmuró.

—¿Me vas a advertir sobre ellas también?

—No —contestó mirando al frente.

—A mí me han caído muy bien. Además, me han ayudado con unos problemillas que tengo en casa.

—¿Tienes problemas? ¿Quieres que te ayude y le eche un vistazo? ¿Hay algo que necesites arreglar? ¿Luces? ¿Calefacción? Soy un manitas —contestó torciendo el rostro para mirarla con sus ojos de acero fundido.

Elora se frotó la nuca y se le escapó una risita de sorpresa.

—Sabes hacer de todo, por lo que veo.

—Cuando es necesario. —Entornó aquella mirada suya tan especial—. Sé hacer lo que sea. Y si no, y vale mucho la pena, aprendo.

Elora parpadeó consternada por la honestidad de sus palabras. No dudaba que Kellan sería increíblemente solícito y generoso si alguien que él apreciaba lo necesitase de verdad. Y, entonces, volvió a tener la misma sensación.

—Tienes una energía extraña... —dijo sin pensarlo.

—¿Una energía? —Él se rio—. ¿A qué te refieres?

—No sé decírtelo... Es como cuando estás con alguien familiar. Con alguien en quien puedes confiar a ciegas.

A Kellan le estaba encantando lo que decía Elora de él, hasta que ella añadió:

—Como un perro gigante.

Kellan dejó caer la cabeza y se mordió el labio inferior para no echarse a reír con fuerza.

—No soy ningún perro —aseguró—. Pero soy noble y fiel como ellos. Soy de fiar. —La miró de refilón para no perder la atención de la carretera—. Así que haces eso, ¿eh...?

—¿El qué?

—Eres veterinaria hasta con los humanos.

Ella no le dijo que no, porque aquellas palabras la definían muy bien.

—Siempre he intentado ver rasgos animales en las personas.

—¿Y eso por qué?

—Para intentar encontrar su lado bondadoso e instintivo, incluso cuando brilla por su ausencia. Entonces, cuando lo descubro, me hace ser más comprensiva y compasiva con los que no aguanto.

Él reaccionó mirándola con más aprecio del debido.

—¿Así que crees que los animales son mejores?

—Para mí es una verdad.

—Y entonces... ¿tú, Elora? ¿Qué tipo de animal serías?

—Puede que tenga un poco de todos. Soy adaptable.

—Como un camaleón.

Nunca lo había pensado así, pero su observación contenía más verdad que cualquier otra que ella hubiese emitido sobre sí misma.

Cuando llegaron al centro, Kellan aparcó a pocos metros del porche.

—¿Quieres que entre y te ayude con lo que sea que necesitas hacer?

—No. Además, tengo que trabajar —le recordó.

—Lo sé. —Pero Kellan ya no prestaba atención a Elora. Estaba completamente enfocado en el jardín. En unas plantas de flores liliáceas que asomaban cercando el terreno.

Elora también las advirtió, pero juraría que, cuando se había ido de la casa, esas plantas no estaban ahí. Tal vez no se había fijado en ellas antes, aunque con lo bonitas que eran lo dudaba.

—Es extraño... No me había fijado que tenía plantas de ese color en la parcela delantera. Ha debido de ser por la niebla, que no me deja ver lo bonito de todo lo que me rodea.

—¿Vas a ir al *fish and chips* del Cat Sith mañana por la noche?

—Iris me ha invitado a que vaya con ella.

—Ah..., vaya —murmuró agriado.

—Si vas, nos veremos allí.

—Sí, allí estaré. Les diré a los del taller que en cuanto tengan tu vehículo, te lo acerquen.

—Muchas gracias por todo, Kellan.

—Feliz de poder ayudarte, Elora. —Kellan le dirigió una sonrisa que desarmaría a cualquier mujer—. Que nos volvamos a ver.

Pero Elora no era cualquier mujer. Eso ya lo sabía.

Ella le devolvió una expresión amistosa y se despidió de él dándole de nuevo las gracias por todo. El lebrel bajó del coche y la siguió por el caminito bordeado de piedras hasta la entrada de la casa.

Cuando ambos desaparecieron por el marco de la puerta y esta se cerró, Kellan apretó con tanta fuerza el volante que los nudillos de las manos se le pusieron blancos. Sus ojos acerados destilaban odio y diversión al mismo tiempo. Entonces chasqueó la lengua y dijo para sí mismo:

—Capullos.

E, inmediatamente, sacó su impresionante Rezvani Tank del jardín de la casa de Elora.

En la noche de *fish and chips* tendría una nueva oportunidad con ella. Y pensaba jugar igual de sucio que ellos, aunque, en el fondo, ya lo estaba haciendo.

La tarde en el centro veterinario fue más bien tranquila.

Elora descubrió que cuando trabajaba, no había ruidos ni las cosas desaparecían, como si lo que hubiera allí, más allá de ella y de su perro, no quisiera el mal de ningún animal y por eso la dejaba tranquila.

Atendió al pitbull de la señorita Linda, la dueña de una de las panaderías del pueblo. Tenía una gastroenteritis porque la dueña no dejaba de darle comida con salsas. Elora la orientó y le aconsejó que dejase de hacerlo. Sobre todo que no le diera alitas picantes, aunque él las pidiese.

—¿Cómo sabes que le doy alitas de vez en cuando? —dijo la rubia del pelo trenzado y mejillas rojizas por el frío. Tendría unos cincuenta y llevaba botas de montaña, vaqueros y parka de color beige. Su pitbull tenía el pelaje marrón y unos ojos de bueno que no podía con él.

Elora tuvo que mentir:

—¿He acertado? Ha debido ser casualidad. Cuando tienen diarreas así, suele ser por algo picante. Y lo que más comemos los humanos son alitas. Si son malos para nosotros, imagínese para ellos…

—Bien, no le volveré a dar.

El perro parecía triste por la noticia, pero iba a ser lo mejor para él.

Elora firmó la receta que salió de la impresora.

—Probióticos... —le explicó—. En polvo. Póngaselo en el pienso y deje de darle cosas que no tiene que comer —la regañó con dulzura.

—Sí, eso haré. Por cierto —dijo Linda mientras salía de la consulta con Charlie pegado a su pierna—. Hago un pan de cereales buenísimo. —Se besó las puntas de los dedos—. Ven a mi panadería cuando puedas.

—Sí, señora. Muchas gracias —contestó Elora y le dijo adiós con una sonrisa.

Al cerrar la puerta, suspiró y se apoyó en ella, mirando las escaleras que tenía enfrente y que ascendían a la segunda planta. Tenía mucho que hacer y debía colocar todo lo que había comprado. Miró el reloj: aún quedaba una hora y media para acabar su jornada y podía venir cualquiera, pero mientras estuviera sola aprovecharía para avanzar.

Estaba tomando las bolsas con todo lo que tenía que encender, colocar y sembrar cuando volvieron a tocar el timbre.

Dejó las bolsas en su sitio y corrió a abrir.

Y entonces se encontró a Byron cargando con una cría de gato montés entre sus manos. Elora cortocircuitó porque no sabía qué le parecía más hermoso, si la cría o ese hombre que había invadido sus sueños la noche anterior, violando su espacio y su paz mental. Cuando pensó en ello, se puso roja como un tomate. Pero luego vio que la cría estaba deshidratada y dejó su vergüenza y sus inseguridades para otro momento.

—¿Puedes ayudarlo? Lo he encontrado cerca de mi terreno.

—Ay, pobrecito bebé... Sí, pasa, por favor.

Para Byron, la invitación a entrar en casa de Elora lo cambiaba todo. Ella no lo entendía, pero él lo había estado deseando desde que la percibió el día anterior.

Dio un paso bien grande al interior con el gatito pardo en brazos, y sonrió ocultando el gesto detrás del cachorro oliéndole la pelusa suave de la cabeza.

Estaba pasando un día de mierda. Había tenido que soportar que el enano de Liek se atreviese a visitar a Elora y que el inmundo de Kellan jugase a ser un caballero para llevarla a su casa. Y mientras tanto, él ardía en deseos de estar cerca, de olerla, de oír su voz... A Byron le estaba costando gestionarlo y controlar los tiempos.

En algún momento debía hablar con Elora y contarle la verdad, pero no sabía cómo hacerlo sin violar pactos ni atarse la soga al cuello.

Su situación era muy delicada. Ella podía cambiarlo todo. Esa chica de ojos tiernos y dulces del color de la miel podía ser un punto de inflexión tremendo y él debía moverse con pies de plomo.

—¿Dónde lo has encontrado?

—Por mis condominios.

—¿Condominios? —repitió Elora, arqueando las cejas con sorpresa—. ¿Eres el señor feudal de Meadow Joy? —Señaló la camilla que había cubierto con un pañal blanco—. Ponlo aquí.

Byron dejó al minino con cuidado, mostrándose muy compasivo con él.

—Bueno, cerca de mi terreno —se corrigió maldiciéndose por su torpeza—. Estaba solo.

—Solita. Es una hembra.

—Ah... Se había quedado como atrapada entre unos arbustos y no podía salir... La oí maullar mientras paseaba.

Ella lo escuchó con atención.

—Es pequeña, no tendrá más de dos meses. —Inspeccionó a la gata parda y la auscultó. Presentaba alguna magulladura, pero parecía estar bien—. Seguramente se alejó de la camada y se perdió. La mamá debe de estar buscándola. Deberíamos dejarla donde la encontraste —sugirió—. Quizá esté desesperada.

—Pensé que estaba haciendo bien —dijo Byron acariciando al gato.

Elora observó el modo en que su manaza tocaba a la cría y en su fuero interno deseó ser ella la que recibiera ese tipo de atenciones. Nerviosa por los derroteros a los que la llevaban sus pensamientos, se aclaró la garganta y dijo:

—Has hecho bien. Ahora podremos dejarla en un lugar más a la vista o encontrar a la mamá y que la recoja. Seguramente aún huele a ella y a su camada. La recibirán con los brazos abiertos.

—¿Quieres acompañarme a devolverle a la gata su hija? No soy un ladrón de bebés.

Elora elevó una ceja circunspecta y le dirigió una mirada falsamente desconfiada.

—¿Seguro?

—¿Para qué querría a una gatita? ¿Para comérmela?

Byron sonrió de un modo que a Elora le dejó la mente en blanco y volvió a estremecerse. Maldijo para sus adentros: ese hombre era pólvora, dinamita, chispitas para gasolina… y ahora que lo tenía tan cerca de nuevo, sabía que su obsesión por él iría a más.

Nunca había experimentado ese tipo de interés por nadie. Y allí estaba Byron, un moreno guapo de pelo liso, largo y abundante, con una cara hecha para torturar corazones. Y esos ojos… «Es un colonizador». «Es un depredador». En su mente retumbaron las palabras de Kellan, y aunque sabía que eran una advertencia, la curiosidad por él seguía siendo muy fuerte.

—Tengo que... —Se humedeció los labios—. Tengo que hacer unas cosas aquí.

—¿Por qué ladra tanto el *wolfhound*?

—¿Qué?

Elora se había abstraído tanto con la belleza y el magnetismo de Byron que se había perdido en sus propios pensamientos y había dejado de escuchar a Bombón. El perro estaba en la planta de arriba de nuevo, ladrando como loco y correteando de un lado a otro persiguiendo fantasmas.

—Ah, bueno... Está relacionado con lo que tengo que hacer —le explicó Elora recogiéndose el pelo en lo alto de la cabeza con un moño desordenado pero muy sexy—. Está así desde ayer. No he pegado ojo en toda la noche por su culpa.

Byron se quedó prendado de su pelo, de los lunares que tenía graciosamente expuestos por la piel de su garganta, pero, sobre todo, sus ojos se quedaron fijos en su oreja derecha. Una muy especial. Sonrió con ternura y se imaginó estampando a Elora contra la pared y mordisqueándole el lóbulo y la punta superior con sus dientes. Se la quería comer ahí mismo.

Cuando ella advirtió que la miraba de ese modo hambriento, se toqueteó la oreja con vergüenza. No le gustaba enseñarla. Nunca le había gustado porque le había causado complejos con su físico. Y aún los tenía. ¿Cómo había sido tan torpe? Estaba tan nerviosa que se había descubierto sin querer.

—Es... es rara, ya lo sé. Es una malformación, la tengo así de nacimiento.

—Es preciosa. Tienes una orejita de elfo —susurró Byron sin poder ocultar su agrado y su emoción.

Elora resopló.

—¿Preciosa? Yo no diría eso... Es una oreja de Stahl.

—Esa oreja no es de nadie —dijo cortante y ofendido.

Elora se echó a reír de lo absurdo de su contestación.

—No... Es que se llama así. Llevo el pelo suelto siempre para que nadie me la vea. Es muy extraña... Tengo dos pliegues en forma de cruz en el cartílago y por eso tiene esa forma puntiaguda... —Cuando se ponía nerviosa hablaba rápido y de más—. Es curioso porque, aunque me avergüenza, nunca se me pasó por la cabeza operármela.

Aquello sonó a sacrilegio para Byron.

—Nunca, jamás —le dijo apasionado, atrayendo sus ojos sobre él—, pienses en cortarte o quitarte nada de tu cuerpo. Es precioso como es. Tu. Oreja. Es. Preciosa —insistió dejándoselo muy claro.

Para Elora aquellas palabras fueron como un abrazo y las sintió tan verdaderas que le entraron ganas de llorar. Pero ¿cómo de ridículo sería si se echase a llorar en ese momento? Además, la mirada de ese hombre debería estar prohibida, al menos, en este universo. Se dio la vuelta para que no viera lo azorada que estaba, pero entonces Byron la sorprendió con un nuevo apunte:

—El lebrel es un perro mágico. Puede que esté viendo a los Buenos Vecinos del País del Ocaso...

—¿Perdona? ¿A quién? —dijo Elora dándose la vuelta sin comprender una sola palabra.

—A Ellos. La Buena Gente —aclaró Byron sin dejar de acariciar a la gatita.

—¿Tú también crees en ellos?

—Claro que sí. ¿Es que tú no? —Parecía que la estaba provocando, burlándose de ella.

—Digamos que es nuevo para mí —reconoció sin saber cómo proceder.

—¿Tienes una oreja de elfo y no crees en el mundo de las hadas? —Sí, se estaba burlando.

—¿Es un chiste? Lo mío es una malformación.

—Tonterías. Pero ¿sabes qué? —Se puso a la gata frente a la boca y la movió como si hablase ella—. Estás de enhorabuena, Elora… —Esperó a que pronunciase su apellido.

—Hansen. Elora Hansen.

—Señorita Elora Hansen —prosiguió él—, porque yo conozco todo lo que hay que saber sobre este tema y sobre las leyendas de las tierras de Meadow. Me crie con ellas —confirmó—. Desciendo de las familias fundadoras del pueblo, imagínate todo lo que me han contado. —Hizo un gesto grandilocuente.

—¿En serio? —Aquella información era nueva para Elora. Más datos a coleccionar de Byron.

—Enséñame qué has comprado —la animó con total confianza— y me aseguraré de que todo esté bien.

—¿Me vas a ayudar?

—Sí. Si tú me ayudas después a dejar a esta gatita antes de que me encariñe, me la quede y la separe de su familia para siempre…

Pero Elora no creía que él fuera capaz de hacer eso.

—No lo harías.

—¿Por qué no? Uno nunca se puede separar de lo que es realmente bonito.

Elora entreabrió los labios porque dijo aquello revisando cada facción de su rostro hasta acabar en sus labios. Maldito poeta, ¡y encima le encantaba su nombre!

—Bien. Favor por favor. —Elora le ofreció la mano, esperando a que, esta vez sí, Byron la aceptase.

Y él la miró con satisfacción, tomó su mano y la sujetó con firmeza. La atrajo de un pequeño empujón sin ser exagerado y, sin soltarla, musitó en voz baja:

—Tienes a las hadas muy enfadadas, Elora Hansen.

—¿Y eso por qué? —preguntó ella, abriendo los ojos con inocencia, afectada por su hechizo permanente. Tenía una boca tan hermosa que se imaginó gastándosela a besos.

—Porque esta casa está construida encima de la suya.

6

Byron estaba encantado de poder contarle aquello a Elora, porque ella se ensimismaba con todo lo que él le explicaba y adoraba sentirla así de cerca y accesible.

Tener un cachorrito en las manos también disimulaba sus verdaderas intenciones, que eran infinitamente más pervertidas y posesivas, y no tenían nada que ver con ningún tipo de mundo infantil o pueril, ni con mininos indefensos y extraviados.

Habían revisado todo lo que Elora llevaba en las bolsas, y se había reído con dulzura al ver las puertas que había comprado en la tienda de decoración. Eran diminutas y de color rojo. Incluso había conseguido escobas, sillas y mesas propias de maquetas de miniaturas.

—Esto les va a encantar —decía Byron sin soltar a la gatita, pero indicándole cómo ponerlo todo.

—Es increíble que te esté haciendo caso... —susurró Elora acuclillada frente a la pared de la entrada de la casa.

—Debes hacerlo. El centro veterinario se construyó sobre un camino de hadas. Por eso están enfadados y les hacen la vida imposible a los inquilinos —explicó.

Elora resopló y asintió con la cabeza, aunque todo le pareciese inverosímil.

—Está bien... ¿Qué hago con la puerta?

—Pégala sobre el zócalo y coloca las mesitas, las sillas, la escoba y los vasitos y platos enfrente, como si los Diminutos viviesen allí. Las hadas odian a la gente sucia y descuidada. Por eso se sentirán aceptadas en tu casa si haces esto y les regalas además una escoba. Es como si les ofrecieras tu hogar, teniendo en cuenta también el suyo.

—Entendido. Hecho —dijo levantándose del suelo—. ¿Qué más?

—El vaso de leche y las galletas que has comprado...

—Sí, ahí están preparados. —Señaló la barra de la cocina.

—Hadas, duendes, elfos... Nunca los dejes sin comida. Ofréceles cada día un vaso con galletas y se lo colocas en una ventana.

—Bien. Leche y galletas... en la ventana —canturreó colocando el vaso en un pequeño hueco que había bajo una de ellas y que parecía hecho para eso.

—Aspira la sal de las esquinas y saca de esta casa cualquier símbolo religioso que encuentres.

—Pero Liek me dijo...

—Ese enano no pinta nada aquí. No entiende de hadas —dijo cortante e indignado.

—¿Tú también conoces a Liek?

Byron se obligó a sonreír.

—En el pueblo nos conocemos casi todos. Liek también viene de generaciones antiguas...

—Ah, ya, de familias fundadoras... —No quiso preguntar más y barrió y aspiró la sal para dejarlo todo limpio. Incluso vació los cajones para ver si encontraba más cruces de serbal. Encontró varias, más algunas de acero.

Cuando se las mostró a Byron, él las despreció con los ojos.

—Sácalas de esta casa. La sal, el hierro, el acero... no les agrada. Donde hay caminos de hadas no puede haber nada de esto. Es como declararles la guerra.

—Pero necesito sal para cocinar...

—Puedes tenerla en la cocina. Fuera de ella, no. También pon un bol con agua limpia al lado de la chimenea.

—¿Para que se laven? —bromeó Elora.

Byron sonrió ante el comentario.

—Para que vean que piensas en ellos.

Elora lo recogió todo y lo metió en una bolsa de basura.

—Esto es increíble...

—Aquí ha habido inquilinos que intentaron llevarse bien con Ellos, o que creían en Ellos pero les temían, por eso hay tantos rituales contradictorios por todas las esquinas. Alguien les puso puertecitas y otro llenó la casa de sal... Por eso se han portado tan mal, porque no se les ha respetado. —Byron revisaba cada esquina de la vivienda con mirada analítica—. Pero tener hadas en tu casa siempre es positivo si están de tu parte.

—Tus padres debieron de ser de los que te contaban muchos cuentos por la noche —supuso Elora acabando de atar la bolsa de basura.

Byron no dijo que no.

—Mi familia es muy tradicional y siempre ha tenido las leyendas al día —comentó.

—Hacer todo esto sin saber si existen o no es un ejercicio de fe. Mis padres no me bautizaron, no soy cristiana, no tengo dioses y no he rezado nunca.

—Antiguamente se bautizaba a los niños para que las hadas no se los llevasen. No todas son buenas...

—No, no sabía nada de eso —objetó—. Así que a mí aún me pueden secuestrar... —murmuró con una risita incrédula.

—El mundo fae es inmenso. ¿En qué crees, Elora? —Acarició la cabecita del gato con su barbilla.

—Creo en los pequeños gestos sin alardes, en las cosas buenas, en los animales...

—A partir de hoy empezarás a creer en el mundo fae cuando veas que Bombón ya no persigue a nadie y todo está bien en tu casa.

—Pero tú tampoco los has visto y crees firmemente en Ellos. —Le parecía tierno que un hombre como él, tan seguro, tan atractivo e incluso intimidante en ocasiones, creyese en seres diminutos.

—¿Y quién te ha dicho que no los he visto? —Entornó la mirada y le lanzó una sonrisa provocadora—. Lo primero es creer, abrir la puerta —dijo acercándose a ella—. Y, después, ver. —Estaban muy cerca, sus rostros solo a medio palmo de distancia. Entonces, él se apartó apresurado, como si la cercanía fuese peligrosa—. En esta casa hay hobgoblins, lutins y pixies...

—¿Todos esos hay? —repuso Elora, sin tomárselo en serio, y luego silbó—. Qué locura, la de fiestas que han debido de montarse.

En ese momento, un cuadro pequeñito que reflejaba la construcción de la casa original y que estaba en el pequeño hall del piso, cayó al suelo.

—Ay, mi madre... —murmuró Elora llevándose la mano al centro del pecho y acercándose a Byron de nuevo—. Estas cosas pasan continuamente...

—No te asustes. Es señal de que existen y de que responden a lo que haces y dices. Los hobgoblins —caminó hasta el cuadro que yacía en el suelo, lo recogió y lo recolocó en la pared— son duendes domésticos. Se enfadan cuando alguien silba.

Elora no se atrevía a contradecir lo que decía Byron,

porque tenía sentido y porque recordaba haber silbado a Bombón cuando se rompió el vaso.

¿Sería cierto todo eso? ¿Sería verdad, aunque no los viera? Fuera como fuese, debía respetar las supersticiones de ese pueblo y de sus gentes. No tenía nada que perder y mucho que ganar con ello como, por ejemplo, su paz mental.

—Dijiste que había más, ¿no?

—Estamos hablando de seres mágicos minúsculos. Los lutins son muy caprichosos y juguetones, como los pixies. El bol de agua es para ellos. Estos seres pueden ser muy protectores, pero para ello debes respetarlos y tenerlos en cuenta. Haciendo todo esto, te ganarás su favor.

—Pues ya está todo —aseguró Elora, revisando que los accesorios estuvieran en su lugar correcto, y que lo malo y contradictorio estuviese todo retirado—. Ojalá todo funcione y esta noche sí pueda pegar ojo.

—¿No pudiste dormir nada?

Elora dirigió sus ojos al rostro de Byron y se incomodó al comprobar que él parecía ver mucho más allá de ella. Era como si la desnudase. Y era demasiado inquietante, como si supiese cosas que Elora ni siquiera sabía. Incluso juraría que sabía que había soñado con él. Pero era imposible. Para saberlo, debía estar en su mente, y, que ella supiera, Byron no era telépata.

—Me costó —respondió y retiró la mirada—. Bombón estaba demasiado nervioso y no dejaba de ladrar.

—Porque él ve lo que tú no.

—Hablas como si vieras lo mismo que él —contestó encendiendo la vela de vainilla y dejándola prendida en la ventana de la cocina. Las señoras que leen le habían dicho que la vainilla alejaba a los depredadores.

Byron sonrió al inhalar el aroma. Porque, sobre todo, alejaba a los lobos.

—Quiero creer que algún día los veré —contestó acunando a la gatita contra su pecho—. Por si acaso, jamás digo que no creo en las hadas.

Elora pensó que era tierno que un hombre como él creyese en cuentos de hadas. Pero no la engañaba, no era un niño. Byron emitía unas señales tan oscuras como sensuales y atractivas para ella. Y no entendía por qué reaccionaba así, porque siempre se había alejado de los que transmitían peligro. Byron poseía algo hostil en su lenguaje no verbal, en su pose, pero al mismo tiempo, en esa rebeldía y en su porte desafiante, bello como el del mayor depredador, había algo que la instaba a querer confiar ciegamente en todo lo que le contase.

—Yo tampoco lo diré —aseguró Elora—. No quiero que se enfaden conmigo.

—Entonces, díselo.

—¿Que les diga el qué?

—Diles que eres la nueva inquilina y pídeles perdón y permiso para estar aquí.

Elora entreabrió los labios.

—¿Te estás quedando conmigo?

—No —respondió con sinceridad—. Si crees, crees con todo. Háblales. Te escucharán. Son muy comprensivos. —Byron apoyó la cadera en la barra de la cocina y cruzó una pierna sobre la otra—. No seas vergonzosa.

—No lo soy. Bueno, un poco sí —admitió.

Byron ya lo sabía, por eso no pudo esconder su sonrisa.

—Hazlo, Elora. ¿Qué les dirías?

Ella cerró los ojos y bufó, un poco inquieta por la situación.

—Me llamo Elora Hansen. Soy la nueva inquilina —empezó a decir—, y me voy a ocupar de todos los animales y mascotas de Meadow Joy. No tengo nada que ver con las personas que construyeron esta casa en vuestro camino de hadas, y os pido perdón por eso. Quiero que nos llevemos bien, creo en vosotros, y quiero que estéis cómodos en mi hogar. Estáis en vuestra casa, en realidad. Gracias por cuidarme y por permitir que Bombón y yo podamos estar aquí.

A Byron le brillaban los ojos con orgullo mientras la oía hablar. Había expresado todo lo que esperaba de una mujer como ella. Se la veía tan transparente y bondadosa, que se incomodó, porque quería hacer cosas con ella que Elora no entendería.

No podía asustarla. Y era estúpido, porque siendo quien era él, no debía tener miramientos ni remordimientos con ella. Pero Byron los tenía, y no quería hacer nada que los estigmatizase a ambos.

Ella se dio la vuelta y lo miró avergonzada.

—¿Está bien lo que he dicho?

Él parpadeó para salir del embrujo de Elora y sacudió ligeramente la cabeza.

—Ha estado muy bien —reconoció.

—Bien. —Elora sonrió de oreja a oreja, deslumbrándolo con su belleza—. Ahora vayamos a devolver a esa gatita a su camada.

Byron asintió como un robot y esperó a que la joven tomase las llaves de la casa y activase la alarma.

Cuando salieron del centro, Byron sabía que la Gente Buena había aceptado las disculpas y las palabras de Elora.

¿Quién no iba a reaccionar así ante aquella voz dulce y la sinceridad que transmitía su intención?

A él lo había convencido. Lo tenía en el bote desde hacía demasiado.

Cuando Byron le habló de «condominios», en el fondo no exageraba.

Su casa, un castillito alejado del centro del pueblo con buenas vistas del valle, poseía un terreno gigantesco que comprendía el monte entero.

Su coche no tenía nada que ver con el tanque de Kellan. Era un Lamborghini Urus negro con asientos de piel y cristales tintados. Un superdeportivo todoterreno muy elegante que, viendo el estilo de Byron, se mimetizaba muy bien con él.

A Elora le daban igual las marcas de los coches y el poder que alguien pudiera tener; no eran cosas que la impresionaran, dado que nunca las había necesitado ni deseado.

Sin embargo, no obviaba que estaba ante un hombre de mucha educación e influyente.

La gatita maullaba en las piernas de Byron porque sabía que la iban a reunir con su madre. Elora se había encargado de decírselo y la cachorra parecía haberlo entendido.

—¿Estas montañas son tuyas?

—Solo una parte —contestó él.

—Eres un señor feudal de verdad... —bromeó con tono contrito—. Propietario de tierras... ¿Cobras impuestos?

Él sabía que no debía confundir la dulzura de Elora con ingenuidad. No era ingenua, sino inteligente y también provocadora a su manera, de ese modo sutil, como el batir de las alitas de un hada.

—No cobro nada. Aquí no hay corona a la que pagar. Pero si la hubiera, sería la mía.

Ella no lo dudaba ni un segundo.

—Las familias fundadoras de Meadow Joy hicieron fortuna con las minas. Esta era y sigue siendo una tierra rica en minerales y piedras preciosas. Las explotaron, ofrecieron trabajo a todos los del pueblo y lo hicieron crecer. Hoy en día, las minas están cerradas —aseguró—, pero no agotadas. Y el pueblo es autosuficiente y no depende de capitales externas.

—¿Qué apellido tiene tu familia?

—Dorchadas.

—Dorchadas... —susurró ella.

—Es irlandés.

—Es bonito. ¿Qué significa?

—De la oscuridad...

La mirada estupefacta de Elora le pareció divertida.

—¿De verdad?

—Sí.

—Byron de la Oscuridad —proclamó sacudiendo la cabeza incrédula—. Es... intenso.

—Gracias —dijo orgulloso.

—¿Y quiénes son las otras familias poderosas de Meadow Joy?

Byron redujo la velocidad porque sabía que por esos caminos la fauna salvaje aparecía por sorpresa y debía tener cuidado.

—Hay varias. Pero solo tres con más poder territorial y económico que el resto. La mía —admitió—, la Marfach y la Impire. Tal vez sus herederos te suenen. Kellan Marfach y Finn Elrin Impire. —Byron deslizó los ojos entornados por su rostro. Ya sabía que los conocía.

—Sí, hablé con ellos —dijo pensativa. No los conocía bien, pero sí se habían esforzado para que fuera consciente de ellos—. Los vi en el Cat Sith. Kellan se ha ofrecido a traerme esta tarde al centro porque mi coche tenía una rueda reventada.

Byron ya sabía todo eso. Y también otras cosas. Pero no se las diría.

Y Elora percibió perfectamente que a él no le gustó nada

oír su nombre salir de su boca. Kellan no hablaba bien de Byron.

A Byron no le gustaba demasiado Kellan.

Nada le sorprendía.

—Qué buena persona, Kellan —murmuró sin ganas y con tono jocoso.

—La verdad es que sí, ha sido muy amable —reconoció ella—. Pero a Finn no lo he vuelto a ver.

Y Byron sabía que aquello no tardaría en suceder. Era como el karma, que siempre volvía. O como una gastroenteritis mal curada.

Elora, por su parte, no sabía cómo asumir que esos herederos de Meadow Joy hubiesen presentado sus credenciales con ella como si quisieran marcar territorio o fuese una personalidad a tener en cuenta.

Era algo poco usual.

—Ahí —intervino Byron.

—¿Ahí qué? —replicó Elora siguiendo la mirada de Byron.

—El gato montés, lo recogí entre esa arboleda.

—¿Por ahí? —Señaló.

—Sí. Me gusta pasear por las montañas y acercarme al bosque temático. Una parte de él está en mi terreno —explicó.

Parecía que Byron tenía tantas tierras que no le importaba ceder una parte para disfrute del pueblo. Byron tenía mucha influencia allí, desde luego.

Aparcó a unos metros del lugar en el que había encontrado a la minina. Era una zona espesa, pero había un caminito abierto que se perdía entre la maleza. Según Byron, la encontró allí, atrapada entre dos arbustos con pinchos.

Elora tomó al gatito en brazos y lo acarició con ternura

mientras lo dejaba en su lugar. La gatita maullaba, llamando a su madre.

—Eso es, llama a mamá bien fuerte. Que te oiga —murmuró Elora animándola.

La gatita la obedeció y no dejó de hacerlo mientras ella y Byron se escondían detrás de un árbol para no ser vistos.

—¿Cómo sabes que la madre sigue por aquí? —preguntó él.

—Porque es su madre, no hace mucho que la cría ha desaparecido, así que debe estar desesperada buscándola. Vendrá —aseguró con la vista fija en la cría.

Byron sonrió sin que ella lo viera. Elora era tierna, dulce, cuidadora y muy amorosa con los animales y, seguramente, también con las personas que había aprendido a querer. Deseó poder pasarle los dedos por el pelo y hablarle de todas las cosas que ella no sabía. Cosas que ni se imaginaba, pero que debería aceptar tarde o temprano.

—Chis... —le pidió Elora, concentrada en la escena que se desarrollaba frente a ellos.

Apoyó la mano en el tronco que les hacía de refugio y sintió los dedos de Byron rozar los suyos. Podría haberlos apartado, pero no quería. La sensación de ese contacto, por increíblemente nimio que fuera, le hizo sentir bien y un extraño calor empezó a abrazar su piel.

Ella no era ninguna ingenua, inocente ni virgen. Pero aquel deseo, aquellas sensaciones que él avivaba solo con su cercanía la ponían en alerta, porque aunque siempre había imaginado que el deseo debía ser así, nunca lo había experimentado como tal. No con esa expectativa y curiosidad.

La impresión que le había causado Byron era digna de estudio e iba mucho más allá de las bases de la química, la biología. Elora no sabía explicarlo, pero despertaba necesidades insatisfechas en ella hasta ahora.

La despertaba a ella.

Estaba tan nerviosa a su lado que se obligó a retomar el control y a parecer lo más serena posible. No supo si lo logró o no, pero no pasaron ni diez minutos cuando, a través del caminito de tierra que se abría paso entre los matorrales, apareció la mamá gata, decidida a encontrar a su hija perdida. Cuando la vio, Elora percibió su alivio y su alegría al reencontrarse. Después de muchos arrumacos, la gata ordenó a la cría que siguiera su estela y que esta vez no perdiese el ritmo ni se metiera entre senderos más complicados.

Después de que las dos se alejaran juntas, Byron grabó la expresión feliz de Elora en su memoria. ¿Podía ser más hermosa esa mujer?

—Misión cumplida —se felicitó ella, dejando escapar un suspiro. Estaba contenta de que todo hubiese salido bien.

Lo cazó observándola, aún con una sonrisa en los labios por el desenlace satisfactorio de los gatos, y no apartó sus ojos de los de él. La mirada de Byron centelleaba implacable sobre ella.

Después de un largo silencio, le preguntó:

—¿Por qué me miras así, Byron?

—¿Así cómo? —contestó con fingida inocencia.

—Así... —Sacudió la cabeza, como si no supiera sobrellevar esas nuevas sensaciones—. Es hipnótico. Tus ojos no son normales.

—Sí lo son.

—No. Son de este extraño color magenta. —Se acercó un poco más para verlos con mayor claridad y se tropezó. Byron la sujetó de la cintura y a ella no le importó. Sus manos eran seguras y fuertes—. No son nada comunes. —¿Qué le pasaba? ¿Por qué no rehuía el contacto con él? Irradiaba una energía diferente, más allá de esa oscuridad sexy y de aquella actitud intrigante y dominante. Elora intuía en él algo muy especial, como una canción de cuna que quería que la arrullase todas las noches. Le miró los labios y pensó en ser ella la que tomase la iniciativa por primera vez, sin más. Lanzarse y plantarle un besazo en la boca.

—Lo común es aburrido —adujo él y la dejó dar el primer paso—. ¿Te pone nerviosa que te mire así? ¿Acaso no te han mirado así los hombres?

—Si lo han hecho, no me he dado cuenta. —Pero de él sí era muy consciente.

—Entonces es que no han sabido mirarte bien, *beag*.

Ella sonrió y apoyó las manos en sus hombros con naturalidad.

—A veces dices palabras que no entiendo…

—Ya las aprenderás. Yo te enseñaré.

—Eres un hombre peculiar —insistió ella—. Tengo la sensación de que me miras como si creyeras que sabes quién soy. Es extraño… Nadie me ha mirado así nunca.

—Porque, tal vez, nadie nunca te ha conocido —dijo en voz baja, sin atreverse a abrazarla como deseaba.

—Pero tú tampoco me conoces. Y aun así actúas como si me conocieras de toda la vida. Es… abrumador.

Aquello no era abrumador. Para Byron lo verdaderamente abrumador eran las ganas que tenía de Elora. Su olor, su rostro perfecto lleno de feminidad y dulzura lo estaban drogando. Dio un paso atrás, por seguridad, porque el instinto le estaba pidiendo otras cosas, como aplastarla contra el árbol, besarla, tocarla y poseerla como él necesitaba.

Elora se humedeció los labios con la punta de la lengua y Byron deseó habérsela mordido sin más. Y no lo hizo porque ella se le adelantó, de un modo tan terriblemente dulce que lo desarmó.

Se puso de puntillas y con un valor que no sabía de dónde salía, acercó sus labios a los suyos y lo besó.

Fue un gesto sincero, espontáneo y natural. Un beso casto. Pero Elora no entendía todavía que en ella no había nada de casto ni de inocente. Debía descubrirse, y él la ayudaría a hacerlo. No sería nadie más que él, y eso se lo juraba Byron en el corazón.

Aun así, se estaba deshaciendo, pero se mantuvo estoico y clavó los dedos en la cintura de Elora. Dio un paso atrás, atrayéndola contra él, para que siguiera besándolo y perdiendo la vergüenza.

Y, entonces..., ¡plas!

Elora escuchó el sonido y se asustó, agarrándolo por los hombros con nerviosismo. Algo metálico se había cerrado con fuerza en los pies de Byron. Cuando buscó con los ojos el origen de aquel estruendo y vio lo que él tenía alrededor del tobillo, palideció y soltó un grito de alarma:

—¡Tu pie!

Byron no sentía nada, pero al ver el miedo y el horror en los ojos de Elora, tuvo que actuar y dejarse caer en el suelo para sujetarse la pierna.

—¡No te muevas! —le gritó apartándole las manos—. ¡No te toques!

—Tranquila, estoy bien...

—¡Tienes una trampa de oso en el tobillo! ¡¿Por qué hay trampas por aquí?! —gritó histérica—. ¡¿Es que en estos montes también hay osos?!

El metal dentado le estaba agujereando la bota y seguramente lo tenía clavado a la carne.

—¡Voy a llamar a alguien! ¡Al hospital más cercano o... o al ambulatorio! ¡O a quien sea! ¡¿Cuál es el número del hospital aquí?!

—Elora, no hace falta —dijo intentando sosegarla.

—Byron. —Elora lo tomó del rostro, agachada a su altura—. Estás en shock, es normal y estás asustado, pero esto podría desangrarte por completo, ¿entiendes? Tú no hagas nada, deja que yo...

Tenía a esa chica sujetándole la cara y preocupada por él, y era todo un logro, pero al ver que ella no le hacía caso, decidió actuar.

Agarró la trampa metálica y, ante la estupefacción de Elora, la abrió con las manos hasta partirla en dos y, después, la lanzó lejos de donde ellos estaban.

Se hirió sin querer en una palma, pero no le dio importancia.

Ella se quedó con el móvil en la mano, atónita, porque sabía lo que hacían esas trampas en las extremidades de los osos y se imaginaba lo que podía provocar en un tobillo humano. En cambio, Byron había abierto el cepo y, sin esfuerzo, la había partido y se había levantado sin más.

Estaba de pie, como si nada.

—Es imposible... —susurró Elora guardándose el teléfono en el bolsillo del pantalón—. No puede ser que la hayas roto con...

—Elora, no pasa nada. La trampa estaba oxidada y el muelle ya flojeaba.

—¿De qué estás hablando? Estaba bien y... Déjame verte el pie —le exigió, todavía sin color en el rostro.

Byron le enseñó la bota. Elora se acuclilló para inspeccionarlo bien. Estaba agujereada, pero la carne había salido indemne.

No había herida. No había sangre.

Se levantó poco a poco sin creerse lo que estaba viendo y, sin pedir permiso, agarró a Byron de la muñeca para comprobar la herida de la mano.

Batió las pestañas y parpadeó confundida. Le giró la

mano, revisándola por arriba y por abajo mientras negaba con la cabeza.

—¿Qué está pasando?

—Te lo he dicho: estoy bien —insistió Byron.

—No es posible. Te has cortado con la sierra. Te hiciste daño… —Pero su mano estaba perfecta—. He visto la herida, cómo se rasgaba tu palma con mis propios ojos… ¿Dónde está?

Byron permanecía en silencio, serio y menos relajado que antes.

—No me he hecho nada, vámonos.

—No me tomes por loca. Sé lo que digo, y tú estás fresco como un rosa, sin herida en el pie ni en la mano… ¿Cómo es posible?

—Te habrás confundido. No exageres, no ha pasado nada.

—Soy veterinaria. He tratado muchas heridas y sé diferenciar entre carne abierta o cerrada. Y no entiendo esto. Has roto la trampa con tus propias manos y sé lo duras que son y lo difícil que es que una presa se libere después de que se cierre. Y tú lo has hecho como si fuera de plástico. —No soltaba su mano. En el pulgar llevaba un sello dorado muy extraño en el que no se había fijado antes. Sus ojos se imantaron a él, como si acabase de descubrir algo demasiado improbable—. Un momento… ¿Qué es esto…? —dijo todavía impresionada por la ausencia de heridas en Byron.

—El sello de la familia.

—¿De tu familia?

—Sí —contestó Byron precavido.

—¿De los Dorchadas? —Se quedó pasmada.

—Así es. —Byron intentó retirar la mano, pero Elora no se lo permitió.

—Mis padres tenían una caja fuerte en casa donde guardaban sus objetos más preciados. Una vez vi su interior —explicó sumida en sus recuerdos—. Solo tenían una bolsita de terciopelo rojo que contenía monedas de oro con... con este mismo sello. Ni siquiera me acordaba... —reconoció sorprendida—. Hasta ahora, que lo he visto en tu dedo. ¿Por qué...? ¿Qué significa esto? —Elora exigía respuestas, aunque ni siquiera sabía si Byron se las iba a dar. No podía ser casualidad. No era tonta y se cuestionaba muchas cosas—. Deberías estar herido, con el tobillo casi seccionado, sangrando, y deberías tener un corte en la mano, pero estás perfecto. El sello de tu dedo tiene el mismo símbolo que las monedas de oro que una vez vi en la caja fuerte de mis padres. ¿Me vas a explicar de qué va todo esto? —exigió con una sonrisa producto de los nervios.

Por la experiencia y los años de existencia de Byron, jamás se había visto inseguro y presionado como en ese momento. Quería que sucediera eso, pero, en el fondo, no, porque los pondría en peligro a ambos. Y si las cosas se daban, debía ser a su manera.

—La trampa estaba oxidada y sin fuerza —se limitó a repetir.

—Mientes —le echó en cara Elora como si en sus ojos viera la verdad.

—Y lo de las monedas y el sello puede ser mera casualidad. Los símbolos pueden parecerse, pero no ser iguales.

Ella dijo que no, rechazando aquella posibilidad con vehemencia.

—Estás mintiendo otra vez.

—¿Y qué quieres que te diga, Elora? ¿Que no soy lo que tú crees? —rio para quitarle hierro al asunto.

Ella se cubrió el rostro con las manos y se lo frotó, porque había algo en todo aquello que le parecía extraño y no

creía la versión de Byron. Además, su intuición no le fallaba. Ahí pasaba algo.

Ese tipo no era muy normal. Y que tuviera una moneda
como las de sus padres en forma de sello no tenía ningún
sentido.

—No soy el personaje de un libro que ignora señales
fuera de lo común... No soy tonta.

—Jamás pensaría que lo fueras.

—Quiero volver a casa —le ordenó.

—¿Por qué? ¿Me tienes miedo? —dijo preocupado.

—No lo sé... ¿Debería? —replicó ella nerviosa e inesta-
ble—. Quiero volver a casa. Por favor, llévame.

Elora lo miraba fijamente y Byron decidió que por ahora era mejor dejarlo así.

No quería asustarla de más.

—Vamos —dijo y le señaló el camino.

Elora se frotaba las manos intranquila mientras subía al
coche, y Byron no entendía cómo aquella incursión en el
bosque, después de ese acercamiento, había salido así.

7

Se había quedado con mal cuerpo.

Elora no estaba bien. Byron la había dejado en casa, justo en el momento en que los del taller, amigos de Kellan, aparcaban su coche en el jardín.

Al moreno no le había gustado mucho aquello, pero había esperado a que ellos se fuesen y la ranchera estuviese en su lugar. Después de eso, no se habían dicho mucho más, excepto que al día siguiente era el *fish and chips* y Byron quería saber si iba a ir. Ella le dijo que Kellan e Iris la habían invitado también, así que ya se verían...

No comentaron nada del beso, como si la trampa del oso y el sello de Byron lo hubiesen borrado por completo.

A Elora le frustraba su actitud porque cuanto más intentaba quitarle hierro al asunto, más se enfadaba ella de que la tomase por estúpida.

Había casualidades esporádicas y eventos fortuitos.

Pero Elora sentía en su fuero interno que nada de lo que había pasado con Byron era una casualidad. Ella era una persona intuitiva y no se prestaba a creer en infortunios o fatalidades del destino. En todo aquello, la única certeza manifiesta era que no había sido azar ni coincidencia.

Había estado buscando como loca información sobre

trampas para osos y también había intentado llamar a sus padres para cerciorarse y preguntarles de dónde habían sacado esas monedas, pero no le cogían el teléfono, para variar.

Era curioso porque, en todo ese tiempo, Elora no había pensado en ellas, ni siquiera las había recordado hasta que vio el sello de los Dorchadas de Byron. Y quería respuestas.

Todo lo que había leído sobre los cepos solo confirmaba lo que ella pensaba. Tenían tanta presión que para abrirlas se necesitaría a dos personas tirando de ambos laterales, y ni así era posible. Y Byron se había liberado sin más. Él solo. ¿De cuánta fuerza estaba hablando? Y luego el tema de sus heridas... No le había quedado ni una.

Había pensado en todo ello mientras se hacía la cena. Y todavía lo hacía, sentada en la cama, con la mirada ausente, untándose la crema facial de noche por la cara, dispuesta a irse a dormir. Bombón reposaba tumbado a sus pies y la casa se encontraba en silencio. El perro parecía estar en paz, como si todos aquellos rituales que había seguido al pie de la letra por indicación de las señoras que leen, y después dirigidos por Byron, hubieran funcionado, y esos supuestos entes que habitaban en su casa hubiesen hecho las paces con ella y cesado en sus represalias.

Eso tampoco era normal. Pero ya no le daba importancia, porque lo más mágico e inhóspito le había sucedido en el bosque con Byron.

Y, para colmo, le había besado... Ni un ejército habría podido evitar que le diera un beso a ese hombre de ojos increíbles. Nada ni nadie. Había tenido tantas ganas, se había sentido tan osada, con un impulso que le nacía desde el instinto, desde una naturaleza opacada otras veces por miedos y por falta de interés, que le parecía imposible detenerse. Con él no. Ella sentía de otra manera. Con él era... era una experiencia completamente nueva.

Sin embargo, aquel sencillo beso había desatado algo inquietante.

¿Qué estaba pasando? ¿Quién era Byron? O peor..., ¿qué era? ¿Y por qué, a pesar de todo, no podía dejar de pensar en él?

Sentía los labios calientes. Su boca contra la de ella le había sabido a alimento, a un fruto prohibido del que no era capaz de describir el sabor.

Se tumbó en la cama y cerró los ojos pensando en él, en esa mirada cárdena, tan surrealista y, al mismo tiempo, tan real... ¿Era verdad? ¿Él era de verdad?

¿Había personas irrompibles cuya carne no podía ser lacerada por el metal?

El sonido del timbre la despertó e hizo que se incorporase de golpe.

Eran las doce de la noche.

Bajó a abrir con la camiseta de tirantes de color negro y el pantalón corto. La calefacción de la casa iba muy bien y las chimeneas estaban prendidas. Era friolera y necesitaba sentir mucha calidez.

Cuando abrió la puerta, vio la niebla en el exterior, tan espesa que casi se podía tocar, y la oscuridad de la noche en la campiña de Meadow Joy lo llenaba todo de contrastes claros y oscuros. Pero nada de eso tenía relevancia, porque lo único que ocupaba su mirada era el hermoso hombre rubio y alto, como un vikingo elegante, que la observaba con una sonrisa seductora en los labios.

—¿Finn? —susurró Elora.

—Hola, preciosa.

—¿Estás bien?

—Yo sí. Pero... mi amigo no... —Sobre el brazo tenía un halcón que no podía apoyar una de sus patas—. Le cuesta mantenerse en pie.

—Oh..., vaya —dijo preocupada—. Es un ave exótica. No tengo mucha experiencia con ellas.

Finn la miró de arriba abajo con osadía, sin cortarse un pelo.

—¿Ibas a acostarte?

—Sí.

—No quiero molestarte, volveré mañana... —Se dispuso a dar media vuelta.

—No, no. —Elora no iba a permitir que nadie con un animal en mal estado abandonase su consulta solo porque fuera medianoche—. Este centro tiene urgencias.

—¿Puedo pasar, entonces? —preguntó contrito.

—Claro. Adelante.

Finn sonrió de un modo que a Elora le puso la piel de gallina, pero le dejó entrar.

—Ponte cómodo, allí, a mano izquierda, está la salita. —Elora encendió las luces del centro veterinario—. Me voy a poner una bata —dijo antes de salir corriendo a la sala contigua y para ponerse, al menos, una casaca estampada con caritas de animales y las crocs para no ir descalza.

Cuando Finn la vio, no ocultó para nada que le gustaba lo que veía. Y Elora se sentía demasiado expuesta y extraña en esa situación.

Finn olía bien, a algo adictivo que siempre querías seguir oliendo, pero Elora no sabía qué era.

—¿Es tuyo el halcón?

—Sí —dijo él acariciándole la cabeza.

—¿Picotea?

—Como el dueño —contestó mirándola de soslayo.

Ella carraspeó.

—Lo digo para que no me arranque un dedo si lo toco...

—Es dócil y le encantan los mimos. Como al dueño —insistió riéndose.

Finn tenía un modo de hablar muy coqueto, pero lo hacía con tanta naturalidad que era difícil ofenderse.

Elora no le contestó y revisó las patitas del halcón.

—¿Cómo se llama?

—Romeo.

—¿Romeo? —Elora sonrió—. ¿Y eso por qué? Espero que no digas que es enamoradizo, como el dueño. —Entornó los ojos, pero le había tirado ficha. No pensaba tomárselo en serio.

Finn rio abiertamente y se encogió de hombros.

—Eso es verdad.

—¿Cuántos años tiene? Parece joven.

—Dos años. Hace unos días que le cuesta apoyar la pata izquierda... —Finn se acercó un poco más a ella.

—Sí, ya veo... Tiene clavos.

—¿Clavos? Yo no le he clavado nada —refutó él con asombro.

—No... Clavos es una infección de las garras. Se les inflaman y forman úlceras y heridas con abscesos... Lo has traído pronto, así que el tratamiento funcionará de inmediato.

Finn respiró aliviado y acarició la cabeza del halcón.

—¿Has oído, amigo? Te pondrás bien, porque esta chica guapa de piernas increíbles te va a curar...

Elora abrió la boca de par en par y se miró las piernas descubiertas.

—Esos comentarios son muy inapropiados, ¿lo sabes?

—Soy incorregible. —Se encogió de hombros.

—Ya veo. —No le dio más importancia—. Limpia bien el banco donde se suele apoyar. No es transmisible, pero es mejor sanear la superficie por si otros halcones se posan allí también.

—Romeo es salvaje. Solo viene a casa de vez en cuando, y también si lo llamo.

El halcón era precioso y estaba muy bien cuidado.

—Entonces debió de hacerse una herida y se le infectó —explicó Elora—. Te daré un antibiótico, unas vitaminas y le limpiaré la patita. No está muy inflamada y solo tiene una garra un poco enrojecida, pero para que no vaya a más hay que desinfectarla y empezar a tratarlo.

—A sus órdenes, señora.

Elora maniobró con Romeo bajo la atenta mirada de Finn. Lo curó en un santiamén; de hecho, se le había pasado el tiempo volando, como si no hubiese sido consciente de todo lo que le había hecho.

—¿Ya está bien? —preguntó Finn sentado en la silla, dando vueltas sobre sí mismo.

Elora miró al halcón y vio que ya había terminado de hacerle las curas.

—Eh…, sí —dijo algo desorientada.

—Bien. —Los ojos de ese color azul blanquecino de Finn se oscurecieron un poco, y se abrió de piernas en la silla sin dejar de mirarla—. Romeo, vete —ordenó.

El halcón le obedeció *ipso facto* y salió por la ventana, que Elora no recordaba haber abierto.

—Oye, eso no puede ser… —murmuró ella volviendo la vista a Finn.

—Acércate, Elora. Ven, aquí, entre mis piernas.

—¿Qué? —Elora no quería ir, pero, para su sorpresa, se vio arrastrando los pies, yendo hacia él como una marioneta.

Un momento…, ¿qué estaba pasando? Arriba, escuchó a Bombón lloriquear y quiso ir a ver qué le sucedía.

Pero entonces notó la mano de Finn en su barbilla y su rostro a solo un palmo. ¿Cuándo se había levantado?

—Tu perro está bien. Solo tienes que mirarme a mí.

—Finn…, está pasando algo raro… —Se sentía muy desprotegida.

—No tienes que temerme... —Finn le pasó la nariz por la mejilla y sonrió feliz—. Yo nunca te haría daño. Solo te haría sentir bien. Muy muy bien... Tu piel, tu olor, Elora... Es narcotizante para nosotros. —Sus ojos se volvieron negros por completo y Elora se asustó—. Dime, ¿has estado con Byron?

—¿Qué? —replicó atónita.

—Con el heredero de los Dorchadas. ¿Has estado con él? Lo huelo cerca... —murmuró hablando contra su mejilla—. Lo huelo aquí. —Posó su pulgar sobre los labios de ella—. ¿Ese engendro te ha tocado?

—Para, Finn.

—¿Lo conocías de antes? —insistió tomándola de la cintura y sentándola encima de la mesa del ordenador.

—No... —contestó ella indefensa ante sus atenciones. No las quería, pero tampoco tenía fuerzas para rechazarlas.

Finn le abrió las piernas y se colocó entre ellas.

¿Por qué lo estaba tocando si no quería hacerlo? Las manos de Elora recorrían los hombros de Finn y él cerraba los ojos con gusto. Eso no podía ser... ¿Por qué le hablaba de Byron?

—¿Seguro?

—Seguro —contestó ella—. Finn..., ¿qué estás haciendo?

—Nada que tú no quieras hacer. —Sus manos se volvieron más atrevidas e invasivas. De repente la estaba tocando por debajo de la bata y también de la camiseta que usaba para dormir.

—Finn, para. —Pero las manos de ella se enredaban en su pelo rubio y su cuerpo se arqueaba para él como un autómata.

—Tienes que alejarte de Byron. Y tienes que explicarme qué está pasando. ¿Él te ha marcado?

—¿Qué?

—Que si te ha marcado... —Sus manos ascendieron peligrosamente por su abdomen y dejó escapar un murmullo gustoso—. ¿Te ha poseído? ¿Te ha mordido?

—¡¿Morder?! ¿De qué estás hablando?

—Tal vez no te acuerdes...

—No ha hecho nada de eso. —Lo empujó levemente para apartarlo.

—Elora, voy a probarte y vas a ser mía. Después de esto solo querrás estar conmigo. Y te olvidarás de Byron y también de Kellan.

—No quiero que me hagas nada. —No tenía fuerzas para combatirle. Era como si no fuera dueña de su cuerpo y tenía la mente embotada.

—Te voy a desnudar y voy a pasar mi lengua por todas partes hasta que enloquezcas. Hay algo en ti que no es normal y no pararé hasta saber qué es y por qué Byron te está protegiendo.

—¿De qué me está protegiendo? —preguntó ella sin comprender.

Finn curvó la comisura derecha de su labio con soberbia.

—De todos... Pero es de él de quien debes cuidarte.

—Hablas como Kellan.

—Va a ser en lo único en lo que ese *cú*, ese sabueso, y yo coincidiremos.

—No sé qué dices...

—¿Quiénes son tus padres? ¿De dónde vienes?

Eso la asustó. ¿Por qué la estaba sometiendo a un tercer grado y estaba abusando así de su indefensión?

—No quiero esto... —lloriqueó—. Déjame en paz, por favor.

Finn la miró extrañado. No solía recibir esas respuestas de sus presas, que solían contestar a lo que él preguntaba. Y no solo eso. Se ofrecían a todo lo que él quisiera.

La reacción de Elora tampoco era corriente. Nada en ella lo era, y estaba deseando descubrir por qué le llamaba la atención así.

Finn no se apartó de Elora y levantó las manos para que viera que no la estaba tocando. Sin embargo, ella seguía notando el tacto de su piel y cómo los dedos jugaban con sus pezones. ¡Sí la estaba manoseando, y no sabía cómo lo hacía! Así que lo volvió a empujar, saliendo de esa bruma extraña de deseo que él había tejido.

Era un encantador de serpientes. No. Era la serpiente mayor. Hermosa, desafiante, elegante, hábil..., pero una depredadora nata.

Cuando Elora descubrió esa naturaleza animal en Finn, fue como encontrar un repelente contra él.

—Eres como una serpiente —susurró. Se le escapó un gemido cuando sintió que él le retorcía los pezones con los dedos—. Deja de hacer eso. ¡Me haces daño!

—No te estoy tocando —contestó pagado de sí mismo.

—Y no me vas a tocar más...

—Lo estás deseando. Tú me deseas. Tómame. —Abrió los brazos y, con un gesto, se quedó completamente desnudo para ella—. Cerremos este encuentro ya. Sellémonos.

Finn dejó caer toda su energía seductora y mental en ella, y Elora se bajó de la mesa con ganas de quitarse la ropa como él. Ese hombre era pagano, todo lo contrario a lo que estaba permitido. Tenía un cuerpo delineado hasta el más mínimo detalle y en sus brazos y piernas, musculosas, atléticas y recias, Elora observó que había perfilados trazos plateados, como tribales, que se iluminaban cuando pasaba los ojos sobre ellos...

El miembro de Finn era para hacerle una mención aparte. Un príncipe guerrero, de tierras heladas, con una vara adaptada al tamaño de su cuerpo.

Elora se cubrió los ojos con la mano, pero, aun así, lo seguía viendo. ¡¿Cómo podía ser?!

—¡¿Qué demonios eres, Finn?!

—Sea lo que sea, soy todo para ti, nena —sentenció provocando en ella un espasmo uterino de placer.

Elora se tocó el vientre y se dobló sobre sí misma. ¿Por qué sentía que algo en su interior se removía? Cuando se incorporó, empezó a sacarse la bata por la cabeza. «No cedas, Elora. Lucha», se repitió mentalmente.

Y, de nuevo, volvió a oír a Bombón lloriquear y ladrar con más fuerza.

—Ese lebrel cabezón... —gruñó Finn, alzando la vista.

El ladrido actuó como un contrahechizo para Elora.

En ese instante pensó que si percibía a Finn como una serpiente, lo mejor era activar los ultrasonidos del centro. Estaba equipado para alejar a serpientes, topos y otros animales salvajes, dado que se encontraba en medio del monte. Sin embargo, las había apagado porque no quería hacerle daño a ningún animal ni que se sintieran atacados por ella.

Pero ahora deseaba activarlo para protegerse de ese reptil hermoso que la inducía a tener sexo con él.

—Quítate el pantalón. Quítatelo todo —añadió Finn humedeciéndose los labios mientras se agarraba el miembro con las manos y empezaba a masturbarse—. Te quiero desnuda para mí.

—Yo... no... ¡No quiero esto, Finn! —gritó con todas sus fuerzas y se detuvo a un metro de su cuerpo.

Se le habían saltado las lágrimas. Su cuerpo temblaba por la impresión. No quería ceder, no quería rendirse y no quería que nadie la obligase a hacer algo que ella no quería hacer, así que clavó los pies en el suelo y apretó los puños tan fuerte que se hirió las palmas con las uñas.

—Ven, Elora —dijo él con suavidad para que se relajase—. Te va a gustar.

—No... —Negarse le estaba doliendo físicamente, pero su voluntad era firme.

—Nena..., nunca te haría daño —aseguró. Entonces, su rostro se oscureció y su mirada se tornó fría y sombría—. He dicho que vengas.

Esa última orden fue como un latigazo en el cuerpo de Elora, que, de algún modo, había encontrado la manera de resistirse. Contuvo todo lo que pudo las convulsiones y los temblores y llenó los pulmones de aire para gritar:

—¡Me estás asustando! ¡No quiero acostarme contigo, joder!

Y, de repente, ¡pum!

La puerta de la entrada se abrió de par en par y, tras ella, apareció Byron con el rostro descompuesto y los ojos brillantes como los de un animal nocturno de caza entre la maleza. Pero no estaba en el bosque. Estaba en su casa, en el centro, y había ido a socorrerla.

Él la miró con ojos descontentos y exigentes, pero Elora esperaba que no estuviera enfadado, porque ella no había hecho nada.

—Oh, joder... Puto aguafiestas. —Finn puso los ojos en blanco, aburrido de aquella situación, se cruzó de brazos y entonces, antes de que Byron se le echase encima, desapareció. Se movió a tanta velocidad que Elora no pudo captarlo.

Y lo mismo sucedió con Byron. Desapareció de allí y levantó una oleada de aire a su alrededor que agitó el pelo de Elora y también los papeles que había dejado encima de la mesa del ordenador.

Los ladridos de Bombón cada vez se oían más nítidos y con más fuerza. A ella, ya fuera por la tensión o por las sensaciones tan sobrecogedoras vividas, le cedieron las rodillas y, por la frustración y el miedo sentidos, lo único que atinó a gritar fue:

—¡Byron!

Y, al segundo grito, se encontró sentada sobre la cama, con la misma ropa que se había puesto al acostarse. Bombón ladraba con fuerza, pero no a sus pies, sino en la planta de abajo.

Se miró las manos y se tocó el cuerpo. Sentía los pezones estimulados y un sudor frío le cubría el cuerpo. Se pasó el dorso por las mejillas y descubrió que estaba llorando.

Pero estaba en la cama. ¿Había sido una pesadilla? ¿Qué había pasado? ¿Cómo podía tener sueños tan vívidos e inquietantes?

—¿Bombón?

Necesitaba al lebrel cerca de ella. Se puso las zapatillas y bajó a la planta de abajo para descubrir, arrobada por la impresión, que la puerta de la entrada estaba abierta de par en par y que el perro ladraba al exterior, como si algo o alguien hubiese entrado o salido del centro.

Cuando el animal la captó, se dirigió hacia ella y Elora corrió a cerrar la puerta con llave y el cerrojo superior.

En la casa ya no había ruidos ni se rompían las cosas solas...

Pero ¿qué haría con las visitas indeseadas o los fantasmas que abrían las puertas?

¿Qué iba a hacer con esos sueños y esas pesadillas?

Subió a la habitación sabiendo que no iba a pegar ojo. Pero Bombón, como buen perro protector, se tumbó a su lado y dejó que su dueña lo abrazase hasta que, por arte de magia y entre lágrimas de desconcierto, se durmió.

Cuando Byron alcanzó a Finn en los límites del bosque temático, entre sus tierras y las de los Impire, lo agarró con tanta fuerza por el cuello de su chaqueta que lo tumbó en el suelo, creando un socavón circular a su alrededor.

Byron afincó una rodilla en el pecho de Finn y le clavó los dedos en la tráquea.

—¡Te mataré por haberla asustado y haberla hecho llorar! ¡Sabía que eras ruin y un tirano, pero esto es sucio hasta para ti!

—¡¿Sucio, dices?! —Finn se echó a reír, sin importarle la constricción que ejercía en su cuello—. ¡Sucio lo tuyo! ¡Has marcado a esa chica y ni siquiera lo sabe! ¡Es evidente que sabe cómo defenderse de nosotros! ¡Y además es una *duine*! ¡¿Por qué tiene tu protección?!

—¡No importa el porqué! ¡Si la tiene, debes respetarla!

—¡En eso te equivocas! Si quieres el respeto de los demás, séllala o elígela, pero no la marques como al ganado, porque eso no significa nada para ella y menos para nosotros. No pienso descansar, príncipe, hasta entender de qué va esto y por qué ella está aquí. Está claro que despierta interés en todos, y no puedes ignorar ese hecho. El que está jugando sucio eres tú.

—No soy yo el que se ha metido en su cabeza mientras dormía y la ha convertido en un títere para saciar tu enfermo apetito y tus ganas de competir.

—Todo está permitido —rio burlándose de él—. Y ella tiene que probar hieles y mieles si quiere formar parte de nuestro mundo.

—Ella no ha decidido formar parte de él. Para ti solo es un capricho más, Finn.

Este lo empujó por el pecho y Byron salió volando unos metros hacia atrás, pero cayó de pie.

—Para mí será lo que tenga que ser. Y estará bien si puedo llevármela.

—Hace mucho que no estamos en guerra. Nuestros enemigos son otros —le advirtió Byron—. No quieras crear un conflicto.

—¿Un conflicto?

Kellan apareció entre la arboleda, exigiendo a uno y a otro un poco de sinceridad. Vestía con una camisa de color negro y unos vaqueros oscuros. Su gesto era serio y estaba teñido de cólera.

—El que faltaba —murmuró Finn.

—El conflicto ya está creado. Habéis plantado acónito en el jardín de la veterinaria sabiendo lo tóxico que es para nosotros. Se huelen las flores lilas hasta a un kilómetro.

—¿Y lo dices tú, que le has pinchado la rueda de la ranchera solo para poder llevarla a casa? —Finn se encaró con Kellan y este le advirtió con la mirada que se mantuviera lejos de él.

—Yo, al menos, no abuso de la confianza de las mujeres para someterlas, rey de OnlyFans. Ha sido muy rastrero lo que has hecho.

—Si no llego a aparecer yo, ¿qué habrías hecho, Finn? —Byron volvió a enfadarse tanto que sus rasgos se afilaron; se volvieron violentos y sus ojos se ennegrecieron por completo hasta que la esclerótica se consumió y se tornó del color del carbón.

—Lo habría deseado y disfrutado —contestó Finn.

Byron se lanzó contra él y lo estampó contra un árbol, partiendo el tronco en dos y haciendo que las aves se alejaran de sus nidos.

—Olvidas que por mucho que una mujer piense que eres atractivo y que te desea, no significa que quiera montárselo contigo.

—Todas han querido hacerlo —dijo con orgullo.

—Pero ella no.

—Solo porque tú te has adelantado de algún modo y eso hace que ella sea inmune a cualquiera de nosotros —gruñó, hablando de la desventaja de él y de Kellan.

—¿Por qué Elora tiene tu protección? ¿Cuándo se la diste? —quiso saber Kellan acercándose a ellos.

—No lo sabe ni ella —adujo Finn con el antebrazo de Byron en el cuello—. Y ella no miente cuando dice que no recuerda haberlo visto nunca.

—Hay algo que nos ocultas. —Kellan se aproximó hasta quedar a un metro de ellos—. Esa mujer tiene algo que ver contigo, está marcada de algún modo... y queremos saber por qué. No puede ser una casualidad... Se acerca la noche de plata, Byron.

Él ignoró las palabras de Kellan.

—Que yo sepa, no es ilegal dar la protección a quienes elegimos —aseguró Byron levantándose y dejando a Finn con la espalda curvada sobre el tronco.

—¿A un humano? No, Byron... La alianza que has hecho con ella es de amarre. Estás mintiendo.

—Tú no puedes oler si miento o no. Conmigo no —aseguró confiado.

—Los humanos se piden y se acogen, no se protegen así, no se amarran —insistió Kellan—. Y si se hace, se les pide su beneplácito. Hace mucho que dejamos de robar humanos y de hacer cosas sin su consentimiento. Esas prácticas no van con nosotros, son de otros.

—Da igual que tenga tu protección —convino Finn arreglándose las mangas de la chaqueta—. Es una hembra, y despierta el interés de todos nosotros lo quieras o no, así que tenemos las mismas posibilidades que tú. —Se levantó y se recolocó la ropa—. Que te hayas interpuesto no significa que ella aún no nos pueda elegir. Solo tiene que enamorarse y se irá con quien ella quiera. Todos tenemos las mismas urgencias, y estoy con Kellan por una vez: se acerca la noche de plata, pero también el Samhain —sonrió pecaminosamente.

—Si tenéis urgencias —señaló Byron—, tenéis las treebaes. Allí también tenéis una reputación.

—Como la tuya —dijo Kellan—. No eres ningún santo.

—No lo soy, lo sé —admitió—. Pero todos hemos dejado atrás nuestras leyendas oscuras. Dejad a Elora en paz o tendremos un problema.

—No puedes pedirnos que nos mantengamos al margen —dijo Kellan—. No puedes. Ella todavía es libre. Si no hay vínculo, si el amarre no es recíproco, todo sigue abierto.

Byron sabía que Kellan tenía razón. Pero, al mismo tiempo, no soportaba la idea de que molestasen a Elora, porque él sabía perfectamente que le pertenecía. Lo peligroso sería que descubriesen el porqué.

—Esto no nos conviene a ninguno de nosotros. Es posible que las cosas se pongan feas.

—¿Por qué? ¿En qué sentido, Sith? —Finn se relajó y dejó de estar a la defensiva con Byron.

—Es por el motorista, ¿verdad? —dijo Kellan—. Los míos dijeron que tenía el *gealtachta* detrás de los ojos.

Byron asintió, preocupado. Era una marca de un conjuro oscuro.

—Tuve que ocuparme de él —explicó Byron—. Estaba a punto de salir de los condominios de Meadow y se había tirado encima de Elora en la carretera nacional. Sabía que era un títere, un localizador. Dejé el cadáver en los bosques de los lobos para que creyeran que habían sido las bestias, pero me aseguré de que no saliese de nuestras tierras. Después fui al Cat Sith.

—Siempre ha habido localizadores —incidió Finn. Se metió las manos en los bolsillos con una pose pasiva y tranquila—. Pero este... es extraño que coincida con la llegada de la humana.

—Solo digo que estemos atentos a cualquier movimiento inusual. No por Elora, sino por nosotros. La noche de plata está próxima y el equinoccio, también. Ocupémonos de cuidar nuestras casas y centrémonos en lo que realmente importa.

—Lo que no entiendo es —murmuró Finn pasándose las manos por el pelo rubio—, ¿por qué tú, que ya tienes marcada a la muchacha, no la reclamas?

—Porque a veces uno tiene que sacrificar lo que desea por su deber —les dijo mirándolos a ambos—. Es algo que jamás entenderás si siempre has antepuesto tus necesidades a las de los demás, Finn —apuntó con malicia.

—No. Es porque hay gato encerrado —espetó Kellan meditabundo—. No me vengas con moralidades, Sith. —Le puso una mano en el hombro a Byron para provocarlo—. Nosotros no tenemos, pero tú tampoco. Aquí pasa algo... Bajo mi punto de vista, mientras no reclames a esa chica no puedes pedir respeto. Además, la primera a la que has engañado es a ella. —Le dio dos palmaditas en la espalda—. No sabe lo que eres ni lo que somos. Veremos lo que sucede cuando se entere.

—No tenéis nada que decirle.

—Tarde o temprano lo descubriremos —murmuró Finn—. Y la primera en saber la verdad será ella. Al concilio tampoco le gustaría saber que hay alguien entre nosotros supuestamente amarrada en contra de su voluntad. Y, encima, una humana.

Kellan hizo un mohín para darle la razón a Finn.

—Estáis jugando con fuego. Os aviso.

—Bah, Sith… —Finn volvió a esfumarse ante sus ojos—. Ya sabes lo que nos gusta jugar.

Su risa resonó en el viento y llenó de ira a Byron.

—¿Queréis jugar? ¡Adelante, hacedlo! —gritó al viento—. Pero como crucéis la línea como hoy ha hecho Finn, ¡os prometo que os arrepentiréis!

—¿Y qué harás, Byron?

—Me lo tomaré como una afrenta personal. Y lo solucionaremos en la arena.

El rostro de Kellan se ensombreció.

—No puede ser afrenta personal cuando esa humana no es tuya.

—Elora es mía —dijo con un tono visceral.

—Ella no lo sabe.

—Pero lo sabrá.

—Tú no eres de ella, desde luego.

—Mi palabra es ley, Kellan —le recordó con vehemencia.

—Entre los tuyos, sí. Pero recuerda que mientras no haya una casa predominante, por muy sanguinarios, crueles y salvajes que seáis, no hay líder ni rey. No tenemos que obedecerte y no vamos a hacerlo.

Después de decir eso, Kellan se adentró corriendo en el bosque y desapareció, dejando a Byron sumido en sus pensamientos.

Ellos no sabían de lo que sería capaz si alguien molestaba o incomodaba de más a esa chica. Ni siquiera él, porque nunca se había visto en una situación como esa.

Era momento de mover ficha y agitar el avispero.

Byron empezaba a intuir que habría más de una amenaza en Meadow Joy, y todas parecían ir a por ella.

8

La noche había sido terrible y muy confusa. ¿Había vivido todo aquello? ¿El encuentro con Finn, sus advertencias sobre Byron y todo lo que intentó hacer con ella fue real? ¿Qué era Finn? Byron la había salvado de él, pero... ¿estaría molesto con ella por lo que vio? ¿Y a ella qué demonios debía importarle lo que pensara? ¿Y si nada fue de verdad? Peor, ¿y si lo fue todo?

Necesitaba hablar. Necesitaba explicarle a alguien lo que había vivido. Alguien que no la juzgase, que la apoyase en su locura y que la aconsejara.

Por eso la llegada de Gisele fue como un bálsamo de cordura para Elora. Con ella era fácil relativizarlo todo.

Gisele y ella se conocían desde el colegio. Se hicieron inseparables y fueron juntas a la universidad. Gisele se había criado con su madre, que le daba al alcohol, y un padrastro sátiro, y era un milagro que hubiese salido tan responsable y madura. En cambio, Elora lo había tenido todo en la vida, excepto a sus padres, que nunca habían estado demasiado pendientes de ella, por lo que sus lazos familiares no eran excesivamente sólidos, y tampoco había recibido demasiado cariño.

Ambas, en cuanto a personalidad, eran muy diferentes.

Elora siempre era la dulce, la educada, la que no le gustaba alzar la voz y la que, antes de dar un paso, se pensaba bien adónde quería ir. Gisele era más atrevida, de carácter más fuerte, siempre prefería pedir perdón a pedir permiso, si tenía que gritar lo hacía y, a veces, no medía las consecuencias de sus actos. Por eso era periodista, porque no le solía importar dónde metía las narices si la exclusiva lo merecía. Trabajaba en el periódico de la ciudad, pero quería evolucionar y dedicarse a algo más estatal. Aunque no estaba tan mal donde estaba. Dado que era la redactora jefa, tenía bastante flexibilidad, le debían días de compensación y, además, su superior la adoraba y le daba todo lo que le pedía, así que se había tomado unos días para ir a ver a su mejor amiga. No soportaba estar tantos días sin verla.

Cuando Gisele se bajó del pequeño Fiat negro que conducía, miró a Elora como si su viaje hasta allí hubiese sido una odisea.

—Oye, pollo, ¿sabes la de vueltas que he dado hasta encontrar este sitio? —gritó con su bolsa de viaje de marca colgada al hombro. Llevaba suficiente ropa como para estar cuatro días allí—. El maldito GPS se volvía loco y cada dos por tres me redirigía fuera del pueblo, en dirección contraria. No sé ni cómo he llegado hasta aquí. Además —dio una vuelta sobre sí misma admirando lo que la rodeaba—, este pueblo es de cuento, muy bonito y todo lo que tú quieras, pero yo estoy convencida de que no sale en los mapas. Es como el culo del mundo.

Elora la esperaba en el porche, abrazada a sí misma y con el gesto descompuesto.

Gisele se paró enfrente de ella y no le hizo falta saber nada más.

Era rubia, de pelo largo y liso, y usaba gafas de ver de

pasta negra tipo aviador. Tenía unos ojos de color verde grandes y expresivos y vestía siempre con blusas o camisetas debajo de una americana, vaqueros y zapatillas.

Gisele se quitó las gafas y subió los dos peldaños del porche. La expresión de su rostro cambió de la alegría a la precaución.

—Ahora mismo me cuentas todo lo que te ha pasado. —La abrazó con fuerza—. ¿Y por qué estás temblando?

—No te lo vas a creer... —dijo Elora contra su hombro. Qué bien se sentía el abrazo de su amiga. Lo necesitaba como el respirar.

—Cariño, soy periodista y mi sección favorita es la de casos extraños. —Le dio un beso en la cabeza y la apartó para mirarla a los ojos—. Quiero saberlo todo.

—Es de locos, en serio...

—Entonces has dado con la persona adecuada. —Gisele se señaló y le sacó una sonrisa a Elora.

—Esto te va a superar, Gisele. Entra. —Le cogió la bolsa de equipaje y se la cargó al hombro.

Gisele la siguió al interior. Sus ojos se perdieron en cada detalle del centro y, después, de la planta superior.

—La casa es preciosa y muy acogedora —aseguró mientras Elora se lo enseñaba todo—, pero ¿por qué tienes galletas y leche en la ventana y puertas diminutas en los zócalos? ¿Y desde cuándo te gusta la vainilla? —Inhaló profundamente—. Hostia —se detuvo de forma abrupta—, tienes un perro caballo —dijo nada más ver a Bombón, parapetado en el salón. Estaba tumbado sobre la alfombra frente a la hoguera.

El perro se levantó y olisqueó a Gisele moviendo el rabo, contento de verla.

Ella lo acarició detrás de las orejas y se hicieron novios.

—Qué simpático es.

—Es un lebrel. O *wolfhound*, como también lo llaman aquí. Lo rescaté hace dos noches. Siéntate, anda —le sugirió Elora—. ¿Quieres un café?

—Yo te lo preparo y, de mientras, tú empiezas a desembuchar —se ofreció ella y le pidió con un gesto que se sentase en el sofá—. No llevas ni tres días sin mí y estás hecha un cromo.

Elora dejó que Gisele la cuidase y se acomodó, cubriéndose con la colcha de colores, mientras la rubia se hacía con la cocina en décimas de segundo y descubría dónde estaba todo sin preguntar. Eran ventajas de ser mejores amigas.

Y así fue como Gisele, sin saberlo, entró en el mundo de Meadow Joy.

Un par de horas después, Elora se sentía muchísimo mejor, más desahogada y liberada. Poder hablar de los problemas de una era sanador y reconfortante, sobre todo cuando estabas con alguien especialista en preguntar y escuchar, como su amiga.

Gisele se había recogido el pelo en un moño con un lápiz y estaba sentada a lo indio en el sofá con la cabeza de Elora sobre su muslo. Le prodigaba masajes relajantes en la cabeza al mismo tiempo que escuchaba la historia fascinante que su amiga, que jamás en su vida se había inventado nada ni había mentido, contaba sin interrupciones y con una fiabilidad a prueba de balas.

Y la creyó a ciegas.

Elora lo sabía. Sabía que ella la creería, precisamente porque nunca había fantaseado con nada.

—¿Me estás diciendo que no sabes si alguien entró en tu casa ayer para toquetearte sin tu permiso?

—Sí. No sé si lo soñé o fue real.

—Eso es muy raro. —Su amiga puso cara de circunstancias.

—¿Te enseño algo? —dijo Elora avergonzada.

—Claro. —Gisele dio otro sorbo a su café.

Elora se subió la sudadera blanca con capucha que llevaba y le mostró los pechos. Tenía los pezones irritados. Le salían marcas con facilidad porque tenía una piel muy blanquita y delicada.

—Yo no me los retorcí, eso te lo juro —aseveró—. Él tampoco me tocó, pero lo sentí... Nunca me había pellizcado a mí misma y nadie me lo había hecho nunca...

—De eso no tengo ninguna duda, querida. No eres nada atrevida con el sexo. Nunca te ha interesado demasiado el picante. Por eso sé que eso no te lo has hecho tú. —Señaló sus pezones enrojecidos y algo inflamados.

—No sé si fue un sueño o no, pero tengo pruebas físicas de que algo pasó. Además, la puerta estaba abierta.

—Menudo bruto, el gilipollas. —Gisele se pinzó el puente de la nariz y cerró los ojos, pensando en qué paso dar a continuación—. ¿Cómo podemos denunciar algo que no sabes si ocurrió? —se dijo.

—Pero ¿tú me crees? —Elora se incorporó y se colocó de rodillas, rogando por una respuesta afirmativa.

—¿Perdona? Claro que te creo. ¿Por qué ibas a inventarte una historia así? Es que ni a mí, que mi sueño frustrado es ser escritora, se me ocurriría una trama con tanto detalle. A ver, tenemos a tres tipos: Byron, Finn y Kellan. Según te han dicho, forman parte de las familias fundadoras de Meadow Joy y tienen muchísima pasta y terrenos.

—Sí.

—Los tres te están tirando la caña.

—No, no exactamente... Bueno...

Gisele arqueó las cejas rubias.

—Sí, Elora. Eso es tirarte la caña. Pero solo te has besado con Byron, que es el que te gusta de verdad —le aclaró—. Finn, no se sabe cómo, se ha metido en tu sueño para magrearte, y Kellan... Kellan está en la zona amigos, como un buen perrito.

Elora permaneció en silencio y le quitó el café a Gisele para darle un sorbo.

—Sí, es verdad —dijo resignada.

—Bien. Hay un enano por ahí con un hurón que dice que te quiere proteger. Charlotte te habló de que el pueblo está lleno de leyendas, la gente es supersticiosa y viven constantemente en el día de San Patricio —argumentó cómicamente—, y resulta que tu casa estaba embrujada hasta que hablaste con la librera, Iris, y las señoras que leen, Flora, Fauna y Primavera —a Elora se le escapó una carcajada y Gisele se rio también—, que te contaron cómo tenías que ahuyentar a los duendes. Byron entró en tu casa con la excusa de tener un minino entre los brazos, tú te derretiste nada más verlo y él, como un caballero, te ayudó a ponerlo todo en su lugar. Os fuisteis al bosque y cuando Nala encontró a su madre, después de que te atrevieras a besarlo (que, dicho sea de paso, eso me lo tienes que contar bien, doña fresca) —puntualizó—, Byron mete el pie en una trampa de oso, pero ni se muere ni se desangra. La rompe como si fuera la Masa y luego descubres que tiene un sello con una moneda que es igual que las que coleccionaban tus padres en su caja fuerte. Y esta noche él te ha salvado de Finn en el no sueño que has tenido —resumió, haciéndole ver que la había escuchado a la perfección—. Aunque son Kellan y Finn quienes no dejan de advertirte de que el malo es el moreno.

—Sí, lo has resumido muy bien. A tu manera —objetó—, pero muy bien.

—Pues yo tengo muy claro lo que hay que hacer, amiga. Te están volviendo loca y están jugando contigo. Tienes que reaccionar. Me da igual lo que sean ni si estamos en un Narnia alternativo. Te están mareando entre los tres. Tienes que plantarles cara, preguntarles qué coño están haciendo contigo y qué les pasa.

Elora estaba de acuerdo con ella. Había pensado que lo mejor era enfrentarse y hablar claro.

—Quiero ir esta noche al *fish and chips* y hablar con ellos o con Puck...

—Ese es el barman, ¿no?

—Sí. Parece que sabe de todo. —Frotó una manchita de la taza negra con un trébol de cuatro hojas que usaba para el café—. Pero antes quiero hablar con Byron.

—¿Por qué? ¿Te fías de él? A mí me parece que también está en el ajo.

—No sé de qué va todo esto, pero... tengo que hablar con él.

Quería hablar con él porque, a pesar de que lo del día anterior la había sobrepasado, el beso que le había dado había sido como un detonador. Quería volver a verle y pedirle absoluta sinceridad.

Necesitaba la verdad como el respirar. Y también encontrarse con él otra vez.

—Tengo mucha curiosidad por verlos a todos, pero ese Byron... —Afiló la mirada—. Debe de ser alguien muy especial para que estés así. Lo de esta noche ha tenido que ser muy incómodo y difícil de asumir, pero a ti lo que te tiene removida es lo que estás sintiendo por él. Porque sientes cosas, ¿verdad?

Elora exhaló y apoyó la cabeza en el respaldo del sofá, fijó sus ojos en el techo y suspiró.

—Esto es diferente. Apenas he hablado con él ni hemos

pasado demasiado tiempo juntos, pero... es tan raro... No me reconozco. No sé cómo me siento.

—Sí, es evidente que aquí no hay nada demasiado normal, pero... raro, ¿cómo?

—He tenido un sueño erótico con él —reveló Elora. Gisele se quedó boquiabierta.

—¿Erótico? Detalles, gracias. —Le arrebató el café de las manos y se lo empezó a tomar ella.

—Erótico... No he tenido sueños así nunca. Soñé que me tocaba para él.

—Madre mía...

—Y no dejo de pensar en él. Fui yo la que lo besó y a pesar de que sé que sin lugar a dudas me está ocultando cosas sobre él que yo ni siquiera intuyo, tengo ganas de... de estar con él otra vez. Es irracional e inconsciente, lo sé.

—Bueno. —Gisele se encogió de hombros—. A ti nunca te ha pasado, pero... es el veneno del amor. Así es el mordisquito carroñero del deseo y de la pasión, Elora. Sé que has estado con chicos, que has tenido sexo, líos y rolletes y que has tenido que huir del último tóxico que se obsesionó contigo. Pero eso no es amor. Nunca has estado enamorada.

—No.

—No busques raciocinio ni coherencia en el amor. El flechazo no los tiene. Simplemente, esa persona se te cuela bajo la piel y te acompaña día y noche, en la mente. —Se tocó la sien—. Te acuestas pensando en ella y te levantas pensando en ella.

Elora no quería pensar en amor. Si apenas lo conocía... Pero las cosas que sentía y las necesidades que despertaba en ella eran muy desconocidas y nuevas, y no sabía muy bien cómo hacerles frente.

Ojalá se pudiera centrar en todas esas sensaciones y analizarlas. Pero alrededor de Byron y de ella estaban sucediendo cosas que le creaban mucha tensión y miedo. Y necesitaba aclararlas.

—Es de locos... —Elora se sujetó la cabeza—. Estoy elucubrando tantas historias...

—Cuéntamelas.

—Creo que no son normales. Ninguno de los tres. Creo que... que en este pueblo suceden cosas que van más allá de la comprensión. No quiero perder la cabeza... —Se volvió a acongojar, víctima de toda la tensión vivida—. Pero me están pasando, te lo prometo...

Gisele le pasó el brazo por encima y la abrazó.

—Chis, cariño. Yo te creo. No tengo ninguna duda de que algo te está pasando y lo vamos a averiguar. Si son hadas, duendes, fantasmas o brujos..., sean lo que sean, lo descubriremos. Además, yo creo. Te recuerdo que me medico para no hacer locuras con mi sonambulismo. Y he hecho muchas —aseguró. Elora se rio, porque conocía muchos de esos episodios—. Hablaba con mi abuela muerta, preparaba tartas deliciosas a las tantas de la noche y me iba al bosque a pasear... Me despertaba con los pies ensangrentados por todo lo que me había clavado durante mis salidas nocturnas. Y dos veces tuvieron que llamar a la policía para encontrarme. Si tú me dices que aquí hay hadas, duendes y el puto Bigfoot, te creo a pies juntillas.

—Ay, Gis... Qué bien que estés aquí. —Elora la abrazó con fuerza y sorbió por la nariz.

—Y yo estoy contenta de estarlo. Más allá de lo raro y sobrenatural, el pueblo y todo lo que lo rodea me parece de fantasía. —Apoyó la mejilla en la cabeza de Elora y se quedó mirando la chimenea prendida—. Es un lugar precioso para vivir.

Elora también lo pensaba. Creía que aquel lugar era idílico, incluso con su magia y su misterio. Pero también necesitaba asegurarse de que, además de todo eso, no era peligroso.

Ni para ella, ni para nadie.

Byron había tomado una decisión.

No podía poner en peligro a Elora ni tampoco al pueblo. Y era evidente que el cerco sobre ambos cada vez se hacía más pequeño, pero aún desconocía qué era lo que realmente encadenaba esa chica con su presencia en los prados de Joy, porque incluso para él todo era sorprendente.

Por esa misma razón, debía visitar a la única amiga, más allá de Puck, que podía ayudarlo a arrojar luz sobre todo aquel misterio.

Aunque eso supondría revelar secretos que estaban bajo llave.

Entró en El Edén con sumo respeto. Le gustaba aquel lugar y le encantaba lo que Iris había hecho de él. Un cónclave perfecto para el estudio y las reuniones sobre el mundo fae, de propios y extraños. Un punto de unión entre mundos.

Los humanos que visitaban sus estanterías creían en las leyendas y la fantasía, anhelando encontrar el tomo que les abriría los ojos y les haría confirmar aquello que ya imaginaban.

Los seres del otro lado, como Byron, venían por el simple placer de estar allí y de revisar en sus incunables las historias pasadas sobre quiénes eran, de dónde venían y las epopeyas que se habían hilado a su alrededor.

Y después estaba Iris. Ella podía caminar entre los dos mundos. Como muchos hacían en Meadow, producto del racismo y el clasismo que existían en el núcleo duro del mundo fae, abandonados en un supuesto limbo que ellos, demostrando una resiliencia admirable, habían convertido en su hogar.

Un hogar para todos. Sin exclusiones.

Byron admiraba a Iris y la respetaba. Habían sido muy amigos en el pasado, familia, hasta que algo, aquello que no se podía nombrar, detonó su amistad.

Y él siempre le daría la razón a Iris, porque la tenía.

Hacía mucho que no hablaban, demasiado. Pero Byron no veía cómo continuar con todo aquello sin ayuda.

Cuando Iris lo vio venir, parapetada detrás de su ordenador mientras hacía inventario de los libros que entraban y salían de su librería, se quitó las gafas de ver que no necesitaba y lo miró de arriba abajo con una frialdad más que evidente.

—Vaya… Mira lo que trae el viento.

—Hola, Iris —Byron la saludó con un gesto de respeto y cariño bajando la cabeza.

—*Dia dhuit*, Byron. —Iris se cruzó de brazos y de piernas, sentada con la pose de una reina que no iba a negociar. Llevaba un vestido verde ajustado y corto de manga larga y unas botas camperas de color negro con tacón—. Te esperaba hace días, la verdad.

Supuso que Iris sabía por qué estaba ahí. Lo sabía tan bien como él. A esa mujer no se le escapaba ni una. Nunca.

—Necesito tu ayuda. —No se iba a andar con rodeos.

—Eres un *ceassenach*. No puedo decirte que no, ¿verdad?

En realidad, no. Los dominantes puros siempre tendrían más privilegios y rangos que el resto.

—¿Qué quieres?

—¿Qué sabes? —replicó él—. Sé que estuvo aquí.

Iris se levantó de la silla y apoyó las manos sobre la mesa de información.

—Sí. Ella estuvo aquí. Pero no hizo falta que entrase en

la librería para saberlo. Esa chica rompió el cerco delimitador de nuestras tierras nada más entrar. Todos lo notamos. Aunque eso ya lo sabrás. ¿Ya la están persiguiendo los chicos? —canturreó divertida.

—Sí.

—Debes de estar pasándolo fatal —se burló con inquina—. Con lo dominante y mandón que eres… No poder hacer lo que quieres te tiene que estar asfixiando.

—No está siendo fácil —reconoció serio, pero muy sincero—. Están sobrepasando los límites.

—No hay límites, Byron. Es normal que pase esto. Está en su naturaleza. Va a atraer, va a movilizar, va a hacer enloquecer… La cabra tira al monte, ¿no dicen eso? —Él tragó saliva, ansioso por lo que se avecinaba—. Supongo que no has venido hasta aquí para saber si soy consciente de ella o no, porque todos lo somos —evidenció y salió de detrás del mostrador—. Es como no ver el sol a un palmo de las narices. Pídeme lo que necesitas, no soy adivina.

—Sí lo eres —objetó medio sonriendo.

—Me da igual. Pídemelo —le exigió con tono inflexible—. No olvides lo que soy, aunque me consideréis inferior —aclaró.

—Yo nunca te he visto así.

—Ya, claro… Pídemelo, Byron.

—Necesito saber si tú o las señoras habéis leído en ella. Quiero asegurarme del papel de Elora en todo esto, porque estoy confuso y no sé hasta qué punto me estoy imaginando las cosas. ¿Me puedes ayudar?

—¿Qué es lo que te confunde? ¿La atracción que despierta en los demás? Eso es natural.

—No. No es solo por eso. Tengo la sensación de que está removiendo algo más allá de nuestro cerco y quiero estar preparado…

—Prepárate todo lo que quieras, pero, sea lo que sea, no puedes hacer nada con ella, ¿eres consciente de eso? Hiciste un juramento y debes respetarlo. —Lo señaló a modo de advertencia—. Debe ser su decisión o entrar por hado. Si es por revelación o por obligación, no valdrá. Y si la obligas, quedaré libre de mi secreto de confesión y podré revelar todo lo que sé al concilio.

Solo Iris podía señalarlo así y seguir con el dedo en la mano. A otros no se lo permitiría.

—No pienso violar la promesa. No soy así —aseguró él.

Iris lo sabía. Byron era digno, inflexible y leal y, para bien o para mal, no rompía jamás su palabra.

—Pero te equivocaste. Lo sabes.

—No me equivoqué. Lo que surgió fue natural. Seguramente no debí hacerlo, pero no supe detenerlo.

Ella lo miró con incredulidad.

—Debiste hacerlo. Ella confió en ti. Pero tú decidiste joderle el libre albedrío. Eres lo que eres, Byron. No eres fácil.

—Ninguno lo somos. —Byron apretó la mandíbula con frustración y volvió a insultarse a sí mismo mil veces. Iris tenía razón, pero ya no podía deshacer lo hecho. Solo prepararse para lo que estaba por venir y esquivar las balas como pudiera—. Ayúdame, por favor, Iris. Cuéntame lo que sabes. Por nuestros tiempos de amistad. Y por todos... Porque puede que tengamos problemas. Aún te tengo en alta estima.

Iris sí sabía cosas. Y todo lo que callaba era lo que le daba más valor en Meadow y entre los suyos. Pero Byron y ella tenían un pasado. Un pasado unido por los secretos y un presente distanciado por leyes y elitismo.

—Ven, acompáñame.

Byron siguió a Iris a la planta de arriba de la librería. Allí se encontró a las señoras que leen enfrascadas en sus lecturas.

El trío alzó la vista al advertir la presencia de Byron. Lo observaron con el respeto que no le tenía Iris y después, como si él no fuera lo bastante importante, se perdieron de nuevo entre las páginas de los incunables.

Iris se dirigió a un pequeño armario empotrado en la pared y de ahí sacó una taza. De hecho, tenía una gran colección de diferentes personas o clientes que habían pasado por ahí.

—Elora se tomó un té con nosotras. La ayudamos con el problema de los pixies y los hobgoblins que tiene en el centro veterinario. Están excitados y locos con ella. Deben de percibir su energía como nosotros.

—Lo sé. —Byron observó la taza con interés y esperó a que Iris se colocase frente a él. Era blanca, de porcelana, con cenefas de color verde que simulaban tréboles y mimosas.

—Bebió de esta taza. Me la llevé y leí lo que dejó en el poso. —Él asintió, conforme y expectante con la explicación—. El hecho es que no me dicen nada sobre ella, Byron —convino inquieta—. Su línea de acción deja de existir hasta hoy por la noche.

—¿Cómo?

—Lo que oyes. Lo revisé con ellas —señaló a las señoras que leen—, y todas coincidimos en lo mismo. Es como si desapareciese, su camino está completamente borrado. Ya no veo su futuro. No veo nada.

—Pero eso no es posible. —Byron palideció. Eso descartaba a Elora como la ungida que todos estaban esperando, incluso él—. Ella está aquí, en Meadow Joy, y sabes lo que ella significa para mí. Con todo lo que mueve a su alrededor pensé que podía ser la que en la noche de plata...

—Lo sé. Pero no es ella. La atracción que despierta es

por quien es, por su verdadera naturaleza. Nadie la detecta, por eso están tan intrigados. Pero el poso no me dice nada más. Le dije lo del Cat Sith de hoy, pero ni siquiera sé si vendrá.

Byron sintió que se rompía por dentro.

—Mi instinto me está volviendo loco... Yo siento otras cosas. Siento peligro y que ella está atrayendo más de lo que desearía.

—No puedo decirte más. Todos conocemos la profecía. La tenemos muy presente en nuestras casas. No hace falta releerla, nos la sabemos de memoria —concluyó Iris—. «En la noche de plata, la ungida, fae de pleno derecho, traerá de vuelta al ciervo blanco y, con su despertar, los tiempos de guerra y caza se iniciarán. Ella decidirá el destino de las casas fae y elegirá una por encima de las demás para que lidere el enfrentamiento contra nuestros enemigos y empiece a restaurar el equilibrio perdido. Un nuevo Samhain vendrá y la ungida dará inicio a los tiempos de cosecha y de justicia, y traerá de vuelta la puerta del Este» —recitó de memoria—. La clave en toda la profecía es que Elora no es una fae de pleno derecho. Así que no puede ser la ungida.

Byron también se la sabía. Y también había llegado a la misma conclusión. Aunque pensaba que tendría tiempo para que ella pudiera entrar en su reino.

—¿Por qué su camino se corta? ¿Crees que se alejará del cerco de Meadow y saldrá de aquí?

—Puede ser. Y sería lo mejor para ella —aseguró Iris comprensiva—. Cuando aparezca la ungida, competirás por ella y querrás ser el elegido. ¿Cómo crees que le sentará a Elora saberse relegada por otra?

—¿Por qué crees que nunca la fui a buscar?

—Eso es todavía peor —lo desaprobó, y lo miró como

si fuera un salvaje—. Lo único que la salva es que vuestra vinculación no está completa. Y no se hará —espetó Iris, aunque lamentaba la confusión de Byron y la tristeza que lo embargaba—. Los posos no mienten. Ella dejará de estar aquí esta noche. Esa es la realidad. Creo que se irá sin más.

Byron pensó lo que había vivido la joven la noche anterior con Finn, y comprendía que estuviese asustada y se quisiera ir.

Y tal vez fuera lo mejor. Pero él ya no era capaz de dejarla marchar. La querría y la necesitaría siempre. Pero tampoco la podía reclamar. Su plan en todo ese tiempo era esperar a la ungida, y una vez su casa se hubiese erigido por encima del resto, ir a por Elora y hablarle claro. Porque para entonces ya no importaría que transgrediese las normas ni violase promesas; sería el más fuerte, el líder. Todos deberían obedecerle.

Desde que la vio en Meadow y por todo lo que movía a su alrededor, había creído que Elora era esa persona, y se estaba volviendo loco al no poder decirle la verdad por la promesa que hizo. Iris acababa de arrebatarle esa ilusión.

No era la electa.

—No tienes tiempo físico para que ella acceda a entrar en nuestro mundo, Byron. Ni para explicarle nada. No la puedes obligar. Y no debes —lo censuró—. Ya cambiaste su hado una vez y no puedes volver a hacerlo.

—Entonces ¿qué debo hacer? El mismo hado del que hablas ha hecho que ella venga a mí. ¿Qué significa eso? Eso para mí ya es una prueba de que tengo que dar un paso adelante. Mi instinto me lo exige.

—No, Baobhan —le prohibió rotundamente—. Hazte a un lado. Deja que se aleje y, en un futuro, cuando sea el momento correcto y si vuelve a venir a ti por hado, a lo mejor, tal vez, puedas reclamarla. Ahora no. Tienes una promesa que cumplir. Elora tiene veinticuatro años. Es muy joven aún. Todavía es una bebé para ti.

—No, no es una bebé. Es una mujer. —¿Cómo iba a ser una bebé con el cuerpo y la cara que tenía y lo rápido que había madurado? Ella había vivido sus experiencias en el otro lado y había crecido. No. Ya no era una cría, aunque en el mundo fae aún fuese muy joven, casi recién salida del cascarón—. Humana o no, ha florecido. Y no puede esperar eternamente. Se daría cuenta de lo diferente que es del resto… Y eso la llevaría a cometer equivocaciones y… a pasarlo muy mal.

—Prometiste alejarte y dejarle el tiempo y el espacio para no influenciar en sus decisiones ni en su llegada a nuestro mundo. Te vuelvo a repetir que su despertar debe ser innato, interior o por hado, no por información exterior. Esa es la realidad y lo único que debes comprender. —El tono de Iris se tornó exigente—. En cuatro días es nuestro Samhain. Ella ya no estará. —Le puso una mano en el hombro—. Seguro que sabrás cómo olvidarla… Todos vosotros lo hacéis.

—Esto es distinto. No tiene que ver con la necesidad, Iris —replicó él. Le hería que lo creyese tan vacío de emociones—. Es algo mucho más profundo. Y más intenso. Ella es *mo chailín*, mi chica. ¿Por qué crees que la marqué aquel día? No lo hice por diversión o por capricho.

A Iris ver a Byron así la afectaba, porque ese hombre había sido de todo menos un Sith enamorado. Ahora sí lo estaba. Y parecía muy real. Ella no era nadie para juzgar esos sentimientos.

—Tal vez no lo entiendas porque nunca has sentido nada parecido —continuó él—. O… ¿tal vez sí? —La miró de reojo, sabía cosas que ella no era consciente de que él conocía.

—¿Y qué sabrás tú de lo que yo he podido sentir? —dijo de espaldas a él, en tono despectivo—. No tienes ni idea. Ya no me conoces.

—No has cambiado, Iris. Todos seguimos siendo los mismos, aunque lo que se mueva a nuestro alrededor nos haga actuar de formas que no nos definen.

—Entonces aplícate esa máxima, Byron. Actúa del modo que no quieres, porque ese es el correcto. Deja que Elora tome su camino esta noche y se vaya de Meadow Joy. Y ayúdala a olvidarte, no permitas que sufra echándote de menos y sintiéndose sola y miserable sin saber por qué. El poso ha hablado, y el hado también. Es su destino —sentenció—. Ha sido un placer ayudarte. Pero tengo trabajo que hacer —murmuró antes de bajar las escaleras hasta la planta de abajo.

Byron sabía que tenía que moverse e irse de allí. Pero estaba paralizado ante la idea de haber hecho consciente a Elora de él y, lo que era peor, de que él no podría olvidarla.

Pensó que si Elora se iba ese día de Meadow, el durísimo y violento trabajo fae de olvido debía ser para los dos.

9

Era sábado, pero eso no eximía a Elora de trabajar. Las urgencias de veinticuatro horas debían estar disponibles para todo el mundo, por eso llevaba el teléfono móvil del centro encima.

Por la mañana visitó el pueblo más tranquilamente con Gisele, y su amiga intentó obtener información sobre sucesos acaecidos en Meadow Joy que tuvieran correlación con lo que le estaba pasando a Elora.

Allí tenían su propio periódico, que pertenecía a Gabriela Barrow, quien había heredado el negocio y la vocación de la familia. Era una mujer alta y esbelta, una mezcla entre Victoria Beckham y Sofía Vergara, igual de elegante y divina.

A Gisele le sorprendía que un lugar con unos cinco mil habitantes censados, propios de una población rural pequeña, tuviera su propia prensa y medios. Pero, al parecer, los Barrow eran una familia de reporteros con poder para mantenerse y también crecer.

Muy amablemente, la señora Barrow le dijo que al mediodía le mandaría al correo los documentos que pedía.

Agradecían la celeridad con la que iba a hacer las cosas, pero era como un código entre colegas de profesión y cuando Gisele le dijo que era periodista, Barrow decidió ponérselo todo más fácil y facilitarle lo que requiriese.

Cuando llegaron a la casa, Gisele se dispuso a preparar la comida. Prefería cocinar para Elora porque sabía que su amiga no estaba pasando un buen momento.

Y así era.

Elora tenía necesidad de saber la verdad y de descubrir lo que estaba sucediendo con ella en ese pueblo.

Pero más allá de eso, lo que le urgía era ver a Byron. Era como si después de lo acontecido y de que Finn la acosara, solo pudiera sentirse mejor si hablase con él. Porque creía que obtener respuestas sí tendría consuelo para ella.

Y era desesperante. Jamás había necesitado nada de nadie. Y la única que la abrazaba para hacerla sentir mejor siempre había sido Gisele, pero ahora... ahora demandaba a Byron. Su cuerpo, su espíritu, exigía verle.

Y estaba harta. Quería dejar de sentirse así.

Durante la comida, Gisele habló de todo lo que le acababa de pasar la amable Gabriela.

—Oye, fíjate... —señaló su amiga, embobada con los recortes que leía en el iPad—. Es verdad que este lugar colecciona noticias sobre avistamientos extraños entre los montes... Fíjate. —Leyó alguno de los titulares—: «Varios granjeros aseguran que tienen sus granjas repletas de leprechauns. El responsable de higiene ganadera asegura que se trata de una invasión de topos». «La señora Dinard sostiene que en su casa habitan hadas diminutas que le hablan. La mujer, con una ceguera del noventa y cinco por ciento, vive con su hija Marion. Marion afirma que lo que oye no son hadas, son los zumbidos del parque de libélulas que tienen enfrente de su casa». —Gisele sonrió con asombro—. Mira, aquí hay otra: «Según el señor Donald, antiguo veterinario de Meadow Joy, cree haber vivido un avistamiento de *will-o'-the-wisp*, el fuego fatuo y los relámpagos que delimitan el país de los elfos, en el bosque temático de Meadow. El anciano, muy querido por el pueblo, pudo haberse confundido con los fuegos artificiales propios de las fiestas de Halloween». Elora… —resopló impresionada y cautivada—. Hay muchas noticias de este tipo, pero parecen orientarlas a posverdades.

—¿A qué te refieres?

—Es cuando se deja ir una noticia que puede convertirse o se ha convertido ya en un rumor, influenciada por las creencias y los deseos de las personas de ese lugar o con esos intereses. Después, lo que hacen es deconstruirla y en la misma noticia crean un desmentido posterior. Pero la mayoría de ellos tienen menos impacto que el titular. Es decir, que la creencia en sí y la posibilidad de que sea real son más fuertes que la contraprueba.

—Así que atraen a los lectores con titulares sensacionalistas, pero luego dedican una pequeña parte de la noticia a desmentirlos —comprendió Elora—. Y lo que consiguen es que sea el lector quien decida si creer o no.

—Eso es. —Gisele alzó la cerveza Founders y la hizo chocar con la de Elora—. Este pueblo es realmente fascinante. Me encanta —celebró—. Y me encanta la «Sucia Bastarda». —Así se llamaba la variedad.

Gisele le estuvo leyendo muchos sucesos acaecidos, al menos, cuarenta años atrás. El pueblo había crecido y cambiado según los recortes y las imágenes, pero lo que no variaba, sino que, al contrario, parecía aumentar, era la creencia de que el mundo de los fae estaba entre ellos. A Elora la distraía escuchar los relatos de su amiga y le hacía bien estar con ella.

Sabía que con Gisele tenía las espaldas más cubiertas y no se sentía tan extraña ni tan sola.

Después de comer, se tumbaron en el sofá y Gisele se quedó frita.

Pero Elora, aunque lo intentó, no pudo pegar ojo.

La mirada magenta de Byron se le aparecía, la veía al cerrar los párpados, la tenía grabada en su mente, y pensó que no iba a esperar hasta la noche para verle en el Cat Sith.

Ni podía, ni quería.

De repente percibió algo con el rabillo del ojo. Algo extraño, como un resplandor. Una necesidad imperiosa la obligó a levantarse del sofá y a mirar por la ventana, a las faldas de uno de los montes que rodeaban su casa y que, se su suponía, colindaba con el bosque temático que formaba parte del terreno de Byron.

Su castillo no estaba muy lejos, a solo unos kilómetros. Entonces hubo un chispazo de luz del tamaño de una luciérnaga, a dos metros de altura del césped, justo al lado de su ranchera.

Y lo vio nítido y claro. No se había repuesto de la impresión cuando, segundos después, se produjo otro destello que recorría el sendero hacia la carretera, de manera intermitente, en dirección a las tierras de Byron.

Echó un vistazo a Gisele, que estaba profundamente dormida. ¿La despertaba? No. Mejor no. Quería que su amiga descansase, no había dejado de leer y de investigar desde su llegada.

Elora no se lo pensó dos veces y decidió hacer caso a su instinto y también a su ansiedad.

Iba a seguir las malditas luces, que ni de lejos eran fuegos artificiales.

¿Qué había dicho Gisele? *Will-o'-the-wisp*. ¿Así decían que se llamaban esas luces? Si las había visto el antiguo veterinario, el señor Donald, que estaba perdiendo la cabeza y que, según Charlotte, no diferenciaba un rabo de una cola, ¿qué le pasaba a ella si también las veía? ¿Se estaba volviendo loca?

Frustrada e irritada porque no comprendía de dónde le nacían esas ganas de seguir lo inexplicable, Elora tomó las llaves de su ranchera, se puso la chaqueta tres cuartos de color verde militar y salió de la casa.

Las luces titilaban frente a ella, como siguiendo una coreografía. No había visto nada más bonito ni tan extraño en su vida, pero se las tomó en serio y las siguió por un caminito de tierra que aún no había transitado. No estaban permanentemente delante de ella. Aparecían y desaparecían, mostrándole la ruta por la que debía continuar.

Cuando ya no había más senda por la que avanzar con el vehículo, Elora salió del coche y se vio rodeada por una niebla baja que le cubría las pantorrillas.

En los imponentes árboles que flanqueaban el lugar había carteles de rutas de senderismo, y una de las indicaciones guiaba hasta «el bosque temático de Meadow Joy». De nuevo vio las chispitas, que justamente iban en esa dirección. Así que fue tras ellas.

Dos minutos después, estaba de lleno en los derroteros del monte y se fijó en un duende de piedra precioso y divertido escondido entre los matorrales.

Pero lo que de verdad la dejó sin palabras fue ver cómo un rayo del sol del atardecer se colaba entre las copas para iluminar una pequeña parcela forestal y bañar el cuerpo elegante y estático del hombre que, de una manera o de otra, no la dejaba dormir.

Byron limpiaba una estatua de piedra blancuzca que parecía brillar como si la sal fuera uno de los materiales con los que estaba hecha. Era la estatua de una mujer realmente bella, con el rostro sereno, que miraba hacia la entrada del bosque. Y no era cualquier mujer.

Después de hablar con Iris, necesitó meditar y tomar una decisión sobre Elora. Pero cuanto más pensaba en la idea de dejar que se fuera y se alejase, peor se sentía, como si su cuerpo se partiese en dos.

Y, aun así, sería lo mejor. Al menos, para ella.

No podía ser egoísta. Lo había sido antes, y esta vez debía tomar la mejor decisión más allá de sus emociones y necesidades.

Quería hacer lo correcto, pero el hado no se lo ponía fácil, dado que percibió a Elora mucho antes de que ella entrase en el bosque temático.

De hecho, sabía que lo estaba mirando en ese momento y que se encontraba a solo un par de metros, a su espalda.

Él se dio la vuelta lentamente para enfrentarla, y no le hizo falta saber que había pasado muy mala noche y que estaba sufriendo por todo lo que le sucedía. A Byron se le rompió el corazón verla tan desolada. Odiaba a Finn por la tesitura en la que la había puesto, pero más se odiaba a sí mismo, porque era el responsable de su desorientación y su confusión.

—Si te digo que unas luces flotantes me han traído hasta aquí, ¿me creerías? —preguntó Elora con voz trémula.

—*Will-o'-the-wisp*... —susurró Byron consternado—. ¿Por qué no? —Por supuesto que creía en ella; estaba despertando y viendo su mundo tal cual era—. Se dice que los elfos portan el fuego fatuo en su camino de vuelta a su casa, y como no podemos verlos, solo vemos las chispas levitar...

—Me da igual quién lleve las luces —dijo Elora con más dureza de la que había mostrado nunca con él.

Byron comprendía su desazón y su angustia.

—Pues te han traído a nuestro bosque, a nuestro parque temático. Como comprobarás —señaló a la estatua de la elfa—, es un lugar místico, de contemplación y de disfrute turístico. Está repleto de esculturas de seres relacionados con nuestras leyendas y...

—Seguro que es precioso —le interrumpió Elora sin prestar atención a lo que la rodeaba, solo a él—, pero ahora mismo no me interesa. Solo... solo quiero que me ayudes a encontrar respuestas. —Se acercó a él y se quedó a solo un par de palmos de su cuerpo—. Incluso a riesgo de que parezca una desequilibrada.

—No creo que lo parezcas, pero... dime, ¿qué necesitas saber? —repuso con normalidad, y se odió por no poder ser todo lo transparente que le gustaría con ella.

—Anoche viví algo que no estoy segura de si fue real o no. —Byron la miraba con intensidad y respeto. Y ella estaba temblando. Quería cortarse el cuello él mismo por no quitarle los miedos de golpe—. Finn entró en mi casa con un ave buscando ayuda porque tenía una infección. Me hizo algo... No sé cómo, intentó que me acostase con él. Y casi lo consigue. —Se le llenaron los ojos de lágrimas, porque ella sentía que había sido real—. Yo no quería, pero no sabía cómo detener mi cuerpo. Hasta que llegaste tú y todo acabó. Entonces vi que estaba en mi cama, como si lo hubiese soñado. Solo que la puerta del centro estaba abierta. —Sus enormes ojos del color de la miel buscaron asilo en él, suplicando una respuesta que la ayudase a comprenderlo todo.

Elora realmente confiaba en que Byron la tuviera. No sabía por qué se sentía así ni por qué estaba tan convencida, pero ahora que estaba frente a él creía en su palabra y en su honestidad.

—¿Estuviste ahí? ¿Me salvaste tú de Finn? —Se secó las lágrimas de las comisuras con el dorso de la mano sin dejar de mirarlo esperanzada.

No la podía ver llorar. Lo estaba matando. Byron le acunó la mejilla y le secó una lágrima con el pulgar.

—Por favor. —Elora sujetó su palma contra su cara, no quería dejarlo ir, y Byron se quedó sin respiración—. Dime la verdad. Quiero saber qué está pasando... Me fui de casa para alejarme de comportamientos así, de hombres tóxicos que creían que podían controlarme o que tenían algún derecho sobre mí. No... —Le tembló la barbilla, superada por todo. No le salían las palabras—. No puede ser que aquí me pase lo mismo.

Byron tuvo serios problemas para controlarse en ese momento. ¿Qué demonios le había pasado en la ciudad? ¿Qué había sido de la vida de Elora lejos de él, en libertad? Ni siquiera se lo había preguntado.

—¿Te hicieron daño allí? ¿Quién? —Su tono se volvió salvaje. Quería vengarla, pero ¿qué derecho tenía? Si no podía ser quien era para ella sin explicarle toda la verdad, no tenía derecho a arder de celos. ¿Había tenido pareja Elora en su ausencia?—. ¿Tenías pareja?

—No, no... —se apresuró a negarlo—. No éramos nada serio, pero...

—¿Quién? ¿Cómo se llama?

—Eso da igual, no importa. Lo evité, pero tuve momentos muy incómodos con él... —aseguró—. Aunque no estoy aquí por eso ahora... Quiero que me digas qué pasó ayer.

—¿En tu sueño? Debió de ser uno muy vívido, *beag*. —Odió la cara de decepción de Elora.

—Byron, intento confiar en ti y en que me digas la verdad. Estoy dispuesta a escuchar cualquier historia o leyenda que tengas en mente, y creería en ella a ciegas —aseveró sonriendo, rendida a la evidencia, presa de su agotamiento—. Todo aquí es muy extraño y sé que a mi alrededor están sucediendo cosas a las que no encuentro explicación... Ayer te vi, te sentí, y sé que no estaba soñando. Finn vino con su pájaro, y tengo pruebas en mi cuerpo de que alguien me tocó...

Cuando dijo eso, la expresión de Byron se convirtió en una más desafiante y determinada. Estaba furioso.

—¿Te hizo daño?

—Me podría haber hecho mucho más daño de no haber llegado tú...

Byron sacudió la cabeza; estaba a punto de revelar la verdad. Ese cabrón... Pensaba darle su merecido...

—Yo no estuve allí. Y no te salvé de Finn, con lo cual él tampoco debió estar ahí.

—No me digas eso...

—Tiene que haber otra explicación a la experiencia que tuviste. Tienes acónito en el jardín, tal vez te intoxicaste y te provocase sueños alucinógenos.

No había caído en esa suposición y, aunque era factible, Elora no se lo creía. Desconocía por qué estaba tan segura de que Byron mentía, pero sabía que lo hacía.

Sin ocultar su desilusión con su actitud y su respuesta, se frotó la nuca y se mordió el labio inferior.

—Así que acónito, ¿eh...?

Byron se mantuvo inflexible.

—Sí. Es posible que suceda eso. Si quieres, te ayudaré a quitarlo...

—No, tranquilo, sé hacerlo sola. —Lo miraba fijamente, con sus ojos exigentes clavados en él.

Byron pensó que era la mujer más hermosa que había visto. Y debía ser de él. Estaban destinados, pero no la podía reclamar.

Era una fatalidad.

Elora ya no se creía nada. No iba a dar marcha atrás y continuaría con sus pesquisas hasta descubrir qué era lo que estaba pasando ahí.

Gisele tenía razón. Estaban jugando con ella y no podía permitirlo.

Y mucho menos que él formara parte de ese juego cuando era el único que la afectaba así. Sobre todo por esto último, no iba a dejar que continuase con esa farsa.

Ella no era de las que daban el primer paso. Nunca lo había sido, nunca lo había necesitado ni tampoco nadie le había interesado tanto como para querer darlo.

Pero es que Byron era una fantasía... y no podía fingir indiferencia ni tampoco caminar de puntillas ante él.

Así que se adelantó para recortar la poca distancia que los separaba y, dejándolo de piedra, le tomó la mano y la alzó para comprobar que tenía el mismo sello que vio en su dedo el día anterior.

—Esto, las monedas de mis padres y tu sello, no me lo inventé ni lo aluciné, y el acónito estaba ya en el jardín —explicó intentando hacerle entrar en razón—. Aunque, si te digo la verdad, no recuerdo que hubiera cuando llegué al pueblo —reconoció—. Otra cosa a investigar, ¿verdad? Que crezca acónito de repente..., de un día para otro. —Parecía que le reprochaba que él no le contase lo que sabía.

—Elora..., ¿qué insinúas? ¿También soy jardinero?

—Ayer la trampa para osos tendría que haberte amputado el pie, y no te hizo ni cosquillas. —Los ojos de Byron se fueron oscureciendo—. Te besé y eso tampoco lo fantaseé.

Byron quería ser fuerte, mostrar disciplina, y si daba un paso en falso, haría todo lo que estaba prohibido hacer con ella. Elora era dulce, pero, al mismo tiempo, tenía una convicción y una honestidad que lo ponían entre la espada y la pared.

Y era ella. La única.

Y no fue capaz de apartarla o de negarle nada cuando sujetó su rostro con ambas manos, se puso de puntillas y le susurró a un par de centímetros de sus labios:

—No me preguntes por qué. Yo ni siquiera lo sé ni lo comprendo. Jamás he hecho esto antes, pero sé que te besé. —Se encogió de hombros y, a pesar de todo el estrés que estaba sufriendo, tuvo fuerzas para sonreírle de ese modo tierno y confiado que lo desarmaba—. ¿O me vas a decir que también me lo he imaginado o lo he soñado?

Byron estaba hipnotizado por ella. Esa chica era seductora incluso sin quererlo. ¿Cómo no iba a serlo?

Negó con la cabeza, como un robot.

—Menos mal —suspiró aliviada—. Porque incluso con el desconcierto del sello, de que estés hecho de acero y a prueba de trampas de oso y del miedo que he pasado esta noche al verme completamente sometida sin mi consentimiento —le acarició las mejillas con los pulgares—, en lo único en lo que pienso es... en volver a besarte.

Si realmente Elora iba a tomar la decisión de irse y de alejarse, ese era el único presente que tenían.

—Y, posiblemente, sea una muy mala idea, la peor de todas —explicó nerviosa—, porque puede que el más malo de todos seas tú, pero... te quiero besar otra vez. Si me dejas —musitó dubitativa—. ¿Me... dejas?

Y Byron y su resolución de mantener las distancias con ella, a sabiendas de que esa noche se iría de Meadow Joy y de que él no podía revelarle nada, se fueron al garete.

¿Que si la dejaba? Angelita... ¡Le preguntaba y todo! Lo que él quería era comérsela, maldita sea. Esa mujer no tenía ni idea del deseo que intentaba ahogar sin éxito desde que ella existía. Él expulsó el aire abruptamente de entre sus labios y la agarró por la cintura, pegándola a su cuerpo por completo. Se dio la vuelta con ella hasta rodear el árbol y, como era más bajita y pequeña, hizo que se recostara en él.

—Te dejo —le contestó al final.

Que lo besase como le diera la gana. Él respondería como buenamente pudiera, porque no estaba muerto, joder, y aunque se habían encontrado en un bosque con esculturas ocultas, él no era de piedra.

Elora se sentía muy extraña. Como si algo en su interior estuviera tomando las riendas de aquel atrevimiento. Su osadía venía del miedo y de la inseguridad que había despertado en ella la situación, pero también de la certeza de que en Byron encontraría el consuelo y el respaldo que requería.

Por mucho que pensase en por qué él le removía esos credos, como unas verdades como puños que no podía demostrar, no encontraba una razón coherente a su lógica, porque nada de eso venía de su mente. Al contrario, toda aquella amalgama de emociones y de suposiciones nacía de su alma. ¿Y qué tenía que ver Byron con ella si era un total desconocido? Eran demasiados porqués para responderlos y no tenía ninguna razón para hacer eso, pero tampoco ninguna duda. Era una locura.

Sin embargo, en cuanto sus labios fueron a por los de Byron y lo besó, todo quedó en un segundo plano.

Por Dios.

No había ni una célula de su cuerpo que no respondiera a él.

Elora lo estaba besando y no sabía si él lo disfrutaba o no, pero se dejaba hacer. Notaba su cuerpo caliente contra el de ella y su corazón, bajo las yemas de sus dedos, empezó a acelerarse.

No sabía lo que iba a venir a continuación. Entreabrió los ojos y juraría que los de él se aclararon hasta casi volverse rojos, intensos, como si se le hubiesen imprimado rubíes en ellos. Elora se iba a apartar, impresionada, cuando Byron la acercó más a él y profundizó el beso.

Ella había empezado poco a poco y pedía más con timidez, pero él iba a cambiar el rumbo. Porque no aguantaba esa delicadeza, lo estaba aniquilando.

Así que le abrió los labios con los suyos e introdujo la lengua en su boca para acariciar la suya con suavidad pero a conciencia. A Elora se le olvidó el color de sus ojos y a Byron, por qué no podía obtener un poco más de ese azúcar.

Elora se abrazó a él al sentir el aumento de intensidad y Byron se dio la vuelta y la aplastó entre su cuerpo y el tronco.

Si las cosas se dieran naturalmente entre ellos, no habría secretos. Él descubriría la identidad del hombre que le había provocado ansiedad y lo mataría. Sin más. No entendía cómo alguien podía acercarse a ella para hacerle daño o para no intentar hacerla feliz, porque eso transmitía Elora: bondad a raudales, compasión y generosidad. Y se acababa de enterar de que Finn no era el único que había intentado propasarse. Además, ¿un humano se había atrevido a hacerle daño? ¿A ella? Tenía ganas de asesinar a alguien.

Sin embargo, los besos de Elora, cómo respondía a los suyos, lo apaciguaron y lo devolvieron al presente, un regalo inesperado del que pensaba disfrutar por efímero que fuera.

—Me gusta cómo sabe tu lengua —reconoció él antes de succionarla con habilidad—. Y cómo hueles. Es un olor dulce… —No había rastro de Finn, señal de que se había duchado. Byron se ponía enfermo si percibía a la diva rubia en ella.

—Es el perfume o la crema hidratante —admitió.

—No. —Byron inclinó la cabeza hacia su garganta y deslizó su boca por el lateral del cuello, inhalando con aprobación—. Eres tú. Tu piel. Tú hueles así. Como un néctar, como fruta almibarada...

—Me... me recuerdas a un murciélago. Percibo esas vibraciones en ti.

Byron sonrió contra la piel de su garganta y le dio un beso húmedo, pasando la lengua varias veces. Mordisqueándola con suavidad.

Elora no se podía creer que se estuviera dejando llevar así con ese hombre en medio del bosque, pero, al mismo tiempo, le parecía inevitable.

—¿Por qué te recuerdo a un murciélago?

—Porque comen néctar y frutas... Les gusta mucho ese olor y el de las flores nocturnas. —Elora pasó las manos por su pelo negro y enredó algunas hebras largas entre sus dedos—. Y eres oscuro como ellos.

Era intuitiva y lista. Byron se detuvo y clavó sus ojos en su rostro solo para embeberse de ella, de esos rasgos femeninos que lo obsesionaban.

—Tú sí eres como una flor nocturna —reconoció.

Volvió a besarla con más ganas y coló su muslo duro como el granito entre las piernas de Elora para frotarse contra su intimidad.

Apoyó las manos en su abdomen y cortó el beso solo para hablar a un milímetro de sus labios:

—¿Qué se supone que te hizo Finn?

Ella tenía las pupilas dilatadas y los ojos le brillaban de la emoción, pero sentía vergüenza ante esa pregunta.

—¿Qué?

—Quiero saberlo. ¿Qué te hizo Finn en ese sueño?

Elora se humedeció los labios con nerviosismo.

—¿Por qué quieres saberlo?

—Elora. —Byron inclinó la cabeza hacia un lado y le sujetó la mandíbula con dulzura con una mano—. Quiero saber qué hay en tus pesadillas. Muéstramelo.

Ella luchaba contra la indecisión. Pero lo vio tan preocupado que al final cedió.

—Me tocaba sin manos. Me tocó aquí. —Se señaló los pechos y apartó la cara avergonzada—. Me dejó marcas —aclaró—. Un sueño no te deja marcas, ¿verdad? —Volvió a mirarlo convencida de que ella tenía razón.

Byron subió las manos lentamente por su abdomen bajo la atenta mirada de Elora. Quería asegurarse de que no se sintiera incómoda o que no lo alejara. Ella aguantó la respiración.

—Dios mío. —Cerró los ojos al notar las palmas de Byron por debajo del jersey. Era tan gustoso... Tan placentero y distinto del toque de Finn... Y entonces las dos manazas se posaron sobre sus pechos, ocultos por el sujetador.

—Odio estas cosas... Estos... sujetadores... —gruñó Byron, pero cuando notó los preciosos senos de la joven, de esa forma redonda tan bonita, y percibió sus pezones duros como guijarros a través de la tela de seda de la prenda interior, se sintió tan agradecido que volvió a besarla solo para tranquilizarse. Le introdujo la lengua en la boca y ambos se intercambiaron todo tipo de caricias en un beso profundo y muy deseado—. *Beag...* —susurró contra sus labios—. ¿Te hizo daño aquí? —Coló sus pulgares por debajo de la tela del sostén y le acarició con suavidad los pezones.

—Sí... —gimió ella con los párpados entrecerrados y lo miró presa del fuego.

Los juegos preliminares y el sexo nunca le habían resultado del todo gustosos. O no la sabían tocar o tenían poca gracia o, por lo que fuera, ella no sabía decir lo que le gustaba.

La cuestión era que nunca la habían tocado así. Se estaba humedeciendo entre las piernas y fue Byron quien empezó a mover el muslo para rozarle la vagina mientras le calmaba la piel de los pezones con los pulgares, con la boca imantada a la suya.

Ella empezó a moverse contra su muslo, deseosa de más, cómoda con aquella interacción natural entre ambos, como si eso fuera lo que necesitaba, lo que debía suceder.

Y se vio rodeada por la niebla, que avanzó hacia ellos como una serpiente, envuelta en un hechizo del que no quería escapar y en el abrazo de un hombre que no quería apartar.

—Muévete. Eso es... Toma lo que quieres. —Byron la animaba, eufórico por ese interludio con ella—. Me vuelas la cabeza...

Elora le sujetó la cabeza y volvió a besarlo. Él subió más el muslo y la levantó del suelo para ejercer más presión.

Y entonces no soportó no verle los pechos. Quería comprobar lo que el sádico de Finn le había hecho.

Le levantó la camiseta y arrastró el sujetador con ella para mirarle los pezones. Estaban irritados y un poco inflamados. Byron se obligó a tranquilizarse y a controlar el tono de sus ojos.

—Quiero llevármelos a la boca. —No le pedía permiso.

Elora tragó saliva y aguantó la respiración.

Él se llevó un pezón a los labios para lamerlo con suavidad.

Ella soltó un largo gemido, sobrecogida por el tacto de su lengua y el modo en que sabía que la estaba curando. Era como si captase la intención de Byron, como también percibía la comunicación no verbal de los animales, que hablaban por instinto.

Y se excitó al pensar que lo que le estaba haciendo era ofrecerle su saliva para bajar la inflamación.

Elora acunó la cabeza contra su pecho y disfrutó de sus atenciones. Y cuanto más lamía y besaba él, más espasmos sentía ella entre las piernas. Se iba a volver loca. Aquello era mucho más de lo que había esperado.

Byron clavó las uñas en el tronco porque no quería clavárselas a ella, aunque podría si aceptase quién era... Algunas partes de la corteza saltaron por los aires y Elora lo agarró fuerte del pelo, de los laterales, para devolverle el beso mientras se corría contra la pierna de Byron.

Él se tragó los gemidos y los sollozos con gusto, besándola profundamente hasta que se calmó y el orgasmo cesó con un último espasmo. Había sido la mejor experiencia íntima de su vida. Porque había sido con ella. Y lamentaba que solo pudiera darle eso de él mismo. Ojalá pudiera entregárselo todo.

Elora unió su frente a la de él, con los pies colgando, sentada sobre su muslo y la espalda apoyada en el árbol. Necesitaba recuperar el aliento. Y sabía que él estaba tan excitado como ella, si no más, porque veía un enorme bulto en sus pantalones.

—Romeo debió de ver un espectáculo muy distinto en el centro veterinario —murmuró Byron retirando con disimulo las uñas del tronco y retrayéndolas de nuevo hasta que adoptaron a un tamaño normal. Las tenía pintadas de negro, como si fuera un cantante de rock fashion y, al mismo tiempo, tenebroso.

Cuando abrió los ojos, no esperaba encontrarse con aquella mirada de Elora. Entonces cayó en la cuenta y reaccionó tarde a lo que había dicho. Él mismo se había relajado tanto que había perdido tensión, había bajado la guardia y acababa de meter la pata.

Elora aún tomaba aire, pero la revelación la dejó de piedra.

—¿Finn tiene un halcón que se llama Romeo? —dijo afectada por la información.

—¿Qué? No, me refiero a tu sueño...

—Yo no te he dicho que Finn apareciese con un halcón llamado con ese nombre. Te he dicho que soñé con él, que me pedía ayuda con un ave y después pasaba todo lo demás. —Elora no parpadeaba. Estaba segura de que ella no le había dado esos datos. Y si él se lo acababa de decir, era porque lo sabía—. Es cierto, ¿verdad? No ha sido un sueño.

—No, no... —Byron procuró recobrar el control. Elora se intentó bajar de su muslo—. Esto no quiere decir que...

—Déjame bajar —le pidió.

—Elora, me lo has dicho tú —repuso nervioso.

—¡No me mientas más! Déjame bajar, te he dicho. —No le hizo falta alzar la voz. Byron obedeció y, con mucha frustración, vio cómo ella se recolocaba la ropa del torso con rabia y lo miraba iracunda—. ¿Me estás tomando el pelo? ¿A qué estás jugando? ¿A qué estáis jugando todos? —Se quedó de pie ante él, muy digna, pero también ofendida y decepcionada—. ¿Por qué no me dices la verdad? —Abrió los brazos con pena—. ¿Crees que para mí es fácil contarte todo lo que me está pasando? Lo hago porque confío en ti, Byron. ¡Y no sé por qué lo hago, porque es evidente que no me has dicho lo que sabes! Me estás mintiendo —le echó en cara—. No fue un sueño. Sí pasó, ¡¿verdad?! —Lo empujó con fuerza, pero Byron no se movió ni un centímetro.

—Elora. —La agarró de las muñecas, intentando tranquilizarla, pero como ya era habitual en ella, su influencia no la afectaba. Como tampoco reaccionaba a la de ninguno de los demás. Byron la había protegido bien todo ese tiempo. Hasta el punto de inhabilitarse él mismo para ella.

—¡Suéltame! ¡¿Qué demonios sois?! —Se liberó—. ¡¿Por qué le proteges?!

—No sé a lo que te refieres.

—¡Sí lo sabes! ¡Entráis en mi casa, Finn se pasa de la raya, tú lo sacas de ahí a la velocidad del viento! ¡¿Cómo voy a soñar yo con Finn y su halcón si ni siquiera sabía que tenía uno?! ¡Lo sé porque pasó de verdad! —insistió, acongojándose de nuevo—. No puedo seguir así. ¡Parezco bipolar! ¡Y queréis hacerme creer que estoy loca, pero no lo estoy!

—Si algo de lo que dices fuera cierto, podrías demostrarlo —sugirió Byron intentando recurrir a lo básico.

—Te lo estoy preguntando a ti. Hace un momento me estabas besando como si tuvieras ganas de mucho más. No hago estas cosas así, nunca. Y no tengo explicación para lo que siento estando contigo —reconoció—. Pero esperaba que confiaras en mí, porque yo sí confío en ti. ¿Me he equivocado? ¿Solo voy a recibir respuestas falsas de tu parte? —Elora quería salir de allí corriendo, odiaba abrirse así con un hombre que no lo merecía—. Solo quiero saber la verdad, Byron, por rara que sea. La podré sobrellevar, lo sé. Por favor, cuéntamela —suplicó tomándole del rostro y peinándole el pelo negro hacia atrás.

Byron se retiró con rapidez y apartó la cara, pero no lo hizo a tiempo de que Elora, sin querer, viera lo que siempre había ocultado su melena larga.

Ella se llevó las manos a la boca y parpadeó repetidas veces para asegurarse de que lo que había visto era cierto.

—Tus orejas... —Hablaba confusa, con miedo y con estupor—. Byron..., son puntiagudas. Las dos. —Inconscientemente, se tocó la suya, la diferente. Eran muy parecidas.

Él se cubrió las orejas de nuevo con el pelo, y le dio la

espalda, molesto y abrumado por lo que iba a desencadenar esa discusión.

Y entonces ella se acercó a él y posó su frente entre sus omóplatos, en un gesto de confianza y de comprensión que lo hizo llorar por dentro.

Elora captó su incomodidad, su miedo y su inseguridad, y decidió actuar con empatía, como hacía con todos los animales que sí podía leer.

—Escúchame. No sé qué es. No sé qué sucede ni qué eres... Pero, aunque parezca una desequilibrada, no te temo. Byron —dejó escapar el aire lentamente entre los dientes—, me pasa algo cuando estoy contigo. Y cuando no lo estoy, también. De hecho, desde que te conozco me pasan muchas cosas. Esto se sale de lo normal y es muy confuso para mí. No sé por qué no estoy aterrada, pero no lo estoy —admitió—. Solo quiero que me lo expliques y que me ayudes a comprenderlo. Porque sé que estoy en medio de algo y que Finn y tú no sois... del todo normales. Y esas orejas tuyas me parecen... —Elora no se podía creer lo que le iba a decir—. Me parecen preciosas y muy sexis.

Byron no podía moverse. Era una estatua más en ese bosque temático. La mujer que él quería, que había elegido, su dama..., le estaba diciendo cosas que le gustaban demasiado y que ansiaba oír hacía mucho. Pero no podía romper su palabra. No iba a poner en peligro a Elora y, menos aún, hacérselo pasar mal. Y no iba a poner en peligro a los suyos.

Su responsabilidad, su deber en este caso, debía estar siempre por encima de sus deseos y su egoísmo. Esta vez haría las cosas bien, aunque lo rompiesen por dentro.

—Mis orejas están bien, no les pasa nada. Y no estuvimos en tu casa, Finn no te tocó, ni yo te salvé.

—No es cierto —repuso frustrada, y quiso hacerle ver que ella sí era capaz de escucharlo sin juzgarle ni temerle—.

Enséñame las orejas otra vez —le ordenó—. Ya las he visto. No las puedes esconder más.

Y entonces Byron se dio la vuelta, le sonrió con soberbia, se levantó el pelo de nuevo y, para su estupefacción, eran normales.

Sin deformación.

A Elora se le llenaron los ojos de lágrimas. Pero no de desengaño, sino de decepción.

—¿Por qué haces esto?

—No hago nada.

—No sé cómo lo has hecho..., pero sé lo que he visto.

—Tienes que dejar de insistir, o al final voy a creer que tienes un problema. Y a mí no me gustan los problemas.

—¡Pues lo tengo! —dijo sorbiendo por la nariz—. ¡El que me habéis causado tú y tus amiguitos! Te prometo que voy a demostrar que digo la verdad y que me iré de aquí para enseñárselo a todo el mundo para que nunca, nunca más —repitió encarándose con él— me digas que me invento las cosas.

—¿Qué es lo que quieres demostrar? ¿Te estás oyendo?

—Que aquí pasa algo muy raro y que vosotros... —lo señaló— tenéis capacidades que los demás no.

Byron miró al cielo y se rio de ella.

La burla laceró a Elora, porque no entendía cómo intentaba negar algo tan evidente.

—No podrás probar nada jamás, Elora. Es una locura. Nadie te tomaría en serio.

Pero ella se quedó paralizada unos segundos, como si su mente le hubiese hecho recordar. Él vio algo en su expresión, algo que lo dejó intranquilo, hasta que ella se dio la vuelta con lágrimas en los ojos y se fue corriendo de allí.

—¡¿Adónde vas?! —quiso saber Byron—. ¡No te vayas así!

Mientras seguía el camino de entrada para salir del bosque temático, lo miró con desaprobación y le contestó:

—¡Voy a hacer que te tragues tus palabras! Y después no tendrás la cara de mirarme a los ojos y llamarme mentirosa otra vez. No me lo has querido contar a mí, en confidencia, pues entonces tendrás que contárselo a todo el mundo.

—¡Elora, ven aquí!

La joven ya había desaparecido de su vista y Byron escuchó el motor de su ranchera encenderse. Quería ir tras ella, pero sabía que no debía.

Elora no tenía nada que pudiera ponerlos en algún compromiso. ¿O tal vez sí?

Presa de la cólera contra sí mismo, dio un puñetazo al tronco del árbol y este tembló de arriba abajo.

Arrepentido, abrazó el tronco y le pidió perdón.

El bosque era su amigo, su territorio, y no debía maltratarlo.

Ojalá pudiera pedirle perdón a Elora por todo lo que le estaba causando.

10

Elora entró en el centro veterinario en tromba y provocó que Gisele, que aún seguía dormida en la planta de arriba, se despertase de golpe y la colcha que la cubría saliese volando.

—¡¿Qué?! ¡¿Qué?! —Miró a un lado y al otro—. ¡¿Qué ha pasado?!

Bombón ladraba y movía el rabo mientras seguía a Elora por la planta de abajo. La había recibido con alegría, pero también husmeaba su mal humor.

Elora tenía una idea en mente. Era algo que, evidentemente, había activado el primer día y en lo que no había caído porque no había necesitado mirarlo ni una sola vez. Hasta ese momento.

—¿Elora? —Gisele entró en la consulta, alarmada por la actitud de su amiga—. ¿Estás bien? ¿Qué ha pasado?

—Me tienen harta. No me van a hacer pasar por loca —dijo con los ojos llenos de lágrimas.

—¿Quién te ha hecho creer que estás loca? Cariño —se acercó a ella—, cálmate. —Le puso las manos en los hombros para sosegarla—. ¿Qué ha pasado?

—Byron. Eso ha pasado.

—¿Byron? ¿Lo has visto? ¿Cuándo? —Se limpió las gafas con el jersey y se las colocó.

—Ahora, en el bosque temático. He ido allí porque las luces me han llevado... Bombón, deja de ladrar —le pidió con una mirada suplicante—. Me va a estallar la cabeza.

—Tenía los ojos hinchados de llorar.

El perro calló de inmediato y se tumbó frente a ellas, como un niño bueno.

—¿Las luces? —Gisele miró a través de las ventanas—. ¿Qué luces?

—¡¿Tú también me vas a tachar de pirada?! —Se giró preocupada hacia ella.

—¿Yo? No —contestó con normalidad—. Pero me estás asustando. Nunca te he visto así de agitada, Elora.

—Es porque tengo razón. Anoche estuvieron aquí, los dos —aseguró buscando la cámara de grabación, hasta que la encontró; era un marco de fotos digital donde salían en bucle las imágenes de todos los animales intervenidos y tratados en el centro. Pero no solo era un marco. Era una cámara espía que grababa las veinticuatro horas del día. Y por perspectiva, debió grabar de lleno a Finn y a Byron. Ellos tenían que salir en ella.

—¿Qué estamos buscando?

—La prueba de que lo que digo es cierto. —Agarró su teléfono y abrió la aplicación que lo conectaba a la cámara—. Charlotte me dijo que todo lo que grababa —señaló el marco— se quedaba en la tarjeta de memoria, y que yo era quien debía ir borrando los datos semana a semana para no colapsarla. Puedo consultar lo que ha grabado desde el teléfono. Y eso es lo que voy a hacer...

Elora buscó en la pantalla del móvil la prueba fehaciente de que lo que decía era real. Fijó la hora en la que tuvo esa supuesta pesadilla y las dos amigas se quedaron pegadas a la pantalla, de pie, cuando las imágenes tomaron forma ante ellas.

—Hostia... —susurró Gisele cubriéndose la boca con la mano—. Parece que hay un tipo rubio muy alto en la puerta del centro. ¿Por qué...? —Frunció el ceño—. ¿Por qué él no se ve bien y todo lo de alrededor se ve nítido? ¡Sube el audio, que no oigo nada!

Elora no quería ni hablar. Subió el volumen y a ella se le oía bien todo lo que decía, pero a Finn se le escuchaba entrecortado, como si algo interfiriese con sus sonidos e imágenes.

Gisele veía lo mismo que ella y no entendía nada. Finn había entrado en el centro con Romeo. Elora revisó y curó al halcón. Después, este salió volando por la ventana, que se abrió sola.

Estupefactas, vieron cómo Finn, sin tocarla, provocaba cosas en ella... Elora le decía que no, pero no podía detener lo que fuera que Finn le estaba haciendo. Tras un rato inquietante y angustioso, la puerta del centro se abrió de par en par y vieron aparecer a un hombre alto y moreno, pero su imagen salía como pixelada, igual que la de Finn.

—¿Ese es Byron? —preguntó Gisele.

—Sí —contestó Elora mientras veía cómo el rubio desaparecía ante sus ojos y después Byron hacía lo mismo. En un visto y no visto, ya no estaban.

Elora revisó su galería de fotos y encontró la que le había hecho a Byron la noche del motorista. No la había vuelto a mirar, ni se había acordado de eso... Y descubrió que ahí también se le veía completamente desdibujado. Dejó el móvil sobre la camilla veterinaria metálica, se sentó en la silla giratoria de piel negra y se cubrió el rostro, aliviada pero, al mismo tiempo, muy disgustada.

—Lo sabía. Sabía que todo lo que está pasando es cierto. No me estoy inventando nada. Nunca en mi vida he mentido o me he inventado algo —sentenció, y por fin se sentía emancipada de dudas e inseguridades sobre su salud mental.

—Es... —Gisele resopló, con una expresión a caballo entre la fascinación y la cautela—. Elora..., ¿tú sabes lo que tienes ahí? —le preguntó frotándole la espalda—. Hay que llevar esto a la policía. Ahora mismo.

Elora se echó a reír sin ganas.

—¿Y decirles qué? Finn no me toca, soy yo la que va a hacia él como si estuviera seduciéndolo. Mi boca dice una cosa y mi cuerpo, otra. No me tomarían en serio. Además, no se les ve bien a ninguno de los dos. No sé por qué. Es como si estuvieran en otra frecuencia que la cámara no puede registrar. Es frustrante... —Se levantó con brío y le entraron ganas de golpear algo—. Me ha estado mintiendo.

—¿Byron?

—Sí. Gisele..., ¿me crees si te digo que creo que...? —Resopló agitada—. Es que me da hasta vergüenza decirlo en voz alta...

—Dilo, sea lo que sea —la animó.

—¿Si te digo que creo que no es del todo humano?

La rubia puso cara de circunstancias y no parpadeó.

—Lo que dices es muy atrevido. Y tendría el Pulitzer si lo pudiera demostrar —puntualizó—. Lo que veo en el vídeo son dos siluetas humanas, que parecen hologramas mal sintonizados y que se comportan como... ¿Flash? —intuyó.

Elora sacudió la cabeza negando esa posibilidad.

—No son superhéroes. Esto es otra cosa —murmuró masajeándose la nuca. Estaba tensa como una vara—. Me atrevería a decir que son algo más antiguo —elucubró—. Propio de leyendas y mitos. —Soltó una risa y miró a Bombón—. Dicen que tú detectas a la gente mágica. ¿Digo la verdad?

El perro la miró fijamente, pero no le respondió.

—Por un momento pensé que el perro te iba a hablar y me he cagado de miedo —murmuró Gisele llevándose la mano al corazón—. Ya me lo creo todo. ¡Ufff! —Se secó el sudor de la frente—. Jodida Dolittle... —Se aproximó a Elora, intentando arrojar luz en todo aquello—. Es evidente que tienes razón. Que te están engañando. Y hay que descubrir qué son y qué pretenden. Tú no te puedes quedar en este pueblo con psicópatas con habilidades como esas... Igual se cayeron en un tanque de material radiactivo o los alcanzó un rayo.

Elora sonrió levemente y entornó la mirada.

—Tienes que dejar de ver series de DC.

—Sea como sea, hay que denunciarlos y desenmascararlos —insistió.

—No creo que sea tan fácil. Son muy poderosos en Meadow Joy —murmuró Elora con la mirada fija en la silueta de Byron, que se había quedado congelada en la imagen del móvil y ni así se le veía con nitidez—. Es probable que tengan a mucha gente del pueblo trabajando para ellos.

—Ah, el poder siempre apesta... ¿En quién puedes confiar de aquí para que te ayude?

—En Charlotte... En Puck, tal vez. ¡En Kellan! —dijo pensándoselo mejor—. Creo que los odia a los dos. Sobre todo a Byron, no lo puede ni ver. Quizá me ayude a denunciarlo. Tiene muchos amigos en el pueblo y estoy segura de que también los tendrá en la comisaría.

—¿Tienes su teléfono?

—No. Pero esta noche va a ir al Cat Sith. Me dijo de vernos hoy allí. Puede que también vaya Byron...

—Entonces nosotras también iremos y pondremos las cartas sobre la mesa. —Se detuvo unos segundos al ver la expresión melancólica de Elora—. ¿Qué pasa? ¿En qué piensas? No puedes ser compasiva en esto —le advirtió.

No estaba segura de querer llegar tan lejos, pero necesitaba darle una lección a Byron y que viera que no podía jugar así con ella. Lo había descubierto. Lo tenía grabado. Y si le había mentido en eso con tanta facilidad, entonces le había mentido en todo. ¿Por qué? ¿Por qué se había acercado a ella? ¿Por qué se habían acercado todos así?

—Quiero intentarlo una última vez.

—¿El qué? Elora... —La tomó de la barbilla y la obligó a mirarla—. ¿El qué? Es evidente que son peligrosos.

—Voy a enseñarle esto a Byron. Se lo voy a plantar en la cara.

Gisele estaba preocupada por ella.

—Señor... —dijo dramática—. Que es verdad que te has enamorado de él. ¿Es eso, Elora? —preguntó intentando ser comprensiva.

—No... no lo sé. No sé qué me pasa con él... No sé explicarlo —admitió sin poder describirlo mejor—. No tiene ningún sentido para mí y, al mismo tiempo, sí lo tiene.

—Todo suena a tragedia. Creo que es peligroso. No quiero que te pase nada —declaró sin maquillar su sufrimiento.

—Si me lo tengo que quitar de la cabeza, lo hago, pero no quiero que me tome por tonta. Ni él, ni nadie.

Gisele la atrajo y unió su frente a la de ella. Ambas se miraron a los ojos y Gisele exhaló; había tomado una decisión.

—Está bien. Pero, hagas lo que hagas, yo voy contigo. No me despego de ti ni un minuto. Seré tu puta sombra, incluso cuando vayas a hablar con él. Y si te hechiza o te hace algo, yo le detendré. Contigo hasta el fin del mundo.

Elora sonrió con ternura y sorbió por la nariz.

Ahora sabía por qué nunca había necesitado a más personas a su alrededor.

Porque con Gisele le sobraba.

—Contigo hasta el fin del mundo.

Elora estaba decidida. El vídeo no iba a borrar los besos de Byron ni su acercamiento apasionado en el bosque temático, abrazados por la niebla; no le haría olvidar su mirada magenta, ni que cambiaba de color cuando estaba excitado; tampoco borraría su fortaleza, su sonrisa cándida ni sus orejas puntiagudas. Pero sí le devolvería la credibilidad y el pundonor.

Hasta la fecha, Byron parecía ir por delante en todo, jugando a su antojo con la realidad y con ella.

Eso iba a cambiar esa misma noche.

Tras caer el sol, cuando la niebla volvía a arropar el pueblo, los pubs céntricos como el Cat Sith se activaban y se llenaban de gente, daba igual el día de la semana que fuera. Las calles quedaban vacías y los pubs, abarrotados.

La música del interior se oía desde fuera. En las mesas dispuestas en la acera frente al local, esta vez sí había gente. Posiblemente, porque era la famosa noche de *fish and chips*, y era la excusa perfecta para interactuar, ver un buen partido de fútbol y beber cerveza. Cualquier cosa estaba bien con tal de socializar.

Elora tenía pensado hacer eso mismo, pero a su manera. Así que, cuando bajaron del coche, se aseguró de tener el móvil preparado para enfrentarse a Byron, que esperaba que estuviera dentro ya.

—Pero ¿de dónde sale tanta niebla? —se preguntó Gisele cerrándose mejor la americana y abrazándose para darse calor. Miró la fachada del Cat Sith y silbó impresionada—. Caramba, es como estar en Irlanda… Menudo ambientazo. ¿Es aquí?

—Sí —contestó Elora, sintiendo de nuevo todos los ojos sobre ellas.

Los hombres y las mujeres que saboreaban sus cestas de patatas y pescado frito se las quedaron mirando. Tres chicos, un poco bebidos, se les iban a acercar a decirles algo mientras ellas avanzaban, pero como si hubiesen visto al Yeti, se alejaron de ellas rápidamente y retrocedieron para sentarse de nuevo en sus sillas.

Elora echó un vistazo por encima del hombro y descubrió que Kellan salía del establecimiento, como si la hubiese olido. Había caído del cielo. Le vendría bien tener a un amigo cuando se enfrentase a Byron.

—Has venido —dijo con una mirada aprobadora—. Y con una... amiga —murmuró atrayendo la atención de Gisele, que se había quedado como si le hubiera dado un aire al verlo.

Elora la entendía. Kellan era masculinidad sexy y grande al cuadrado y tenía una voz de barítono que podía hacerte estremecer con facilidad.

—Jo-der... —susurró Gisele mirándolo de arriba abajo.

—Hola, Kellan. Esta es mi amiga Gisele —le dijo Elora, presentándola educadamente.

—Hola. —Él la escaneó sin disimulo—. Soy Kellan. —Le ofreció la mano.

—Gisele —contestó ella sin salir de su asombro—. Encantada.

—Lo mismo digo. ¿Estás de visita?

—Más o menos. Vengo en calidad de escudera.

A Kellan la respuesta le hizo gracia y frunció el ceño con sorpresa.

—Ya... ¿Entramos? ¿O queréis quedaros aquí toda la noche? —sugirió con tono de broma.

—¿Está Byron dentro? —preguntó Elora.

A Kellan no le gustaba nada oír ese nombre y Gisele lo advirtió a la perfección. Le acababan de cortar el rollo.

—No. Él... suele venir más tarde estos días. Tiene asuntos de los que ocuparse —aclaró con malicia.

—Kellan, ¿sabes dónde está? Necesito hablar con él. Ha pasado algo grave y quiero aclararlo.

—¿Algo grave? —preguntó con gran interés—. ¿El qué? ¿Estás bien? —Parecía realmente preocupado—. ¿Te ha hecho algo?

—¿Podría hacerle algo? —inquirió Gisele.

—¿Ese y Finn? Desde luego. ¿Quieres que te lleve a verlo?

—Claro —contestó Elora esperanzada.

—Creo que los dos están en el mismo lugar. Suelen ir allí a menudo. Pero dudo que te guste demasiado —advirtió, fingiendo preocuparse por el dolor de Elora.

A Gisele aquello no le gustó ni un pelo y a Elora, menos. Pero las ansias por descubrir a qué se refería pudieron con ella.

—Llévame.

—¡Elora! —Por la puerta del pub salió Iris, sonriente y con una cerveza en la mano. Al ver con quién estaba, le lanzó una mirada desafiante a Kellan, que intentó disimular—. ¡Has venido, guapa! ¿No entras? —Se fijó en Gisele y le sonrió—. ¿Has traído a una amiga? ¡Venid! ¡Hay para todas! —las animó para que la acompañasen.

Gisele abrió los ojos de par en par. Menudo bellezón de pelo rojo y rizado. ¿Qué pasaba allí? ¿Es que todos eran así de atractivos?

—Ahora iré... —le dijo Elora de pie junto a Kellan—. Tenemos que ir con él a un sitio.

—¿Con Kellan? —preguntó Iris muy seria.

—Sí —contestó Elora, algo incómoda por la tensión entre ellos.

—Pero... lo que sea que te vaya a enseñar seguro que puede esperar a otro momento —repuso.

—No creo —dijo Elora con una disculpa—. Es urgente. Luego vendré... —le prometió—. Seguro que necesitaré esa cerveza.

—Kellan. —El tono autoritario de Iris detuvo a Elora y a Gisele, pero no al de cabeza rapada y ojos de acero—. ¿Seguro que no puede esperar? —le preguntó entre dientes.

Él entornó la mirada y chasqueó la lengua, muy satisfecho consigo mismo, antes de añadir con desdén:

—No puede esperar, librera.

A Iris su tono no le gustó nada. Ni a Elora, y tampoco a Gisele. Allí pasaba algo, pero como no sabían el qué, no podían opinar. Y no era momento de hacer preguntas.

Iris se dio la vuelta muy seria y entró de nuevo en el pub mientras los tres cambiaban de acera para enfilar en dirección sur la larga avenida que cruzaba todo el pueblo como el corte de un cirujano. Giraron a la izquierda, por uno de los callejones, que recordaba al barrio rojo de Ámsterdam, y después de franquear la entrada de lo que parecía ser un parque privado, se encontraron con la majestuosidad de un edificio victoriano cuya elegancia contrastaba con lo que allí se ofrecía. Estupefactas, contemplaron cómo cada planta, en su fachada, tenía escaparates de hombres y mujeres que hacían de maniquís vivos, mostrando sus cuerpos sin vergüenza alguna.

Había para todos y de todos los colores.

Algunas mujeres sonrieron a Kellan, como si lo conocieran, y le lanzaban besos. Otras saludaban con coquetería a Elora y a Gisele, y estas se sonrojaron por el descaro que exudaban.

—¿Qué es esto? ¿Por qué nos traes aquí? —preguntó Elora.

—Querías saber dónde estaba Byron, ¿no? —La miró con condescendencia—. Pues está aquí.

—Esto es un puticlub, Elora. —Gisele estaba indignada.

—No lo es —contestó Kellan un poco ofendido—. Son... terapeutas —añadió con una sonrisa pirata.

A la rubia se le desencajó la mandíbula y soltó una risita nerviosa.

—¿Qué has dicho? Sí, claro, ahora son proctólogos y ginecólogos —contestó con ironía.

Elora guardaba silencio. No concebía que Byron pudiera estar ahí. La había besado de un modo demasiado posesivo e intenso como para luego acostarse con otra.

¿Todo eso también había sido mentira? Elora recordaba el modo en que Byron miró a Finn la noche anterior cuando pensó que le había hecho algo. Le había dado la sensación de que ella le importaba y le incumbía de verdad. Y resulta que él retozaba con otras, horas después de haber estado besándose con ella.

Se sentía traicionada y muy ofendida. No tenía derecho, pero no podía evitar experimentar esas emociones.

—¿Podemos entrar? —quiso saber Elora con el corazón frío y los ojos húmedos.

—No —respondió Kellan tajantemente—. Espera y lo verás salir. Como he dicho, es un habitual de aquí.

—¿Y tú no, campeón? —le preguntó Gisele sin creérselo del todo.

Kellan se envaró ante el comentario y le dedicó una respuesta cortante:

—¿Me ves saliendo de ahí?

—No lo sé. Tú sabrás...

—Mis demandas son otras.

En ese instante, como había previsto Kellan, Byron salió del edificio. Iba imponente y guapo a rabiar, vestido todo de negro, excepto por el jersey ajustado gris oscuro que llevaba, y Elora sintió demasiada rabia y decepción al verlo.

Se llevó la mano al pecho, porque parecía que se le agrietaba el corazón. Lo odió con todas sus fuerzas.

Era un mentiroso. La había engañado con todo.

—Cariño, espera... —le sugirió Gisele, sujetándola de la muñeca.

—Es un hijo de... —murmuró. Ella nunca insultaba y jamás se volvía así de visceral ni se dejaba llevar por impulsos violentos. Pero en aquel momento no era capaz de pensar nada bueno. Le quemaba el pecho.

—Te lo dije, Elora. No puedes fiarte de él.

—No te precipites... —sugirió Gisele, viéndolas venir.

¿Precipitarse? No. Ya lo había hecho antes al dejarse inducir por su encanto, al permitir que la manipulase, y por dejarse llevar como lo había hecho.

Ahora iba a frenar su juego en seco.

Se envalentonó y se dirigió hacia él, acompañada de Kellan y de Gisele. Los tres caminaron hasta donde estaba Byron y cuando él los advirtió, solo tuvo ojos para Elora.

¿Qué hacía ella ahí? La expresión de su rostro mudó a una de vergüenza y estupor. Lo habían cazado.

—Byron.

—Elora..., ¿qué estás...? ¿Cómo has encontrado este sitio? —Alzó la mirada para clavarla beligerantemente en Kellan, que lo contemplaba sonriente.

—Te dije que encontraría algo que demostrase que yo decía la verdad. Lo tengo. Lo he encontrado —aseguró alzando la barbilla—. Y me has mentido. En todo —añadió con una profunda tristeza que no pudo disimular.

Byron se asustó por su tono de voz y la acusación, porque no había falsedad, porque decía la verdad.

—Voy a desenmascararos a ti y a Finn —le prometió—.

A saber a cuántas habéis engatusado y les habéis hecho lo mismo que a mí.

—¿Lo mismo que a ti? Yo no te hice nada —repuso con pesar. Él intentaba protegerla, desde el principio.

—Sí me lo has hecho. Has tratado de que creyese algo que no eras. Me has hecho creer cosas que no son verdad. El mundo tiene que saber lo que hacéis y lo que sois. Tiene que saber lo que pasa en Meadow Joy.

—¿Qué? —Byron dio un paso al frente para sujetar a Elora antes de que se alejase, pero Kellan se colocó enfrente, amenazándole con actuar si la perseguía—. ¿Qué vas a hacer?

—Tenerte lo más lejos posible, largarme de aquí y contactar con quien sea necesario para que todo esto se sepa.

Iris le había dicho que Elora se iría esa noche de allí y que ya no se sabría más de ella. Pero no le había hablado de las consecuencias ni de por qué tendría la necesidad de huir del pueblo. Al parecer, todo se estaba dando como le había dicho la librera, pero no entendía qué prueba tenía Elora que fuera tan evidente como para sacarlos a la palestra.

—¿Te vas a ir? —inquirió Byron dubitativo.

Elora lo miró por encima del hombro y no le contestó mientras se alejaba con Gisele arropándola con el brazo.

—Déjala en paz, Byron. —Kellan sonrió burlón—. Sigue con tus chicas. —Dirigió una mirada pícara al edificio y le dio la espalda.

—Kellan, te lo dije. —Su voz sonó cortante y afilada—. Te dije que no te interpusieras entre Elora y yo, que tú y Finn la dejaseis en paz.

—Y la he dejado en paz —aseguró—. No ha hecho falta que interviniera para que ella quiera alejarse de ti. Qué vergüenza. —Se rio de él, exagerando y alzando la voz para que las demás lo oyesen—. No eres bueno para ninguna chica, y menos para Elora. Vas de putas cada poco tiempo y no sabes lo que es la fidelidad o el amor. Deja de engañarla.

—¡Elora! —gritó Byron sin atender a Kellan.

—¿Quieres que nos peleemos aquí? ¿Quieres que ella lo vea y que su amiga humana se trastorne? —lo desafió Kellan, sabiendo que tenía la sartén por el mango. Cuando vio que el moreno se obligaba a quedarse inmóvil, añadió—: Ya me lo temía. No siempre se puede ganar, Byron. —Le guiñó un ojo y corrió tras ellas para apoyarlas moralmente.

Una vez las hubo alcanzado, el enorme cabeza rapada usó de nuevo el tono comprensivo y cómplice y les dijo:

—¿Qué necesitáis? ¿Os llevo a algún sitio? ¿Os acompaño?

—Me quiero ir a casa —dijo Elora—. Paso de la noche de *fish and chips*. Quiero recoger las pruebas.

—Pero ¿qué es lo que tenéis? —inquirió Kellan con curiosidad. Él también quería saberlo.

—Acompáñanos si quieres —le pidió Elora—. Te lo explicamos por el camino. A ver si nos ayudas. Queremos ir a comisaría. Pero no a la de aquí. Iremos a la provincial.

Al oír aquello, Kellan frunció el ceño un tanto impresionado. ¿A la comisaría provincial? ¿De qué estaban hablando?

Cuando llegaron al coche, Kellan se subió en la parte de atrás y escuchó con atención todo lo que le contaba Elora.

—He descubierto algo —dijo la joven mientras salía de la gran vía del pueblo—. Y no es bueno. Aquí suceden cosas raras. —Confiaba en Kellan y quería contárselo lo mejor posible—. Byron no es normal. No sangra, parece irrompible y tiene las orejas puntiagudas, por eso no las enseña nunca… Además de que es un mentiroso —puntualizó—, me ha hecho creer que soñé algo, pero no fue así. Finn entró en mi casa con la excusa de pedirme ayuda con su halcón, Romeo, y me hechizó, Kellan. —Lo miró por el retrovisor para dejarle claro que era cierto—. Quiso abusar sexualmente de mí. Y después entró Byron para sacarlo de la casa. Pero niega que eso sucediera, y me ha hecho quedar de loca diciendo que lo había soñado. ¿Te lo puedes creer? Menos mal que lo tengo grabado.

—¿Qué tienes grabado el qué? —preguntó Kellan a la defensiva; sonó más exigente de lo que le habría gustado.

—La grabación de lo que pasó. Tengo una cámara espía —aseguró—. Salen ellos dos, y se ve cómo Finn me manipula con su magia y...

—¿Que los tienes grabados? —repitió incrédulo.

—Sí.

Kellan no parecía muy cómodo. Y Gisele, tampoco.

—Elora, por favor —le pidió nerviosa—, conduce con cuidado, que la niebla nos está rodeando. Dios..., no se ve nada de nada.

—¿Y qué piensas hacer con lo que tienes?

—Vamos a llevar el vídeo a los medios, que lo pongan en primera plana. Estamos en contacto con Gabriela Barrow. Pero lo primero es ir ahora mismo a la comisaría provincial y advertir sobre lo que sucede en Meadow Joy... Hay depredadores sexuales —sentenció Elora—. Ese Finn... no es bueno. Y Byron, tampoco —dijo—, porque se ha empeñado en protegerlo. No puedes defender a un acosador —protestó—, ¡sobre todo cuando intentó obligarme a acostarme con él! —gritó golpeando el volante.

—Elora, te lo ruego. —Gisele unió las palmas de las manos—. Mira la carretera.

—Elora... No creo que debas precipitarte con esto. Tal vez haya una explicación.

A Gisele le sorprendió que Kellan, que supuestamente odiaba a Byron, intentase hacer cambiar de opinión a Elora.

—No voy a dar un paso atrás. Creía que le importaba a Byron ... Es un embaucador, un brujo... Ha hecho algo conmigo que me incita a creer que tengo algún tipo de conexión con él. —Se señaló la sien—. Que lo tengo grabado en la cabeza, ¡aquí!

—¿Por qué no intentas meditarlo esta noche con la almohada? —sugirió Kellan.

—¿Por qué quieres impedirle que vaya? —inquirió Gisele molesta—. ¿Es algún código de machos que hace que os protejáis entre vosotros? Pensaba que no soportabas a Byron. Por eso has hecho de chivato y has llevado a Elora al puticlub.

—Ella me preguntó y yo solo contesté.

Elora detuvo el coche en el centro veterinario y sacó las llaves del contacto.

—Esperad aquí. Voy a buscar el móvil y la tarjeta SD. Están dentro de casa. No quería llevar nada encima por si Byron me lo quitaba... ¿Kellan? ¿Por qué tienes esa cara?

—No salgáis del coche.

11

El tono ronco de su voz llamó la atención de ambas, que se dieron la vuelta para mirarlo. Ya no había nada amable en el rostro de Kellan. Tenía la expresión de un sicario, de un salvaje.

—Claro que voy a salir del coche. Necesito ir a por esas dos cosas para...

—He dicho que no salgáis del coche —repitió más rotundamente.

—Mira este —espetó Elora—. ¿Por qué te pones así?

—Da media vuelta y regresa al pueblo, Elora. Hay que salir de aquí.

Kellan alzó la barbilla e inhaló como un rastreador.

—Te comportas como un lobo —rio Elora con nerviosismo—. Déjate de tonterías, Kellan, que ya tengo suficiente con los otros dos.

Iba a abrir la puerta cuando Kellan se bajó como un torbellino del coche para impedirle salir.

Cuando se inclinó para asomarse a la ventanilla, intrigándolas como si protagonizaran una película de terror, su cara, por increíble que resultase, había cambiado. Su barbilla se había endurecido, sus pómulos se habían marcado y sus ojos se habían vuelto amarillos como los de un lobo. Ambas vieron cómo sus orejas mutaban y se volvían puntiagudas, y también el momento exacto en el que estallaban de su boca unos colmillos superiores e inferiores que antes no estaban ahí.

Elora y Gisele se apartaron de un brinco, aterradas por lo que acababan de ver.

—¡No me lo creo! ¡Me cago en la puta! —exclamó Gisele.

—¡Es uno de ellos! —gritó Elora impresionada.

—¡¿Qué demonios está pasando?! —Gisele temblaba—. ¡Arranca el coche! ¡Sácanos de aquí!

Elora estaba a punto de encender el motor cuando Kellan saltó sobre el capó y se puso en cuclillas, igual que un animal al acecho, mirando al frente, como si solo él viera algo al final del camino.

Ellas no distinguían nada, dado que estaba muy oscuro y la niebla les impedía ver lo que había más allá.

Y entonces las dos se concentraron en un punto, atisbando aquello que había distraído a Kellan.

Y lo vieron.

Se trataba de una silueta terrible, muy desdibujada y grotesca, que se movía lentamente hacia ellos.

—Oh, joder… —murmuró Elora con el corazón en la boca.

—¡Arranca el coche! ¡Eso viene hacia aquí!

Elora giró la llave como pudo y dio marcha atrás a toda velocidad.

Kellan, con un equilibrio impresionante, no se movió del capó, porque esperaba que eso, fuera lo que fuese, atacase.

Y así fue.

No era un animal que Elora supiese identificar. Era una bestia gigantesca, una mezcla entre un lobo y una rata, del tamaño de un hipopótamo grueso y con púas de puercoespín por todo el cuerpo. La parte superior de los pinchos era de un color naranja fosforescente muy llamativo, tenía el morro largo y sus ojos eran muy pequeños y negros, aunque sus dientes serrados eran de un tamaño descomunal.

—¡¿Qué es eso?! —gritó Gisele.

—¡No lo sé! ¡Te juro que no lo sé!

Elora intentó maniobrar, pero se sobresaltó cuando aquel bicho dio un salto que cubrió la distancia que los separaba y se abalanzó sobre Kellan, que estaba haciendo de muro de defensa entre ellas y la bestia. Fue como el impacto frontal de un coche. El morro se hundió, ellas se agarraron al salpicadero, pero las ruedas traseras de la ranchera se vieron abocadas fuera de la cuneta, con lo que quedaron semivolcadas.

Kellan y el bicho cayeron sobre las plantas, más concretamente, sobre el acónito que rodeaba la parcela, el sendero de la carretera y parte del jardín.

Y, por lo visto, aquello fue contraproducente para Kellan, porque el acónito empezó a quemarle la piel y se puso a vomitar sangre mientras intentaba reducir al bicho.

—Mierda... —Elora se aseguró de que Gisele estuviera bien—. ¿Te has hecho daño?

La rubia estaba en shock.

—¡¿Qué está pasando?! ¡¿Esto es real?!

A Elora le habría gustado tener respuestas, pero no era el caso. Desde que había llegado a Meadow Joy no comprendía nada y todas sus preguntas caían en saco roto. Estaba perdida. En realidad, no, porque no iba desencaminada con sus elucubraciones.

Pero sí se encontraba en una tesitura muy delicada que la hacía pasar de la realidad a la fantasía de un bofetón. Porque aquello era real.

—Hay que salir de aquí —asumió con decisión, intentando controlar sus nervios. A Kellan le estaba haciendo más daño el acónito que el monstruo. Y cada vez se debilitaba más. No iba a poder retenerlo y, ni mucho menos, vencerlo. Y cuando acabase con él, las siguientes serían ellas—. En el coche estamos expuestas. Debemos refugiarnos en otro sitio.

Gisele asintió histérica, con los dientes castañeteando.

—Lo que mandes.

—Bien. Abre la puerta y corre en dirección al centro. Uno, dos, tres... —Se miraron mutuamente—. ¡Ya!

Ambas hicieron lo posible por salir del coche con celeridad, pero estaba medio volcado y tardaron más de lo deseado.

—¡Meteos en la casa! —les gritó Kellan, boca arriba en la tierra, agarrando a la enorme rata del morro para que no le mordiese—. ¡Y no salgáis!

Elora y Gisele se tomaron de la mano para hacer un esprint y lograron llegar al centro pero, justo cuando iban a abrir la puerta, las púas de aquel monstruo empezaron a temblar en dirección a ellas, y cinco salieron despedidas de su lomo, con tan mala suerte que Gisele recibió un impacto en la espalda, a la altura del riñón.

La rubia gritó con fuerza.

—¡Gisele! —Elora la sujetó, la arrastró como pudo hasta entrar en la casa y la ayudó a tumbarse en la sala de espera, ubicada a mano derecha. Gisele había cerrado los ojos y era presa de unas convulsiones muy extrañas.

Elora agarró la púa y recibió una descarga eléctrica, pero se la extrajo, ya que no había sido muy potente.

¿Por eso su amiga tenía espasmos? ¿Estaba recibiendo descargas?

Entonces se echó a llorar porque no entendía nada de

lo que estaba viviendo. ¿Qué tipo de mundo era aquel? ¿Por qué Gisele había resultado herida? ¿Qué pasaba en ese maldito pueblo?

De pronto, la puerta de la casa se abrió de par en par, como si alguien le hubiese dado una patada.

Elora no sabía rezar, pero sí suplicar, y deseó que la bestia no las viera y no les hiciera daño.

Sin embargo, el monstruo sabía perfectamente dónde estaban. Era como si tuvieran un maldito localizador, y mientras avanzaba y se le derramaba la baba por la mandíbula, lo tiraba todo a su paso.

En ese momento, Bombón salió en su defensa como un héroe inesperado y corrió a morderle la cola a la rata.

—¡No, Bombón! —No quería que le hiciese nada.

Era tan grande, daba tanto miedo, que Elora no era capaz de enfrentarse a ella, pero se dio cuenta de que los mordiscos del lebrel la debilitaban y la hacían detenerse, como si no fuera capaz de avanzar. Tenía un punto débil en la larguísima cola.

Debía estudiarla, debía analizar lo poco que sabía de esa bestia. Si las púas daban descargas era porque tenía electricidad... ¿Qué era lo que no casaba con ella? Elora buscó la respuesta en la sala de espera y la encontró a modo de jarrón de agua con flores, en la mesa de centro.

La rata dio un coletazo y lanzó al lebrel a la otra sala. Aunque el golpe lo dejó aturdido, intentó levantarse de nuevo para proteger a su dueña.

Elora se moría de miedo. El jarrón temblaba entre sus manos, y cuando el animal clavó su siniestra mirada en ella, todas las puntas de sus púas se iluminaron de naranja como luces led o como el metal fundido.

De su lomo, otro puñado de púas salió disparado contra Elora, aunque esta se agachó y cubrió el cuerpo de Gisele para esquivarlas. Sin embargo, corrió la misma fatalidad que su amiga y se le clavó una en el interior del muslo derecho, muy cerca de la ingle.

Y vio las estrellas a causa del dolor, pero no empezó a convulsionar como Gisele.

No se iba a rendir, aunque tuviera la sensación de que una espada le había atravesado la pierna. Se quedó en el suelo tumbada mientras la rata se cernía implacable sobre ella. Y entonces pensó en lo que dirían los medios de Meadow Joy sobre lo que había pasado en su casa. ¿Que un oso los había atacado? ¿Que una jauría de lobos se los habían comido?

No. La gente debía saber la verdad. Así que cuando tenía a la bestia a solo un palmo de su cara, acorralándola contra el suelo, le echó el agua del jarrón en los ojos.

La rata empezó a gritar de un modo horrendo, pero no se apartó de encima de ella. Así que Elora se sacó la púa que tenía clavada en la pierna, aguantó la descarga con estoicismo y, como si fuera un puñal de hoja larga, se la clavó entre los ojos, profundamente, hasta dejar fuera solo por donde la había empuñado.

La rata se agitó con violencia y, tras unos segundos largos y agónicos, se desplomó y quedó de lado en el suelo, sin vida. Sus púas se apagaron y dejó de moverse.

Tiesa.

En ese momento, Elora arrancó a llorar y abrazó a Gisele, meciéndola, esperando que volviese en sí, que sobreviviese a eso, a todo.

Ellas debían vivir. Pero necesitaban ayuda...

En ese momento, cuando la casa se había quedado en silencio y solo se oían sus respiraciones, Byron cruzó el marco de la puerta, aterrorizado y con el gesto descompuesto.

Corrió hacia ella y se acuclilló para comprobar cómo estaba.

—¡Elora! ¿Estás bien?

Ella negó con sinceridad sin soltar a Gisele y, con la mandíbula temblándole considerablemente, dijo:

—No sé qué e-es eso ni por qué ha venido a atacarnos. S-salió de repente de la n-niebla...

Byron parecía impresionado, pero roto de dolor al verla así.

—Kellan...

—Kellan está bien. Lo he alejado del acónito. Cuando se recupere, se largará. Elora... —Observó al monstruo que él sí conocía perfectamente—. ¿Lo has matado tú? —preguntó y apartó al animal de ellos.

—S-sí... —Sentía la boca seca—. Me da igual todo, me da igual lo que seas... Pero salva... salva a Gisele, por favor —dijo. Cada vez se encontraba peor. Fuera lo que fuese lo que llevaba esa púa, no era bueno.

—No te preocupes —murmuró cargándola en brazos.

—¡No! —Quiso alejarlo—. A Gisele, a ella primero...

—Me puedo hacer cargo de las dos. De Bombón, también. Todos vais a estar bien, te doy mi palabra.

—Tu palabra no vale nada para mí —susurró desengañada. Se sentía muy mal.

Byron encajó aquella acusación porque se la merecía, pero su palabra lo había significado todo, aunque ella no lo creyese. Alarmado por su estado, pero sabedor de lo que vendría a continuación, prefirió mover ficha antes que nadie. No podía perder el tiempo, porque todo se iba a descubrir.

—¿Qué haces? ¿Adónde me llevas? —preguntó Elora, presa de todo tipo de estremecimientos. Se le estaban cerrando los ojos.

Sintió que la sacaba de la casa y que cruzaba el jardín. El coche seguía en la cuneta y Kellan estaba tumbado, inconsciente, junto al acónito, pero convertido en un lobo gigante y negro con el pelo manchado de la planta y respirando con mucha dificultad.

Elora sabía que era él. Lo percibía.

—Es un lobo de verdad... —murmuró aliviada porque su intuición no le había fallado en ningún momento. Después desvió la mirada al hombre hermoso y traidor que iba a salvarlas y la había recogido del campo de batalla—. ¿Por qué estás tú aquí? —le preguntó a Byron. Lo veía todo moverse a cámara lenta, a otra velocidad.

—Porque he sentido que estabas en peligro.

—¿Cómo? ¿Cómo lo has sabido?

—Estas bestias emiten vibraciones con el movimiento de las púas que sirven para romper sensores o, en nuestro caso, para que no podamos detectar qué pasa. Crean un vacío. Unas veces te sentía y otras, no, así que he intuido que sucedía algo y he venido corriendo.

—¿Cómo me vas a sentir? Yo a ti no te importo... No me hagas reír. —Era como si estuviera borracha.

Byron sonrió y miró al cielo armándose de paciencia. No existía una afirmación tan falsa como aquella.

—No quiero saber nada de ti —le dijo ella.

—Lo sé —respondió Byron, enfadado consigo mismo.

—El mundo tiene que saber lo que hacéis aquí. Lo que sois.

Él dejó caer la cabeza para mirarla juicioso.

—¿Acaso ya sabes lo que somos?

—Sí.

—¿Qué?

—Eres malo.

—Depende del bando en el que estés —contestó encogiéndose de hombros y haciendo de tripas corazón.

—¿Adónde me llevas?

—Al bosque.

—No. Quiero estar en la casa. Quiero estar con Gisele. —Se echó a llorar y se acurrucó contra él sin poder luchar porque se le iban las fuerzas.

—Y lo estarás, confía en mí, yo me encargaré de todo. Sé que no entiendes nada y que todo es muy confuso para ti —sonrió dando las gracias al hado—. Pero es aquí donde tienes que estar. Ahora ya lo tengo todo claro.

—No confiaré en ti jamás —prometió cerrando los ojos.

—Has matado a un lorgaire. Es un naimhde, Elora. —Byron apoyó la mejilla en su cabeza, ahora que estaba ya casi rendida al sueño—. Y cuando uno de nosotros mata por primera vez a uno de ellos, tiene que prepararse para el cambio.

—No sé de qué hablas. Jamás seré... como tú —aseguró.

Ella no lo sabía, pero a Byron le lastimaba aquel rechazo tan abierto que ahora expresaba contra él. Aunque aceptaba que era culpa suya.

—Vas a cambiar —sentenció—. Lo quieras o no.

—¿Qué... cambio? —exigió saber ella, cerrando los ojos.

Byron la miró. Tenía el rostro vuelto hacia las estrellas, la piel tersa y los rasgos más bonitos y exóticos que podían tener los Baobhan Sith. Entonces, sus ojos titilaron con orgullo y admiración, con un sentido de pertenencia y posesión que nadie le había podido arrebatar nunca, y contestó dejando que se durmiera entre sus brazos:

—Tu ascensión, *beag*. Serás fae de pleno derecho. —Y si se convertía en ella, entonces Byron al fin podía reclamarla para sí, esta vez sin miedos ni reproches. ¡Al cuerno la ungida! A él ya le daba igual ser o no la casa fae más fuerte, ya lo era sin que la coronasen ni eligiesen. Lo que sí sabía era que, por fin, podía disfrutar de Elora como siempre había deseado. Haber encontrado a su pareja años atrás y no poder hacer nada con ella por respeto a una promesa lo había agriado y desesperado durante demasiado tiempo. Pero su espera había llegado a su fin—. Prepárate para tu nuevo amanecer.

Olía a tierra húmeda, a plantas, a raíces y a los minerales de un suelo sano, rico y fértil. Sabía que estaba cubierta de pies a cabeza, escondida entre la madera natural, raigambres que eran hogares y alimentos de otros seres a los que podía escuchar e identificar con la claridad del Dolby Surround. Y todos y cada uno de ellos, sin excepción, ya fueran del reino animal o del otro, eran conscientes de su presencia y la respetaban, la protegían y no osaban molestarla, como si fuera preciada y valorada de un modo casi reverencial. Podía escuchar sus esencias diminutas y su inteligencia colectiva. Parecían felices de su existencia y de su labor con ella.

Tenía todo el cuerpo enterrado, cubierto de esa grava natural, a excepción de su cabeza, que estaba despejada. En otro momento, aquello le parecería horrendo y claustrofóbico, pero en ese instante la serenó. Era cómodo y gustoso.

Elora no quería abrir los ojos porque estaba disfrutando de esa toma de conciencia, de sentir y percibir antes de ver. Era maravilloso.

¿Cómo había llegado hasta allí? ¿Era aquello una tumba? Su último recuerdo era el de Byron cargándola, diciéndole que la iba a llevar al bosque.

Y allí estaba, desde luego. Porque su cuerpo yacía bajo las raíces de un árbol que, además, estaba vivo, y cuyos arraigos palpitaban como un corazón y se movían de vez en cuando, dejando colar la nimia claridad exterior, que se reflejaba casualmente en su rostro.

Y entonces pensó en Gisele y en Bombón, incluso en Kellan. Y recordó el ataque de esa rata a la que Byron había llamado «lorgaire».

Abrió los ojos y lo primero que vio fue un ramillete de miosotis, nomeolvides azules, que brillaban como si las hubiesen bañado de diamantes o en el rocío del amanecer. Emitían luz, una claridad mágica lilácea como su flor, que iluminó aquella bóveda natural en la que yacía sepultada.

Elora no pudo hacer otra cosa que mirar fijamente aquellos pétalos cristalinos, embebida de su belleza y de la calma que transmitían. Lentamente, estas dejaron caer un polvo brillante del mismo color, que quedó suspendido alrededor de su rostro. Cuando lo inhaló, Elora vio ante ella la imagen de una mujer sentada en las raíces de ese mismo árbol. La veía con nitidez, aunque la sentía muy lejos, como si en realidad ya no estuviese allí. Era como un recuerdo, pero en cierto modo no lo era, porque no era suyo y, al mismo tiempo, sí sentía que le pertenecía. Iba dirigido a ella.

La mujer era preciosa, con la piel blanca y tersa, el pelo negro y un cuerpo voluptuoso. Su melena estaba medio recogida en dos trenzas pegadas al cráneo con adornos brillantes que centelleaban con los reflejos del sol, y mostraba con orgullo sus orejas puntiagudas, adornadas con un tipo de ornamentación metálica plateada que cubría sus puntas como corazas. Iba vestida de un modo sensual, con un vestido negro, vaporoso, corto por delante y con una cola larga detrás. Sus pies descalzos mostraban una pedicura perfecta, con las uñas pintadas de plata, igual que las de sus manos elegantes.

La estaba mirando a ella, sonriente y feliz. Comía frambuesas de un cuenco de madera y dejaba que los pájaros se posasen sobre sus hombros desnudos. No cantaba, no era Blancanieves, eso lo tenía muy claro.

El detalle más importante era que estaba embarazada, en un estado de gestación muy avanzado.

Elora tuvo una sensación de familiaridad irrevocable al contemplarla. Algo resonó en su interior con la vibración de la verdad, de todo aquello que no podía negarse por sangre ni por corazón.

Y lloró porque, sin tener pruebas, estaba segura de quién era ella.

—Hola, Elora —la saludó la mujer con mucha dulzura.

—Hola —susurró ella. Sintió cómo las lágrimas le caían por las sienes, aunque sabía que no iba a haber interacción entre ellas porque se trataba de un recuerdo.

—Debes de estar sorprendida y asustada. Pero no temas, pequeña mía. Me llamo Adrien, y soy tu *mathaire*. Tu mamá.

Elora cerró los ojos. Aunque lo intuía de manera innata, el impacto al oírlo no fue menor.

—Esto es algo que tengo guardado para ti —prosiguió Adrien—. Si estás viéndome es porque, inevitablemente, has tenido tu ascensión —explicó con naturalidad—. Me hubiera encantado estar ahí para acompañarte en un momento tan trascendental de tu vida, pero sé que no podrá ser. Y lo lamento. Al mismo tiempo, celebro tu nacimiento y tu segunda venida. —Se llevó otra frambuesa a la boca—. No dejas de pedirme frutas —se echó a reír acariciándose el vientre—, y como casi todo el día.

Elora pensó que a ella también le gustaban mucho las frambuesas. Sobre todo en pasteles y cremas, y con mucha nata.

—Voy a explicarte quién eres y espero que, después de esta historia, avances en tu nueva vida como la mujer que has venido a ser. Una mujer a la que yo no veré crecer —asumió convencida—. Probablemente, tendrás a muchos fae dispuestos a explicártelo todo, pero soy tu madre y quiero ser yo quien te diga las cosas como son y cómo fueron. Sin embargo, para ello tienes que entender de dónde vienes y cuál es tu origen. Hace mucho, mucho tiempo —empezó a relatar como si le contase un cuento a una cría pequeña—, la Tierra estaba poblada por fae y humanos, en una convivencia cordial en la que unos aceptaban la existencia de los otros. Los hombres no se creían dominadores de su mundo y no solo compartían tiempo y espacio con los animales, sino que también lo hacían con todos los demás seres distintos a ellos y, además, mucho más poderosos. Los fae forman parte del Reino Invisible, que no se ve, y hay muchísimas especies entre ellos. Muchas, Elora... Y todos están divididos por casas reales. Tú formas parte de ellos. Somos un pueblo divino, venimos de seres superiores, dioses, al igual que los humanos dicen que provienen de un Dios. Dentro de ellos los hay de luz y de oscuridad según las habilidades de cada uno. Los fae de la oscuridad no eran malos ni negativos, solo tenían cualidades que nos equilibraban como un todo. Pero allí donde la mente se sobrepone al espíritu y a la buena intención, siempre hay ambición y ansias de poder. Y nuestro mundo y nuestra naturaleza no estaban exentos de ellas, sobre todo al convivir en un planeta gobernado por instintos humanos. Con el tiempo, estos querían lo que nosotros teníamos, nos acecharon varias veces y provocaron guerras. Algunas de ellas las nombraron en los libros de historia de los hombres, pero nunca las contaron como realmente ocurrieron. Vencimos todas las batallas, hasta que nos traicionaron desde dentro. Una casa de los fae de la oscuridad, los elfos Necks, se aliaron con una generación de humanos conocedores de las artes oscuras que vinieron a arrasarnos. Los Necks no tenían habilidades mágicas como tales, pero eran capaces de absorber la mente, los conocimientos y la naturaleza de otros seres a través de la posesión. Los fae, de algún modo, siempre nos habíamos protegido contra ellos, porque eran caprichosos, siempre ansiaban más experiencias, más conocimiento, y se habían vuelto egoístas y ambiciosos. Nuestra negativa a dejarnos poseer y nuestros medios para protegernos de ellos hicieron que buscaran objetivos fuera de nuestro reino. Y entonces llegaron los humanos milesianos, con Amergin a la cabeza, con el apoyo exterior de los fomorianos, los firbolgs y sus brujos. Todos ellos venían a batallar contra nuestro pueblo, a arrebatarnos lo que era nuestro, y los Necks, en un acto vergonzoso y traidor, pactaron con ellos. Si no podían disfrutar de nuestro reino a nuestra costa, disfrutarían de otro por medio de otros seres, ¿no? Así que los poseyeron, los ayudaron y les revelaron nuestros secretos para que nos vencieran y nos redujeran. Nos tomaron por sorpresa en la batalla. Los Necks nunca les devolvieron los cuerpos a los milesianos, se sellaron en ellos y así crearon su propia raza, los naimhde, enemigos nuestros. Siguen siendo elfos oscuros, sobre todo de intenciones. ¡Ay! ¡Elora! —Se tocó sorprendida la barriga—. ¡Menuda patada me has dado! Vas a ser guerrera. —Sonrió con ternura e hizo círculos alrededor de su ombligo, masajeándose—. Como te decía, los elfos Necks y los milesianos se mimetizaron —se encogió de hombros— y tras vencernos, nos obligaron a permanecer encerrados, encarcelados, esclavizados y vigilados en una gruta bajo el monte Sídhe. Nosotros teníamos dos opciones: entrar en guerra con ellos y que las consecuencias salpicaran a todas las especies de la Tierra, o desplazarnos en el espacio y encontrar otro hogar que ellos jamás descubrieran. Les hicimos creer que nos tenían controlados y una noche de Samhain, sencillamente, los fae unimos nuestros poderes y nuestras intenciones y desplazamos nuestro reino a otro lugar. Y este, como puedes intuir porque seguro que eres muy lista, es conocido entre los nuestros como Magh Meall y está ubicado en el bosque temático del pueblo que nuestros ancestros fundaron para protegernos. En...

—... Meadow Joy —terció Elora, hipnotizada por aquel relato.

—Meadow Joy. El Prado de la Alegría. Seguro que lo has adivinado. Creyeron que si los Necks se habían aliado y mimetizado con los humanos, nosotros también podíamos hacerlo como tapadera, pero sin poseerlos. Al menos, no como hacían ellos. Y así hemos vivido todo este tiempo. Los naimhde son muchos y muy distintos, se han hecho fuertes, pero nosotros también. Siguen queriendo aniquilarnos. Quieren ser la única especie con poder y hacernos desaparecer... A su causa se unieron varias casas fae más que ya conocerás. No quiero agobiarte ahora con demasiada información, aunque bien serías capaz de memorizarla. Aprendimos la lección —aseguró suspirando y mirando los frutos del árbol en el que estaba sentada—. Descubrimos que, para sobrevivir, no podemos ser buenos con todo el mundo y que a veces debemos ser egoístas en nuestras decisiones. Porque nuestro mundo iba mucho más allá de esta dimensión, de este planeta... Y nadie debía acceder jamás a él a menos que se lo mereciese. Por eso lo mantenemos cerrado y oculto a ojos extraños, y por ese motivo establecimos unas normas que debíamos respetar a rajatabla. Los humanos nos podían servir o podíamos usarlos para nuestros objetivos, pero nunca —dijo mirando al frente, directamente a ella, a la vez que se tocaba el vientre— mantendríamos relaciones vinculantes con ellos, porque en nuestra memoria está muy presente lo que sucedió con la unión de los Necks y los milesianos. Fue nuestra ruina, y una gran amenaza para las especies en general. Y si eso se diera de nuevo, los culpables y su linaje serían expulsados fuera de Magh Meall, obligados a vivir entre los humanos, sin los privilegios del mundo fae. El mestizaje se ve como algo sucio entre nosotros.

»Con esas reglas grabadas en nuestro corazón, al poco tiempo de fundar Meadow Joy hace cientos de años humanos, las altas Damas Blancas sídhe, entre las que destacaba Garel, una gran amiga de tu abuela —Elora pensó en el término "abuela" y se le encogió el corazón, porque sus supuestos padres humanos eran huérfanos y ella no había tenido abuelos—, recibieron una profecía según la cual: "En la noche de plata, la ungida, fae de pleno derecho, traerá de vuelta al ciervo blanco y, con su despertar, los tiempos de guerra y caza se iniciarán. Ella decidirá el destino de las casas fae y elegirá una por encima de las demás para que lidere el enfrentamiento contra nuestros enemigos y empiece a restaurar el equilibrio perdido. Un nuevo Samhain vendrá y la ungida dará inicio a los tiempos de cosecha y de justicia, y traerá de vuelta la puerta del Este". Esa profecía —continuó, llevándose a la boca otra frambuesa— reza en los escudos de armas de todas las casas. Es como una oración que sabíamos que iba a pasar, pero nadie sabía cuándo. Todos teníamos muchas esperanzas en la llegada de la ungida. Y todos nos volvimos más competitivos al respecto. Pero pasaba el tiempo y no llegaba esa elegida que haría a una casa fae más fuerte que el resto, la que iba a darnos el equilibrio y las armas necesarias para luchar contra nuestros enemigos. Así que continuamos viviendo en Meadow Joy en una calma relativa, más allá de las pequeñas rencillas de la convivencia entre casas.

»Entre los nuestros también hay clases, Elora: los sídhe son los aristócratas, los más poderosos del mundo faeric y los más respetados. Somos los verdaderos guardianes, los guerreros que nos enfrentamos a los milesianos e intentamos proteger al resto y los que tomamos la mayoría de las decisiones. Yo soy la princesa de una de esas casas sídhe, futura reina de los Baobhan Sith. Recuerda, no somos ni hadas ni elfos, no podemos catalogarnos como tales. Aunque parezca clasista —alzó la barbilla con porte distinguido—, somos una clase superior. Y los Baobhan Sith somos temidos y queridos a partes iguales. Tenemos un gran poder. Pero no somos los únicos, recuérdalo. Tú, mi pequeña Sith, serás mi heredera. La reina, algún día. Y deberás tomar muchas decisiones.

Para Elora, escuchar a su madre Adrien era como ver un monólogo en directo o una película. No ponía en duda nada de lo que decía, porque cada palabra resonaba como una gran verdad en su corazón. Sin embargo, no dejaba de impresionarla con tanta información. ¿Ella era una princesa? ¿Ella? ¿Cómo iba a poder vivir entre realidades? Ella era veterinaria, ¿cómo iba a poder ser también una futura reina sídhe? ¿Y qué implicaba ser una Baobhan Sith?

—Supongo que querrás saber mi historia y cómo has nacido aquí. Un día, todo cambió —prosiguió Adrien con melancolía—. Y violé una de las reglas de los fae. Me enamoré de un humano y no solo eso, me embaracé de él. No lo sabes, pero es imposible que una Baobhan pueda concebir de un humano, ya que biológicamente es complicado por un tema de compatibilidad genética. Hay otros sídhe que pueden ser más fértiles con ellos, pero a nosotros nos cuesta mucho. Nuestros genes son tan poderosos que se comen a los de los humanos, los anulan, así que una gestación era improbable. Pero Artio, así se llamaba tu padre, no era un humano cualquiera. Tu padre era un aníos; son leyendas para los nuestros, al igual que nosotros, como seres fantásticos, somos leyendas para los humanos. Tenemos dos tipos de mitos que admiramos y nos fascinan: la existencia de los aníos y la vuelta del Sith. Este —dijo dándole mucha importancia— es un fae de una altísima evolución, fuerte como ningún otro, un favorito de nuestros dioses que representa su poder, su mano vengadora y justiciera en esta realidad. Nadie lo ha visto nunca y se cree que su aparición se dará por ascendencia genética, por sangre, que algún día se elevará sobre los cielos y clamará por una nueva era en nombre de los fae.

»Los aníos son humanos con capacidades especiales innatas no fae que cuentan con otro tipo de genética compatible y apta para la magia. Los ancianos fae aseguraban que habían existido y que, en las guerras, muchos de ellos se habían puesto de nuestra parte para luchar contra fomorianos, firbolgs y milesianos… Pero se creían extinguidos o muertos en campos de batalla a manos de nuestros enemigos. Porque todos ellos los temían, y no solo por su bondad inquebrantable. Les tenían miedo porque cuando un aníos mataba a un naimhde, su poder se multiplicaba y se hacían más fuertes y poderosos. Además, tenían la gran habilidad de ser invisibles para sus enemigos, de ser indetectables. Pues bien —suspiró—, los enemigos fae son muchos, y una bruja llamada Carman creó un hechizo genético que los neutralizaba, que los hacía visibles, y así podían cazarlos y matarlos. Por eso creíamos que ya no quedaba ninguno. Pero no estaban extinguidos del todo —aseguró con una sonrisa—, porque Artio, mi amor, sobrevivió. Como no podía decir que estaba embarazada de un humano, hui de Meadow Joy para no humillar a la familia ni a toda nuestra casa; habría supuesto el desahucio para ellos y una gran deshonra. Llevo meses lejos, esperando que mi embarazo avance. La gestación en un sídhe es más corta que en un humano. Estoy en mi quinto mes, en breve daré a luz. Y estoy sola. Tu padre murió hace un mes a manos de los naimhde —confesó con gran tristeza. Los ojos negros de su madre hablaban de una gran pérdida—. Como te he dicho, han encontrado maneras para detectarlo. Y sé que yo he sido el señuelo. Puede que los haya atraído hasta él y me siento muy culpable por ello. Perder a mi gran amor es una herida que jamás sanará en mí —admitió. Se había emocionado y se tocaba el vientre de nuevo—. Pero mi gran amor me ha dado otro, diferente pero igual de hermoso. Aunque sé que no te voy a poder disfrutar —suspiró—. Lo sé porque he conocido mi hado mediante mi gran amiga Iris. Por eso dejo este recuerdo para ti.

¿Iris? ¿La misma Iris que ella conocía? ¿Era una fae? ¡La habían engañado todos!

—Voy a morir en el alumbramiento. Lo sabía de antes. El embarazo entre especies también conlleva partos muy complicados y mi sino acaba aquí. La ausencia de tu padre hace que sea imposible sobrevivir. Pero, aun así, debo tenerte. Tú debes nacer, Elora. Porque eres la ungida. Tú lo cambiarás todo. Pero solo si lo deseas y si todo lo que te suceda es por hado. Ese es mi verdadero regalo para ti. Que nadie te obligue, que nadie te influya ni te prepare… Si tienes que serlo, que sea por fuerzas mayores. ¿Lo entiendes? Mi vida se irá, pero vendrá otra contigo. Iris lo sabía, me lo anunció, pero acordamos llevarlo en el más absoluto secreto. Ni siquiera Byron sabe que eres tú.

¿Ella, una elegida? ¿Cómo iba a cambiar nada?

—Tengo dos cosas más que decirte. Son muy importantes, Elora. Me encantaría hablarte toda la eternidad, pero no puedo invertir tanto tiempo en una miosotis o se perderá el recuerdo. La primera es que te apoyes en Iris siempre que puedas. Para mí no hay nadie más fiable ni más leal. Ella te comprenderá a la perfección porque tenéis muchas cosas en común y te explicará todo lo que necesites saber sobre mí y sobre mi alumbramiento. A ella le he pedido su amistad para ti y solo por eso te la dará, pero también porque es increíblemente buena. Que no te confunda —sonrió orgullosa—, esconde un carácter volcánico. La segunda es que confíes en Byron. Yo me apoyé en él. Era un gran amigo y el mejor líder que podía sustituirme en el principado de los Baobhan Sith. Él me ayudó en todo, Elora. Fue el único que sabía que me había enamorado de un humano, que siguió hablándome después de eso, que no me denunció, pero desconoce quién era tu padre. Y eso no debía llegar a oídos de nadie, porque la unión de cualquier sídhe con un aníos es inesperada y, además, eso te convierte en alguien muy especial a ojos de todos, y por quien se pelearán. Ya lo verás. Byron no sabe nada de ti, de tu naturaleza, ni que eres la ungida, a diferencia de Iris. Pero él sí es consciente de que eres mi hija y estará junto a mí cuando me vaya al otro lado. Él e Iris lo estuvieron siempre, son grandes amigos de vida. A él le he pedido lo más sagrado para una madre: le he encomendado la protección de mi hija. Y espero que te la dé. No hay nadie más íntegro que él. Siempre hará lo que es correcto y su palabra es inquebrantable, como la de todos los Baobhan, porque romperla trae consecuencias nefastas para nosotros.

»Acude a ellos dos para que te ayuden en tu entrada al mundo fae, pregúntales, consúltales... Apóyate en ellos, querida mía. —La emoción era grande al mencionarlos—. Sé que no te conozco y que no te lo podré decir en persona, Elora, pero quiero que sepas que fuiste muy querida. Mucho. Y muy esperada por tu padre y por mí. Pero a veces las cosas no salen como uno quiere, aunque sí como el hado desea y conviene. Eres y serás la ungida, vienes a cumplir la profecía y deberán respetar cualquier decisión que tomes.

Te venerarán y desearán tu elección para sí mismos. Cuando aparezcas, serás preciada y obedecerán tus designios, tu palabra será ley y nadie osará replicarte. Ojalá pudiera estar a tu lado para orientarte, pero como no será así, necesitarás que alguien lo haga por mí y te introduzca bien a la Carta Magna fae para que sepas qué debes hacer y cómo redirigir el futuro de nuestra gente. Byron te protegerá de todo y de todos, y te ayudará a que tomes la mejor decisión, una decisión que siempre debe tomarse desde el corazón. Iris tiene otro nomeolvides mío para ti. Pídele que te haga la entrega. Tú eres más grande que nosotros, vas a hacer algo enorme. Que tu valor y tu corazón sean igual de grandes para tomar las decisiones más convenientes. *Is breá liom tú, mo bhata beag.* Te amo, mi murcielaguito.

En ese instante, la imagen de su madre se desvaneció y las flores perdieron el fulgor, aunque igualmente brillaban más de lo normal en aquella cúpula de raíces.

Elora no podía dejar de llorar. Eran demasiados datos, demasiada información... Y, con todo y con eso, no luchaba contra su veracidad. En su interior sabía que todo aquello era cierto y haber visto así a su madre la había vinculado a ella, a su recuerdo, a quien había sido.

Lo que no comprendía era cómo había acudido a Byron. Él la había conocido cuando era una bebé y no la ayudó ni le dijo en ningún momento quién era. Había jugado con ella, la había engatusado, para nada.

Byron era un síedhe, un Baobhan Sith que había heredado la corona de su madre, pero también era un putero.

Elora hundió los dedos en la tierra húmeda, fértil y negra que la cubría, y sintió un chispazo de furia prenderse a la altura del corazón. Cuando pensaba en ese hombre, síedhe, lo que fuera..., no había paz ni sosiego, todo en ella se removía.

Él... él la había vuelto loca, el mezquino, al negar sus verdades, al hacer como si nada... ¿Es que para él no había sido suficiente hado, como ellos llamaban al destino, que ella llegase a Meadow Joy por una oferta de trabajo? Aun así, había continuado esquivando sus preguntas para evitar decirle lo que sabía. ¿Por qué?

¿Qué debía hacer con Byron si no quería apoyarse en él, si no confiaba en él?

Elora también había tenido una vida en el exterior.

¿Qué iba a hacer con ella?

¿Qué debía hacer con su trabajo, con sus padres y Gisele?

¿Y cómo demonios se salía de allí?

—Quiero... quiero salir —susurró acongojada, con un nudo en la garganta por la impresión.

Aquellas palabras actuaron como el «ábrete, sésamo».

Las raíces se agitaron y se removieron hasta abrirse poco a poco como una flor. Y Elora vio el exterior como nunca lo había visto: la cúpula de las copas de los árboles que hacían de techo brillaba con un verde intenso, los animales le sonreían. Le sonreían de verdad. Y supo que la comunicación con ellos se había agudizado. Antes los intuía, ahora los escuchaba y los entendía como si su cerebro hubiese pasado otro nivel y estuviese listo para recibir y enriquecerse de otra información, de otras realidades.

El claro se había llenado de pájaros, conejos, serpientes, lobos... Toda la fauna de Meadow se acercaba para contemplar en directo el despertar de Elora; querían darle la bienvenida al mundo fae. La reconocían como a una más.

La joven salió poco a poco del cascarón de raíces en el que había estado oculta y se llevó los nomeolvides con ella.

Era el único mensaje que poseía de su madre, aunque sabía que Iris tenía otro en su poder.

No se podía sacar de la cabeza a Gisele ni a Bombón, como tampoco podía dejar de pensar en Byron y en todos los que le habían ocultado información y se habían burlado de ella. De todos ellos, Byron era el que más la había ofendido.

Por razones tangibles e intangibles.

Se sacudió la suciedad que aún cubría parte de su cuerpo. Se limpió las rodillas, las botas, los muslos descubiertos... Aún llevaba la ropa que se había puesto la noche anterior para el *fish and chips*. Tenía tierra por todas partes y por rincones muy incómodos. Se aseguró de quitársela bien y fijó sus ojos en el capullo que había hecho las veces de lecho para ella.

Increíble.

Se agachó y se sacudió el pelo para acabar de retirar la tierra que hubiese podido quedar en el cuero cabelludo o en las puntas, y cuando se incorporó de nuevo curvando la espalda como un latigazo, vio que todos los animales habían hecho un corrillo y se habían apartado para dejar que avanzara como un rey, en una tensa intriga, el animal más increíble y hermoso que ella había visto en su vida.

Uno sin igual. Un rey entre reyes. Un ciervo blanco sagrado con una increíble cornamenta marfileña con astas que se iluminaban en las puntas. Todo él arrojaba un halo de luz a su alrededor por su color nuclear y se presentaba ante ella con los ojos de color negro imantados a su rostro.

Elora se quedó sin respiración y se llenó de amor y agradecimiento ante la escena que tenía la oportunidad de vivir.

—Eres... precioso —reconoció emocionada, embebida de él. Era macho y muy grande, casi tanto como un caballo, y sus cuernos eran altos y curvos. La última punta de asta quedaba un metro por encima de la cabeza de Elora—. Creo que soy la primera que te ve en muchos siglos...

Posó su palma abierta sobre el morro y el animal se inclinó y se sentó en el suelo, como si quisiera ofrecerse a llevarla a algún lugar.

—Un momento…, ¿quieres que me suba a tu lomo?

De hecho, podría llevarla sin problemas, por su fortaleza y sus grandes dimensiones. Su peso no supondría nada para el majestuoso animal.

—¿Por qué quieres que me suba? —preguntó.

Elora entendió que debía hacerlo, porque el ciervo iba a llevarla a un lugar.

En otro momento habría dudado hasta de su nombre, pero no entonces. Algo en ella había cambiado y sabía que nunca más debía darles la espalda ni a su intuición ni a su instinto.

Adrien le había dejado claro que ella era la ungida y, aunque aquello la aterraba, también le había dicho que Iris sería su apoyo.

Por eso tomó la decisión de hacerse caso a sí misma y aceptar la incalculable ofrenda de subirse a lomos del ciervo blanco. Necesitaba más respuestas y también quería saldar cuentas.

—Acepto tu invitación, *cervus*.

La llevara adonde la llevase, su entrada sería histórica.

12

El mismo día que Byron dejó a Elora en el bosque y buscó la ayuda de Iris para que cuidasen de Bombón y de Gisele, Kellan y Finn denunciaron lo que había sucedido en el pueblo y él fue apresado y juzgado por la guardia real de faeric, que era un compendio de miembros militarizados de todas las casas fae y que seguían a rajatabla y de manera casi robótica las leyes y las tradiciones antiguas de su mundo.

Llevaba dos días allí. Sufriendo, agonizando, colgado de las cadenas de la vergüenza. Él, que era el príncipe más temido de todos los sidh y cuya casa era la más poderosa, inflexible y estricta de todas, pasaba por la humillación de ser azotado sin descanso.

Había violado la Carta Magna fae.

¿Su pecado? Haber ocultado la existencia de Elora, haberla marcado para él sin su consentimiento e impedir a todos los líderes fae que tuvieran un acercamiento con ella.

Era delito marcar a una humana sin que esto lo aprobara, no admitirlo ni responsabilizarse.

Era delito ocultar información a sabiendas de que su presencia atraía a otras, como la aparición de un lorgaire, que podía ponerlos en peligro a todos, ya que sus amos eran naimhde, exmilitantes de los fae, y se comunicaban con ellos a través de sus púas para informarles de si habían encontrado algo interesante en el exterior, como seres mágicos a los que dar caza o a los que reclutar para su causa. El lorgaire crecía en el interior de la tierra, se formaba en un huevo hasta que eclosionaba en busca de gente mágica nueva. Tal vez, aquella bestia no había logrado su objetivo gracias al cinturón magnético de protección creado con los imanes de los Túmulos, que ocultaban cualquier señal de dentro hacia fuera proveniente de Meadow Joy. Pero el delito continuaba siendo grave y la situación, alarmante. Además, su aparición también podía ser consecuencia directa del chequeo previo de un rastreador, como el motorista que Byron mató en el tramo de carretera nacional que cruzaba la parte norte de Meadow.

Solo Finn y Kellan conocían ese dato, pero ellos estaban callados disfrutando de la tortura a la que era sometido, y que todos los miembros del concilio, sídhe de naturaleza, contemplaban; los príncipes sentados en sus tronos, bebiendo absenta en sus griales dorados mientras los miembros de sus casas vitoreaban a su alrededor cada azote, como si de una plaza de toros se tratase.

Byron odiaba los escarnios públicos, prefería lo privado. Pero detestaba aún más cualquier evento en el que muchos abusaban de la indefensión de uno.

Esas eran las leyes arcaicas de los fae. Y él no las podía cambiar.

Ahora era momento de asumir y de sobrevivir. Porque lo único que tenía en mente era volver a ver a Elora. Era hija de la que fue su mejor amiga, Adrien, y era una princesa bastarda sin corona. Pero tenía sangre aristócrata, como todos los sídhe.

Se despertaría siendo fae y, por fin, podría verlo como lo que era.

En esos días que había pasado con Elora, Byron pensó que no era momento de reclamarla, hasta Iris le había dejado advertencias para recordarle que le dio su palabra de Baobhan a Adrien. Si la rompía, sus dones desaparecían. Por eso se decía que los suyos eran tan leales e íntegros y que nunca mentían. Nadie quería perder tanto por quebrantar una promesa.

Él se había reservado información, cierto. Y tal vez su castigo era merecido. Y había mentido a Elora para protegerla y también para protegerse él, debía admitirlo.

Allí todos estaban furiosos con él porque no les decía dónde se encontraba ella ni dónde había dejado su cuerpo. Byron no pensaba decirles quién era, ni hablar. Había creado una tumba, para su renacer como fae, y había plantado las semillas mágicas de miosotis que le dio Adrien para el día de su despertar.

Cuando Elora despertase, iría a buscarlo. Sería consciente de quién era él y él la recibiría con los brazos abiertos. Sentiría que tenían una conexión distinta al resto, se sabrían el uno para el otro. Así era entre los Baobhan Sith. Elora tenía esa naturaleza en su interior y ya se habría activado.

Pero mientras tanto, hasta que ella no llegase, debía permanecer en silencio ante todos sus iguales y sobrevivir. Se estaba jugando su silla en el concilio sídhe, su casa y su honor, porque en el pasado había ayudado a la proscrita Adrien a huir, una sídhe que se había ido con un humano y que había tenido un hijo con él. Además de ocultar la vuelta de Elora, que era una fairie, una mestiza de fae y humano que, supuestamente, gracias a su protección ocultaba su verdadera naturaleza y sus dones, ya que aún no había ascendido. Por eso todos estaban tan desorientados respecto a quién era, pero se sentían tan atraídos hacia ella.

Sería la mayor deshonra Baobhan de las épocas.

Eran demasiados agravios y violaciones de los decretos a perdonar. Y cuando se supiera que él estaba vinculado sin permiso a una mujer que era mitad fae y, además, hija de una desertora..., lo desterrarían a él también. Y no podía permitir que el orden que intentaba instaurar su casa desde hacía tiempo se echara por tierra.

Esperaría a salir de allí e iría a buscarla, y después tomaría una decisión.

Era probable que cuando llegase la ungida en otra noche de plata, ellos ya no tendrían la posibilidad de ser la casa fae reinante, pero tendría a Elora.

Y sería inmensamente dichoso con ella.

Y esa era la noche de plata. Se llamaba así porque en el suelo de Magh Meall florecían los pétalos de silveria una vez cada diez años, que era una flor plateada que absorbía la luz de la luna y, con ello, todo el pueblo refulgía con ese color brillante y argénteo. Al igual que florecían las doncellas fae sídhe, que se presentaban en sociedad ante todos para ver si alguna de ellas era la ungida, la mujer de la profecía.

Por eso aquel evento era tan importante, aunque se hubiera disfrazado de celebración macabra. Allí, entre bailes y música, con bebidas por todas partes, comidas preparadas por duendes y hadas que revoloteaban entre las increíbles mesas de la plaza, se había hecho un corrillo para observar su penitencia, su castigo.

Y aunque el ambiente intentaba ser festivo, en aquel anfiteatro en el interior del bosque ubicado tras el arco de entrada a Magh Meall, ninguna de las doncellas presentadas era la ungida. La alta Dama Blanca, Elda, princesa sídhe de la casa Fate, con su pelo rubio ondulado, su vestido blanco vaporoso y largo y su diadema dorada que dejaba al aire sus orejas puntiagudas, había estimado como fallida, nula, la puesta de largo de las jóvenes. Esta vez tampoco había aparecido y los fae seguirían transitando el camino del ocultamiento, como habían hecho desde la última gran guerra.

No eran buenas noticias.

Finn iba a ser el siguiente en volver a azotar a Byron. Se plantó delante de él, con el torso descubierto y sudoroso, unos pantalones negros y botas; tenía un látigo de acero en las manos. La mayoría de las hembras suspiraron al verle: Finn era admirado por los fae, y su belleza era archiconocida. Sus ojos azul claro expuestos repasaron el aspecto del príncipe Baobhan y le sonrió condescendientemente.

—Mira en lo que has convertido la noche de plata —dijo triste y enfadado con él—. La esperamos con ansias, sabes lo que nos gusta esta celebración. Es nuestra favorita después del Samhain dentro de dos días. Pero lo has estropeado todo... Eres un fae demasiado orgulloso. Mírate, aquí de rodillas, con la carne abierta y tus alas destruidas, solo por no querer dar tu brazo a torcer con Elora. Si nos dices dónde la dejaste, el dolor cesará, Byron. Mider recogerá tu mandato y tu casa continuará en el concilio, pero tú ya no serás el príncipe y los Dorchadas desapareceréis del árbol soberano. —Señaló a un Baobhan Sith de pelo rojo recogido en una coleta que estaba sentado a una de las mesas de alrededor. Su pareja, Meria, acomodada sobre sus piernas, tenía la piel pálida y un aspecto parecido al de él; ambos iban exquisitamente vestidos para la ocasión y no perdían detalle de su castigo, divertidos y satisfechos con su merecido—. Y Elora —se acuclilló y sonrió como una serpiente— conocerá al indomable Finn de verdad. —Le guiñó un ojo—. Revoca tu protección, di que cesas toda influencia en ella y se te perdonará la vida. Si los Baobhan pronunciáis esas palabras, el vínculo se rompe, ¿no es así? Sois tan categóricos, tan de promesas…, tan románticos —se burló—. Ese será tu castigo final. Te perdonaremos la vida a cambio de que entregues aquello que has ocultado y protegido con tanto celo. Algo que nos ha puesto en el radar de un maldito lorgaire.

Byron escupió sangre a los pies de Finn.

—¿Para qué quieres a Elora? ¿Para echarla a perder como haces con todas y después darles un lugar de honor como treebutas? ¿Para eso? Las casas que levanté para las necesidades de los sídhe están llenas de hembras desequilibradas por tu culpa. No sabes medir. Gracias a mi protección, Elora está a salvo de bestias como tú.

Finn resopló disgustado.

—No soy tan malo. —Abrió los brazos—. Mírame, todas me adoran. Todas me querrían. Y te juro, Baobhan —le levantó la barbilla con el mango del látigo—, que voy a hacer que Elora grite mi nombre y me pida que no me detenga. Disfrutaré haciéndola enloquecer —le echó en cara.

—Yo también podría hacerlo —dijo Liek, el enano, que también había formado parte de ese escarnio, pero se había cansado de fustigar. Llevaba su inseparable hurón al hombro y vestía con ropas doradas y zapatos con brillantes. Los enanos y sus ínfulas de grandeza, con esa necesidad de mostrar siempre lo ricos que eran…—. Le ofrecí mi protección y la muchacha no dijo que no. Eso me da posibilidades… —Tenía un ojo más abierto que el otro y parecía que lo guiñaba constantemente.

Byron puso los ojos en blanco, aburrido de ese intercambio, y animó a Finn a que intentase golpearlo otra vez, pero no sin antes amenazarle:

—Si salgo de aquí —no había un ápice de duda en su mirada, negra por completo excepto por las pupilas, que tenían un tono rojo brillante e hipnótico—, os prometo que os devolveré cada golpe.

—No prometas, Sith —le riñó el enano, angustiado ante su tono—. Además, yo solo te he dado unos golpecitos, nada más. —Quería protegerse, por si acaso.

—Es una promesa. Y es inquebrantable. —Después dejó caer su mirada sobre Finn y sonrió, mostrando por primera vez sus colmillos afilados—. Esto no va a quedar así.

—Esto va a quedar como digamos nosotros. Y acaba aquí y ahora. —Kellan, que llevaba un buen rato descansando, agotado por el esfuerzo de azotar a Byron, no había dejado de observar su actitud soberbia e indomable. No se rendía, no claudicaba, no se arrepentía ni tampoco se disculpaba. Y estaba harto. Se levantó y le arrebató de las manos el látigo a Finn.

—Dame, Sióg —exigió—. Estoy cansado de cháchara. Este nos va a decir dónde está Elora ahora mismo.

—Llegó el chucho bueno, el amigo, el de corazón noble... —se burló Byron iracundo, con las venas del cuello hinchadas—. Eres un vulgar lameculos y estás desesperado por un poco de atención, Kellan. Todos lo estáis. Pero tú... —Byron tenía para todos ellos. Ya no les tenía respeto, después de aquello, no—. Tu jugada al llevar a Elora hasta la treebae para confundirla es despreciable.

—Un hombre que protege a una hembra no se acuesta con otras como haces tú. ¿La elección de la pareja, el amor, no va de eso? ¿De acostarse con aquella a la que deseas y quieres? Elora necesitaba ver que tus necesidades son esas y que no tienen nada que ver con ella.

—¡¿Y me lo dices tú?! —Byron se enfadó tanto que removió las cadenas que lo sujetaban de tobillos y muñecas y las tensó hasta que el hierro le laceró la piel—. Tú, con tus problemas de ira y autocontrol... ¡Tuve la idea de las treebaes para nuestras necesidades! ¡Os tuve en cuenta a todos! ¡Incluso a ti, Ag Athrú! ¡Para los tuyos se hicieron instalaciones más grandes, bajo tierra, a prueba de destrozos y de huidas! —Todo a su alrededor se silenció—. ¡Siempre he querido buscar un equilibrio para nuestras naturalezas, un orden que pudiera respetar también el de los humanos! ¡¿Y me lo agradeces exponiéndome?!

Kellan calló y meditó sus palabras. Byron tenía razón en muchas cosas, pero olvidaba la más importante:

—Si es una, si es la única, entonces solo debe ser ella. Es de lo que trata *An Rogha Iontach*. Es la elección perfecta para nosotros. Por eso no nos tomamos en serio tu protección sobre Elora. Si ella no cubre tus necesidades, es porque no es tu *chailín*. Y nos engañaste. Nos engañaste a todos.

—O fue otra cosa. —A Finn, provocador nato, le encantaban las disputas y sabía leer el fondo real de los conflictos—. Byron estaba esperando a la ungida. Como se cree que su clan es el heredero del Sith, se considera el elegido. Y con su casa por encima del resto, como líder, nadie le disputaría que fuera a buscar a Elora y la tomara como amante, a quien realmente desea. Tal vez —se cruzó de brazos, satisfecho con su consideración— era justo lo que quería. Qué feo, Byron —lo regañó fingidamente—. Nuestro Baobhan elitista siempre lo ha querido todo. No quiere a Elora, no quiere a nadie, solo se quiere a sí mismo.

—Finn, todos sabemos que te haces pajas mirándote al espejo y que dejas a las chicas al borde de la muerte... Tú eres el que lo quieres todo y eres un agonías.

—Elora nunca querrá estar con alguien tan egoísta como tú. Además, te pilló saliendo de la casa de señoritas después de haber intimado con alguna treebuta —murmuró Liek, encogiéndose de hombros—. Ya todos sabemos el chisme. Así que dinos dónde está Elora y libérala. Deja que la conozcamos. Queremos saber por qué es tan especial para ti.

—¡¿Tú qué sabrás de lo que yo pueda tener con Elora?! ¡¿Qué sabrás de lo que hice en la casa de servicios?!

—Lo que hacías siempre, hasta que decidiste llevarte a tu favorita, a Sarah, a tu castillo. Pero te cansaste... Al parecer, querías probar a alguien nuevo. —Kellan sonrió, creyéndose en poder de la verdad—. Y Elora tenía que ver de qué pie calzas. ¿Lo escuchaste, Byron? —Se inclinó para clavar su mirada lobuna en la suya.

—¿El qué, *mutt*? —contestó altivo.

La casa Ag Athrú dejó escapar un sonido de sorpresa y ofensa ante el insulto de Byron. Lo había llamado «chucho».

—Su corazón romperse, *franchach spéir*. ¡Rata de los cielos!

Esta vez fue el turno de estupefacción para la casa Baobhan Sith. Si seguían así, iba a haber un duelo real. Demasiadas cosas estaban pasando en la noche de plata.

—Ni tú ni nadie va a acercarse a Elora mientras yo viva, ¿me habéis oído? O me matáis o nadie le va a tocar un pelo. Ella me pertenece. Y jamás se fijaría en vosotros porque yo estoy en ella.

—Cuidado, Baobhan —le advirtió Finn—. Estás insinuando que le diste tu sangre sin reclamarla y eso es otro delito de nuestra Carta Magna que se castiga con la muerte. No lo olvides.

—Entonces ya sabéis lo que tenéis que hacer —los espoleó iracundo—. ¡Hacedlo si tenéis valor! Pero aseguraos de que me voy al otro lado, porque de lo contrario..., uno a uno —dejó caer su advertencia frente a sus agresores—, os buscaré y os destrozaré.

—Acabemos con esto —ordenó Kellan, tensando el látigo entre sus fuertes manos—. Finn y Liek, sujetadlo.

Y cuando estaban a punto de volver a azotar a Byron por enésima vez, Elda, la etérea y alta Dama Blanca sídhe, que observaba el castigo sentada en su trono principal, se levantó de su solio y señaló al frente con el gesto descompuesto.

—¡Mirad!

La multitud congregada en el místico anfiteatro se separó, estupefacta ante la visión, y Elora apareció como Moisés abriendo los mares a lomos del ciervo blanco sagrado y resplandeciente que, como un emperador orgulloso, trotaba hacia el lugar en el que los príncipes sídhe castigaban a Byron.

Y, de repente, el silencio se convirtió en murmullos de asombro. Sobre todo porque Elora, como todos señalaban, tenía una oreja puntiaguda al aire, que enseñaba sin vergüenza. Solo una, porque la otra era normal, y no entendían qué estaba sucediendo.

Kellan dejó caer el látigo al suelo, enmudecido por la visión. Finn y Liek soltaron a Byron, sobrecogidos por la escena.

Byron se había vinculado con ella, pero ahora, al verla así, con tanta dignidad y un porte tan distinguido, lo que se sentía era devastado por el deseo y la necesidad.

Y el orgullo. Se sentía extrañamente orgulloso por ella.

Su Elora traía al ciervo blanco de vuelta a Meadow Joy.

Porque ella, y nadie más, era la ungida.

Elora había entrado al anfiteatro un rato antes, el suficiente para escuchar con total claridad lo que se decía en el centro de esa plaza.

Siempre se imaginó que una reunión de elfos, de gente mágica, en un bosque debía ser así: todos bellos y distintos según sus clanes. Bien vestidos, con oro y plata a su alrededor y brillantes en los utensilios que usarían para comer. Las hadas revoloteaban y llenaban las copas de vino y un grupo de mujeres tocaban el arpa y la flauta y otros, el tambor, mezclando lo épico y lo clásico de un modo que encajaba a la perfección, con armonía.

Había cruzado un portal de piedra con el ciervo blanco en el interior del bosque que le recordaba de algún modo a un arco del Triunfo, y de todos era sabido que estos se ubicaban en las entradas de las ciudades. Así que cuando pasó por debajo sabía que lo que iba a ver al otro lado sería otro lugar, pero no apto para la realidad de cualquier ojo.

El anfiteatro se usaba como lugar público de reunión, donde se acogían festejos y celebraciones o competiciones y enfrentamientos. Y allí había habido una celebración, pero también un castigo oficial y sangriento. Al parecer, en el mundo fae, todo era bienvenido y todo se aceptaba si venía precedido por un acuerdo común. La absenta, los dulces, las frutas, las nubes de azúcar... que tanto le gustaban a Elora. ¿Qué hacían ahí las nubes de azúcar? Poblaban las mesas, que procuraban no estar vacías nunca. Todo combinaba con las ropas elegantes de estilo élfico que cubrían cuerpos sinuosos y otros más fornidos; algunos usaban atrezos demoniacos y salvajes, dependiendo de la casa que se representara. Y aquellos elementos bellos, se mirase donde se mirase, se mezclaban con la sangre y la tortura.

La profecía era cierta, porque no había ni un fae congregado allí que no la mirase con miedo, fascinación y reverencia. Porque sabían quién era ella. El ciervo blanco lo revelaba, sin duda. Pero aún les faltaba descubrir lo mejor.

En otro momento habría disfrutado de su entrada en aquel mundo porque le parecía de película. Todo lo era, de hecho. Sin embargo, lo que resonaba en ella eran las palabras que Kellan, Finn y Liek le habían dicho a Byron y todo lo que él les había contestado.

Debería estar feliz y centrada en aquella locura en la que tenía un papel trascendental, y seguro que con el tiempo se encontraría cada vez más integrada y más cómoda con lo que suponía ser la ungida.

Sin embargo, estaba rabiosa y herida por lo que Byron le había hecho, ya que aún no lo comprendía bien; pero, sobre todo, por lo que le habían hecho.

El ciervo se internó en la plaza y subió al altar donde Byron, encadenado, yacía de rodillas mirando al frente con una expresión confusa y los ojos completamente transformados.

No había magenta en ellos. Solo venitas negras que cubrían sus párpados y las comisuras; tenía la esclerótica negra por completo y la pupila, roja.

Unos cortes terribles y laceraciones grotescas se extendían por su increíble cuerpo de espartano. Le habían arrancado la ropa a latigazos y solo le quedaba la prenda interior negra, que también estaba rasgada y lo protegía una desnudez integral.

El silencio fue sepulcral.

Elora se bajó lentamente del ciervo, primero con una pierna, y luego se deslizó grácil sobre el lomo como si fuera un tobogán.

Si se concentraba, podía oír las respiraciones e incluso los pocos parpadeos que emitían los fae. Todo en ella se había agudizado y sus emociones también, por eso sentía tanto dolor.

Cuando llegó a un metro de Byron, pensó que ese era el príncipe que había ayudado y protegido a su madre, el que supuestamente también la protegía a ella. Pero mal. Muy mal. No se defendía a alguien haciéndole daño. Y decían todos que la había marcado, pero que no la reclamaba porque había antepuesto la elección de la ungida y su coronación a ella.

Se sentía humillada. Había una llama de dignidad en su interior que sentía flagelada; supuso que era la naturaleza de su madre, de la Baobhan Sith princesa que ella debería ser en algún momento. Pero también era la pena y el fuego de su feminidad herida.

Byron se merecía su ira. Pero no aquella tortura a la vista de todos, porque había mantenido en secreto su naturaleza y había cumplido la promesa a su madre.

Elora solo quería saber la verdad y comprender qué había más allá de aquel comportamiento errante. No quería odiarlo. Era un sentimiento demasiado intenso para lo poco que lo conocía y no sabía de dónde venía toda esa rabia.

Miró fijamente a Byron y él apartó la mirada; estaba avergonzado de que lo viera así o de que hubiera descubierto su ardid, porque ya no tenía nada más que negarle, todo se sabía.

—¿Elora? ¿Estás bien? Eres... eres... —Kellan, hipnotizado como todos por la visión de la joven, intentó acercarse a ella, pero Byron se puso hecho una fiera y le enseñó los colmillos para que se alejase, rasgándose más la piel de las muñecas y los tobillos.

Elora detuvo a Kellan con una mirada que lo dejó helado en el sitio.

Entonces Elda, con toda reverencia y satisfacción, se aproximó a ella para demostrarle respeto y también empatía. Elora sintió una oleada de comprensión y permitió que se acercase.

—¿Eres Elora?

—Sí.

La Dama Blanca le dedicó un gesto de asunción y agachó la cabeza a modo de saludo.

—Es evidente que eres la ungida. Lo que ves aquí —señaló el castigo a Byron de parte de todas las casas— solo puede ocasionarlo algo poderoso. ¿Eres consciente de quién eres y de la profecía que cumples?

—Lo sé.

—Ah —repuso con sorpresa—. Entonces ¿Byron sabía que eras la ungida y te lo explicó todo? —Su acusación volvió a agitar al cónclave; querían atacar de nuevo a Byron como habían estado haciendo.

—Él no lo sabía. Y yo, tampoco —cortó a la multitud—. Pero maté a un lorgaire. Desconocía mi naturaleza fae y no sabía lo que me iba a pasar después de matarlo. Byron me recogió y me ayudó a hacer la ascensión, por eso me ocultó en el bosque y me ofreció intimidad.

—Y entonces —Elda entrelazó los dedos de sus manos sin comprender nada—, ¿cómo sabes quién eres?

—Porque mi madre me lo ha contado.

De nuevo, todos los allí presentes se quedaron boquiabiertos.

—¿Eres hija de los fae? —preguntó Finn consternado—. ¿Necesitas…?

Elora advirtió a Finn y le contestó:

—No necesito nada. Y menos de ti, abusador nocturno —espetó provocando la ira de la casa Sióg y la sorpresa y el enfado de Finn—. No es Byron quien debe estar ahí, por mucha culpa que tenga y lo miserable que sea… Tú deberías estarlo por lo que intentaste hacer conmigo —gruñó enfadada.

Byron no podía apartar la mirada de Elora. La paliza lo había dejado de rodillas, pero su aparición como fae lo tenía postrado voluntariamente a sus pies.

Elora alzó la muñeca y les enseñó a todos el brazalete con la flor de miosotis cristalizada que le había quedado de su recuerdo, y un nuevo «Oooh» irrumpió en el anfiteatro.

—¡Os voy a enseñar el recuerdo de mi madre! Me ha dado permiso para hacerlo, para que todos escuchéis lo que ha pasado. Todo esto me viene por sorpresa —reconoció con mucha humildad y también miedo—. Y sé que… sé que no estoy nada preparada y que me va a costar. Estos días me he vuelto loca creyendo que tenía algo en la cabeza sin entender lo que me sucedía… Y nadie me ha ayudado —adujo, culpando a Kellan, Finn, Byron y Liek—. No esperaba nada de lo que ha pasado. Pero… ya estoy aquí —sonrió, a punto de echarse a llorar. Era una locura, no sabía cómo seguir adelante, pero tenía claro que no la dejarían salir de ahí y menos siendo quien era.

—¿Me permites? —Elda le pidió amablemente que le cediera el brazalete y Elora se lo prestó.

—Pero lo quiero de vuelta.

—¿Cómo dices? —dijo Elda avergonzada por la acusación velada.

—Que no te lo quedes. Cuando todos lo hayáis visto, me lo devolvéis. Es mío.

—Sí, *ungadh*.

—Me llamo Elora.

Elda se humedeció los labios y sonrió con complicidad.

—Aquí todos te llamarán así. Significa «ungida».

—Oh… —contestó asimilando los términos—. Bien.

La Dama Blanca alzó el brazo con el brazalete en la mano, y el recuerdo que escondía desde hacía años quedó expuesto mágicamente para todos.

Elora volvió a escuchar palabra por palabra lo que decía su madre. Todos lo hicieron.

Le gustó la seriedad y el respeto que mostraron ante el

recuerdo, pero también la incredulidad con la que asimilaban lo que decía. Allí había mucho que digerir, demasiada información y muchas revelaciones que debían permanecer en secreto.

Cuando el recuerdo cesó, Byron, que seguía de rodillas ante ella, no se podía creer que fuera la ungida, pero le maravillaba. Además, Adrien siempre había sido hermosa, con el atractivo de los depredadores, como eran los Baobhan. Pero Elora la sobrepasaba en belleza. Era otro nivel.

Y ahora entendía por qué la naturaleza fae de Elora siempre había estado protegida; no había sido por él ni por su gota de sangre: fue por la sangre aníos que le corría por las venas y que la hacía indetectable para los fae. La sangre de su padre la ocultaba.

Los príncipes de las casas sídhe no asimilaban lo que estaba pasando.

—Es una fairie... —dijo Liek con una risa incrédula—. La ungida, la que tiene en su poder la elección de la casa dominante es una fairie... Hija de un humano aníos y una princesa Baobhan. Es un milagro de la naturaleza. —Liek soltó una carcajada que abrumó al resto.

—Sí, lo soy —contestó ella sin un ápice de vergüenza—. Mi padre era el último aníos. Y mi madre era Adrien. —Asumía conceptos y los pronunciaba como si ya se sintiese parte de ello.

—No puede ser. —Meria, la Baobhan pelirroja que creía que iba a heredar la tiara de princesa sídhe después del destierro de Byron, estaba furiosa de rabia. La envidia y el despotismo la invadían—. Es... una mestiza. Hija de humano y de una fae traicionera. ¿Cómo puede ser que una fairie vaya a tener todo el poder en sus manos? No es un linaje puro. No es una *ceassenach*, ni una sídhe. Además, se ha violado toda la Carta Magna fae con ella... ¿No se va a aplicar el reglamento ni la justicia? ¡Ella, el Dorchadas y la fairie librera! ¡Todos han cometido desacato!

A Elora le hubiera encantado meterle un grial entero por la garganta a esa chica, con suavidad y educación. ¿Quién se creía que era para hablarle así?

—Iris está al margen de la Carta Magna, ella puede hacer lo que quiera —aseguró Elda saliendo en defensa de la hermosa librera—. Byron ya ha sido juzgado, pero después de esto... no podemos condenar a alguien cuyas maniobras han hecho que el hado se moviera, diera lugar a la llegada de la ungida y que hoy esté aquí con nosotros —asumió Elda mostrando el sabio raciocinio que allí brillaba por su ausencia—. Y a Elora la esperábamos desde hace demasiado tiempo. No importa en forma de qué venga. El ciervo blanco ha regresado con ella. Nadie tiene nada que reprocharle.

—Insisto. —Meria no cejaba en su empeño—. ¡Es una fairie! ¡Es impropio!

—¡Impropio es que le hables así a la ungida! —contestó Kellan encarándose con ella.

—¿Hija de un aníos y de una princesa Baobhan? —repitió Finn cambiando su actitud por completo—. ¿De un humano realmente mágico y de una fae pura? A saber si no es mucho más que nosotros... Es doblemente mágica. Claro que es una fae por derecho. Y es la primera de su especie. No sabíamos que los Baobhan pudierais concebir con otros que no fueran de vuestra casa —añadió buscando respuestas en Byron.

—Yo tampoco —contestó él con el rostro inflamado y la cara ensangrentada—. Lo de Adrien es un caso aislado. Es la excepción...

—La excepción que precede a la ungida —anunció Elda celebrando su aparición y reconociéndola ante todos—.

Y esta tiene una labor. —Enarcó las cejas con esperanza—. Deberás elegir casa, Elora.

Ella no estaba de acuerdo. Sabía que debía hacerlo, pero estaba enfadada. Aquel mundo era nuevo, no entendía muchas cosas y necesitaba tiempo. Además, antes quería negociar cómo mantener su mundo humano dentro de ese.

—No voy a elegir nada —respondió dejando caer su mirada sobre Byron—. Es pronto. Sé poco sobre vosotros y lo que sé... no me gusta demasiado, lo siento —reconoció sabiendo que los ofendería—. Quiero ver si encuentro vínculos reales, conexiones —volvió a mirar a Byron de reojo—, antes de tomar ninguna decisión. Desde que llegué a este pueblo, he tenido contacto con algunos... sídhe presentes —carraspeó—, y otros han venido a por mí como salvajes —dijo mirando a Finn—. Unos se hicieron pasar por amigos —eso iba por Kellan—, y el último me engañó y me hizo creer cosas que no eran. —Todos sabían que lo decía por Byron—. Ahora solo necesito saber cómo me siento y descubrir lo que es de verdad. No quiero presiones para decidir. Ni tampoco que sea una obligación.

Byron no se inmutó. Ni parpadeó. Parecía una gárgola.

Elda y los sídhe intentaron aceptar las palabras de Elora, pero no las compartían. La entendían, no había tenido el mejor recibimiento. Pero sí tenía que elegir, estaba en la profecía, y no debía demorarse. No obstante, comprendían que no sería bueno atosigarla ni provocarle rechazo.

—Discrepo, querida. Tu discurso es correcto en todo excepto en eso. La obligación de elegir está ahí. De hecho, está en todos nosotros, siempre, en algún momento de nuestro ciclo vital. Sin embargo, lo importante es que estás aquí —convino Liek contento—. Y si no has elegido y el Baobhan Sith no es quien creía ser para ti, ya puede dejar de ocultarte y protegerte para que todos tengamos posibilidades. —Se echó a reír como un viejo sátiro, aunque a Elora no le caía mal.

Byron calló, porque lo que tenía que decir no era nada bueno.

—¿Qué necesitas ahora? —preguntó Kellan intentando recuperar su confianza.

—Voy a hacerle caso a lo que me ha dicho mi madre. Me ha pedido que confíe en Byron y en Iris. No voy a llevarle la contraria.

La declaración agradó al Baobhan, pero estaba tan débil que solo pudo ocultar un poco su sonrisa. No estaba todo perdido. Era imposible que lo estuviera.

—Te vas a equivocar —sugirió Kellan esforzándose por que entrase en razón—. ¿Sabes lo que es su naturaleza? ¿Sabes lo que es un Baobhan Sith?

A Elora no le gustó que Kellan la presionase. Él no tenía nada que decir ahí. Por supuesto que no sabía lo que era un Baobhan, pero tampoco un lorgaire, ni un sídhe, ni un faeric, ni un fae, ni... No sabía nada, pero aprendería sobre la marcha. Porque así había funcionado siempre en su vida humana. A base de pasos y de aprendizaje. Y pensaba actuar igual a partir de ahora.

—También me equivoqué contigo, Kellan. No sabía que eras un sídhe, confié en ti... y después te descubrí convertido en lobo en mi jardín. Se supone que los perros son leales. Me estabas engañando con una falsa generosidad. Querías lo mismo que todos.

Kellan alzó su barbilla imponente y entornó la mirada para replicar con un tono orgulloso que aún no había mostrado:

—Pero yo no soy un perro, *ungadh*. Soy un lobo. Nuestras reglas son otras. No lo olvides.

—No lo haré —contestó ella para dejarle claro que no

le gustaba cómo había actuado—. Y tampoco aceptaré esto. —Señaló el charco de sangre alrededor de Byron y su cuerpo maltratado. ¿Qué tenía a la espalda? Eran como dos huesos largos y negros, recogidos, con vergüenza de salir, destruidos y con girones de piel por todos lados—. Esta brutalidad, viniendo de un pueblo mágico..., no la puedo aceptar. —Sentía dolor por él cada vez que lo miraba. Le estaban jodiendo todas las películas y los libros infantiles que leyó de pequeña.

—Los cuentos de hadas son para los niños, querida —contestó Finn—. Nosotros somos todo esto, y más.

—¿Me estás leyendo la mente? —replicó Elora con voz afilada.

Finn sonrió y le guiñó un ojo.

—No. Es nuestra química.

—Pues no lo pienso tolerar. Le habéis hecho esto porque creíais que estaba jugando con cartas marcadas conmigo, porque estaba siendo egoísta y me quería para él, pero vosotros buscabais lo mismo. Actuáis con una doble vara de medir. Quiero que lo liberéis. Ya lo habéis castigado.

—¿No te agrada que... le hayamos dado un escarmiento por su comportamiento? Nos ha puesto en peligro a todos —convino Elda intentando comprender la manera de pensar de esa ungida joven y sorprendente.

—No. No me gusta. Es una barbarie... —lamentó Elora al ver cómo habían roto a ese hombre hermoso—. Pero ya no más —ordenó inflexible—. No habrá más castigo para Byron. Al fin y al cabo, estoy aquí por él. Aunque me mintiera —recalcó.

—No te puedes fiar de él, bonita —le recomendó Finn.

—No, me fiaré de ti, que me obligas a hacer cosas que no quiero... —replicó entornando la mirada—. Y no me vuelvas a llamar «bonita».

Finn sonrió, sin tomársela en serio.

—Liberadlo —ordenó Elora—. Me fío de mi madre, de ella sí, y le fue bien confiar en él. Todo lo que necesite se lo pediré a Iris y al Dorchadas.

Los Baobhan Sith irrumpieron en gritos y aplausos como si ella hubiese elegido ya bando, pero estaban muy equivocados. Elora no quería agradar a nadie, solo necesitaba hacer lo que consideraba correcto.

—Que me apoye en ti no significa nada, Byron —le advirtió tras acuclillarse a su lado para mirarlo a los ojos con dignidad mientras los demás seguían silbando y aplaudiendo. Se encontraba en muy mal estado—. Me has decepcionado y me has manipulado. No voy a olvidarlo.

Byron seguía sin parpadear. Estaba perdiendo mucha sangre y cada palabra de Elora que se le clavaba en el pecho era más dolorosa que los azotes. Pero lo peor era aquella mirada de pena y compasión y las palabras que vinieron a continuación:

—Mi madre ha dicho que cuidarías de mí, que estaba bajo tu protección... —Lo miró de arriba abajo—. Te liberaré de esa obligación. No estás en condiciones. Buscaré la complicidad de otro para que haga esa labor.

Byron se envaró, consternado por lo que acababa de oír. Incluso el resto de los sídhe se mofaron de lo que le había dicho, y Elda se encogió y miró hacia otro lado, incómoda por la situación.

Los Baobhan odiaban la compasión, y más si venía de sus parejas. Seguían siendo peligrosos y dignos siempre.

—Yo puedo, ungida... —se ofreció el enano solícitamente—. Me agradaría mucho.

—Ni hablar. Estoy bien —aclaró Byron con un gruñido.

—No. —Elora estudió sus heridas. Eran atroces—. Necesitas un hospital y muchos cuidados. No es justo que te hayan hecho esto.

Kellan se aguantó la risa y Finn silbó consternado mientras le quitaban las cadenas.

—Jamás hubiese imaginado una escena como esta. Ni en mis mejores fantasías —comentó Finn.

Para Byron era uno de los momentos más humillantes de su existencia. Que su pareja le dijese esas cosas, en público, destruido como estaba... No había experimentado nada peor.

—Me pondré bien —repuso y volvió a escupir sangre.

—Imposible.

—No sabes lo que soy, ungida.

—No, no lo sé... —Clavó su mirada de color miel en él—. ¿Y de quién es la culpa? —Se estaba poniendo nerviosa otra vez.

No le iba a dar la réplica. Si Elora le daba esa oportunidad, no pensaba desaprovecharla. Ese era su momento. Poder estar con ella, sin máscaras ni secretos, y que lo conociese de verdad. Que descubriese su mundo como él lo veía. Esta vez lo haría bien.

—Te contaré todo lo que quieras saber. Todo, ungida. Te doy mi palabra —le prometió.

—No me lo prometas. —Elora no se lo creía—. Has cumplido con mi madre, pero no conmigo. Me has mentido tantas veces...

—Tenía un motivo.

—No —zanjó ella—. En algunas cosas sí, pero en otras no. Y solo para que quede claro: no te elegiré, Byron. No me gusta cómo me has hecho sentir. —Estaba a punto de acongojarse de nuevo al pronunciar esas palabras y, como no sabía por qué todo aquello le había afectado tanto, se incorporó antes de continuar mirando su estado deplorable.

Le pidió el brazalete a Elda, que se lo dio con celeridad. Finn y Kellan terminaron de quitarle las cadenas a Byron y este no pudo levantarse de lo malherido que estaba—. ¿Podéis ayudarle, por favor? No se puede ni poner en pie —pidió Elora, afectada por su debilidad.

Cuando Byron sintió que Kellan y Finn se disponían a alzarlo, sacó fuerzas de donde no las tenía y los empujó a los dos por el pecho con tanta potencia que ambos salieron volando y acabaron encima de las mesas llenas de comida y de los platos que intentaban recoger los duendes.

Finn se incorporó riéndose por el espectáculo. Kellan gruñía como un lobo, aturdido, mientras a duras penas lo levantaban los Túmulos, enfadados porque los habían puesto perdidos.

—¡Byron! —exclamó Elora. ¡¿Cómo había hecho eso si no le quedaban fuerzas?! ¿Cómo era posible?

La casa Baobhan volvió a jalear a su príncipe como si fuera un héroe, un guerrero entre guerreros. Él escupió en el suelo con fuerza, mirando a todos los sídhe desafiantemente, y exclamó:

—*Ag ríomh!* Quiero un ajuste de cuentas. —No se sentía bien consigo mismo, lo habían humillado y maltratado en presencia de Elora. Además, había tenido que escuchar cómo lo rechazaba públicamente. Era demasiado. Sentía una frustración y una ira que lo carcomían. Había intentado hacer lo mejor y seguir la palabra de Adrien y los consejos de Iris, y en vez de eso, todo se había echado a perder—. *Tugaim dúshlán Kellan agus Finn! Maidin ag luí na gréine.* ¡Yo desafío a Kellan y a Finn! Mañana al atardecer.

—Oh... —Liek abrió los ojos de color negro con alegría y se puso a aplaudir, como todos—. ¡Apostaremos!

Elora no entendió lo que había dicho. Su comprensión del lenguaje funcionaba igual que su comunicación con los animales, por intuición. Aunque su madre le había dicho que las palabras fae acudirían a ella si ascendía.

Sin duda, aún no había ocurrido.

—¿Qué ha dicho? —le preguntó Elora a Elda.

La Dama Blanca sacudió la cabeza disconforme.

—Nada bueno.

—¿Qué? —insistió.

—Una reunión —contestó Byron sin dejar de mirar desafiantemente a Finn y a Kellan—. Mañana, con el príncipe Ag Athrú y el príncipe Sióg. Eso he dicho, ungida.

Elora no entendía por qué todos celebraban aquello. No tenía sentido.

Pero a Byron poco le importaba no haberle dicho la verdad. Su honor estaba en juego. Elora era la elegida, y era una fae por derecho. No se rendiría. No iba a permitir que aquella violencia contra él quedase así.

No había mentido. Era suya.

Y aunque Elora no quería saber nada de él, estaba decidido a arreglarlo.

—¿Dónde te vas a hospedar? Podemos ofrecerte propiedades en Meadow Joy o en el interior del bosque de Magh Meall —sugirió Elda—. De más está decir que no debes salir del pueblo por la protección que nos ofrece a todos los fae.

—No. —Necesitaba familiaridad, por poca que fuera—. No quiero salir del pueblo. Me vuelvo al centro veterinario. Es ahí donde me siento más cómoda. Y quiero saber dónde están Gisele y mi perro. Quiero estar con ellos.

—Yo me hice cargo —contestó Byron, un poco mareado al estar de pie, con la cabeza gacha y el pelo ensangrentado cubriéndole el rostro—. Te dije que lo haría.

—¿Y quieres un premio? —replicó puntillosa—. ¿Dónde están?

—En mi casa.

—¿En tu castillo del monte?

—Sí.

—¿Está muy lejos?

—Yo puedo acercarte, princesa —anunció Liek, siempre tan solícito—. Está cerca de aquí. Te debo un favor por haber ayudado a mi hurón, ¿recuerdas? Y acepto llevar a este —señaló a Byron con el pulgar— y que me eche a perder toda la tapicería con su sangre.

—Bien. Vámonos. Mi prioridad son ellos —ordenó Elora, y luego le pidió permiso a Elda para partir, dado que era la única sídhe cuya casa parecía más dada a razonar y a conversar, al contrario que los otros, más viscerales. Ya habría tiempo para conocerlos en profundidad, pero ahora necesitaba ver a Gisele y a Bombón.

—A sus órdenes.

Liek avanzó entre la multitud, con Elora tras él. Byron los seguía arrastrando los pies, cojeando, mientras los suyos lo jaleaban para animarlo a recuperarse, dado que había sobrevivido al castigo.

Parecía un héroe para ellos, pero en el fondo se sentía como un fracasado. Porque Elora estaba ahí, era la ungida, pero… no. Ni habiéndola marcado era suya.

Ella miraba a Byron constantemente para asegurarse de que seguía en pie.

No se sentía bien con eso. Odiaba la violencia. No quería que él estuviera tan malherido y no sabía cómo ayudarle.

Tampoco sabía qué iba a hacer en su castillo ni en qué estado se iba a encontrar a su mejor amiga.

Pero ansiaba verla, porque ella la mantenía estable y cuerda.

Y necesitaba un buen ancla para confirmar que todo aquello no era un sueño.

13

Elora no quería castillos, mansiones ni ostentaciones de lujo élfico o fae. Ya sabía que Finn, Kellan y Byron tenían mucho dinero porque provenían de familias fundadoras, los sídhe, quienes habían formado del concilio. Todo eso se lo estaba explicando bien Leik ante la mirada juiciosa de Byron.

Los Dorchadas, los Impire, los Marfach, los Mianadóirí y las Litir.

Esos eran los apellidos de los príncipes sídhe que conformaban el concilio. ¿Sus nombres? Byron Dorchadas, de la casa Baobhan Sith; Finn Elrin Impire, de la casa Sióg; Kellan Marfach, de la casa Ag Athrú; Liek Mianadóirí, de la casa Damh, más conocidos como Túmulos, y Elda Litir, de la casa Fate, formada por las Damas Blancas.

—Los Baobhan Sith son como...

—Ya le explicaré yo lo que somos, Liek —objetó Byron, que sobrellevaba el dolor como podía.

—¿Es lo que quiere la ungida? —preguntó el enano con ojos instigadores mirando a Elora, que estaba sentada atrás con Byron. Para Liek primaban sus deseos.

La joven se removió en el asiento, incómoda.

Byron ocupaba mucho espacio, era demasiado grande,

y no dejaba de sangrar. De hecho, la estaba manchando a ella. Pero no le importaba.

Elora asintió, pensativa, a la pregunta de Liek, mientras miraba a través del cristal, apoyada en la ventanilla, cómo la niebla cubría el suelo de Meadow Joy.

—Vas a tener que explicarme muchas cosas, Byron —murmuró, hablando contra su puño cerrado—. Y que todo sea verdad.

El enano arqueó sus espesas cejas y se echó a reír.

—Bien, bien... Ya hemos llegado.

Elora contempló el castillo que tenía ante sí. Aquello era una fortaleza. Siempre había pensado que ¿para qué querría vivir nadie en un lugar con tanto espacio? ¿No se sentían solos allí por mucho lujo que tuvieran?

Desde el pueblo, abajo, no parecía tan grande, pero estando a la misma altura, apreciaba que sí lo era. Tenía tres torres, un jardín de entrada amplio con fuentes y mucho terreno alrededor que, como Byron le había contado, era de él. Los montes estaban divididos por terrenos propiedad de las familias sídhe. Excepto por las Damas Blancas, que vivían en el interior del bosque temático. Y cada castillo que veía en la lejanía desde Meadow Joy pertenecía a los príncipes de cada casa.

Era como si dijeran: «Estas tierras son nuestras y vemos todo lo que pasa abajo, con los plebeyos». El mundo fae era pomposo y grandilocuente y estaba muy jerarquizado.

Cuando salieron del Jaguar del simpático enano, el hurón quiso despedirse de Elora dando una vuelta alrededor de sus hombros.

—Querida Elora, deberías elegirme. El hurón te quiere y yo también —dijo poniendo cara de enamorado.

Byron cerró la puerta de un portazo y gruñó, harto de

tantos cortejos y directas que había recibido Elora desde su llegada. Era insoportable para él.

Su vínculo era real, aunque ella no lo creyese.

—Me lo pensaré —contestó Elora amablemente, aunque ni siquiera iba a entrar a valorarlo.

—Ya sabes, tienes mi protección si lo deseas, hermosa. —El enano le guiñó el ojo y su chófer arrancó el coche, dejándolos solos.

Cuando se fue Liek, Elora sintió la presencia plena de Byron sobre ella, como una losa. Era increíble. Parecía que la rodease y ni siquiera la tocaba. Tampoco la miraba. Desde que había salido del anfiteatro de las torturas, porque para ella eso no eran celebraciones de ningún tipo, él había optado por mantener un perfil bajo y silencioso, con el rostro gacho y evitando encararla.

Ella hacía lo mismo.

Él la había llevado en brazos hacia su ascensión, el amanecer. Pero este era una pequeña muerte humana. Y cuando se despertó, el ciervo blanco la condujo nada más y nada menos que frente a Byron. La hizo regresar a él. Como si al dejar la humanidad, él fuera lo último que viera, y al abrazar su naturaleza fae, él fuese lo primero que debía ver. Como si su noche y su día empezasen y acabasen con él.

Y hostigaba mucho su sentido de la independencia tener tanta influencia de un… ser como él.

Necesitaba tiempo para asimilar esos cambios en ella. Porque sabía que los había tenido. Los sentía, aunque faltaba descubrirlos y exponerlos para ser más consciente de ellos. Su percepción, su vista, su oído, su olfato…, su intuición. Incluso su cuerpo. Todo en ella parecía diferente. Porque lo era.

Lo único con lo que no estaba bien era con la herida del interior de la pierna, muy cerca de la ingle. Le dolía desde su despertar y cada vez era más incómodo. Como una quemazón. Necesitaría tomarse algo.

Como también era diferente el modo en que lo sentía a él. La intensidad, las sensaciones que evocaba en ella incluso tras haberla decepcionado como lo había hecho, se habían elevado a un exponente mayor.

No solía sentirse insegura o intranquila si la gente no hablaba con ella. Le gustaban los silencios si eran cómodos. Pero ese sídhe, incluso en el estado en el que se encontraba, continuaba siendo irritantemente intimidante.

—Vamos.

Elora lo siguió por el jardín y las fuentes y, no sin fascinación, comprobó que su alrededor estaba poblado por diminutos seres alados que bebían del agua, se colaban entre las plantas y jugueteaban por el césped.

Eran...

—Mi castillo está poblado de fae, Elora. Hadas y elfos de todo tipo. Ahora ya los puedes ver —convino serio mirando al frente—. Les gustan las casas de los sídhe. Los diminutos y con luz son hadas pixies, ayudan en las tareas del hogar y son muy protectoras. En el interior están los wichtln. Son enanos del hogar. No son más altos que tus caderas, se mueven a mucha velocidad y tienen mucha energía. Los verás con el rabillo del ojo, excepto cuando ellos quieran verte bien, entonces se detendrán y podrás admirarlos. Tienen el pelo verde y una especie de flor de pétalos rojos que parece un gorrito, las orejas muy largas y puntiagudas, los ojos de un azul brillante y la piel amarillenta, parecida a la corteza de un árbol. Les gusta vestirse como sirvientes. Son felices así. —Intentó encogerse de hombros, pero tenía los músculos desgarrados. Apenas podía moverse o gesticular y no podía contarle mucho más. Debía recomponerse.

—Ah... ¿Ellos son tus sirvientes? —Quería comprenderlo, había insinuado eso.

—Sí. Se enfadan si no tienen cosas por hacer y no les das labores, así que intento tenerlos ocupados siempre. El castillo se construyó sobre una colonia de quiet folk. Son elfos enanos silenciosos que conocen todas las plantas curativas y son muy ricos. Llegué a un pacto con ellos. Debía tener siempre bizcocho de canela listo para que se lo pudieran llevar cuando quisieran, lo tratan como si fuera oro. A cambio, ellos me dan todo lo que yo les pida, son capaces de conseguir muchas cosas y, además, son buenos sanadores. Si los ves, tienen barbas blancas muy largas y trenzadas y orejas humanas, pero el doble de grandes y peludas. Su oído es increíble y como viven bajo tierra, sus ojos son pequeños para la cara que tienen. También les encanta la cerveza. Pero eso les gusta a todos.

Elora se pasó la mano por la frente. Había pasado de no contarle nada a hablarle de todas las razas fae que vivían en su casa, de lo que hacían, lo que comían, de sus labores...

La puerta del castillo se abrió sola y, cuando entraron, Elora nunca había visto nada más limpio, amplio, luminoso ni elegante en su vida. Era de revista.

No estaba cargada de decoración, todo era sencillo pero de la mejor calidad. Los sofás, los suelos, las alfombras... Lo que más la entusiasmaba eran las formas sinuosas de su arquitectura interior, desde las escaleras que subían a las plantas superiores hasta los arcos que dividían los espacios de las torres y los marcos de las ventanas, todos con formas gaudianas, salidos de la mente de un arquitecto influido por los elfos y su mundo mágico.

Era inusualmente acogedora. Con la chimenea eléctrica encendida y un olor a galletas de canela que no tenía ningún sentido, a Elora le venían reminiscencias de recuerdos que no había vivido.

¿Por qué aquello le parecía tan familiar? Sus padres nunca habían cocinado nada. Todo lo había hecho el servicio, como también se había hecho cargo de ella en vez de sus padres. Ahora que lo pensaba..., esas dos personas siempre habían sido grandes desconocidos para ella.

En ese castillo, de vez en cuando, las cortinas se movían para quedar perfectas, incluso algún que otro jarrón de pie, en el suelo, se deslizaba para quedar en el ángulo correcto.

Al parecer, esos fae serviciales tenían un TOC con el orden y la rectitud.

—Gisele y Bombón están en la planta de arriba. Sabía que me iban a apresar, así que le pedí a Iris que se quedara con ellos —le explicó Byron.

—¡Por Maeve! —exclamó una voz de mujer desde lo alto de la escalera.

Elora la reconoció. Era la librera.

Por fin los tenía a ambos enfrente, juntos. Los artífices que ayudaron a su madre a fugarse y a tenerla a ella.

Iris bajó la escalera con gracia y elegancia. Tenía el pelo suelto, rojo y rizado, que le caía brillante y vivo por la espalda. Llevaba un vestido crema pegado al cuerpo, largo hasta las rodillas, y unas botas de color marrón con tacón. Siempre iba bien vestida, no como ella —Elora se miró de arriba abajo—, que aunque llevaba el vestido y las botas con las que pretendía salir en la noche del *fish and chips*, estaba hecha un harapo y manchada de tierra por todas partes.

—Menuda paliza te han dado. —Iris se acercó a Byron y lo miró con estupor—. Anda, ve a reponerte y a colgarte de un techo —le sugirió.

Elora frunció el ceño. ¿Colgarse de un techo?

Pero Byron no reaccionó. Estaba enfadado.

—¿Desde cuándo, Iris? —Su voz sonó muy dura, exigente.

—¿Desde cuándo qué? —respondió ella con inocencia.

—¿Desde cuándo sabías que Elora era la ungida? Me lo negaste por activa y por pasiva. Me hiciste creer que debía dejarla ir, que no era el momento.

—Te dije que debía ser por hado, como pidió Adrien. Tú estabas a un punto de acelerar su ascensión de un modo que no era correcto, Byron. Estabas desquiciado, nervioso porque todos la rondaban y la querían poseer. Habrías roto la promesa que le hiciste a su madre. Y adiós a tus alas. —Silbó haciendo el movimiento de un avión que caía desde el cielo y explotaba—. Aunque, visto lo que te han hecho…, casi te quedas sin ellas. Debes de estar muerto de dolor.

—¿Desde cuándo lo sabías? —insistió Byron.

—Desde que se quedó embarazada —respondió Iris muy seria. No se arrepentía de su prolongado silencio—. Adrien era mi mejor amiga. Me lo contó todo y también lo vi con mi don de la adivinación. Sabía que la ungida iba a nacer, que Adrien se iría, que su pareja era el último aníos… Lo que no sabía era lo que te atreviste a hacer con ella —señaló a Elora— nada más nacer. ¿Qué locura se te cruzó por la cabeza en ese momento, Sith?

—¿Qué hizo? —exigió saber Elora.

Iris levantó las manos, dando a entender que no le concernía a ella explicárselo.

—¿Qué hiciste, Byron? —insistió Elora encarándose con él—. Contéstame.

—No. —Byron se negó rotundamente—. Ahora no. Déjame descansar. Cuando vuelva a estar digno, te lo explicaré.

—¿Y eso cuándo va a ser? ¿De aquí a un mes? —rebatió ella con una mirada de pena.

—Deja de mirarme así.

—¿Tú te has visto? No hay ni un solo centímetro de car-

ne que no te hayan abierto. Tienes la cara hecha un mapa...
No entiendo cómo sigues vivo. No sé ni cómo te mantienes
en pie.

—Los fae somos distintos. Los Baobhan Sith, más —intentó explicarle, mantenía el orgullo intacto.

—Tienes que decírselo. Ella debería poder decidir —insistió Iris—. Habéis empezado con mal pie y...

—Llevo dos días recibiendo latigazos sin parar.

—¿Cómo que dos días? —irrumpió Elora. ¿Tanto había
estado durmiendo?

—Has estado dos días bajo tierra —contestó Iris—. La
ascensión suele tardar de dos a cuatro, depende del tiempo
que necesite el fae para asumir su cambio.

Después de eso, Byron volvió a centrarse en la librera.

—¿No crees que mi charla con ella debe esperar? —Se
cernió con actitud amenazante sobre Iris, con el pelo negro y lacio cayéndole hacia delante, húmedo de su sangre
y del sudor, pero Elora se colocó en medio para protegerla
de él.

—¿Qué crees que estás haciendo?

—¿Qué crees que le voy a hacer? —le dijo indignado.

—No va a hacerme nada, Elora. —Iris se apartó de detrás
de la joven mestiza y le sonrió agradada, porque tenía el
mismo carácter que su madre. Ella era así, no le importaba
enfrentarse a nadie si era por defender a los que se lo mere-
cían—. A los Baobhan les gusta intimidar. Ya te darás cuenta. Pero luego no hacen nada a no ser que realmente les
toques las narices.

—Pues no me las toques, Iris —le advirtió Byron.

—¿Qué hiciste, Byron? —Elora estaba decidida a obtener una respuesta—. Dímelo ahora o te juro que me largo
de aquí con Bombón y Gisele y no me volvéis a ver más el
pelo. —Estaba cansada del hermetismo de los demás y de

que todo se revelase cuando ellos decidiesen y no cuando ella lo pedía. Si era la ungida, debían tenerle un respeto. Ostentar ese título en su mundo se merecía algo de autoridad.

Él apretó la mandíbula y los cortes sangrantes de su rostro se abrieron y de ellos emanaron hilitos de sangre que descendieron por las mejillas hasta la barbilla. Sus ojos se volvieron magenta, como si ya no tuvieran fuerzas para mantener otra forma ni otro humor.

—No me pidas que te lo diga ahora, por favor —le suplicó.

—No. Se acabaron los favores y la paciencia contigo. Quiero que me lo cuentes ya, delante de Iris. Necesito que alguien escuche lo mismo que yo para que luego no me digas que nunca me lo dijiste.

—Te prometí que nunca te mentiría. No me ofendas.

—Dímelo.

Elora se aclaró la garganta, preparándose para lo que viniera porque sabía que no le iba a gustar nada. Iris se mantuvo en silencio en un segundo plano, apartada de aquel interludio, pero lo escucharía todo.

—Cuando tu madre dio a luz, Iris y yo la ayudamos en el alumbramiento. Tu madre murió contigo en brazos y me pidió que yo fuera tu protector. Te cargué, solo... solo fueron unos segundos y... me pasó algo cuando te vi —explicó intentando conectar con ella—. Tu orejita puntiaguda tembló al mirarme y las mías también y...

—¿Qué? —Elora no entendía nada—. ¿Qué cuento me estás contando de orejitas? ¿Me hablas en serio?

No era el mejor momento para hablarle de eso, pero comprendía su ansiedad y su necesidad. Aquella historia, aquel instante, para él fue hermoso, pero contándolo así, bajo su exigencia, lo hacía todo estúpido y superficial y se sentía abochornado.

—Sentí que me absorbías, que me veía en ti. Que me veías. Sonreíste y… supe que me pertenecías. Quise darte algo de mí y te marqué para que mi sangre siempre te protegiera de nuestros enemigos, para que nunca te sucediese nada malo y también…

—¿También? —repitió Elora con los ojos inundados en lágrimas sin derramar—. ¿Para qué más? —Apretó los puños rabiosa y se tensó, temblando por la furia que intentaba contener.

—Te di una gota de mi sangre para que siempre sintieras una conexión conmigo y supieras que no podías ser de nadie más. —Agachó la mirada avergonzado—. Estabas marcada por mí y nada te llenaría, siempre me echarías en falta hasta que tú y yo, por fin, por hado, nos encontrásemos, como tu madre habría querido.

La confesión cayó como una bomba silente, pero de daños incalculables.

Las lágrimas le inundaban las mejillas a Elora y, por enésima vez, su mirada se tiñó de angustia y desilusión al mirarlo. Haciendo mohínes, se cruzó de brazos, intentando darse calor, encajando lo que acababa de oír.

—Hijo de… —Tomó aire porque no era capaz de hablar—. A ver si lo he entendido: decidiste marcar a una recién nacida, sin voz, ni voto ni conciencia…, la hija de tu mejor amiga, con tu sangre solo porque te dio el capricho y porque yo había movido la orejita al mirarte. ¿Tu amiga te pide que la protejas y tú la marcas de un modo íntimo, de pareja…?

—Sí. Pero no es así como se siente. La unión de los Baobhan…

—¡La unión de los Baobhan me importa un carajo, Byron! ¡Maldito asaltacunas! —gritó con todas sus fuerzas con las mejillas enrojecidas por la frustración—. ¡Tu mundo no tenía nada que hacer ni nada que ver con el de una bebé que iba a vivir entre humanos! ¡¿Por qué lo hiciste?!

—Ya... ya te lo he dicho —declaró sin fuerzas.

—Me cohibiste, me privaste de mi verdadera autonomía emocional, no me dejaste que viviera lo que tenía que vivir ni cómo lo debía sentir porque siempre te echaría de menos sin saberlo. ¿Es eso? Todo ese tiempo que siempre me he sentido triste y sola, desconectada sin saber por qué..., desubicada, anhelante de algo que ni yo sabía..., ¡¿era todo por tu marca?! ¡¿Por tu sangre?! —Byron agachó la cabeza y Elora se atrevió a agarrarlo por la barbilla para alzarle el mentón—. ¡No tengas vergüenza ahora cuando no la has tenido en tanto tiempo! Tú no puedes decirme a quién debo querer o a quién desear. No me has comprado con una gota de sangre. Has violado mi intimidad y mis emociones, ¡¿eso lo entiendes?!

—Eres una Baobhan Sith —respondió él sin retirar la barbilla de sus dedos—. Sin mi protección, sin mi sangre, no habrías podido sobrevivir sola. Tu conexión a mí te mantenía a salvo y viva. No sabíamos cómo funcionaba la ascensión para ti. Conocíamos muy poco de tu biología o de tu naturaleza. Pero eras plenamente humana cuando naciste, Elora. Sin ningún tipo de habilidad más allá de tu don con los animales. Mi sangre te selló para que te mantuvieras equilibrada y protegida.

—¿Equilibrada? —se rio sin ganas—. ¿Equilibrada sintiéndome aparte del mundo? ¿Ese es tu sentido del equilibrio?

—Sabía que eras mía, pero no podía reclamarte, no podía ir a buscarte porque...

—Sí, ya, porque tenía que venir yo por hado... —se burló de su historia—. Por voluntad propia, como si los dioses de Faeric así lo comulgaran.

—En defensa de Byron diré que eran más cosas... —añadió Iris, pidiendo disculpas por interrumpir—, y que sí, aunque lo que hizo no tienen por qué aprobarlo otras culturas, ayudó mucho a que hoy estés aquí y se cumpliese la profecía con tu ascensión justo en el momento correcto. De algún modo, incluso Byron fue un títere del hado. Todos lo somos. Sé que debes estar ofendida, pero tu ascensión, tu naturaleza fae, aún está acoplándose a tu parte aníos... Tu mente humana piensa de un modo y es distinta a nuestra manera de razonar o de sentir. Con el tiempo, sentirás las cosas y pensarás con más claridad. Estarás más alineada con quien eres. Y no creo que necesites mucho, porque tu ascensión ha durado menos de lo esperado.

—Cómo sienta o me acople a mi nueva naturaleza no va a cambiar el hecho de que alguien decidiera que él era lo mejor para mí porque así lo creía —contestó Elora sin perder la mirada a Byron—. Me arrebató el libre albedrío, mis experiencias, sentir plenamente, poder conectarme con otros... Experimentar el amor.

Byron soltó la barbilla de la sujeción de Elora y contestó enseñándole los colmillos:

—¿Amor? ¿Qué amor? ¿El humano?

—¡El que sea, maldito seas! —zanjó ella el tema—. ¡Era mi decisión! Has caído tan bajo... —Sacudió la cabeza, apenada y decepcionada—. Eres un fraude —reconoció—. Menosprecias el amor humano, pero el tuyo deja mucho que desear. Me marcas, dices que soy algo para ti y cuando llego a Meadow, te conozco y después de nuestros encuentros, que yo creía espontáneos, como el del bosque —dijo llevándose la mano al corazón—, ¡te vas de putas! ¡¿Esa es tu manera de hacer especial a alguien?! —Elora estaba muy dolida por eso.

—No hice nada.

—A ver... —Entornó los ojos, consternada por que él creyera que iba a ser tan ingenua como para pasar por el aro—. ¿De verdad esperas que me crea eso? No, gracias, pero puedes meterte tu amor y tu sangre por donde te quepan, Byron. —Se dio la vuelta para no tener que mirarlo más y se limpió en la falda del vestido la sangre que tenía en la mano. Como si pudiera contagiarla o marcarla más. No la quería.

A él se le humedecieron los ojos, aunque procuró que ella no lo viese. Elora lo despreciaba.

Iris se sintió mal por su examigo y quiso consolarle, pero no podía quitarle razón a Elora. Tenía derecho a sentirse así.

—Puedes deshacerlo —contestó Byron después de una pausa inquietante en aquella discusión—. Puedes rechazar mi sangre. Es como una alianza, así que la puedes anular.

Elora no se dio la vuelta. Solo se quedó muy quieta, esperando a que él continuase.

—¿Cómo se deshace?

—Byron, no... —intervino Iris sin poder evitarlo. No hacía falta llegar a eso, ninguna pareja Baobhan había recurrido a ello porque cada elección había sido certera. No deberían llegar a ese extremo. Pero era cierto que la ungida podía cambiarlo todo y también romper lo irrompible.

—En el Samhain. En dos días. Solo tienes que hacer un pequeño ritual. Estoy seguro de que a todos les encantará verlo —dijo con la poca ironía que le quedaba—. Deberás cortarme delante de todos y sorber una gota de sangre de mi cuerpo. Solo una. Después me mirarás a los ojos y dirás en voz alta que no quieres lo que te ofrezco, que rechazas mi alianza. Eso romperá nuestra vinculación y serás libre.

—Byron no sabía cómo había sido capaz de decirle eso. Eran palabras prohibidas, pronunciarlas también era delito porque nadie ponía en duda una unión. Se suponía que los fae eran muy instintivos y emocionales para saber cuándo estaban realmente enamorados. Y él lo estaba. No la conocía bien, pero era algo intangible y no necesitaba de demostraciones ni pruebas para admitir que Elora era su amor.

Sin embargo, no estaba dispuesto a vivir siempre con una cruz y por un error. Podía demostrarle a Elora que sus necesidades eran importantes y que estaban por encima de las de él, que le daría la libertad sin más, que era lo más preciado que podía tener cualquier ser.

Por eso le ofreció la clave para desvincularse.

—Ahora necesito retirarme —añadió Byron dando un paso atrás sin levantar la cabeza—. Debo… reponerme. Iris, por favor, hazte cargo y ayúdala en todo lo que necesite.

—Sí —contestó la librera, compungida por la bronca que acababa de tener lugar en ese salón.

Elora no estaba dispuesta a hablar más de eso. No quería saber nada, porque tenía claro que iba a romper esa alianza, esa vinculación.

Iris se aclaró la garganta con disimulo y se acercó a Elora para serenar los ánimos y hacer que ella, por primera vez, se sintiera cómoda.

—Me voy a presentar como es debido —anunció la pelirroja poniéndose frente a ella y ofreciéndole la mano—. Soy Iris, hija impura de una Dama Blanca, vergüenza de la casa Fate y una fairie cualquiera que trabaja en una librería.

Elora parpadeó confusa.

—¿Eres una fairie?

—¿Me viste en el anfiteatro?

—Había muchos fae…

—Da igual. Yo no estaba. Los fairies no somos aceptados en el mundo fae. Somos de segunda categoría.

Elora tomó su mano con decisión y contestó:

—Me llamo Elora. —Se sorbió las lágrimas y sonrió—. Soy hija de Adrien, exprincesa prófuga de los Baobhan Sith, y de Artio, el último aníos. Estoy marcada por Byron Dorchadas cuando nunca se lo pedí, y a pesar de ser una fairie y una vergüenza, soy la esperanza del mundo fae.

Iris sonrió de oreja a oreja y contestó:

—Somos la misma porquería. Solo que tú tienes el poder.

Elora soltó una carcajada muy auténtica, la primera que salía con naturalidad desde su llegada a Meadow Joy. Y de repente, tan rápido como vino la risa, acudieron las lágrimas y se cubrió el rostro, abatida por tantas revelaciones y por la discusión con Byron.

Ni siquiera sabía por qué se sentía mal.

Iris sabía mucho de emociones, así que no le costó nada atraerla a sus brazos y abrazarla con sinceridad, acariciándole el cabello.

—Pobrecita… Aún eres muy bebé. —La oreja puntiaguda de Elora se coló entre los mechones e Iris aprovechó para hacerle una broma—: No me muevas la oreja, Elora, o te vinculo a mí.

La joven se reía mientras lloraba sobre su hombro, agradecida por ese gesto que la ayudaba a distenderse.

—Llora, no pasa nada. Está bien llorar. —La meció—. Los fae somos muy intensos, *cara*. Amiga. Pero estoy convencida de que en nada nos tendrás a todos comiendo de tu mano. Tu madre era así. Los tenía a todos en el bolsillo.

—Es demasiado… —reconoció.

—No, no lo es —dijo Iris contra su cabeza—. Para un humano, tal vez. Para ti, no. El hado no trae nada de lo que no puedas aprender o que no puedas superar. Y tú eres quien eres, lo tendrás todo controlado enseguida. Venga, anímate.

—La tomó por los hombros y la apartó para limpiarle las lágrimas con los pulgares—. Seremos amigas.

—No quiero que seas mi amiga porque mi madre te lo haya pedido. No quiero que nadie se sienta obligado a nada conmigo solo por ser quien soy.

Eso hizo reír a Iris.

—*Cara*, tú y yo seríamos amigas aunque hubiésemos nacido yo de un jabalí y tú de un cactus. Una chica que le planta cara a Byron de esa manera se gana mi amistad para siempre. Y eso que en el fondo lo aprecio, pero el carácter de estos sídhe es irritante... Y él merece que le paren los pies.

Elora pensó en Byron y en lo mal que estaba, en cómo se había ido, y se sintió fatal. Pero Iris la apartó de sus pensamientos rápidamente al decirle:

—Tranquila. Date un tiempo, aclara tu cabeza, come, duerme lo que puedas... Mañana será otro día y te encontrarás mucho mejor. Ven. —Le pasó el brazo por los hombros y la instó a que subiera las escaleras con ella—. Vamos a ver a tu amiga Gisele y a Bombón.

—Sí, por favor —dijo más animada.

Y juntas se dirigieron a reencontrarse con los que más le importaban en ese momento. Elora necesitaba ver a su mejor amiga y a su perro, pero acababa de descubrir que tenía una amiga nueva, que la sentía de verdad y sin subterfugios, y que le caía muy bien.

No iba a estar tan sola en Meadow Joy.

Gisele estaba en la cama con Bombón tumbado a su lado.

Iris le había explicado que le habían podido extraer el veneno del pincho del lorgaire, que era paralizante y tóxico, y que estaba respondiendo muy bien al tratamiento de los curanderos.

—¿Los quiet folk? —preguntó Elora, haciendo memoria de lo que le había explicado Byron al llegar. Se había estirado al lado de Gisele y la tenía abrazada como a una almohada mientras el lebrel le lamía la cara de arriba abajo.

—Sí. Se han pasado por aquí a tratarla. No hacen ruido cuando vienen. Son muy silenciosos.

—Algo me ha contado Byron... —Elora enredó sus dedos en el pelo rubio de su amiga—. ¿Está bien ella? —dijo acariciándola—. ¿Se ha despertado?

Iris asintió para tranquilizarla.

—Han pasado hace un rato, le han dado sus hierbas y dormirá como un lirón un día más. Pero su herida se está curando perfectamente. Son buenas noticias. Se despertó asustada, en medio de una pesadilla, por estar en un lugar desconocido... Pero se volvió a dormir. El veneno del lorgaire tarda en desaparecer, pero está casi recuperada.

Elora suspiró y hundió el rostro en la almohada, al lado de su cabeza...

—Menos mal. Si le pasa algo, me muero... ¿Y Bombón? —lo revisó. Recordaba que se había dado un fuerte golpe al luchar contra el monstruo.

—Es un perro fuerte. Solo tiene una contusión.

Lo acarició por debajo del cuello y detrás de las orejas, y el perro sacó la lengua extasiado y feliz.

—¿Por qué eres una fairie y la vergüenza de la casa Fate? —quiso saber Elora, abrazándose a Gisele de nuevo.

—Porque no nací de sídhe Fates. Mi madre sí lo era, pero mi padre era un naimhde.

—Un malo. Un fae desertor —entendió Elora.

—Sí, muy malo. Era oscuro, un silvano. Sus dones podrían haber servido para proteger a los fae de las influencias del sector naimhde, pero decidió irse con ellos. Un día mi madre estaba en el bosque, leyendo el porvenir, y un silvano la raptó y la hizo enloquecer con su música. La violó. Los silvanos están muy interesados en el sexo y en la sumisión, como los íncubos. Sometió a mi madre. Y... bueno, al cabo del tiempo, nací yo. El concilio sídhe la desterró del bosque temático por llevar una semilla impura y supuestamente oscura en su interior y nos obligaron a vivir en Meadow Joy. Mi madre sucumbió de pena por lo que le habían hecho y decidió no vivir más. Los sídhe puros, una alta Dama Blanca como ella, no superan la separación de Magh Meall —le explicó, recordando aquel doloroso día en el que su madre partió al otro lado—. Así que yo me quedé con la librería y también con sus dones.

—¿Por qué tienen que castigar con la deshonra a una mujer violada? ¿Qué tipo de concilio misógino tienen los fae?

—Están regidos por una Carta Magna muy antigua cuyas leyes son igual de arcaicas. Yo siempre he pensado lo mismo. Míranos. Somos fairies, no tenemos derecho a entrar en Magh Meall. No somos dignas.

—Es terrible... Cuando llegué al anfiteatro, más allá de la puerta de entrada de Magh Meall...

—Me imagino lo que viste —asumió y lo sintió por ella—. El mundo fae es hermoso, cautivador y muy sinuoso. Los sídhe daoine, los puros, son razas increíblemente bellas y atractivas, pero son extremadamente ambivalentes. Vienen de mundos antiguos, en otras realidades, y sus maneras de pensar, de actuar y de regir... no tienen nada que ver con los mandamientos ni códigos morales que instauró el cristianismo para los humanos. Aunque tampoco esos son los mejores —precisó bajo su opinión personal—. Simplemente, no puedes estar con un fae y esperar que se comporte, actúe o piense como un humano. No se le puede perder el respeto así a un ser de esas características.

—Siempre creí que eran seres buenos, espirituales... Nobles, bondadosos... Ecologistas, naturistas... Tantas leyendas, tantas narrativas... —sonrió.

—Son ideas preconcebidas de la literatura reforzadas por las enseñanzas de la sociedad. En mi librería he leído de todo y sé lo que os meten en vuestras mentes, sé cómo de afectada está la conciencia colectiva de los humanos respecto a nosotros. Pero ya has visto que hay cosas que pueden ser ciertas... y otras, para nada.

—Me estoy dando cuenta. —Exhaló y se acomodó en la cama—. Así que eres una Dama Blanca...

—Lo soy. Y supongo que también un poco silvana —añadió con malicia—. Dime qué necesitas. ¿Quieres que hablemos de algo o estás muy cansada? ¿Te apetece comer? —Iris quería cuidarla y era muy solícita.

—Necesito dormir —reconoció Elora. Se le empezaban a cerrar los párpados—. ¿Por qué estoy tan agotada si llevo dos días durmiendo bajo un árbol?

—Porque en esos dos días tu cuerpo no ha dejado de trabajar en tus cambios. Has sufrido una metamorfosis y pronto verás todo lo que eres capaz de hacer. —Iris se calló y no pudo evitar reírse cuando vio que Elora se agarraba la oreja puntiaguda y se la retorcía para dormir, como una filia o un TOC—. Tienes que cargarte de energía, *cara*. ¿Quieres que te lleve a casa? Me quedaré allí contigo si lo necesitas.

—No. —Se agarró más a Gisele, sin abrir los ojos—. Me quiero quedar aquí con ella por si se despierta.

—Entonces... ¿quieres pasar la noche aquí, en el castillo de Byron?

Elora frotó su cara contra la almohada. Estaba siendo víctima del bajón de la adrenalina y con la charla de Iris se había relajado lo suficiente como para que le entrase sueño. Además, aunque no se lo había dicho a nadie, le dolía la pierna.

—Creo que sí. Byron no me va a molestar. Tiene… Él tiene que recuperarse, ¿no? —Bostezó.

Iris enarcó las cejas rojas y entreabrió los labios para contestarle, pero su instinto le dijo que era mejor que no lo hiciera. Se iba a llevar una buena sorpresa.

—Supongo que pronto entenderás lo que es un Baobhan Sith. —Le acarició suavemente el pelo oscuro con los dedos—. Mejor descansa aquí. Estar en un hogar como este, lleno de fae, será como tener un deseo y que se materialice. Si quieres ducharte, aparecerán las toallas y todo lo que necesites en un pestañeo. Lo mismo que si quieres comer, lo tendrás todo a pedir de boca. Byron es muy buen señor de casa y todos trabajan para él con diligencia. Wichtln, pixies y quiet folk están a su servicio. Y sabiendo quién eres, desearán ayudarte en lo que necesites.

Elora cerró los ojos y pensó que ojalá Byron tuviera la misma mano para tratarla a ella. Pero lo que tenía era mucha pata. Y la había metido hasta el fondo.

—Buenas noches, *cara*.

—Buenas noches, *cara* —contestó Elora—. Me gusta esa palabra… *Cara*.

—Los fae tenemos palabras preciosas. Ya las recordarás. Están en la memoria de tu sangre. Surgirán solas cuando menos te lo esperes…

Iris apagó la luz de la elegante alcoba en la que estaban y Elora escuchó cómo salía de la habitación antes de ceder al cansancio provocado por el estrés y la ansiedad.

14

¿Qué hora sería?

Cuando Elora abrió los ojos, aún estaba oscuro. Eran las cuatro de la madrugada y oía ruidos.

Se había desvelado no por los sonidos, sino por el dolor de la pierna. Se levantó el vestido hasta las caderas y se dio cuenta de que tenía un hematoma gigante, negro y oscuro por encima de la piel, a la altura de la ingle. Justo donde el pincho de la rata erizo la había herido. Pero no era uno normal y corriente. Tenía venitas, como brazos que se extendían y le abrazaban el muslo. Y el dolor era cada vez más intenso.

Se miró y pensó que no había sido nada higiénico acostarse en la cama con Gisele sucia, llena de arena y con sangre seca de Byron sobre sus piernas y su ropa.

Y cuando pensó en él, sintió como si un rayo cruzase su cabeza, como un martillazo.

Le dolía la mente al pensar en ese hombre. Gisele dormía y Bombón, que no se despegaba de ella, después de asegurarse de que las dos estuviesen bien, volvió a cerrar los ojos.

Odiaba estar sucia, así que se metió en el baño y comprobó que Iris tenía razón, no le faltaba de nada y a cada parpadeo encontraba aquello que necesitaba, zapatillas, albornoz, ropa interior… ¿Cómo le podían traer ropa interior esos fae caseros y saber cuál era su talla? Eran tan rápidos que solo podía ver estelas luminosas cruzando la habitación y el baño.

Elora se quitó la ropa sin dejar de mirar su reflejo en el espejo. No parecía que hubiera cambiado demasiado. Tal vez estaba algo más definida, pero nada más. Siempre había sido de estatura normal y de peso también adecuado, y la genética le había dado una buena figura. Se miró las uñas, porque parecían más fuertes, y el pelo también había adquirido otro tipo de brillo.

Repasó sus facciones y su rostro, estaba terso, pero era normal. Tenía veinticuatro años. Si no tenía el cutis así a esa edad, ¿cuándo lo iba a tener? Puede que las cejas y los ojos se hubiesen estilizado más… Bah, todo eso se lo estaría imaginando, porque los cambios que intuía parecían muy sutiles. En el fondo, era la misma. Su oreja puntiaguda seguía ahí y la humana, también. No le había salido rabo ni tenía garras en los pies o en las manos.

Así que se metió bajo el chorro caliente de la ducha para ver si se le iba la migraña y el dolor de la pierna, y después volvería a echarse en esa cama limpia, que ella había ensuciado, para intentar dormir más. Seguía agotada y débil.

Cuando salió del baño con el pelo húmedo, secándoselo a mano con una toalla blanca, solo se puso el albornoz por encima y unas braguitas de color negro.

Al dirigirse a la cama, advirtió que ya no estaba sucia. Los fae serviciales la habían limpiado.

—Menuda maravilla… —susurró Elora, admirando el trabajo del servicio.

Fue entonces cuando su oreja se agitó y se movió como nunca había hecho.

—No me digas que se me mueven las orejas —dijo muerta de curiosidad, y se la tocó para comprobar con diversión que sí lo hacían. Y no solo se le movían. Estaba oyendo voces, algunas rudas y otra... otra conocida.

Sí, conocía esa voz.

Elora no se lo pensó dos veces. Salió de la habitación y vagó por el castillo. Bajó las escaleras siguiendo el eco de los murmullos, cruzó el hall que unía las tres torres y se dirigió a otra en la que no había estado. Byron se había ido justo en esa dirección después de la bronca que habían tenido.

Elora se armó de valor. Volvía a pensar en él y, cuanto más cerca estaba de esas voces, menos le dolía la cabeza.

Era extraño. Le hubiera encantado fijarse en cómo estaba adecuada esa torre, pero se dirigía hacia unas escaleras que la llevaban a la planta inferior, a una zona subterránea.

Ya no pensaba detenerse. Quería saber qué pasaba y atisbó un resplandor azul al fondo del pasillo oscuro y de piedra que estaba recorriendo.

Asombrada, vio cómo salían de allí tres enanos que cargaban con maletas blancas, como si fueran doctores. Eran muy parecidos. ¿Serían los quiet folk? Elora se detuvo en seco y ellos también, hasta que empezaron a darse codazos al verla, sonriendo como colegiales. Tenían la piel algo oscura y eran justo como Byron los había descrito. De ojos pequeños, orejas grandes y altos hasta su cadera, con el pelo blanco y trenzado.

Lo que la dejó sin palabras fue que el último en salir de aquel lugar era Puck, el barman del Cat Sith.

—¿Puck? —Elora no entendía qué hacía en ese lugar.

—Hola, guapa —la saludó amablemente y se le acercó.

Los enanos corrieron y pasaron por su lado muertos de

vergüenza. La saludaron ellos también haciendo una reverencia, pero huyeron escaleras arriba a toda prisa.

—¿Qué estás haciendo aquí?

—Ah… Bueno, no soy solo un barman. —Abrió los brazos y se echó a reír—. ¡Tachán! Soy el todo en uno del señor Byron.

—¿Qué quieres decir con el todo en uno?

—Bueno, soy su escudero. —Puck se bajó las mangas de la camisa—. Ayudo en todo lo que puedo y le cubro las espaldas cuando me deja. Iris me ha dicho que estaba muy mal y que necesitaba una ayudita. —Se dio cuenta de que tenía la goma atada al bíceps para que se le hincharan las venas y se la quitó con un «¡Ups!».

—¿Una ayudita? —Elora elevó las cejas, sentía mucha curiosidad por saber qué había hecho Puck a Byron—. Le has hecho una transfusión, ¿verdad?

—Sí, más o menos… Ya te lo contará él —respondió sin darle mayor importancia—. ¿Qué haces aquí, ungida? —Le guiñó un ojo—. Menudo giro de guion, ¿eh? Yo sabía que traerías problemas.

—Vaya, gracias… He venido porque oía ruidos y voces… Quería saber qué pasaba aquí abajo.

—¿Solo por eso? ¿No sientes ninguna llamada?

Ella frunció el ceño y se quedó bloqueada.

—¿Una llamada?

—Sí, una necesidad por ir a verlo o estar con él… Estáis vinculados, ¿no? Yo también lo estoy con él a mi manera…

—¿Tú?

—Sí, pero no como tú —aclaró—. Byron no es gay. Muchos lo querrían, pero va a ser que no.

—Puck, no sé de qué me estás hablando. —Elora se masajeó las sienes—. ¿Qué es lo que hay ahí? ¿Qué hacíais ahí dentro con esos resplandores extraños?

—Ah, pues ya ves. Los médicos han venido a acondicionar el cuarto de recuperación de Byron. Es como una sala hiperbárica, pero natural. Los enanos la han llenado de oxígeno y de piedras sanadoras: cuarzo blanco, azul y obsidiana. Ahora están pulsando y él hiberna para recuperarse. Nunca lo había visto tan mal —reconoció.

Elora lo sabía. Estaba destrozado y solo de recordarlo así le dolía. Tanto, que estaba empezando a sentir ansiedad.

—¿Byron hiberna? —preguntó frotándose el pecho. Empezaba a sentir una bola de angustia preocupante.

Eso llamó la atención de Puck y se echó a reír.

—No sabes nada de su naturaleza, ¿a qué no? Me encantaría explicártelo, pero no es mi cometido... Además, tú eres como él, aunque no igual —especificó—, pero sí en lo que importa. Supongo que tu lado humano también te ha modificado.

—Yo solo sé que me duele la cabeza y que empiezo a tener ansiedad...

Puck sonrió y se cruzó de brazos con aire de sabelotodo.

—Eso es que lo tienes que ver. Estar cerca el uno del otro os hará bien.

Ella parpadeó repetidas veces, intentando encontrar coherencia en esa afirmación. Pero ¡si Byron y ella no se llevaban bien! ¿Cómo iba a necesitar estar cerca de nadie?

En ese instante, un quiet folk volvió a bajar las escaleras y olió la pierna de Elora alarmado.

—¡Oh! Veneno de lorgaire. Tienes veneno de lorgaire dentro. Es muy malo y tóxico. —La señaló a modo de advertencia—. Amo Byron... Ve con Amo Byron —le sugirió el enano. ¿Tenía los dientes de oro? Menudos eran los sanadores ricos.

—¿Por qué iba a ir a verle?

—Porque él te puede ayudar. Es un veneno muy doloroso, ungida —arguyó el enano sabedor de todos los males.

—¿Y no me lo puedes extraer tú?

Él se llevó las manos a la cabeza.

—No, no, no... No puedo cortar ni tocar a la pareja del amo. Él se encarga de ti y tú de él.

—Bueno, ella de él, no —aclaró Puck sin perder la sonrisa alcahueta—. Elora debería de haber solventado los problemas de Byron, pero... no están bien. —Negó con la cabeza sobreactuando.

—¿Te estás tomando esto a broma? —Ella no se lo podía creer—. ¿A ti te parece bien lo que ha hecho y cómo se ha comportado conmigo?

—A mí no me parece ni bien ni mal. Yo solo valoro el resultado final. Y es un éxito. A él no lo han matado ni desterrado, tú eres la ungida y estáis viviendo juntos.

—No estamos viviendo juntos. Solo estoy aquí por Bombón y Gisele...

—Y, para colmo, aún lo podrías elegir. Hay posibilidades —celebró guiñándole el ojo.

Aquello era muy surrealista. Elora no sabía qué responder. La situación era cómica. Un enano, un escudero y ella hablando de amoríos en un pasillo bajo un castillo.

—El amo Byron debe curarte, ungida —repitió el enano muy nervioso—. El veneno avanza.

—Pero habéis curado a Gisele de lo mismo.

—Ella tenía herida. Tú, no. Tu piel está cerrada y no podemos cortarte o el amo se enfadará... Él puede curarte mejor. Su sustancia mata cualquier veneno.

—¿Qué sustancia?

—El veneno corre... Te podrían cortar la pierna.

—¡¿Qué?!—exclamó Elora.

—Los quiet folk no mienten. Si él lo dice, es que es verdad —aseguró Puck—. Deberías darte prisa... No creo que a Byron le guste saber que has perdido una pierna por no decir que tienes veneno de lorgaire en ella.

Coño. ¡Ni a Byron ni a ella! No quería perder ninguna extremidad.

—Vamos, Pinchtln, dejemos a Elora sola y que vaya a verle.

Los enanos tenían nombres impronunciables.

—¿Te vas a ir? —Elora agarró el fornido brazo de Puck. ¿Se tenía que quedar a solas con él? ¿En serio iba a perder una pierna si el veneno avanzaba?

—Claro, cariño —contestó más nervioso que ella—. No le gusta que lo molesten. Tú, sí. Pero no le gustará que estemos aquí husmeando... —La miró de arriba abajo y dijo—: Suerte. Nos vemos en el Cat Sith. Ven cuando quieras, que tengo muchos chismes de todo el mundo.

—¿Eres un fae, Puck?

—Sí —sonrió.

—¿De qué tipo?

—Soy un géminis chismoso. Pero el mejor amigo de tu Byron.

—Él no es mi...

—¡Adiós!

Puck y el enano de nombre complicado subieron las escaleras y desaparecieron de su campo de visión. Elora se quedó más sola que la una sin saber qué hacer.

Le dolía mucho el muslo, lo tenía ardiendo y sabía que algo no iba bien.

Las luces de la cueva pulsaban y ella, también. Su corazón latía nervioso, como si estuviera emocionado por ver qué había en esa sala.

¿Cómo iba él a ayudarla si estaba tan malherido?

Y, de nuevo, como siempre que pensaba en él y en cómo

había salido del anfiteatro, el corazón se le encogía y la ansiedad se le activaba.

¿Qué era lo que le estaba pasando?

Como fuera, quería ponerse bien y sacar el veneno del lorgaire de ella.

Elora avanzó con lentitud por el pasillo hasta alcanzar la entrada de esa estancia.

No era una sala. Se asomó para verla mejor. Era una cueva oval que parecía estar rodeada de piedras transparentes y brillantes, aunque la luz que emergía de su interior era negra y azul claro. Los reflejos bañaban el suelo y el techo y vestían con su juego de aguas la piel de Byron.

Y, Dios mío..., Byron estaba colgado boca abajo, sin nada, con solo sus pies desnudos apoyados en el techo. Su pelo negro caía hacia abajo como la lluvia y absorbía los tonos de las piedras, al igual que su carne.

Pero eso no era lo más increíble: se había recuperado. Ya apenas tenía heridas y sus músculos y su piel se habían regenerado. Aún se veían moretones, pero su cara, hermosa y sexy, se había curado sin cortes ni cicatrices que la marcasen. Lo que más le llamó la atención fue, sin duda, que estaba cubierto por una sábana rojiza y traslúcida con venas, abrigado como en un capullo. Hasta que advirtió que no era una tela, sino alas. ¡Sus propias alas como las de los murciélagos! Y dormía boca abajo como ellos, arropado con sus propias extensiones que nacían de su espalda. Esos huesos que había visto emerger como palos entre sus omóplatos eran extremidades, y se las habían destrozado al castigarlo. Pero ahora estaban ahí otra vez.

Sin ser consciente, Elora se vio dando vueltas alrededor de él, fascinada con aquel espectáculo de la naturaleza. Aunque no estaba plenamente recuperado, se encontraba en mucho mejor estado que horas atrás.

Era increíble. Un portento de la vida y de la fantasía.

Tenía una espalda increíblemente ancha para cobijar y ocultar sus alas. Su cuerpo era el de un atleta; sus piernas, las de un velocista; sus caderas y su cintura, al igual que su torso, estaban cubiertos por parte de las alas, pero tenía el trasero algo expuesto, aún medio cubierto por la prenda interior que el castigo había convertido en nada. Pero no lo tapaba lo suficiente como para que le pasase inadvertido que su culo era divino y poderoso.

Elora empezó a sentir un calor insoportable al verle. No importaba que la cueva fuera fría y húmeda. A ella le subía la temperatura.

Pensó que le estaba aumentando la fiebre y que era por el veneno del lorgaire…, pero no se trataba solo de eso.

Byron despertaba en ella una curiosidad íntima, privada y sexual más allá del deseo. Y era desesperante tener debilidades físicas cuando ese mismo individuo había intentado cohibirla y le había hecho tanto daño en lo emocional.

—Elora.

Ella dio un sobresalto y se erizó al sentir cómo su voz se le colaba por debajo de la piel. Estaba tras él y no era capaz de moverse.

Él se dio la vuelta sin problemas, como por arte de magia, moviendo los pies en el techo.

¿Por qué no se caía?

Cuando Byron abrió los ojos y la miró, estaban completamente negros. Era una bestia maravillosa. Exótica y sin igual. Debía admitirlo como veterinaria y como humana. Y también como mujer.

—¿Cómo puede ser que te hayas curado tan pronto? No… no lo entiendo.

Byron no le contestó. Parpadeó lentamente. Parecía que

estaba invirtiendo toda su energía solo en respirar y sanar y no se quería mover demasiado.

Su rostro quedaba a la altura de la cintura de ella, pero sus ojos solo miraban los suyos.

—Acércate.

Ella se cruzó mejor las solapas del albornoz y le dijo que no.

—Antes estaba tan débil que no te he olido... Tienes veneno de lorgaire dentro.

—S-sí...

—¿Te duele?

—Sí.

—¿No podías dormir?

Ella respondió negativamente.

—Entonces, ven. No te asustes.

Elora sonrió nerviosa y miró a su alrededor como si eso no fuera posible.

—Eres un murciélago... Estás hibernando como hacen ellos. Yo tenía razón —murmuró con la voz trémula—. Te dije que me recordabas a uno —añadió emocionada.

—Los Baobhan Sith compartimos algunas características con ellos. Pero no lo somos, *beag*.

—No me llames así. —Sabía que significaba «pequeña» y ni siquiera sabía por qué lo entendía. No le gustaba porque le parecía demasiado tierno y bonito. Y Byron era un mentiroso.

—¿Por qué no? —preguntó él, mirándola como solo lo haría un animal sediento—. Eres pequeña.

—No lo soy. Solo soy más joven que tú. —Tenía calor y frío, como si estuviera a punto de caer enferma.

—Tengo muchos más años que tú, pero también soy muy joven aún para los fae.

—¿Cuántos años tienes?

—Quinientos de los tuyos.

Elora abrió los ojos y resopló con sarcasmo.

—Jovencísimo, vamos.

—Un adolescente casi —contestó él con el mismo tono—. Y no hibernamos. Nos desconectamos para dormir y sanar. Pero yo estoy recuperándome lentamente porque no tengo lo que necesito... —Sus ojos se clavaron entre las piernas de Elora y sonrió con perversión. Aún estaba de humor para tener esa actitud.

—¿Esto es lento para los fae? Yo te habría dado dos meses de recuperación.

—No. No puedo perder tanto tiempo. Tengo prisa y debo ponerme bien. Me necesitas.

—Ya te he dicho que no quiero nada...

—Soy tu guía en este mundo. Necesitas mi protección, y ahora necesitas que te ayude. La maldición que sientes tener por culpa de mi sangre también te da la posibilidad de salvarte la pierna. Yo soy todo el antibiótico que te hace falta. Soy tu cura.

Ella se humedeció los labios y apretó los dientes al sentir una nueva punzada en la pierna. Cada vez eran más reiteradas.

—¿Por qué me encuentro mal? Pensaba que mi ascensión me haría fuerte.

—Y te ha hecho más fuerte y especial. —Byron estudió su albornoz como si viese a través de él—. Pero la púa del lorgaire se tiene que extraer con cuidado porque, si se saca mal, deja unos cristales en el interior de su huésped que explotan y actúan como cianuro en la sangre vital del fae. Al hacer la ascensión, tu cuerpo cicatrizó y tu circulación cesó para que se diese el cambio. Sin circulación y con el corazón detenido, el veneno no pudo avanzar. Pero se activó de nuevo al despertar y ahora te está haciendo mucho daño. Tu cuerpo quiere expulsarlo, porque se ha quedado dentro, pero no sabe cómo. Yo te curaré, Elora. —Su voz sonó exigente—. Hay que sacarte eso ya o mañana te quedarás pálida, fría e inmóvil en una cama. Tienes animales y humanos a los que atender y un mundo fae por aprender, ¿no? —La trataba con una paciencia que le costaba asumir al verla en el estado en el que se encontraba.

A Elora se le ocurrían muchísimas preguntas ahora que veía a Byron tal cual era y sabía que no la podía intimidar de ningún modo.

Su mente de veterinaria quería saber todo lo que pudiera sobre los Baobhan como especie fae, porque ella también lo era, pero él tenía razón: estaba enfermando. No se sentía bien. Empezaba a rabiar de dolor.

—¿Cómo… cómo me puedes ayudar? —Se masajeó la nuca, ansiosa y febril. Podía sentir los cristales y el veneno avanzando a través de su pierna y dirigirse hacia el vientre.

—Solo tienes que venir. Acercarte. Yo te lo sacaré.

—¿Me vas a cortar? —dijo asustada.

Byron la miraba de nuevo sin batir las pestañas. Era un predador que se quedaba quieto espiando a su presa, esperando el mejor momento para atacar.

—No.

Si no la iba a cortar, ¿cómo pensaba sacarle el veneno?

—¿Me va a doler? No me mientas —le ordenó incrédula. Con la expresión que tenía en ese momento, no sabía qué esperar. Estaba hablando con un hombre murciélago gigante, boca abajo, y seguía siendo lo más bello y lo más temible que había visto en su mundo y en el fae. ¿Cómo se podía poner en sus manos y confiar en él?

—Sí, te va a doler. Todo lo que sea interactuar con una herida o un veneno naimhde duele. Pero después prometo que el dolor se irá. No dejaré que sufras más de lo necesario. Déjate ayudar.

Ella valoró la situación. Creía a Byron en ese instante, era evidente que estaba intoxicada y debía asumir que aquel era su mundo. No había hospitales de urgencias, solo enanos que corrían mucho para prepararle salas de sanación como esa a su amo, bármanes escuderos que donaban sangre y después... un Baobhan Sith como él, que decía que era la cura para su intoxicación.

De perdidos al río, qué otra cosa podía hacer. Y cuanto antes se adaptase a los procedimientos fae, mejor. Aunque eso la llevase de cabeza ante el murciélago. Lo que fuera con tal de dejar de sentir ese dolor punzante que la quemaba y la laceraba por dentro.

—Está bien. Haz lo que tengas que hacer —dijo ella mirando hacia otro lado, demasiado insegura como para enfrentarle.

Los ojos de Byron se aclararon y se volvieron rojos. Era un color impresionante que brillaba en aquella palpitante oscuridad.

—No quiero que te apartes ni que pelees conmigo, Elora.

Estaba aterrada y temblaba de los nervios. Pero iba a ser buena y a dejarse ayudar.

—No lo haré —contestó.

—No quiero que me alejes tampoco. Esto es por tu bien.

—De acuerdo.

Fue inesperado y brusco.

Todo sucedió muy rápido.

Las alas de Byron se abrieron, con su membrana granate estirada y los dígitos largos y perfectamente elongados, con esas formas sinuosas y puntiagudas y amenazantes que transmitían poder. Entonces, sus brazos musculosos salieron disparados para agarrar a Elora por las caderas y atraerla hacia él hasta que su rostro quedó a la altura de su pubis.

Ella aguantó la respiración.

Byron le levantó poco a poco el albornoz hasta exponer sus piernas y mostrar sus muslos y sus caderas.

Elora dio gracias a los cielos por llevar las braguitas negras que le habían traído diligentemente los fae del servicio.

Byron acercó su nariz a su vientre y, poco a poco, alzó el cuerpo de Elora hasta ponerla de puntillas y que él pudiese acceder a la parte interna de su muslo.

No sabía qué pensar. Nunca había tenido la cara de un hombre tan cerca de su intimidad. Le parecía atrevido y demasiado privado.

Elora no sabía qué hacer ni dónde agarrarse. Estaba haciendo equilibrios para mantenerse en pie, pero las manos de Byron, duras y fuertes como el acero, la sujetaban bien.

En absoluto silencio, con un amancebamiento que no había permitido jamás, Elora sintió cómo Byron le levantaba la pierna derecha, donde se le había clavado la púa, y se la abría a un lado para verla bien. La mancha negra intercutánea avanzaba y los brazos se movían como raíces; habían llegado a la cadera y al vientre.

Ella se cubrió el rostro muerta de la vergüenza. Aquello era surrealista.

Y, de repente, Byron imprimió más fuerza en los dedos que amarraban su muslo y la levantó con el antebrazo bajo las nalgas para, sin previo aviso, abrir la boca en el punto de entrada de la púa y clavarle profundamente los colmillos casi a la altura de la ingle.

—¡Byron! —gritó.

Ella se retiró las manos de la cara y aguantó la impresión y el dolor como pudo. No la iba a soltar. Sabía que si le decía que parase, él no le haría caso. No la liberaría.

Y estaba asustada. La estaba mordiendo, le succionaba la sangre y el veneno al mismo tiempo. Se lo estaba tragando.

A Elora se le saltaron las lágrimas. Pensaba que le iba a doler todo el rato. Y, de repente, aunque todavía notaba punzadas, cada vez iban a menos. Cuando miró hacia abajo, llenándose los pulmones de aire como buenamente podía, solo vio la mandíbula de Byron moverse y su boca succionando lo que salía de aquella incisión, con sus labios y sus colmillos imantados a su carne.

Su antebrazo se suavizó y dejó de sujetarla con fuerza de las nalgas al comprobar que ya no iba a huir.

Él bebía y succionaba poderosamente, pero con gentileza, centrado solo en sanarla, en extraer de su interior hasta el último cristal y la última gota de veneno.

Era hipnótico. Se trataba de una pose demasiado explícita y erótica. Tenía su sexo a solo dos centímetros, y si él quería, con solo recorrer esa distancia con la boca, la posaría en el centro de su placer.

Pero no lo iba a hacer.

Porque estaba demasiado concentrado en su labor de sanación.

Elora se relajó con él y sintió que empezaba a acompasar los latidos de su corazón con los del Baobhan. ¿Era eso posible? Ya casi no había dolor, solo unos leves pinchazos que nacían donde él había clavado sus colmillos.

No se daba cuenta de que estaba cerrando los ojos, que sus manos se habían apoyado en el abdomen duro y musculado de Byron, donde también reposaba su frente, abandonada a su tratamiento.

Byron succionó varias veces más hasta que consideró

que todo el veneno estaba fuera. Sacó los colmillos poco a poco y comprobó que Elora estuviese bien.

Y así era. Se había desmayado después de expulsar toda la ponzoña del lorgaire. Ahora podría dormir y descansar de verdad.

Después, lentamente, Byron deslizó la lengua lánguidamente por las incisiones para comprobar con orgullo cómo se cerraban por sus atenciones.

Había cumplido su palabra. El dolor había desaparecido y él la había sanado. Si fuera un auténtico caballero, la despertaría y dejaría que se marchase a su habitación para que pudiera reposar.

Elora quería espacio y él debía otorgárselo.

Pero no era un caballero. Los Baobhan eran protectores, posesivos, apasionados y egoístas con todo lo que tuviera que ver con la mujer de su vida.

Byron estaba sacando fuerzas de donde no las tenía para no inundar las braguitas de Elora con su lengua. Luchaba para no perder los papeles y tomarla como ambos necesitaban, aunque ella no fuera consciente de ello.

Y pensó que suficiente hacía con no dejarse vencer por su propio deseo como para no disfrutar de dormir con ella y sanar a su lado.

Estaba siendo un héroe para los suyos, un auténtico guerrero. Porque no obtener la gloria de la unión con su *shiórai* era una gesta imposible teniendo en cuenta su naturaleza.

Pero todo lo hacía por ella. No había mejor lugar para Elora que ese. Junto a él.

Así que le dio la vuelta para ponerla boca abajo sin que ella se despertase y se quedó arrobado con el rostro dormido y plácido de esa mujer y por cómo el albornoz se entrecruzaba para exponer todo su cuerpo hasta los pechos.

Era deliciosa, hermosa y perfecta para él. Su pelo largo y castaño oscuro parecía una catarata de obsidiana que hacía juego con sus alas, y también con su color de pelo y con todo lo mágico y oscuro que ella encontraría en su vida a partir de ese momento.

Y Byron iba a ser quien se lo mostrase, porque aunque le había dicho que podía romper su alianza, no pensaba rendirse. Elora debía cambiar de opinión.

Le recolocó bien el albornoz para cubrir su cuerpo, la abrazó contra su pecho de un modo protector y suave y los cubrió a ambos con sus alas.

Dormir en su propia membrana, en su capullo, escuchando el latir de sus corazones era la cuna plácida de los Baobhan Sith y un gesto de intimidad y de unión que solo se podía compartir con la verdadera pareja.

Elora era la suya, por muy disgustada que estuviera con él.

Pero sus almas fae se habían vinculado. Ahora tenía que convencerla de que él, y nadie más, era su pareja.

Tenía tiempo hasta el Samhain para mostrarse sin máscaras, para introducirla como era debido en su mundo y para que viera todo lo que él era y cuánto podría entregarle. No era mucho, pero no desfallecería.

Había esperanza y estaba convencido de que esa joven era valiente y que, cuando se alineara con su nueva realidad, no tendría miedo de reclamarlo y también entendería que no podían estar separados, no como una prisión, sino como un hogar que debía colmarse.

Byron acunó su cabeza contra su pecho, apoyó la barbilla entre los largos mechones de pelo que le cubrían el rostro por completo —y él, encantado—, y cerró los ojos para, esta vez sí, sanar de verdad y ser todo lo fuerte que debía ser para ella.

15

Nunca antes había dormido tan bien ni tan descansada.

Era como si fuese una persona nueva, con un cuerpo recién adquirido que poder estrenar. Como si los veinticuatro años vividos no hubiesen contado y todo, articulaciones, músculos, piel…, recién hubiesen salido de fábrica. Tenía la sensación de haber estado en un spa.

Estiró los brazos por completo, bostezó y frotó la cara y la nariz contra aquella superficie suave y dura al mismo tiempo, de olor fresco y afrutado, que hacía que se sintiera como en casa.

Abrió los ojos lentamente y disfrutó incluso de ese despertar con luz tenue y azulina… ¿Era de noche o estaba amaneciendo?

Hasta que se dio cuenta de dónde estaba y tuvo un golpe de realidad.

Las alas de Byron la cubrían de un modo personal y cálido, íntimo, como compartir un mismo saco de dormir o una crisálida.

Y la tenía tan abrazada que no se podía mover. Pero, aunque pudiera, extrañamente tampoco quería. Porque allí, entre sus brazos, en silencio, viendo cómo con cada palpitar de su corazón las membranas de sus alas se iluminaban, reconoció que ese mundo fantástico era más bonito de lo que se podía imaginar.

Observó las venitas oscuras que recorrían el tejido conjuntivo alado. Las alas de los murciélagos salían de la elongación de los huesos de los dedos, pero a Byron le nacían desde la espalda, entre las escápulas, como a las aves, los ángeles o los demonios.

Recordó que la había mordido y que había bebido su veneno, y se sonrojó como si aquello hubiese sido demasiado personal.

Elora quería poner en orden todo lo que conocía ahora sobre los Baobhan Sith. Tenían colmillos, mordían y succionaban sangre... Tenían alas parecidas a las de los murciélagos. Con razón en Meadow Joy la gente ponía ajos en las ventanas. Muchos habrían visto algo que no debían, como la presencia de uno de esos sídhe, y habían asumido que eran vampiros, de ahí también las cruces de serbal y el agua bendita...

Y, en realidad, lo eran, pero no como la creencia popular los había idealizado. O sí. Elora ya no sabía qué pensar.

Quería indagar más, mucho más. Ahora lo quería saber todo. Qué era cada clan, qué necesitaban, qué les gustaba, cuáles eran sus habilidades...

Entre los fae hablaban de los Baobhan con respeto y todos tenían en consideración sus habilidades. De hecho, a Byron le rendían algún tipo de honor, a pesar de que lo hubieran torturado.

Elora quería descubrir a qué se debía tanta reverencia.

—Por fin has despertado.

La voz de Byron reverberó en toda la cueva y ella dio un pequeño brinco de la impresión.

Byron, por su parte, sabía que se había precipitado al

morderla, pero era urgente curarla, aunque eso supusiese riesgos para él.

—¿He... he dormido boca abajo?

—Sí. —Byron sonrió sin que ella lo advirtiese—. Eres una Baobhan. Puedes hacerlo sin que la sangre te embote la cabeza.

Elora no se atrevía a mirarlo. Le daba vergüenza.

—Pensaba que volvería con Gisele.

—Te extraje el veneno. —Le pasó los dedos por el pelo y Elora se estremeció—. Te desmayaste y prefería sujetarte y sostenerte yo.

Ella se humedeció los labios bajo la atenta mirada de Byron.

—No sabía que se podía dormir así.

—No sabes muchas cosas, pero te las voy a explicar todas —le aseguró.

Elora por fin levantó la cabeza y la apartó de su pecho para mirarlo a los ojos.

Byron estaba tan hermoso que le parecía imposible. Se había recuperado por completo.

—¿Por qué el veneno de lorgaire no te ha hecho daño al bebértelo?

—Porque mi saliva y la sustancia que hay en mis colmillos tienen todo tipo de bezoárdicos que se comen los componentes tóxicos. Al transformarte con el veneno dentro ti, tu cuerpo generó algún tipo de tolerancia y de resistencia a la ponzoña, pero no la mató, con lo cual iba creciendo y haciéndote daño. Ahora ya está adaptada en mi microbiota —sonrió pagado de sí mismo y de sus increíbles facultades—. Ya estás limpia.

El cabello de ambos caía como dos cortinas negras, el de ella más largo y de un tono más chocolate que el de Byron. En ese silencio, en esa intimidad, Elora se sentía demasiado cómoda y eso la puso muy nerviosa. Porque había estado muy enfadada con él y aún lo seguía estando, pero... algo se estaba limando en ella.

—¿Por qué te puedes quedar boca abajo? ¿Cómo... te cuelgas así del techo?

Byron elevó un pie, era grande, y movió los dedos con normalidad, quedándose suspendido solo con el otro.

—En las palmas de nuestras manos y pies poseemos un tipo de púas que salen en cuanto las necesitamos. Son casi invisibles. Mira. —Apoyó la planta de nuevo en el techo y dejó de abrazarla con uno de sus brazos para mostrarle la mano—. Pon tu palma sobre la mía.

Elora pensó unos segundos en si hacerlo o no, hasta que aceptó. Era una palma normal y corriente, ancha, de hombre de grandes dimensiones e impresionantemente limpia y cuidada. Sus uñas eran negras, y eso que Elora se creía que se las pintaba como un cantante de rock. Pero no era así, ese era su color, como las de ella, que también habían cambiado y se habían oscurecido durante la noche. Parecía que llevase laca de color negro metálico. Eran bonitas.

—Mis uñas...

—Ahora tienes las de los Baobhan. Se pueden extender. —Byron le mostró cómo las hacía salir hasta convertirlas en garras alargadas y puntiagudas, afiladas como cuchillos—. Solo tienes que quererlo y saldrán. Y, mira, siente mi palma...

—Está caliente.

—Sí, pero percibe cómo se vuelve como un velcro. Es por las púas microscópicas en forma de espinas de rosa que salen desde nuestra epidermis. Se pueden agarrar a cualquier superficie. Intenta mover la mano.

Elora lo hizo y comprobó nerviosa que no la podía retirar. Parecía que estaba pegada a él.

—No se ven a simple vista —le explicó Byron—, son imperceptibles, pero cumplen perfectamente su función.

Ella movió la cabeza afirmativamente, dejándole ver que estaba memorizando y asimilando todo lo que él le contaba.

—No sabía que bebíais sangre. ¿Es así como os alimentáis? —No estaba segura de si le gustaba ese detalle de su naturaleza. ¿Eso también le iba a suceder a ella?

—No. Los Baobhan nos alimentamos de muchas maneras. Pero el don de la sangre es exclusivo de la pareja —aseguró él, y le pasó la otra mano por la espalda hasta posarla en sus lumbares.

—Has bebido de Puck.

Él la miró horrorizado.

—¿De Puck? No. Los quiet folk le han sacado sangre para modificarla y hacerme una transfusión y que sanara más rápido. Como un suero. Yo solo puedo y quiero beber sangre de ti.

—¿Por qué lo has hecho? —le recriminó, recordándole que no eran pareja.

Él le respondió con la máxima honestidad, no le daría la espalda a su verdad:

—Porque eres mi Baobhan, aunque te asuste y te dé miedo, Elora.

—Ya empezamos… —exhaló nerviosa.

Ella no quería entrar a valorar qué significaba que él la hubiese mordido así para beber de ella. Byron se tomaba muy en serio todo lo relacionado con su alianza de sangre, pero ella estaba en contra de esos rituales que negaban el libre albedrío y la capacidad de decidir.

—¿Te he ayudado?

—Sí —contestó ella.

Él fijó sus ojos magenta en sus braguitas de color negro.

—No te he dejado marca. Supuse que te molestaría.

Ella intentó cubrirse más y se sonrojó al recordarlo todo.

—Qué detalle... —musitó con ironía.

—Tu sangre me ha ayudado a recuperarme del todo, Elora. Muchas gracias —reconoció, y la miró como si fuera una diosa.

—Ah... De nada.

—No, nunca es nada —la corrigió—. No minimices la gratitud.

—Está bien —asintió—. Pues... ha sido un placer ayudarte. Pero no creo que debas hacerlo nunca más.

—¿No te gustó?

Es que le ponía esa cara de pícaro perdonavidas y le encantaba. ¡Claro que le había gustado! Había sido violento y extraño..., pero también muy subyugador.

A él esas palabras le sentaron como una provocación y un desafío. Esa chica no tenía ni idea de con quién estaba ni de lo que suponía lo que les sucedía. Pero se concentraría en enseñárselo todo bien y que lo aceptase.

Elora pudo apartar la mano de la de Byron al fin y carraspeó un poco para ver cómo podía bajar de ahí.

—Quiero ir a ver a Gisele. No sé si se ha despertado.

—Ve con ella —le dijo y la liberó poco a poco. Le dio la vuelta sin ninguna dificultad y la ayudó a bajar—. Haz lo que necesites, pero en media hora te espero en el salón central.

—¿Por qué? —preguntó ella sin comprender, una vez en el suelo.

—Porque hoy hay mucho que hacer, Elora, y tengo mucho que enseñarte. El Samhain está a la vuelta de la esquina y no quiero perder el tiempo.

—Byron. —Elora se echó todo el pelo hacia atrás, de un modo tan sexy que él se puso en guardia—. Que me hagas de guía y me protejas... no significa nada —aseguró aclarando la base de su relación. No había dejado de gustarle ni un poco, se sentía demasiado atraída hacia él e inmensamente intrigada, además de confundida. Pero iría con pies de plomo porque sabía cómo se las gastaba y no pensaba caer como una mosca en su magnetismo. A Byron le había dado igual ella, porque un hombre que decía que había encontrado a su pareja no se metía en la cama de nadie más. Eso la había herido mucho y la tenía todavía muy enrabietada y decepcionada.

—Sé que soy el último de tu lista ahora mismo, *beag*, y que no quieres dar tu brazo a torcer conmigo. Pero tienes una responsabilidad y, para bien o para mal, hay que introducirte en el mundo fae para que tomes la mejor decisión al respecto. Tu papel es importante. Eres la ungida de la profecía, Elora. —Abrió las alas completamente y estiró los brazos para desperezarse, tensando cada músculo de su cuerpo para luego relajarse. A Elora le parecía algo fuera de lo común, un portento de la naturaleza—. ¿Estás lista?

—No lo sé —contestó ella, y le dedicó una sonrisa insegura y cargada de dudas.

—Pero yo sí. Estás preparada. Eres la hija de Adrien y no vas a darle la espalda a esto. Te responsabilizarás —aseguró con una caída de párpados muy lánguida—. En media hora nos vemos. Empieza tu instrucción.

Ella aceptó el desafío y salió de la cueva recolocándose el albornoz sobre el cuerpo y acelerando el paso para ir a su alcoba.

Byron pensó que despertar con ella en brazos era un regalo y, al mismo tiempo, una tortura. Ni se imaginaba las ansias y las necesidades que experimentaban los Sith con sus parejas.

Y esperaba que pronto ella lo aceptase y se abriese, no solo al mundo fae, sino también al mundo sensual y salvaje de los suyos.

Él la había mordido, estaba cavando su propia tumba, se había dejado llevar por el dolor de ella y por su propio apetito.

Pero pensaba morderla más veces.

Aquella solo había sido la primera.

Cuando llegó a la habitación, Bombón le hizo una fiesta al verla. Y Elora, a su vez, se alegró mucho al ver a Gisele despierta, de pie, mirando hacia el exterior a través de la puerta del balcón del castillo.

Parecía pensativa, ausente. Su pelo largo y rubio estaba algo enredado y llevaba un simple pijama blanco que, con toda seguridad, le habían puesto los pixies o cualquiera del servicio. Se acercó emocionada, tenía tanto que contarle... Tantísimo. Y, sin embargo, cuando llegó hasta ella, se dio cuenta de que tenía los ojos abiertos, pero no estaba consciente. Seguía durmiendo.

Gisele siempre había tenido episodios de sonambulismo y si llevaba dos días y medio postrada en la cama intentando recuperarse del lorgaire, no se había tomado la medicación y su cerebro iba a lo suyo.

—¿Gisele? —A los sonámbulos no se les podía despertar ni asustar. Así que Elora debía intentar guiarla y cuidarla para que no hiciera ninguna tontería—. ¿Cariño? ¿Qué miras?

—Todo... Lo veo todo.

—¿Qué ves?

—El bosque. —Gisele se llevó la mano a la cara, buscando sus gafas—. No sé dónde están mis lentes. Veo bien.

—¿Y qué estás viendo? —Elora se colocó a su lado, mirando en su dirección.

—Ellos... están por todas partes. Tengo que sacar a Gisele de aquí.

Hablaba de sí misma. Elora miró la cama deshecha y pensó que debía intentar estirarla.

—¿Qué hay por todas partes?

—Ellos. Por todas partes. Incluso aquí dentro. Se han enredado en mi pelo —murmuró llevándose la mano a la cabeza con un gesto perdido.

—No tienes nada en el pelo...

—Sí, han estado jugando con él toda la noche —replicó.

Entonces, como si fuera un mensaje grabado en ella, activado ahora por su nueva conciencia, escuchó la voz de su madre diciendo: Usa tu voz, tu vibración, para influir en los demás y que se sientan los suficientemente seguros como para hacerte caso.

Elora cerró los ojos y, cuando los abrió, sabía perfectamente lo que tenía que decirle.

—Gisele, ¿estás cansada?

—Sí, mucho. Quiero dormir, pero no me dejan...

—Vas a dormir. Vas a darte la vuelta y vas a meterte en la cama. Yo te arroparé, te daré un beso en la frente y dormirás y descansarás. Pronto despertarás.

Gisele no se negó. Sus hermosos ojos azules la miraron sin verla y entonces le dijo:

—Sí.

Elora la acompañó hasta meterla en la cama y taparla como le había dicho, pero justo cuando le daba el beso en la frente, Gisele murmuró cerrando los ojos:

—Eres una de ellos.

Elora se detuvo, pálida, al conocer el tono acusatorio de su amiga. Fuera lo que fuese lo que estaba sucediendo en su cabeza, de algún modo veía su mundo en esa vigilia inconsciente en la que se hallaba. Se emocionó al pensar en cómo reaccionaría a lo que le estaba pasando.

Quería que despertase, quería hablar con ella, pero temía su reacción.

Y le dolía que Gisele estuviese en esa situación por su culpa. Solo quería verla recuperada.

No soportaría que sufriera como consecuencia de aquel mundo en el que la había metido sin querer.

Elora le acarició el rostro y se prometió que haría lo posible para que ella estuviera bien y no sufriera secuelas de ningún tipo.

Sin embargo, Gisele seguiría durmiendo, y Elora tenía mucho que hacer y aprender. Así que pensó en lo que quería ponerse para sentirse mejor y todo apareció ante ella bien doblado sobre la cama.

Esa era una vida fae de lujos, pensó. Sería fácil acostumbrarse a ella.

Entonces se cambió para bajar y reunirse con Byron, tal y como habían acordado.

—Vas a tener que afrontar una situación incómoda con ella.

Cuando bajó las escaleras que daban al salón central, un punto neurálgico entre las tres torres del castillo, Elora se encontró a Byron de espaldas a ella mirando al frente, sentado en su *chaise longue* roja mientras observaba las vistas de las montañas y del amanecer en la pradera de Meadow Joy.

Se había vestido completamente de oscuro, con un estilo moderno y dramático, de los que impactan, con aire vanguardista, pero también dark-gótico. Llevaba un jersey negro elástico de cuello redondo que marcaba su torso musculoso, sus hermosísimos hombros y los bíceps de sus brazos; se había puesto los pantalones ajustados y rotos por las rodillas. Además, llevaba unas botas negras militares desabrochadas.

Era aplastantemente atractivo, con ese pelo que podía peinarse con los dedos echándoselo hacia atrás, provocando que las puntas de sus mechones tocasen su barbilla y la parte inferior de su cuello.

Ella llevaba un vestido corto y negro, ajustado, de manga larga, y unas botas altas hasta las rodillas. Nunca se había vestido de ese modo tan agresivo ni tan atrevido, pero concordaba perfectamente con su humor y su estado anímico. Se había maquillado con un buen *eyeliner* y una sombra con toques oscuros y plateados. Se había dejado el pelo suelto porque era como más le gustaba llevarlo. Además, se sentía osada y salvaje; estaba dejando atrás la timidez y la inseguridad, como si su naturaleza asomase y le enseñase que podía ser como ella quisiera.

Pero Elora no iba a quedarse imantada a la belleza de Byron ni a lo mucho que le gustaba verlo, aunque no lo reconociese.

—¿A qué situación incómoda te refieres?

—Con Gisele.

—¿En serio? ¿A qué me tengo que enfrentar con ella? —Rodeó el sofá hasta detenerse frente a él.

Y cuando Byron la miró, vestida con aquella ropa y de esa manera, tuvo que sonreír, porque era escandalosamente bonita. Pero no se lo diría. Llevaba al descubierto su oreja puntiaguda, y Byron se ponía nervioso siempre que la miraba.

—Gisele es humana. La energía fae acaba enloqueciendo a los humanos normales, por eso no podemos convivir con ellos ni tampoco tener relaciones. Lo que irradiamos, la realidad de lo que somos, afecta a su cerebro. Tú has podido hacerlo hasta ahora porque eres hija de un aníos y yo te protegía, te hacía pasar desapercibida y tu naturaleza no salía a la luz. Pero ahora ya sabes lo que eres.

—¿Me estás diciendo que puedo hacer que mi amiga se vuelva loca o se desequilibre solo por estar conmigo? —preguntó entristecida.

—Si tiene contacto continuado con nuestro mundo, eso es lo que pasará. Por eso debes tomar una decisión sobre lo que quieres hacer con ella. Es una ley fae. El trato con humanos debe ser esporádico. A no ser que...

Elora abrió los labios, consternada con aquella información. Gisele era su mejor amiga, su hermana, la persona más importante de su vida, con la que tenía una relación inquebrantable y mucho más íntima que la que tenía con sus padres.

—¿A no ser que qué?

Byron se levantó del sofá y Elora comprobó que, incluso con botas y tacones, le sacaba una cabeza entera, porque de normal eran casi dos.

—A no ser que la ayudes a olvidarte o la tomes en propiedad para siempre.

Ella se masajeó las sienes.

—¿Tomarla en propiedad? —repitió. Aquello era una locura—. ¿De qué me estás hablando exactamente? No somos vikingos ni secuestradores.

—Los sídhe podemos tomar en propiedad a un humano. Ofrecerles nuestra protección para siempre, pero ellos se sentirán atados a nosotros para toda la eternidad. Seremos trascendentales para ellos y vendrán a nosotros siempre que los necesitemos. Deben dejar atrás sus vidas y decidir si aceptan pertenecer a un fae.

Todo aquello era muy descarado y desconsiderado. Aun así, Gisele tendría la última palabra con respecto a la decisión de Elora.

—No se puede mercadear con la vida humana así.

—Siempre se ha hecho —contestó él con naturalidad—. Hay algunos fae que tomaron conciencia y cariño de algunos humanos que los podían ver y los ataron a ellos, no como parejas, sino como mascotas familiares o cuidadores. Se les ofrece la posibilidad de vivir eternamente bajo nuestro influjo, una buena vida a nivel material y un mundo que jamás se atrevieron a imaginar. No es una mala propuesta para ellos. Tienen una vida, pero no la que ellos creían que tendrían.

—Estás hablando de mi mejor amiga —le reprendió—. No es un objeto, Byron. Es muy frío cómo lo planteas.

—Ya sé que es tu amiga. Pero no es algo frío. Es un acto de respeto y lealtad. Y de amor. Los humanos en propiedad de los fae son muy queridos por sus amos.

—No pienso ser la ama de Gisele, ¿qué atrocidad estás diciendo? —Estaba indignada.

—Entonces prepárate para dejarla ir, *beag*. Ella no puede quedarse contigo mucho más tiempo. Perderá la cabeza —le recomendó Byron empatizando con la ansiedad de Elora—. Y los fae tampoco te permitirán tenerla mucho más.

—Es una locura.

—Prométeme —alzó el dedo— que durante el día de hoy pensarás sobre ello.

Ella asintió, afectada por las consecuencias de aquella decisión que debía tomar. No pensaba olvidarlo.

—Lo haré.

—Y también debes empezar a pensar qué vas a hacer con tus padres humanos, Elora.

—¿Cómo?

—No puedes regresar a tu antigua vida. Y siendo quien eres, no puedes volver a verlos ni estar en contacto con ellos...

—¿Por qué no? —¿También tenía que despedirse de sus

padres? En realidad, le dolía más lo de Gisele que lo de ellos, así de débil era el vínculo que habían forjado.

—Porque eso les pondrá en peligro. Son humanos, flancos fáciles para los naimhde. Y estoy seguro de que ya deben de tener a sus rastreadores activos de nuevo merodeando cerca de Meadow. Tu ascensión tuvo que sentirse más allá de estos muros.

—¿Por qué vienen a por mí los naimhde?

—Por lo mismo que nosotros te veneramos. Puedes elegir ese clan fae y convertirlo en el más fuerte, Elora. En los líderes de sus facciones. Conocen la misma profecía que nosotros. Tu despertar, tu ascensión, es algo que ellos ya habrán visto mediante sus brujos y sus Necks. Todo el mundo mágico ha debido de sentir tus vibraciones. Pero eres una aníos, y una de vuestras habilidades es no ser detectados por los naimhde. En cambio, vosotros sí podéis detectarlos y darles caza. Y como no te pueden encontrar ahora que has hecho la ascensión, buscarán otro modo, el que sea, para dar contigo. Ese es el motivo por el que tus padres están en peligro. Si los naimhde saben que te importan y ellos están en el exterior sin nuestra protección —la miró fijamente—, irán a por ellos para que salgas y te muestres. Con tal de encontrarte, rastrearán a cualquiera que haya podido tener contacto con un ser mágico. ¿Entiendes lo que te digo, Elora?

—Sí. No lo comparto, pero sí, lo entiendo.

—Sé que es duro —afirmó Byron, y se acercó con amabilidad—, sé que es difícil, pero nuestros mundos no pueden coexistir en la misma realidad y el mismo espacio. Por eso no nos pueden ver ni entramos en contacto con ellos a menudo. Tienes que tomar decisiones, y tienes mucho que aprender y en lo que pensar. Yo te ayudaré en cualquiera de tus resoluciones.

—Pero no lo entiendo… Un lorgaire me vio. Vino a por

mí. Ya saben dónde estoy. Pueden aparecer cuando quieran... Ya saben dónde está Meadow Joy.

—No. No es tan fácil. —Byron le retiró un mechón de pelo, se lo colocó de un modo que le cubriese la oreja y se la acarició suavemente—. Es... más complejo que esto. Tengo mucho que enseñarte y necesitas comprender muchas cosas.

Ella se estremeció ante la caricia. ¿Por qué recibía ese estímulo en todo el cuerpo si solo le tocaba la oreja?

—Pues aquí estoy —dijo y se apartó de él, nerviosa—. Por ahora estoy asumiendo como puedo que, tal vez, haga enloquecer a mi amiga y que debo despedirme de mis padres humanos si no quiero que los maten. Hago lo que puedo —reconoció agobiada.

—Y lo estás haciendo bien. Pero pronto lo harás mejor. Todo te resonará dentro como verdades. En cuanto te hagas con tu naturaleza, no te costará tanto asimilarlo. Será evidente para ti.

—No creas que es tan fácil. Soy fae, pero también soy humana, por muy especial que haya sido el linaje de mi padre. He crecido entre humanos y he aprendido con ellos. Puede que haya cosas con las que no cuadre o no converja. Y hay mucho del mundo fae por el que siento un abierto rechazo. —Podría nombrarle esas cosas, pero no quería volver a discutir.

Él asintió y no quiso añadir nada más. Iba a ser demasiado, lo aceptara o no. Ojalá tuviera más tiempo para enseñarle, pero la realidad era la que era.

El Samhain estaba a la vuelta de la esquina.

—Bien. ¿Tienes hambre? —preguntó solícito, preocupado por su bienestar.

—Sí. —La verdad es que estaba hambrienta—. ¿Puedo seguir comiendo alimentos humanos?

—Si así lo deseas, sí. Pero llegará un momento que no te

saciarán y necesitarás algo más. Esto será vital para ti como Baobhan Sith. El alimento sólido no nos da la vitalidad.

—¿Ah, no? ¿Y qué nos la da?

Él miró al techo, pensando en que era mejor que hablasen de ello en otro lugar.

—Te lo contaré mientras desayunamos. Salgamos al jardín. —Byron la animó a que fuera delante de él y la siguió.

Elora esperaba encontrar un vehículo fuera que los llevase hasta alguna cafetería, pero allí no había nada.

—¿Vamos a ir en coche? —Miró alrededor sin comprender.

Y entonces, sin avisar, Byron abrió sus espléndidas alas ante ella y la atrajo hacia sus brazos de un tirón decidido.

Ella no supo qué hacer ni qué decir.

—Vamos a ir volando, guapa. Ahora ya no tienes por qué asustarte cuando sabes lo que soy. Ya no tengo que ocultarte nada —dijo muy satisfecho.

Empezó a batirlas y tomaron altura. Elora no había sentido nada parecido antes, así que se agarró a sus hombros y miró hacia abajo, perpleja.

—¿Vuelas?

—¿Para qué crees que tenemos estas extensiones? No son accesorios de belleza.

—¡Madre mía…! —Elora se abrazó fuerte a él, tenía miedo de caerse.

—Tranquila —sonrió y buscó su mirada—. Nunca te dejaré caer.

Elora parpadeó atribulada y apartó los ojos de los suyos.

Él se echó a reír al ver su expresión y ascendió aún más hasta sobrevolar su castillo para dirigirse hacia las montañas, al interior del bosque de Magh Meall.

Aquel iba a ser el primer día de su nueva vida y Byron se había propuesto que fuera inolvidable y que descubriese la magia y la belleza de su mundo por todo lo alto.

16

En realidad, visto desde el aire, Meadow Joy era un paraíso. El pueblo tenía una medular grande y concurrida y después estaba rodeada de pequeñas aglomeraciones de casas, como centinelas que marcaban los límites del pueblo. Todo ello envuelto en aquella maravilla de montañas verdes y ocres, espesas, donde los bosques reales se mezclaban con los imaginarios, donde no se diferenciaba el bosque temático de Meadow Joy del verdadero Magh Meall, porque este era invisible desde el cielo.

La niebla se dispersaba por la superficie, se escondía y se mostraba a su antojo, y a veces se deshacía y desaparecía.

El sol no brillaba con fuerza en el pueblo debido a aquella bruma y a las nubes bajas que opacaban sus rayos. Residir allí era vivir en un permanente día nublado con chispazos de luz esporádicos, pero siempre acompañados de esa claridad cenicienta que sumía el lugar en un encanto plomizo y avivaba su misterio.

Todo era real.

Las leyendas eran reales.

Meadow Joy era el corazón del mundo de los fae. Uno que vivía a su antojo entre humanos, que salía y se dejaba ver cuando les placía.

Nunca había imaginado vivir aquella realidad, y menos saberse parte de ella. Pero en ese momento, en brazos de Byron surcando las nubes, no podía sentirse más feliz.

Era maravilloso.

Descendieron hacia el bosque, en el arco del Triunfo de piedra, puerta de entrada al mundo fae.

Byron la dejó suavemente en el suelo. Ella lo miró unos segundos. Estaba guapísimo con el pelo agitado y la piel de los pómulos tintada de color rosáceo debido al azote del viento.

—Ha sido... ha sido increíble, Byron —reconoció un tanto tímida. El resquemor pasado no le haría ignorar las cosas evidentes y bellas. No era tan orgullosa ni rencorosa. Nunca lo había sido.

Él asintió, feliz de saberlo.

—Yo... —Elora se llevó las manos a la espalda—. No tengo alas. ¿Por qué no las tengo si soy Baobhan?

—Las hembras no desarrollan alas.

Ella se decepcionó ante aquella información.

—¿Por qué no?

—Porque los hombres Baobhan son muy grandes y las mujeres suelen ser más pequeñitas. Nuestras alas son vitales para la guerra y para volar, pero ante todo son esenciales para descansar y para cuidar. Somos cuidadores y protectores. Tienen que ser grandes para abrazar y cubrir a nuestras parejas, para darles calor, sanarlas, arroparlas y sanarnos a nosotros mismos también. Vosotras no nos podríais cubrir —aseguró orgulloso—. Por eso, el grande es el que tiene las alas.

—Eso suena un poco machista.

—A todo le llamáis machismo —respondió aburrido—. Es biología y naturaleza. Nuestras especies fae tienen una dualidad muy marcada. Cada uno tiene sus puntos fuertes, ni mejores ni peores. Y nos gusta vivir con ese equilibrio. Las Baobhan no voláis, pero desarrolláis otras facultades... Emitís una vibración que puede interceder en el vuelo de cualquier especie, excepto en el nuestro. Podéis afectarles la mente, desorientarlos...

—¿Como las sirenas?

—Sí, parecido.

—¿Cómo se hace?

—Solo tienes que mantener contacto visual con tus víctimas, vayan por tierra, mar o aire. Nuestras hembras son atractivas y no se puede luchar contra su influencia, es imposible. Los Baobhan, tanto hombres como mujeres, tenemos unos dones muy persuasivos y también somos muy peligrosos y letales en los enfrentamientos, por eso el resto de los fae nos consideran tan peligrosos.

—Y... estas habilidades... —murmuró dubitativa—, ¿hay que practicarlas?

—Son innatas, como respirar o parpadear. Son automatismos nuestros y surgen cuando los necesitamos. Cuando te convenga, puedes intentarlo. —Alzó una ceja burlona—. Tu voz, tu vibración... Eres poderosa, Elora.

El poder para Elora significaba, en muchas ocasiones, abuso. Pero ¿qué sucedía cuando este se usaba para hacer el bien? Ella era un ser mágico con habilidades que descubriría con el tiempo, y estaba deseando controlarlas.

—Entremos en Magh Meall. —Byron le señaló la entrada del arco del Triunfo con símbolos extraños, una triqueta celta en lo alto y ciervos y hadas serigrafiados en la piedra marmórea—. Hay que darte de comer.

Le parecía divertido el modo en que Byron le hablaba.

Era fácil conversar con él y parecía un excelente comunicador. Y aunque siempre se sentía algo nerviosa en su cercanía, también estaba a gusto. Era un mar de contradicciones.

Le frustraba estar enfadada e indignada con él y, al mismo tiempo, necesitarlo y querer su contacto, su relato, sus explicaciones... Ansiaba saber mucho más.

Cuando cruzaron el arco, Elora ya conocía el sendero que la llevaba al anfiteatro.

Era lo primero que uno encontraba en Magh Meall y no tenía buen recuerdo de él...

Sin embargo, lo pasaron de largo. Al rodearlo, encontraron una pequeña aldea de casas parecidas a las de Riquewihr, pero ocultas entre los robles y pinos altos del monte. Unos pequeños seres como luciérnagas hacían levitar los pétalos rosados del suelo y flotaban en el aire dibujando ondas armónicas que embelesaban.

—Desayunaremos aquí —sugirió Byron mientras tomaba asiento en una especie de merendero en medio de la zona lúdica que había entre las casas. Había luces que iban en hilera, de rama en rama, y hacían que todo pareciera encantador—. Este es el bosque de las fees. Son hadas culinarias. Es una zona de hostelería fae.

Elora se echó a reír ante la descripción.

—¿También hay de eso?

—Disfrutamos de los placeres gastronómicos y los entretenimientos lúdicos como cualquier especie. Aquí solemos celebrar las noches de festejo. Las fees también son muy serviciales —señaló—. Les encanta dar de comer a los fae. Y si las hacen enfadar, los envenenan a través de la comida. Por eso siempre debes tratarlas bien.

—El mundo fae es muy vengativo... —Se estiró la falda un poco para que no se le viera la ropa interior y comprobó que sus muslos estaban duros y era más fuertes que antes.

Cazó a Byron mirándole las piernas con gesto embobado y arqueó las cejas haciéndole saber que lo había pillado.

Él ni siquiera se avergonzó. Era un caradura.

—Nuestro mundo se rige por valores categóricos y esenciales, pero muy emocionales y de honor. No nos preocupan las tonterías ni las banalidades humanas, pero todo lo que tenga que ver con nuestro legado y nuestra integridad, con la verdad, la sangre y la cuna —le retiró un pétalo de flor que le había caído sobre la rodilla desnuda—, nos lo tomamos muy a pecho.

Él tejía y tejía un extraño embrujo sobre ella. Lo hacía sin esfuerzo, solo con hablarle, con atenderla, con escucharla... Elora era muy consciente de él.

Le gustaba ese Byron. Pero ese Byron y el otro, el que le había mentido aunque tuviera sus motivos, eran el mismo. Y no quería olvidarlo.

Observó maravillada cómo de una de las casas salía una mujer con el pelo corto de color azul con una bandeja llena de cosas apetitosas que entraban por los ojos. No parecían hadas, excepto por las orejas, que sí las tenían puntiagudas, y los delantales que las cubrían, brillantes y etéreos. Además, alrededor de ellas revoloteaban hadas diminutas que intentaban que los platos tuvieran una presentación perfecta.

La mujer dejó la bandeja sobre la mesa y sonrió a Elora.

—Que lo disfrutes, ungida. —Le hizo una reverencia y se fue con las minihadas colándose entre sus piernas.

—Gracias. Seguro que sí —contestó ella, admirando lo que le habían traído: tartaletas de crema con frambuesas, bizcochos almibarados y zumos de frutas naturales con nata—. Es precioso —aseguró—. Da pena comérselo. Si Gisele estuviera aquí, le haría una foto con el móvil para subirlo a Instagram.

—A los fae nos encantan los frutos rojos, la miel, la leche, las setas, las bebidas y los dulces. También tomamos otras cosas. —Entornó la mirada hacia su yugular sin que

298

ella lo advirtiera, dado que estaba concentrada en la comida—. No solemos comer carne. Nos gusta alimentarnos de cosas vivas —explicó hundiendo el dedo en la nata del zumo.

Byron lo hacía todo demasiado sensual. Con lo serio y lo estricto que parecía, era todo un seductor.

Ella suspiró y se llevó una tartaleta a la boca. Con el primer bocado se dio cuenta de que esa comida, esos sabores, afectaban también al alma... Y la revitalizó. Era esponjosa y crujiente en los bordes. La crema estaba riquísima y habían edulcorado las frambuesas con un tipo de almíbar suave que le hacía la boca agua.

Era celestial.

—Está... delicioso. —Casi se le saltaron las lágrimas de lo bueno que le sabía. Solo eran alimentos, pero parecía que estaba comiendo por primera vez—. Byron... —suspiró dejándose llevar, sin saber bien qué decir y cómo expresarse.

Él apoyó la barbilla sobre su puño cerrado y sonrió, agradado por su reacción.

—Es como si fueras una bebé, Elora. —Entrecerró las pestañas largas y oscuras—. Eres tan bonita...

A ella le afectaba que le dijera esas cosas, porque las sentía ciertas, y no estaba preparada para el Baobhan.

—Byron...

—¿Qué? ¿No puedo decirte lo que me pareces? Estás probándolo todo por primera vez. No tiene nada que ver lo que eres ahora, cómo sientes, notas y percibes tu entorno, lo que comes, lo que ves..., con lo que eras antes. Es un amanecer, un despertar en todos los sentidos.

No pudo rebatírselo. Tenía razón. No podía comparar lo que experimentaba con nada que hubiera vivido antes, porque era otro nivel, otra realidad. Incomparable.

Se comió la tartaleta en silencio, cautivada por las texturas, y después se bebió el batido de fresa con nata y volvió a elevarse por encima de todos sus sentidos.

Arrobada por la experiencia religiosa del desayuno de las fees, sintió cómo las reticencias y las resistencias se aflojaban y dejaban de constreñirla.

Él la miraba con sinceridad, sin dobles juegos, y Elora se sentía admirada y deseada en sus ojos. Relajada, como cuando había dormido con él.

Dio un último sorbo al batido, se limpió la comisura de los labios con una servilleta y, con determinación, fijó los ojos en los de Byron y le dijo:

—Tengo muchas preguntas y necesito que me las respondas. Que seas sincero. —Reclamaba su honestidad, porque quería confiar en él de verdad y no sabía si podía hacerlo.

—Te prometí que no te mentiría más. Y ya no tengo motivos para hacerlo. Seré todo lo franco que te mereces, aunque no te sienten bien algunas respuestas.

Le gustaba oír eso, y quería creerle con todas sus fuerzas.

—Quiero saber por qué tu sello es el mismo que el de las monedas que tienen mis padres.

Byron se extrajo el anillo del dedo y se lo mostró.

—Es el símbolo de los Baobhan. Una doble «B» inversa horizontalmente que parece un trébol de cuatro hojas con una estrella en la parte superior.

Ella lo tomó y las puntas de los dedos se tocaron, provocando una corriente entre ellos. Elora dijo:

—Caramba... Eres como una dinamo.

—Somos —la corrigió él con ternura—. Así es cuando estamos juntos. La corriente vive en nosotros.

Elora se quedó imantada a sus labios y carraspeó para añadir:

—Sigue hablándome del sello.

—Byron Baobhan. De ahí las dos bes. Como sabes —Byron se crujió el cuello hacia un lado y estiró los hombros—, mi casa está sobre pequeñas ciudadelas de enanos. Los wichtln son una de las especies. Pero también están los knockers, que conviven con ellos. Son mineros, atraen dinero y saben crear fortunas. Les pedí que me dieran un saquito lleno de sus monedas para que a tus padres humanos no les faltase de nada y tú pudieras vivir cómodamente. Que yo lleve el sello significa que los knockers están a mi servicio y que mientras yo viva, esas monedas seguirán sirviendo a tus padres y también a ti, aunque no estés cerca de ellas. Sé que nunca te ha faltado de nada —convino agachando la cabeza.

Elora no estaba de acuerdo. Tenía poco arraigo a sus padres y sí le habían faltado cosas que no tenían nada que ver con lo material. De esto, por las monedas, siempre había ido sobrada.

—¿Cómo elegiste a mis padres?

—Tu madre Adrien te dio a luz en una ciudad, en el sur, en un pequeño cobertizo. Había estado huyendo de los naimhde y vivió donde pudo de manera discreta, porque para ella lo importante era que tú nacieras. —Lamentó ver a Elora con los ojos húmedos por el relato, pero aquella era la verdad—. Iris y yo acudimos para ayudarla en tu alumbramiento. Después de morir Adrien, yo te tenía en brazos. Estuve en la ciudad observando a las distintas parejas que paseaban por las calles y elegí a la menos problemática. Les hice creer que habían tenido un bebé y que debían irse a otra ciudad para criarte e iniciar una nueva vida. Les inculqué discreción y les aseguré que nunca les faltaría el dinero para seguir adelante.

—A mis padres les tocó la lotería más de una vez —aseguró Elora. Ahora lo entendía todo.

Byron se encogió de hombros.

—Las monedas de los knockers atraen eso, más dinero. Y yo no quería que, además de alejarte de tu pueblo, tuvieras que pasar ningún tipo de fatalidad. Pero siempre he sentido curiosidad, Elora…, y siempre he querido saber si… si has tenido una buena vida. Y por qué experiencias has pasado.

—¿Quieres saberlas ahora? ¿De qué sirve? —le recriminó sin inquina. No quería ataques ni reproches. Quería dejar todo eso atrás.

—Tú quieres saber cosas de mí y de lo que soy. Y te he dicho que seré sincero. —Estaba serio y también arrepentido por cómo había ido todo entre ellos. Pero anhelaba que ella se abriese y le hiciera un esbozo de quién había sido como Elora Hansen—. Quiero saber qué has vivido. ¿Tus padres te trataron bien? ¿Fuiste feliz? ¿En algún momento te sucedió algo trágico? Y… la verdad es que también quiero saber quién es el indeseable que hizo que tomaras la decisión de irte y encontrar Meadow Joy, aunque ahora se lo agradezca enormemente.

—¿Mi vida? —Ella agarró el bol de frutos rojos y empezó a comer frambuesas compulsivamente. Ahora que había descubierto su verdadera naturaleza, se había dado cuenta de que le habían faltado cosas para tener una vida plena—. Ha sido cómoda. He tenido un techo, estudios, formación… Pero creo que tu alianza de sangre, Byron, esa gota que egoístamente impregnaste con tu vinculación, también me afectó. He sido sociable, pero nunca en exceso. Excepto con Gisele, que es la única persona que me entiende y a la que quiero sin ningún tipo de distinción ni duda. La verdadera amistad la he conocido con ella, y también el calor de una familia. —Se lo estaba echando en cara, porque ahora entendía que sus padres nunca lo fueron en realidad y que no habían podido darle lo que no sentían. La tuvieron en cuenta, pero no de un modo convencional. Estaban ahí por órdenes de un Baobhan Sith que, de algún modo, les robó la vida, como también se la había robado un poco a ella. La imposibilidad de querer y relacionarse a nivel romántico con nadie tenía que ver directamente con lo que le hizo Byron al nacer. Y no sabía cómo sentirse más allá de ultrajada de nuevo al ser consciente de las consecuencias de sus actos—. Mis padres me educaron para que nunca los necesitase ni fuese dependiente de ellos... Así que jamás me dieron abrazos de más ni fueron protectores o demasiado cariñosos. ¿Eso se lo inculcaste tú? —le recriminó—. Da igual, no respondas. Supongo que fue así, porque, como bien me has dicho, tengo que romper el vínculo con ellos, ¿no? —lamentó profundamente—. Y si nunca se volcaron demasiado conmigo, tampoco yo tendré demasiado que echar de menos —concluyó entendiendo su vida humana de principio a fin.

—Sí. Debía ser así. En algún momento tu naturaleza iba a despertar y ya no verías tu mundo como tuyo. Te sentirías como una extraña. Es más fácil romper con eso cuando comprendes que ellos no eran quienes creías.

—Aun así... Eran personas muy dinámicas, viajaban mucho, estaban poco en casa... He vivido prácticamente sola desde... siempre. Me ha criado el servicio, que nunca era el mismo —aclaró—, así que nunca me vinculé con nadie. Mis padres siempre me enviaban regalos, hacíamos videollamadas, pero... siempre ha habido una distancia física y emocional con ellos. Nunca... nunca me abrazaron —admitió—. Son desconocidos para mí —dijo en voz alta lo que siempre había sentido hacia ellos, y se sintió liberada.

—¿Será un trance doloroso para ti decirles adiós?

Ella se quedó en silencio unos segundos. Pensó en que

las cosas serían diferentes de haber sido más amorosos con ella, de haberle dedicado tiempo, de haber querido entablar conversaciones de más de dos minutos para saber cómo estaba, qué quería, cuáles eran sus miedos, sus sueños... Pero nunca mostraron interés. Así que, sin sentir ni un poco de culpabilidad, contestó:

—No. A unos padres no se les quiere por serlo. Se les quiere cuando dedican su tiempo a actuar como tales. Y no me dedicaron nada, Byron. Hiciste una muy mala elección —espetó sin ánimo de iniciar una pelea.

—Lo siento. Pero eso te facilita mucho las cosas ahora mismo —repuso.

—Han sido veinticuatro años —le recordó— bajo la tutela de unos señores que nunca han sentido que yo fuese su hija.

—Busqué a una pareja adecuada no por sus habilidades paternales, sino por sus lazos sociales. Ellos eran idóneos, no tenían que dar explicaciones a nadie de su cambio de vida.

Ella asintió, comprendiendo un poco más los hechos. Pero reconoció que, de no haber tenido esos padres, nunca habría conocido a Gisele y eso hacía que todo valiese la pena.

—¿Y cuándo decidiste ser veterinaria?

—Cuando entendí que conectaba mejor con los animales que con las personas —se rio, aceptando su sino—. Rebecca y John suplían sus ausencias regalándome animales para que los cuidara. Llegó un punto en que las casas en las que vivía parecían zoos. Además, sabía que tenía una habilidad que no era normal. Y me la callé. Excepto con Gisele. Ella sabía lo que era capaz de hacer.

Byron quería acariciarla, quería hundir los dedos en su melena oscura y besarla hasta quitarle ese vacío momentáneo de los ojos. Pero ella no se lo iba a permitir.

—Eras demasiado para el mundo humano, Elora —reconoció con admiración—. Y, aun así, nadie te vio. Háblame del tipo del que huiste.

—No —se negó en redondo.

—¿Temes que vaya a buscarlo y lo mate? —Sus ojos se oscurecieron y sonrió como un verdadero vampiro.

A ella se le calentó la sangre al verlo en ese plan.

—Sí, lo temo.

—Haces bien. Porque desde que me lo dijiste, solo quiero averiguar quién es. Le arrancaré la piel y lo asaré como a un pollo.

Ella entreabrió los labios, impactada.

—¿Serías capaz?

—No lo dudes. Da igual, no me digas su nombre ni me cuentes nada. Solo dime por qué huiste de él.

—Prométeme que no irás a buscarlo.

Él apretó los dientes con frustración porque no quería hacerle esa promesa.

—Byron, prométemelo.

—Está bien —sonrió como un angelito—, no iré a buscarlo.

Elora confiaba en que, al habérselo prometido, él no iría a por su exrollo.

—Siempre he guardado las distancias porque no tenía buenas sensaciones con los hombres. He conocido a algunos buenos —explicó incómoda. ¿Por qué le hablaba de ello a Byron, siendo quien se suponía que era?

—¿Has tenido relaciones?

—Sí. —Lo miró como si estuviera loco—. No soy virgen, Byron. ¿Esperabas que lo fuera? —Estaba a punto de echarse a reír—. Espero que no, porque sé que tú no has sido célibe desde que me marcaste, eso desde luego. Y antes, tampoco.

—Me enfurece y me hierve la sangre. Pero no tengo nada que reprochar. Solo quiero saber si te trataron bien y por qué no tenías buenas sensaciones.

—Porque yo quería ir poco a poco, pero se volvían muy intensos, hasta el punto de ponerse obsesivos. Así que... limité mucho mis contactos. Entonces conocí a este último chico. Vivía en mi mismo edificio. Era muy amable, nos llevábamos bien y empezamos a salir juntos. No era nada serio, sobre todo porque yo iba con pies de plomo. Pero un día lo invité a cenar a casa y a ver una película... Y bueno, todo se volvió oscuro y tosco e intentó... —se frotó la nuca con desasosiego— propasarse conmigo.

El rostro de Byron parecía cortado en granito. Se había endurecido y sus labios dibujaban una mueca iracunda.

—¿Te intentó forzar?

Elora afirmó con la cabeza en silencio.

—¿Te hizo daño?

—No llegó a hacerme nada. Le reventé un florero en la cabeza y se quedó inconsciente en el sofá. Llamé a la policía para hacer la denuncia. Vinieron a casa y se lo llevaron al hospital; después de comprobar que solo tenía una contusión, lo trasladaron a la comisaría. Le impusieron una orden de alejamiento, pero no la cumplió. Me mandaba regalos macabros, sentía que me seguía por la calle y que me vigilaba. Me llamaba a casa y respiraba muy fuerte, y también recibía e-mails amenazantes. Todo eso se lo enseñaba a la policía, pero no tenían modo de demostrar que tuviera que ver con él. Rud se había obsesionado, como los demás. Por eso, cuando vi la oferta de trabajo de Meadow Joy, no me lo pensé dos veces y me fui.

—Así que se llama Rud...

—Byron, me lo has prometido —le advirtió señalándolo con el dedo.

—No pienso hacerle nada. No te preocupes. Ese infeliz no hará que yo pierda mis dones. ¿Puedo hacerte una pregunta más personal?

—Creo que me la vas a hacer igual.

—¿Has disfrutado alguna vez del sexo?

—No tengo por qué responderte a eso —contestó Elora con dignidad. Aquello era humillante y era pasarse de la raya. Porque, tristemente, la respuesta era negativa. No le gustaba el sexo demasiado, no lo disfrutaba, tal vez porque nadie podía motivarla como sí lo haría un fae o, mejor dicho, Byron. Y darse cuenta de que sus pensamientos iban por esos derroteros la mortificó. Porque incluso eso le había robado—. Tengo tanto por lo que estar enfadada contigo... —reconoció sin querer mirarlo—. Al marcarme así me has arrebatado mis primeras veces y la capacidad de querer con naturalidad, de disfrutar, de sentir deseo... Me has echado a perder para el resto...

Esa última palabra hizo que Byron alzara la cabeza como un león a punto de atacar.

—Tú no eres para el resto, Elora.

—Eso lo tengo que decidir yo. Yo debería haber decidido a quién querer o con quién vincularme.

—Tienes razón, y lo siento muchísimo —admitió él por fin, mostrando un perfil bajo—. Pero hay algo que deberías saber: la gota de la alianza no funciona si tú no sientes lo mismo.

—No te conozco. ¿Cómo puedo sentir nada por ti?

—Ahora sí. —Sujetó su mano y la posó sobre su corazón—. Si miras más allá de mi decisión y te trasladas a días atrás, cuando nos vimos por primera vez, sí sentías que había algo especial entre nosotros.

—¿Y cómo sé si es por tu alianza o porque es real en mí? —replicó con los ojos húmedos y llenos de lágrimas.

Byron no le podía responder a eso, porque para él era sencillo: eso se sabe. Igual que él supo que Elora le pertenecía.

—No me arrepiento, Elora. Lo volvería a hacer, porque te salvé la vida. Y eso, para mí, es lo más preciado. Tienes la posibilidad de revertirlo y romper el vínculo en el Samhain. Eres libre de hacerlo —reconoció con muchísimo pesar.

Elora quería creerlo, quería sentir que todo eso era verdad, pero le daba pavor. Byron era intenso y también autoritario, la intimidaba mucho como hombre, aunque también la atraía como nadie antes.

—No sabías nada de mí. En veinticuatro años, nunca viniste. —Retiró la mano de su pecho.

—No, porque te dejé ahí y no miré atrás —reconoció con firmeza, era lo que tenía que hacer.

—¿Y cómo pudiste hacerlo? —Elora se inclinó hacia delante, dejándole claro que no entendía su proceder—. Dices que me reconociste como tuya y tuviste la frialdad de dejarme tras marcarme, eso sí, pero nunca volviste la mirada atrás para saber qué estaba haciendo o cómo me iba.

—Le di mi palabra a Adrien. Como te dije, es una ley inviolable de los Baobhan. Tu madre quería darte la oportunidad de elegir, del libre albedrío... Sabía que ibas a ser la ungida, pero no quería que nadie te manipulase o te agobiase, y más teniendo en cuenta cómo es la Carta Magna fae. Pero para mí también era mejor así —admitió—. Lo mismo que para ti. De haber sido consciente de mí, ya no habrías podido vivir tu vida con normalidad. Me habrías buscado.

Ella soltó una risa desganada.

—Eso es demasiado vanidoso incluso para ti.

—Es la realidad —contestó Byron inflexible—. Pero lo cierto es que, más allá de lo que pudiera haber supuesto para ti un posible encuentro entre nosotros, si hubiera intervenido, si hubiésemos coincidido, yo no te habría dejado marchar, Elora. —Sus ojos magenta no oscilaron ni un poco al admitir tamaña verdad—. La alianza no fue un acto vil y manipulador, fue de verdad. Me vinculé a ti sin saber qué papel ibas a desempeñar.

Ella aguantó la respiración. Byron era matador cuando hablaba así.

—Pero si hacías eso y me reclamabas —replicó Elora, pues ahora sabía de dónde le nacía la decepción: del dolor—, como te dijeron Finn y Kellan en tu castigo, renegabas de la posibilidad de ser la casa fae elegida por la ungida, ¿verdad? Y tú lo querías todo. Querías ser el elegido y después venir a buscarme a mí. —A Elora le tembló la barbilla por lo que le afectaba entender aquel comportamiento en Byron—. ¿Tienes idea de cómo suena eso? ¿Ibas a ser un jeque árabe con más de una mujer? ¿La esposa y la amante? ¡Qué asco, Byron!

—¡No! Podría haber cambiado las leyes fae para que te aceptaran como parte del concilio sídhe en calidad de mi pareja real. Aunque... —admitió frotándose la cara— la verdad es que todas esas elucubraciones absurdas y egoístas las pensaba antes de tu llegada a Meadow Joy. Fui un completo iluso, creí que lo tenía todo bajo control, pero... la realidad es que no tengo nada. Cuando te vi, cuando te sentí, me di cuenta de que la única elección posible eras tú, y que era inútil luchar contra eso. Y me dio igual la ungida y la noche de plata... Quería tenerte a ti. El hado te había traído hasta aquí, pero aún tenía la promesa de tu madre grabada en mí. No podía actuar como quería. Llamabas la atención de todos y querían atraerte... Eras la hija de Adrien, que había avergonzado a los Baobhan al desertar de su casa fae y que se había quedado embarazada de un humano. ¡Tampoco sabía qué tipo de humano era tu padre!

Con todo el juicio que eso iba a abrir en el concilio... Era una locura —argumentó frustrado, pasándose la mano por la cara.

—¡Los fae y vuestro clasismo!

—Te juro que no sabía qué hacer ni cómo protegerte de ellos.

—Pero tú sí te protegiste bien. Estabas tan dubitativo que te fuiste a una casa de putas para que te aclarasen las ideas —le echó en cara muy dolida—. Y, para colmo, resultó que yo era la ungida —se rio de su propia casualidad—. Y que en la noche de plata, después de creer que ese año tampoco se cumplía la profecía, aparecí yo en mi amanecer con el ciervo blanco —resumió cruzándose de brazos, con los ojos heridos y el despecho latente en su expresión corporal—. Menudo *plot twist*.

—Sí. Así fue —admitió sin edulcorantes—. Iris me dijo que ya no veía tu futuro después de la noche de *fish and chips*. Creí que te ibas a ir porque estabas tan enfadada... Pensé que te alejarías de Meadow y que por eso no salías en el hado. Pero resultó que fue por tu despertar. Y como tienes sangre aníos y te convertiste en fae de pleno derecho, te hace invisible...

—¿Ibas a dejar que me fuera? —A Elora le tembló la barbilla.

—No. No sabía qué debía hacer... Era como tener la espada de Damocles constantemente encima. Pero no quería dejarte ir... —juró apasionadamente.

—¿Cómo puedo creerte?

—Porque es la verdad. Y esto también: desde que llegaste, no he estado con nadie, Elora. Es imposible para mí. Mi naturaleza y mi corazón ya no me permiten estar con nadie que no seas tú.

—Byron...—replicó incrédula—. Salías de ahí. Te vi. No

ibas a jugar al *Pictionary*. Ahí se va a otra cosa. —Intentó serenarse, pero no era capaz, no podía con ese tema.

—Como te he dicho, te estoy diciendo toda la verdad. Y si quieres saber más sobre las treebaes, esas casas de putas, solo tienes que armarte de valor y acompañarme, Elora. Te mostraré lo que hay.

—¿Por qué iba a interesarme lo que hacéis ahí? Los humanos también tienen puticlubs, donde se va a follar.

Byron alzó el mentón, no le gustó nada que usase ese vocabulario.

—Es más que eso. Las treebutas prestan un gran servicio a la sociedad fae —explicó con paciencia—. Yo fui el fundador de las casas treebaes. Sugerí la idea al concilio y todos la aprobaron.

Elora abrió los ojos de par en par y se levantó de la silla indignada.

—Y además eres un proxeneta.

Byron se levantó de la suya igual de indignado, controlando su mal humor como podía. Entendía a Elora, su reacción, y sabía que todo lo que sentía venía de un lugar oscuro fae y humano que tenía que ver con la posesión y los celos. Con un amor también visceral que exigía lealtad y fidelidad.

Pero no iba a permitir que se creyera la mala reputación que Finn y Kellan le habían puesto encima.

—¿Cómo voy a creerte si sé que mientras me cuentas qué soy para ti, estás con otras? —Su tono abatido provocó un gesto de dolor en Byron.

—No tengo modo de demostrártelo —convino y abrió los brazos—. Podría hacerlo si estuviéramos juntos de verdad. Lo podrías leer en mi sangre. Pero ahora no somos nada. De los dos, el único que conoce la realidad de lo que somos soy yo. Tú no quieres dejarte llevar para comprobarlo y está bien. —Se acercó a Elora, quien se apartó—. No quiero presionarte. Sé que teníamos que aclararlo y me alegra haber tenido esta conversación. —Dio un paso más al frente y le alzó la barbilla con dos dedos para que lo mirase—. No me voy a ir, *beag*. Estoy aquí para ti, para todo lo que necesites. Yo sí sé que eres mi *shiorái*. Y, una vez nos encontramos, no nos soltamos. Aunque si quieres hacerlo, lo acataré. Mañana por la noche podrás ser libre.

Ella parpadeó para alejar el dolor y la angustia de sus ojos. Byron parecía desolado ante la idea de ese ritual.

No quería pensar en todo lo que le planteaba. Para él y para todos había demasiado en juego.

—¿Puedes seguir enseñándome cosas? No quiero hablar más de esto —dijo Elora con voz débil y trémula. Sorbió por la nariz—. Todavía tengo mucho que aprender.

—Tan dulce... Claro que sí. —Byron le dio un golpecito en la nariz con un dedo y le sonrió afable—. ¿Cómo te voy a decir que no si me lo pides así? Vamos —la animó a que prosiguieran con el itinerario que le había preparado por Magh Meall—, todavía hay mucho que ver.

17

Ese día Elora comprendió que si Magh Meall no hubiese existido, ella lo habría querido crear e imaginar tal cual estaba.

Nadie que admirase la belleza podría evitar enamorarse de un lugar así. Era naturaleza y magia, pequeñas aldeas donde otros fae vivían en una comunidad feliz. Todos hacían de todo. Y Elora intentaba memorizar los nombres de las especies fae que Byron le introducía. Y no le costaba demasiado, como si, de algún modo, estuvieran grabadas en su conciencia colectiva.

Los nixen protegían la entrada de Magh Meall. Los leprechauns eran muy bajitos y vestían con el típico atuendo verde y blanco. Los alven, elfos etéreos de la luz, viajaban en cáscaras de huevo o en burbujas de aire y podían cambiar de tamaño a su antojo, hacerse gigantes o microscópicos. Los trolls eran genios de los Túmulos. Luego estaban los ellefolk, que eran guardianes de secretos. De hecho, las señoras que leen de la librería de Iris lo eran, y tenían apariencia humana.

Y también estaban las huldras, que eran nada más y nada menos que hadas ninfómanas, machos y hembras.

Los koreed vivían bajo los dólmenes, tenían piel oscura y ojos rojos...

Eran tantos... El leshy, fauno del bosque; los bloody cap, elfos que vivían en los castillos con historias trágicas y que eran agresivos...

Y eso sin contar los que ya había tenido la suerte o la desgracia de conocer o de oír hablar. Porque a algunos no los había podido ver todavía.

Todos y cada uno de ellos formaban parte de la gran especie fae, todos inmortales, y tenían permiso para vivir en Magh Meall, ya que algunos eran seres esenciales para el mantenimiento de esa parte del bosque. Sin embargo, no eran sídhe.

Los sídhe eran los respetados, los aristócratas y los dominantes. Los líderes y los que conformaban el concilio.

Los Túmulos, Damh, eran enanos ricos, ingenieros increíbles, expertos mineros y creadores de objetos mágicos que habían vivido toda su vida bajo tierra.

Los Baobhan Sith, guerreros y protectores, respetados, queridos y temidos por igual. Parecían vampiros, pero no lo eran. Con muchas capacidades de persuasión, rápidos y fuertes. Y podían volar. La verbena los afectaba e infectaba su sistema endocrino.

Los Ag Athrú eran cambiantes. Se transformaban en lobos. Kellan era el líder de su clan sídhe. Eran veloces, fuertes, resistentes, irrompibles e inquebrantables..., pero muy salvajes. Tenían muchos problemas con el autocontrol y las lunas llenas. Habían desarrollado intolerancia al acónito.

Los Sióg eran la raza de hadas más poderosa, y su príncipe Finn era el líder. Tenían muchos poderes: embrujaban, mesmerizaban, creaban objetos y hechizaban. Podían conseguir cualquier cosa de quienes deseasen. Adoraban la música, las flores y todas sus infusiones y tenían buena relación con la mayoría de los fae. El agua bendita los quemaba.

Después estaban las Fate, adivinas y profetas que sabían

intuir el hado y el destino. No eran muchas, pero su labor era tan importante que eran sumamente valoradas por los sídhe.

Cinco clanes poderosos que regían sobre todos los demás.

Pero tres de ellos tenían una característica que no tenían los otros dos.

—¿Qué es eso especial que os diferencia? —quiso saber Elora a la vez que permitía que un par de hadas del tamaño de su meñique posaran flores rojas en su pelo mientras se lo recogían graciosamente.

Byron paseaba con ella por un sendero marcado por el río. Era fascinante que allí sí diera el sol y que en el exterior, no. Le había dicho que al final del camino encontraría la digna y admirada puerta del Este, que era lo que más escondían con celo los fae.

Pero a Elora no se le escapaba nada, ni un detalle, y quería entenderlo todo. No se iba a distraer.

—Antes te he dicho que nos gusta alimentarnos no solo de comida. El clan de Finn, el de Kellan y el mío obtenemos nuestra energía principal... —miró al frente porque sabía lo que iba a suceder— de otro modo.

—¿Cómo?

—Del sexo. Es vital para nosotros.

Elora se quedó clavada en el sitio y miró a Byron de hito en hito.

—¿Me estás diciendo que necesitáis tener sexo para subsistir?

—Nos alimentamos de la energía sexual, sí. Unos tenemos más peculiaridades que otros y distintas necesidades, pero el intercambio sexual es necesario.

—Tienes quinientos años... —le recordó Elora sin dar crédito—. ¿Tanto sexo has tenido?

Byron soltó una risita al ver su cara de estupefacción.

—No todos los días, pero sí cuando lo he necesitado. Te conocí hace veinticuatro años, y no somos angelitos ni eunucos. Tenemos altas demandas.

—Altas demandas. —Elora silbó burlándose de su expresión—. Entiendo que también has necesitado tener sexo en estos veinticuatro años. No es una pregunta —aclaró alzando la mano—. Es evidente que sí —dijo algo puntillosa.

—Sí, lo he tenido. Pero son trámites para nosotros. No significa nada —repuso él y avanzó de nuevo—. Sin embargo, esos trámites no tienen nada que ver con lo que hacemos con nuestras parejas reales. Contigo no solo sería sexo. Sería el combo completo, Elora. Necesitaría mucho más de ti.

Ella se estremeció y siguió sus pasos.

—Mi sangre —entendió sin demasiado esfuerzo.

Byron se detuvo y la miró por encima del hombro.

—Y todo tu corazón. No querría menos. Contigo no me conformo con menos.

—El mío y el de todas tus amantes.

—No. —Su voz sonó rotunda—. Lo que haya hecho antes de ti es una cosa. Después de ti, es otra. Contigo empezaría y acabaría todo. Sería solo para ti, y tú serías toda para mí. No compartimos. Ni loco.

Ella se tropezó, porque había quedado atrapada por el brillo de sus increíbles ojos. Si lo que decía lo decía de verdad, era una maravilla.

—Mira. —Byron le señaló algo al otro lado del río.

Elora se detuvo junto a él y vislumbró aquello que estaba observando con tanta admiración.

Era una puerta metálica, impresionantemente grande, de aire magnánimo y venerable empotrada en un muro de piedra. Estaba bañada en oro y tenía todo tipo de escenas grabadas en su superficie. Parecía que narraban la historia del origen de los fae y sus guerras.

—La puerta del Este —le indicó a Elora.

—¿Qué es?

—La historia es la siguiente: es un lugar conectado con nuestro origen, con esa dimensión de la que nacimos, donde están nuestros padres creadores.

—Entonces, ¿también tenéis dioses? —preguntó.

—Dagda, Daannan, Maeve, Ainé... Son seres creadores. Su mundo es mágico y pagano, como nosotros.

—¿Y qué hace esta puerta aquí? No lo comprendo. Parece que no haya nada tras ella, que esté hueca.

—Ahora sí lo está. Hemos perdido el contacto con nuestros creadores. En otros tiempos, cuando vivíamos en otro lugar, en el Sídhe, la puerta estaba conectada por completo al origen, al mundo fae, y su resplandor era cegador, como la luz de un faro. Pero la traición de los Necks lo cambió todo.

—¿Cómo fue? —quiso saber intrigada—. No entiendo cómo pudieron engañaros si sois tan poderosos e invencibles, ni por qué tuvisteis que abandonar vuestro hogar y trasladaros a Meadow Joy.

—Nos vencieron por nuestras debilidades, precisamente. La puerta del Este estaba entonces custodiada por nuestro protector, el Feth Fiada, el Señor de la Niebla, Mac Lir. Él controlaba quién entraba y quién salía por la puerta, como un psicopompo.

—Como un barquero de almas, ¿no?

—Sí. Los fae podemos elegir cuándo irnos, y para ello se celebra una ceremonia. Tras la puerta existe otra raza de sídhe que no existe en esta realidad. Son los gaiteros, los que recogen los cuerpos de los que quieren irse al Este y volver a casa. Mac Lir se encargaba de ello. Era un hechicero poderoso, invencible. Poseía, entre otras muchas cosas, una espada llamada Fragarach cuyo filo traspasaba cualquier tipo de superficie, una aniquiladora de naimhde. Pero no solo era un arma. Era, además, la llave que abría la puerta. Sin embargo, Mac Lir, con todo su poder, no era inmune al engaño. Durante las guerras, un pequeño Neck llamado Drackass arrastró con él a su abuelo anciano, respetado en el mundo fae, para que cruzase la puerta porque lo habían herido en las guerras milesianas. Entonces no creíamos que los Necks nos fueran a traicionar. Drackass le arrebató la espada a Mac Lir mientras este cargaba con su abuelo para llevarlo al Este. Estaba compinchado con los brujos milesianos y el pequeño elfo oscuro desapareció ante los ojos compungidos del guardián fae. Tras eso, la caída fae fue inmediata —explicó Byron, lamentando el sino de sus antepasados—. Mac Lir desapareció tras la puerta con todos sus tesoros y artilugios y la cerró para siempre a fin de preservar nuestro verdadero hogar. Y nosotros nos quedamos solos. Lo que querían los Necks y los milesianos era tenernos encerrados bajo el monte porque buscaban un exterminio total. Y, una vez erradicados todos los nuestros, querían invocar a Amadán, el antagonista de Dagda, y así abrirían ellos mismos la puerta del Este, capitaneados por su líder.

»Fue entonces cuando, al haber perdido el contacto con nuestros dioses, se creó el concilio sídhe para tomar una decisión que cambiaría el rumbo de nuestra existencia para siempre. Nosotros no huíamos de nada, hasta que entendimos que era nuestro origen el que estaba en riesgo. Así que todos los fae, en un trabajo conjunto de magia y hechicería, nos fusionamos con la puerta del Este para venir a Meadow. Sin embargo, sin Mac Lir ni su espada, la puerta está cerrada y el contacto con el origen y los Sabios del Este se ha roto por completo. Todos tenemos esperanzas de que algún día llegue a nosotros de nuevo. Y aunque no lo pronunciemos en voz alta, creemos que la ungida y su elección sobre la casa más fuerte liderará esa rebelión.

A Elora la historia le parecía apasionante y épica. Byron la contaba con mucha poesía y también con gran sentimiento, aunque él no hubiese vivido esa época. Pero ella no podía cargar tanta responsabilidad sobre sus hombros.

—¿Y los naimhde no pueden encontrar Magh Meall?

—No. Seguro que lo intentan y nos buscan para acabar lo que empezaron, pero los enanos crearon un cordón de imanes que envían vibraciones de ocultamiento. Por eso los GPS y las brújulas se vuelven locos para dar con el pueblo.

—Hasta que... llegué yo —asumió sintiéndose culpable—. Dijiste que percibiste mi energía y que otros también lo harían.

—Algo en ti se activó cuando entraste en Meadow Joy porque aquí la energía fae emite picos de mucha actividad. Mi protección dejó de funcionar y ellos intuyeron que estabas cerca.

—El motorista, el lorgaire... Me han visto, y si saben que estoy aquí...

—No. El cordón de imanes impidió que el lorgaire emitiera información a sus receptores en el exterior. Y al motorista no le dio tiempo a salir del límite de Meadow Joy vivo ni con la cabeza sobre sus hombros.

Aquella respuesta había sido demasiado macabra. Estaba hablando de una persona humana. Y él lo había matado sin más. Byron la tomó de los hombros y le dio la vuelta para que sus ojos se encontrasen.

—Tienes que aprender a pensar en otros términos. No quiero que te sientas mal. Tu ascensión, Elora —dijo para tranquilizarla—, ha cambiado las cosas. Ya no eres la misma. Estás aquí, pero estás a salvo. Tú no emites ninguna señal. Nunca serías culpable de que ellos nos encontrasen. Iris vio que la noche en la que el lorgaire te atacó, tu sino futuro dejó de existir. Es como si después de eso ya no te pudieran percibir ni ella ni nadie. Y si el hado no te percibe, los naimhde tampoco. En cambio, tú sí puedes detectarlos a ellos como su máxima depredadora. Eres una aníos, única en tu especie, y ahora esa parte de tu naturaleza está muy activa. Eso es algo que tienes tú y que es inherente a ti. Y pronto controlarás también ese don. Ellos son los que deberían empezar a esconderse. Tú abrirás de nuevo la puerta del Este.

—¿Cómo?

—Eso ya se verá —murmuró sin querer presionarla—. Para empezar, asume que de ti depende elegir la casa más poderosa para que lidere el cambio. Pero no te agobies —le sonrió y le volvió a dar un golpecito en la nariz muy tierno—, seguro que, sea la que sea, será una buena elección.

Visto así, la sosegaba más. No la convencía del todo porque la ponía nerviosa pensar que tuviera responsabilidad sobre la muerte o el castigo de nadie o de ensalzar más a una casa por encima de las otras por el mero hecho de elegirla.

Pero comprendía que formaba parte de un nuevo mundo en el que las leyes, la coherencia y la moral se regían por estatutos antiguos que nada tenían que ver con el de la sociedad humana. Porque los fae no tenían nada que temer ni un cielo que ganarse. Ser buenos o malos era solo un prisma demagogo. Ellos venían de otro universo. Y la sola existencia de ese mundo ponía en duda al único dios que ella había conocido, a sus mandamientos y a su cultura.

Sabía que debía empezar a pensar como ellos, pero se conocía y también sabía que no le iba a ser fácil, porque allí nada lo era. Ni sus pasiones, ni sus deseos ni sus necesidades, como la idea de que el sexo era un alimento vital para ellos. Eran seres demasiado sensuales y sexuales, y Elora no estaba segura de que ella pudiera ser así.

Tampoco era sencillo aceptar que Byron no la presionaba para que lo eligiese a él. Y que, además, le estaba dando la oportunidad de desvincularse.

Eso lo cambiaba mucho a sus ojos y ya no lo consideraba tan oscuro ni egoísta. Lo había sido, cierto. Pero ahora la tenía en cuenta y le daba la posibilidad de elegir, de deshacer todo lo que se suponía que él había hecho con su gota de sangre.

Eso, para un Baobhan Sith como él, era un sacrificio. Y una vergüenza.

Pero para ella era un regalo.

—Necesito enseñarte la última parte de tu paseo introductorio.

Elora asintió, sumida aún en sus divagaciones, y dejó que la guiase hasta la última sorpresa que jamás se habría esperado.

No podía parpadear. No sabía reaccionar.

Habían salido del arco de entrada y estaban paseando por las afueras del parque temático, que era apto para el público humano.

Pero las sorpresas de Byron y sus relatos no habían finalizado y le enseñó algo que la dejó absorta.

Elora no podía dejar de mirarlo mientras él le hablaba de la obra de arte mística y mágica que tenía ante ella.

—El bosque temático de Meadow está lleno de esculturas de piedra y de figuras de madera; algunas emergen de las raíces, otras nacen de los mismos árboles. Los humanos se creen que ven decoraciones de elfos y hadas... Lo que no saben es que son monumentos reales a nuestros olvidados.

—¿Olvidados?

Ante ella tenía una pareja de elfos cuyos cuerpos formaban el tronco de un árbol, fundidos en un abrazo lleno de amor y autenticidad.

—Sí. Cuando tu madre murió, tus abuelos lo sintieron de inmediato. Sabían que Adrien había desaparecido, que se había ido de Meadow Joy y había dejado Magh Meall atrás. La vergüenza por tener una hija prófuga los señaló y los dejó marcados, lo que provocó su expulsión del concilio. Con ello, mis padres subieron a regentar el concilio de la casa Baobhan Sith y yo como...

—... su líder regente —finalizó Elora por él, pues ya entendía cómo iba la historia—. Es absurdo que os ofendáis por nimiedades y que desterréis a seres supuestamente queridos al olvido y a la vergüenza. Es clasista y... asqueroso.

—Yo también pienso lo mismo. Aunque no lo creas —reconoció Byron—, intento modificar las leyes y las tradiciones a mi manera. Pero es difícil. Cuando un hijo fae muere, los padres lo perciben —explicó sonriendo con tristeza y mirando con sumo respeto a los exmiembros del concilio—. Tus abuelos presintieron su adiós y no pudieron con ese dolor porque, como en los humanos, no hay dolor más atroz que la pérdida de un hijo. Así que como no podían volver al Este y en Magh Meall no los aceptaban, necesitaban un lugar en el que dormir eternamente. Y lo hicieron aquí, cerca de la entrada de Magh Meall y de todo lo que había sido su mundo. Se transforman en árboles perennes para siempre. Ese es el adiós voluntario fae cuando no puedes regresar al Este.

Elora tenía ante ella a sus abuelos. Los padres de su madre. Su familia real. No sabía si eran mayores o jóvenes por la superficie rugosa y natural del helecho en el que habían decidido reposar. Pero se los veía tan enamorados... Eran una expresión de cariño, fidelidad y adoración eternos. La imagen le transmitía paz y también, de un modo que la emocionaba, el sentido del verdadero hogar.

No se dio cuenta de que lloraba al contemplarlos hasta que Byron le acarició las mejillas con los dedos. Esta vez no lo rechazó, se sentía demasiado sensible como para hacerlo.

—Tus lágrimas y tus sonrisas regarán este árbol. Es así entre los familiares Baobhan... Cuando alguien los piensa con amor, el árbol se alimenta. Es un rito fae.

Ella rio impresionada por la historia mientras Byron le recogía las lágrimas y después pasaba sus dedos por las raíces del helecho.

¿Podía haber algo más bello? El mundo fae tenía golpes escondidos e inesperados.

—Me has... —Tragó saliva, le faltaba el aire—. Esto me ha dejado impresionada.

—Todos merecemos respeto y un recuerdo a nuestra altura.

—Hacéis del ritual de la muerte uno de vida también. El árbol sigue creciendo porque está vivo —entendió.

—Sí.

—Pero es triste que no les hayan dejado hacer esto en el interior de Magh Meall. Y es ridículo que el concilio cediera a que se quedasen aquí, a solo medio kilómetro del arco de entrada...

—En realidad... —Byron todavía tenía muchas cosas que contarle a Elora—, no tenían más opción que aceptarlo. No estaban de acuerdo. Pero los quiet folk me regalaron la propiedad el bosque temático por ser un amo tan bueno —se pavoneó a posta—, y yo acepté gustosamente —sonrió—. Los fae no pueden decidir qué hacer y qué no en tierras regaladas por quiet folk.

—¿Otra tradición fae?

—Más o menos. —Byron se echó a reír—. Es algo que yo mismo decreté. Si la tierra es mía, por mucho que haya un arco del Triunfo real de entrada a Magh Meall, yo aún puedo hacer en ella lo que quiera. Linda con otros terrenos, pero es de mi propiedad. Aunque el concilio sídhe se pusiera en contra, yo quería llevar a cabo el bosque temático.

—¿Es todo tuyo? —Aquello sí era inesperado.

—Sí. Necesitaba hacer algo para los olvidados. El bosque está lleno de esculturas y figuras, algunas ocultas y otras muy expuestas, de helechos con parejas en su adiós y de personalidades famosas de los fae que no tuvieron su reconocimiento y que fueron expulsadas de Magh Meall solo por cometer algún error que pusiera en duda la Carta Magna. No se podía hacer como si jamás hubiesen existido. —Empezó a caminar en dirección a la entrada del bosque y la miró esperando a que lo siguiera—. Tus abuelos eran honorables. Y tú madre, también, aunque se hubiese enamorado de un humano aníos. Incluso ahora más todavía por ello.

Se detuvo ante la figura de una elfa hermosa de orejas puntiagudas y pelo largo sentada sobre las raíces del árbol. La misma estatua que Byron contemplaba cuando, días atrás, las luces élficas guiaron a Elora hasta él.

—Ella es... Adrien. Tu madre.

Elora se llevó las manos a la boca, consternada por la revelación. Era una mujer muy hermosa y la estatua parecía viva de la energía que tenía.

—¿Es mi madre?

—Sí. Después de su muerte, traje el cuerpo al bosque y

le pedí a una gaistling que transformase su cuerpo en piedra en una posición y con una expresión que la reconociese.

—¿Y aceptó ayudarte?

—Lo hizo sin dudarlo. Tal vez algún día la conozcas.

Elora se dio la vuelta para mirarlo con un interrogante muy evidente en sus ojos.

—¿Por qué?

—¿Por qué, qué?

—¿Por qué tienes tanta consideración? ¿Por qué arriesgarte tanto para hacer algo que nadie te iba a reconocer?

Byron contestó con el corazón en la mano y mucha solemnidad:

—Por ti. Porque pensé que cuando volvieras a mí, te encantaría visitar su homenaje, su tumba. No me importa que me reconozcan o no todo lo que hago, pero sí de qué modo te afecta a ti.

—¿Hiciste esto hace veinticuatro años pensando en mí y en mi vuelta?

Él asintió sin más.

—Por ti y por tu madre. A ella también le hubiese gustado. —No tenía nada que esconder.

—El día que vine al bosque, tú estabas ante ella…

Byron no lo negó.

—Sí. Vengo aquí a veces a hablarle. Fue mi mejor amiga. Aquel día estaba muy contrariado y no sabía qué hacer contigo… Necesitaba meditar.

Elora se había quedado muda. Byron no podía haberla sorprendido más. Debía de ser un amigo excelente, uno que todos querrían tener.

—Hay algo que no entiendo… ¿Cómo murió mi madre? Por el parto, sí —se contestó ella misma—. ¿Significa eso que yo la maté? ¿El parto de una fairie conlleva la muerte para una Baobhan?

—Para nada. Tu madre y tu padre se habían vinculado, Elora —contestó con tiento—. Adrien sabía que iba a morir porque ya se debilitaba con lentitud sin la sangre de su pareja. Artio había muerto antes que ella. Su vínculo de sangre se había roto. Y en el parto, con la hemorragia y sabiendo que nada iba a suplir esa pérdida sanguínea, sencillamente Adrien trascendió. Te dije que cuando encontramos a nuestra pareja, queremos sexo de ella, pero también sangre que nos convierta el uno en el alimento vital del otro. Esa es la diferencia entre una amante y tu pareja vital. Porque lo de morder y compartir sangre es un privilegio de nuestra dama, de nuestra elegida. Y una vez se prueba y hacemos la vinculación, es para siempre y se convierte en una necesidad vital. Los Baobhan, en este caso, nos unimos tanto y somos tan dependientes que cuando nuestro amor se va, nos morimos con ellos al cabo de poco tiempo. Porque se llevan para siempre nuestro corazón.

Elora quería pegarse un tiro. La idea le parecía romántica hasta decir basta, pero también de una responsabilidad increíble.

—Es… un papelón —murmuró provocando que él riese.

—Pero nos sale de manera natural e innata. Cuando entregamos nuestro corazón y nos vinculamos, es porque es la adecuada. Y es para siempre.

Byron era más detallista y sensible de lo que ella había imaginado. No era tan duro, frío ni díscolo como había pensado.

Un hombre con esas características no luchaba porque todos tuvieran su lugar, ni hablaba así en nombre del amor eterno.

Byron era… una maldita caja de sorpresas que la volvía loca. Acababa de regalarle el recuerdo, la imagen y la tumba de sus abuelos y de su madre. Acababa de mostrarle un lugar en el que llorar, meditar e ir cuando se sintiese sola.

Aquello era el abrazo de la familia perdida, y Elora estaba tan emocionada que no quería ponerse a llorar como una Magdalena frente a él.

—Espero que te haya gustado la última parada del itinerario —dijo Byron, sabiendo que ella aún continuaba impactada.

Elora se secó los ojos con el antebrazo y exhaló con fuerza.

—Me... me ha encantado, Byron. No me lo esperaba.

Él inclinó la cabeza hacia un lado y sonrió con satisfacción.

—Bien. —Cruzó las manos a la espalda y echó los hombros hacia atrás—. Torch te mostrará todo lo que heredarás de Adrien.

Por la cuestecita de entrada al bosque temático bajó un quiet folk. Era un enano, vestía como un mayordomo y saludaba a Elora alzando la mano con una sonrisa mellada de oreja a oreja.

—¿Herencia?

—Sí —contestó Byron—. Tu madre y tus abuelos tenían propiedades en Meadow Joy, así como bienes inmuebles en otras ciudades. También poseían acciones. Como sabes —se estiró las mangas de las muñecas—, hay cosas del mundo humano que nos gusta disfrutar mucho.

—Claro, no sois tontos.

—Torch, gestor de finanzas, se ha ocupado de las propiedades de Adrien y de tus abuelos. Ya sabes que los quiet folk adoran ganar dinero. Así que mi amigo se ha encargado de tus cosas.

El enano estaba ahora a la misma altura que ellos. Tenía el pelo blanco con muchas entradas y la barba trenzada.

Sus manos regordetas y grandes, en comparación con su tamaño, brillaban debido al destello de la cantidad de anillos de oro que llevaba en los dedos.

—Es todo tuyo —continuó Byron—. El dinero, las propiedades, las inversiones... Puedes hacer con ello lo que quieras.

—No estoy pensando en el dinero ahora, la verdad... —repuso Elora atribulada. Aunque no se le decía que no a lo bueno que caía del cielo.

—Hola, ungida. —Torch la reconoció con una sonrisa de oreja a oreja, y añadió—: Eres rica.

—Eh..., bien. Pero tenía pensado ir al centro a ocuparme de mis animales. Sigo teniendo trabajo...

—Sí, pero ahora nadie se acordará de eso. Está solucionado con Charlotte —certificó Byron sin más, revisando la carpeta que tenía Torch con los contratos y las propiedades de Elora.

—Un momento, Byron. —La joven le puso la mano sobre los papeles para que le prestara atención—. Todo lo que me has enseñado esta mañana, la puerta, los fae, las tradiciones, las esculturas..., me ha dejado fascinada. Pero sigo teniendo una vida.

—Está bien. —Él no le dio importancia porque no se tomaba en serio su insistencia a querer vivir todo con normalidad. Ya no era humana. Tenía que olvidarse de muchas cosas—. Pero decide si volver o no al centro después del Samhain. Ahora tienes unos días para ponerlo todo en orden...

Ella desencajó la mandíbula y se indignó:

—¿Has hablado con Charlotte? ¿Tienes a todo el pueblo controlado?

—¿Qué esperabas? No dejamos cabos sueltos. Claro que los influenciamos.

—Por eso están todos tan seguros de sus supersticiones. Porque habéis entrado en contacto con ellos de un modo u otro, pero no se acuerdan...

Byron sonrió de oreja a oreja y dijo:

—No les pasará nada. Son pequeños ajustes para que no digan ni hagan nada indebido más allá de Meadow Joy. ¿Quieres acompañar a Torch?

Elora tenía cara de no saber en qué día vivía.

—¿Qué? ¡No!

—Me harías un favor si fueras con él. Tengo algo que hacer.

—¿Por qué? —Quería saber por qué de repente le urgía tanto deshacerse de ella.

—Milady. —Torch abrió los diminutos ojos negros todo lo que pudo, porque parecía horrorizado con su ignorancia—. El amo exigió su ajuste de cuentas. Y eso va a tener.

—¿Ajuste de cuentas? Pero ¿iba en serio? —La pregunta iba dirigida a Byron, al que sujetó del brazo.

Sin embargo, fue el quiet folk quien contestó:

—Un sídhe como el amo no olvida ni perdona. Es momento de *doirteadh fola*. Derramar sangre.

18

En el anfiteatro solo se encontraban los príncipes de cada casa. Era un ajuste de cuentas sídhe privado.

Kellan solo llevaba un pantalón largo ancho y mostraba orgulloso su torso desnudo. Finn parecía un caballero de los de antes, con armaduras plateadas en los hombros, sobre el pecho, en los antebrazos y en los nudillos de las manos, como puños americanos.

Elora no entendía por qué tenían que llegar tan lejos. Se iban a pelear y eso la angustiaba, porque recordaba cómo había quedado Byron el día anterior, aunque ahora parecía estar fresco como una rosa y completamente repuesto.

Desde luego, los sídhe se recuperaban muy rápido de sus heridas.

Byron se quitó la camiseta y también mostró su torso, impecable, definido y demasiado bonito como para ser golpeado. Se dio la vuelta, dobló la camiseta con una rectitud impecable y se la dio a Elora, que se había sentado en su silla de piedra de obsidiana del concilio, un trono con alas de murciélago muy grandes que se elevaban y hacían de cúpula protectora para su príncipe. Cada trono era distinto según las características de los sídhe que representaban, y Elora las advertía en ese momento.

El de Finn era de cristal, tenía unos cuernos de ciervo del mismo material, pero más azul, que emergían de la parte posterior, y hadas diminutas en miniatura que se posaban en sus astas. El de Elda Litir, la Dama Blanca, que contemplaba la escena con aburrimiento, era de cuarzo blanco con dos mujeres esculpidas a cada lado mirando al cielo. El de Kellan era de piedra, y la silla del trono emergía del interior de la estatua de un lobo gigantesco. Después estaba el trono de los enanos, que era completamente de oro, con dos martillos cruzados en el respaldo.

Todos tenían detalles que Elora no adivinaba a comprender, pero eran de una hermosísima factura.

Cuando Byron le pidió que le sujetase la camiseta, ella lo reprendió con la mirada.

—¿Por qué tienes que hacer esto?

—Porque no dejo que pasen por encima de mí de ese modo, Elora —contestó comprensivo con su crispación.

—No sois espartanos.

—Claro que no —repuso con una sonrisa—. Los espartanos a nuestro lado no son nada, *beag*.

Oh, es que era tan soberbio a veces...

—Ayer tenías la piel del cuerpo arrancada a tiras —le echó en cara—. ¿Vas a exponerte a que te hagan lo mismo?

Byron entendía la angustia y la inseguridad de Elora, porque jamás lo había visto en acción. Pero no soportaba que considerase que no era un ser fuerte. Ella ni se lo imaginaba.

—Finn y Kellan han estado tocándome las pelotas desde que llegaste a Meadow Joy. —Su voz sonó rabiosa mientras hablaba entre dientes—. Me arrancaron la piel porque me tenían sometido. Aguanté esa tortura dos días sin poder defenderme, Elora. Si alguna vez te parecí débil, es el momento de quitarte esa idea de la cabeza.

—No creo que lo seas —repuso. Empezaba a ser consciente de lo mucho que herían a Byron esas consideraciones—. Pero no sois cavernícolas. Pensaba que los fae erais más civilizados, solo eso. Y no sé por qué tenéis que solucionarlo todo a golpes. Es de cromañones. Ellos son dos y tú, uno, Byron. —Alzó las manos y se miró los dedos, fingiendo contar—. A mí no me salen los números. ¿Luego tendrás que colgarte otra vez del techo para que los quiet folk te sanen?

Le sentaba fatal. Que Elora lo viese de ese modo era terrible para el ego del Baobhan, pero comprendía que pensase así. Sin embargo, era el momento de que supiera con quién estaba realmente.

—Somos lo que somos, Elora. No voy a sobreesforzarme para agradarte, no voy a fingir ser alguien que no soy, porque esto es lo que hay. —Abrió los brazos para que viera que, mucho o poco, ya no escondía nada—. Solo yo te estoy enseñando mi verdadera naturaleza —le recordó—. Y ahora sabrás por qué el único modo que tenían esos dos miserables de ahí enfrente para reducirme e intentar doblegarme —señaló a Kellan y a Finn— era esposándome con acero y drogándome con las pócimas del Sióg para que no me pudiera resistir. —Se golpeó el pecho con el puño derecho solo una vez—. Soy Byron Dorchadas, príncipe de los Baobhan Sith, y quiero que veas por qué soy el líder de la casa fae más temible.

Dicho esto, Byron se dio la vuelta y mostró a Elora cómo era su espalda cuando sus alas estaban replegadas. Tenía líneas negras, como tatuajes rugosos que viajaban a través de sus músculos paravertebrales y se volvían más gruesos alrededor de las paletas de la espalda. Ella aguantó la respiración cuando las expandió. Salieron de sus marcas con naturalidad y se desplegaron con orgullo mientras él sonreía con malicia a Kellan y a Finn.

Kellan estaba serio y miraba a Elora para asegurarse de que estuviera bien. Y Finn, tan pagado de sí mismo, sacó un látigo de acero retráctil de un lugar oculto en su muñeca.

Elora pensó con mucho agobio que Byron no iba a salir bien parado de ese enfrentamiento. Hasta que Torch, de quien ella se había olvidado por completo y que estaba a su lado viendo la disputa, le dijo con aquella voz rasposa y extraña:

—Llevan acero porque les hace daño a los fae.

—Eso me deja más tranquila —musitó ella con ironía.

—No debes preocuparte, ungida. El amo no es solo el príncipe Baobhan, es el fae más fuerte y aguerrido que ha existido nunca entre los nuestros —convino en confidencia, acercándose más a ella—. Viene de un linaje de Baobhan que lucharon contra el mismísimo Amadán en las primeras guerras, cuando este fue expulsado del origen. En las guerras firbolgs y milesianas, su abuelo fue el príncipe general de los Baobhan. Era invencible, como Mac Lir —rememoró con melancolía—, hasta que la traición de Drackass lo aceleró todo y dejó expuestos a los suyos en el exterior. Los exterminaron a todos con la espada Fragarach. Después de eso y de movilizar nuestro hogar hasta Meadow, su padre heredó el título de general. Y tras nacer el amo, él obtuvo el mismo reconocimiento. Cuando Adrien desapareció, los padres del amo ascendieron al trono Baobhan por votación general. Sin embargo, era una vida demasiado larga para los sídhe, encerrados en Magh Meall sin poder ni siquiera percibir el origen en el Este. La falta de conexión con su mundo los sumía en una profunda tristeza. Y decidieron que, con su hijo ya adulto y capaz de asumir responsabilidades, él debía ser el auténtico líder Baobhan. El único. Por eso ambos decidieron partir y entregarse al sueño eterno en el interior de Magh Meall.

—¿Y Byron se quedó solo? —preguntó Elora, sobrecogida por la información.

—Sí. —Torch asintió sonriente con sus dientes de oro mellados.

Qué ser más extraño. Parecía que nada le incomodaba.

—¿Hace mucho de eso?

—No más de tres lustros humanos.

Entonces, Byron había perdido a sus padres no hacía demasiado tiempo.

—¿Vas a firmar, ungida? —Le mostró con ilusión los papeles de sus nuevos poderes.

—¿Es tan importante que firme ahora?

—Firma y hazme feliz, te lo ruego. Soy un gestor quiet folk. Podría trabajar para ti y hacer que tus propiedades se multiplicaran.

—No tengo tanta vida para gastar esa cantidad de dinero —murmuró ella al mirar las cifras de las que estaban hablando.

—¿Es un chiste? —El enano achicó su mirada negra.

—¿Qué?

Torch soltó una carcajada sonora y cuando habló de nuevo, se le habían saltado las lágrimas:

—Eres divertida. Una vida inmortal da para mucho, ungida. Eso es lo que eres ahora.

Elora no había pensado en ello y la conciencia de aquellas palabras la golpeó con fuerza. Torch tenía razón. La idea de una vida eterna la inquietó, porque para ser feliz debía rodearse de seres muy buenos. Y querer a los que mereciese la pena querer. Su corazón se encogió un poco al pensar en Gisele. Necesitaba ir a verla. Y después se expandió de un modo inusitado al ver a Byron en aquel anfiteatro, como un guerrero sobrado que tenía intención de aplastar a sus enemigos.

—¿Puedo trabajar para ti también? Me haría muy feliz. —Torch batió las pestañas cortas y blancas—. Vamos a generar mucho dinero.

Los quiet folk estaban obsesionados con la riqueza. Y a Elora no le podía interesar menos, así que le iría bien que alguien moviera sus cosas por ella.

—Sí, Torch, puedes. —Elora sujetó aquella carpeta dorada y firmó donde el enano le había indicado—. Serás también mi gestor.

—Y el del amo.

—Y el del amo —repitió ella, obligándose a hablar con esos términos—. Torch... ¿Byron tiene hermanos?

—No, el señor es hijo único. A los Baobhan les cuesta concebir más de un hijo, por eso crean una comunidad tan grande entre ellos —contestó abrazando la carpeta contra su pecho robusto e inflamado. Todos los quiet folk tenían barrigas prominentes—. Sienten que los hijos de unos son de todos. Y que todos son hermanos de todos. Como una gran familia. Ya nunca más estarás sola, ama —aseguró mirándola con adoración.

¿Ama? ¿Ella? De repente sintió que no podía corregir al enano para no ofenderle, así que dejó que la llamase así.

—Te lo vas a pasar muy bien viendo el espectáculo. —Torch señaló a Byron, antes de que Liek y Elda, los únicos que ocupaban sus tronos, soplaran unas caracolas gigantes de color blanco para que empezase aquella batalla—. Será rápido.

¿Rápido? ¿De qué hablaba?

Elora se agarró al reposabrazos del trono de los Baobhan y se inclinó hacia delante, nerviosa, sin saber lo que iba a pasar.

Odiaba que él tuviera que hacer eso sí o sí, por estúpidas tradiciones fae y temas de honor y orgullo que...

—¡Santo cielo! —Elora se levantó como un resorte del trono.

Byron se movía a una velocidad que incluso a ella le costaba seguir. Kellan y Finn no se quedaban atrás.

Pero, en un movimiento audaz y de una estética inmaculada, Byron se colocó a la espalda de Kellan, pasó los brazos por debajo de sus axilas y entrelazó los dedos de sus manos en la nuca. Lo había inmovilizado mientras Kellan se transformaba en el lobo que era, mostrando colmillos, orejas puntiagudas y un cuerpo cada vez más grande y ancho.

Byron alzó la mirada completamente de color negro y amartilló a Elora con ella. Entonces sonrió airoso y articuló con los labios:

—Mira, *beag*.

Elora lo observó y no perdió detalle de aquella ostentación de poder y gallardía.

Byron se impulsó hacia el cielo con las alas y no dejó de volar hacia arriba, hasta que Elora, a pesar de su increíble visión, lo perdió de vista.

—¿Adónde ha ido...? —preguntó mirando a la Dama Blanca y a Liek.

El enano entornó los ojos y bostezó.

—Sabía que esto no iba a tener ninguna emoción, ungida.

La Dama Blanca asintió con una sonrisa divertida. A veces daba la impresión de que estaba más en otro mundo que en el presente. Pero por eso eran adivinas.

—No esperes que la princesa Elda conteste. Le ha dado un aire.

Torch observó a Liek ofendido.

—No deberías hablar así de una princesa sídhe.

—¿A quién hablas así, enano?

—¿Enano yo? ¡Enano tú!

—¡No me llames enano, enano! —contraatacó Liek, cada vez más ofendido.

Elora no entendía absolutamente nada. Mientras tanto, Finn se cruzó de brazos esperando a que algo cayese del cielo, con su gesto perfecto y endiosado y el pelo rubio recogido en una trenza. Era como una especie de Brad Pitt en Troya. Al menos, a ella ya no le parecía tan atractivo.

—¡Basta ya! —les pidió Elora. Le estaban poniendo la cabeza como un bombo y solo quería saber dónde había ido a parar Byron—. ¡Los dos sois enanos!

Ambos se callaron y se cruzaron de brazos, ofendidos por la evidencia, pero resultaba que si lo decía ella, no se molestaban.

Curiosos, esos fae...

Y de pronto... ¡Plas!

El cuerpo de Kellan cayó al suelo como un meteorito, destrozando la superficie marmórea, agrietándola con un tremendo socavón. Todo su cuerpo estaba ardiendo, churruscado. Y ya no había tela de pantalón que cubriese su desnudez.

Elora se hizo cruces, escandalizada con la imagen y conmocionada al pensar en cómo había quedado Byron.

—Es un Ag Athrú, no sufras —habló Finn, y la miró por encima de su hombrera metálica—. Se curará. Pero ahora no. Eso si Byron no decide hacerle algo peor...

—Es como... un pavo de Acción de Gracias. —Elora se presionó los ojos con las yemas de los dedos—. Esto tiene que parar... No puede ser...

—¡Kellan! —lo increpó Finn—. ¡No has durado nada, tío!

El otro, hecho un ovillo lleno de dolor, pero vivo todavía, alzó lentamente una mano chamuscada y le enseñó el dedo corazón a Finn.

Y en ese momento, Byron descendió del cielo como si

nada. Algunas llamas lamían sus alas, pero él las hacía desaparecer agitándolas con suavidad. El fuego no le lastimaba. Elora no lo podía creer.

—Eres todavía más fuerte que antes —admitió Finn, y sacudió el látigo contra el suelo. Ahora reconocía el poderío físico del Baobhan—. Eso es que has bebido de ella, ¿verdad? La sangre de la ungida debe de ser muy poderosa. Lo que no entiendo es cómo dejaste que este te mordiera. —Deslizó la mirada hacia Elora y le sonrió como el tentador que era.

La joven se sonrojó. No le gustaba que Finn hablase de ello en voz alta, le parecía íntimo.

Byron no contestó. Lo miraba de un modo letal. Elora estaba segura de que se imaginaba todo tipo de maneras de castigar a Finn.

—Estás realmente apetecible, ungida —reconoció Finn, admirando su estilo—. Qué bonito es sentirse a gusto y tan segura como para que no te importe llamar la atención..., ¿verdad? —Miró a Byron de reojo, consciente de que lo que iba a decir le iba a molestar—: ¿Llevas braguitas debajo?

—¡No le hables así! —Byron se dirigió hacia él y Finn retrocedió de un salto, intentando quedar fuera de su alcance, al tiempo que lanzaba el látigo contra él. Le rodeó la garganta con él para estrangularlo y hacer arder su piel.

—Byron... —murmuró Elora mientras ella misma se acariciaba el cuello, como si percibiera su angustia.

—Ama, no te preocupes —volvió a tranquilizarla Torch—. Esto es solo un juego para el amo.

Finn se reía mientras lo tenía sujeto del cuello hasta que Byron agarró la parte mediana del látigo y, con una mano, empezó a atraer al Sióg y a arrastrar sus pies por el suelo hasta tenerlo solo a un metro.

Finn le golpeó el rostro hasta tres veces con el puño americano de acero que llevaba en los nudillos. El metal laceró la piel de Byron, al mismo tiempo que hería su garganta. Pero este ni se inmutó. Agarró a Finn del pescuezo blanco con la otra mano, pero el hada se desmaterializó, convirtiéndose en niebla ante los ojos asombrados de Elora. Su cuerpo se volvió gaseoso y parecía que la mano de Byron ya no sujetaba nada. Pero aún sonreía y no liberaba su amarre.

Y entonces Finn se volvió a materializar ante él con los dedos de Byron alrededor de su cuello. El Sióg ya no sonreía. Esta vez estaba muy cabreado.

—Lo que decía. Eres más fuerte —admitió.

Byron agarró el acero que le constreñía la garganta y se lo quitó a pesar de sentir las quemaduras en la mano. Rodeó con él el cuerpo de Finn, atándolo con el mismo látigo con el que había pretendido hacerle daño, y lo alzó del suelo estrangulándolo por el cuello.

Después de eso, Finn espetó sin voz:

—Hagas lo que hagas, ella sigue sin elegir.

Byron lo atrajo con fuerza hacia él y le dio un cabezazo en toda la cara.

—¡En la cara no, hijo de Carman!

Finn se llevó las manos a la nariz rota y después ya no pudo hacer nada más. Era un muñeco a manos de Byron, que empezó a mover el brazo y el cuerpo como un parabrisas de lado a lado, haciendo impactar el cuerpo de Finn contra el suelo.

Las colisiones producían boquetes en el suelo, más profundos a cada golpetazo.

Finn pasó mucho rato así y aunque estaba completamente inconsciente, Byron no cesó su castigo. No hacía falta ensañarse tanto. Ya había ganado, había vencido, y acababa de callarle la boca con sus dudas y miedos respecto a su fortaleza. Pero el Sióg sangraba por todas partes y había oído cómo se le rompían los huesos. Como le había rodeado con el látigo, lo mantenía preso y débil y el dolor era más abrumador.

—¡Byron, detente! —gritó Elora.

No lo hizo. No la iba a escuchar. Cuando acabó con Finn, lo lanzó sobre el cuerpo frito en el que se había convertido Kellan y los observó sin arrepentimiento ni compasión.

—¡Byron! —volvió a gritar esta vez con más fuerza.

Él la miró y valoró si debía obedecerla o no. En la bruma de la batalla era muy complicado entrar a dialogar con un Baobhan porque no hacían concesiones con nadie, pero esperó a ver qué tenía que decirle.

Los enanos y la Dama Blanca guardaron silencio, expectantes ante la escena atípica que se desarrollaba en aquel anfiteatro, donde nunca se tenía en cuenta ningún tipo de gesto indulgente.

—Ya está bien. —Elora quería mostrarse firme. Aquello debía parar. Ni Finn ni Kellan tenían ninguna posibilidad de vencer o de recuperarse. Todo lo que viniera después de aquel atropello era sadismo y crueldad—. Por favor —le suplicó manteniéndose fuerte con su requerimiento—. Ten clemencia. —No quiso mirar más a los príncipes caídos; la escena era demencial y demasiado cruenta.

Era evidente que el Baobhan luchaba contra su naturaleza y su necesidad de seguir golpeándolos. Ellos lo habían estropeado todo y se habían metido en medio de algo que no les concernía. Le sangraban las encías y apretaba los dientes de lo frustrado que se sentía.

—Byron... —Elora se humedeció los labios con nerviosismo—. Vámonos. Vamos a casa. Quiero ver a Gisele.

Ni siquiera ella había sido consciente de lo que acababa de decir. Pero funcionó. «Vamos a casa» era considerar que algo de él podía ser también de ella. Y fue como un maldito rayo de esperanza sosegador.

Sus ojos se aclararon y se volvieron de ese tono coccíneo que no dejaba de cautivar a Elora.

Y como si de un sueño se hubiese tratado aquel acto furioso y violento, Byron replegó sus alas, sin más, tomó tres respiraciones profundas y se tranquilizó.

Caminó sudoroso hasta donde estaba Elora y se plantó ante ella glorioso y triunfador, con su orgullo recuperado.

Ella no podía dejar de mirar las marcas de su cuerpo, del cuello y de la cara, que empezaban a cicatrizar lentamente.

—Te dije que iba a ser rápido, ama —le recordó Torch.

—¿Ama? —Byron no estaba sorprendido del todo—. ¿Ya lo has contratado?

—Es insistente —dijo Elora encogiéndose de hombros.

—Sí, lo es —sonrió—. Alguien debería recoger la basura. —Byron señaló con el pulgar a los dos sídhe derrotados, dirigiéndose a Elda y a Liek.

—Yo me encargaré —contestó la Dama Blanca observando con mucho interés a Elora y a Byron por lo que acababa de tener lugar allí.

Sin decir más, el Baobhan tomó su camiseta, que Elora había dejado sobre el trono, y se la colocó sobre el hombro.

Se pasó las manos por el pelo negro y después se las llevó a los bolsillos delanteros del pantalón.

—Vamos a casa —repitió Byron.

Entonces se alejó de ahí silbando y Elora se colocó a su lado mientras escuchaba cómo Liek gritaba como un energúmeno y se tapaba los oídos mientras decía:

—¡Hijo de silvano gonorreico! ¡Sabe que odio que silben!

Pero Byron no dejó de hacerlo hasta que salió de allí. Y Elora adoró la sonrisa que se le dibujaba en los labios mientras incordiaba al príncipe de los Túmulos.

El vuelo de vuelta fue increíble.

Elora no podía dejar de pensar en el ajuste de cuentas. ¿Cuándo algo había estado tan desigualado? Habría sido incluso cómico si no fuera por la cantidad de sangre derramada que manchó el suelo marmóreo pulcro y señorial del anfiteatro.

Byron no le reprochó nada. La obedeció sin más. Dejó su ira atrás y sus ganas de reventarles la cabeza solo porque ella se lo había pedido. Y aunque no tenía pruebas, Elora sabía que para un Baobhan era un esfuerzo titánico dejar de lado sus ansias de venganza, porque iba contra natura.

Elora lo miraba disimuladamente mientras se abrazaba a él en el cielo. La había dejado sin palabras. No se imaginaba tanto poderío ni tanta fortaleza física... ¿Era porque había bebido su sangre cuando absorbió su veneno? Daba igual por lo que fuese. Ahora era muy consciente de él, de su presencia y del increíble poder que tenía. Y al fin comprendía por qué todos los fae lo respetaban y lo temían. Uno siempre temía aquello que podía llevársele por delante. Pero la grandeza residía en quien, pudiendo pasar por encima, se hacía a un lado y dejaba sitio.

Y era justamente lo que acababa de demostrar Byron. Sabía con total seguridad que Finn o Kellan no se hubieran detenido de haber estado en el lado contrario. Y eso provocaba en Elora una profunda admiración hacia el Baobhan.

—¿Ha sido por mi sangre? —le preguntó apoyando suavemente las manos sobre sus hombros. Planeaba con las alas, y entre lo guapo que era Byron, con ese pelo negro azotándole el rostro, y lo bien que olía, tenía la sensación de que estaba en un sueño.

—¿El qué, *beag*?

—Que les hayas dado tremenda paliza. ¿Ha sido por mi sangre?

—Se la hubiera dado igual. Pero prometí no mentirte más —aseguró mirándola con gentileza—, así que debo decir que al absorber tu veneno, también bebí tu sangre, Elora, y me hace más poderoso que antes. Percibo cambios en mí.

—¿Mi sangre te ayuda a recuperarte? ¿Te hace bien? —quiso comprender.

Él entornó la mirada y la fijó en sus labios. Le encantaría besarla ahí mismo, pero sentía que Elora se acercaba y no quería ahuyentarla. Ella debía acudir a él por voluntad propia, sin coacciones ni obligaciones, solo con el deseo y el conocimiento de que ambos se pertenecían.

—Tu sangre es deliciosa y un bien preciado para mí.

—¿Y qué supone para ti que hayas bebido de mí?

—Debía extraerte el veneno del lorgaire y no pensé en las consecuencias. Solo quería que dejases de sufrir.

—¿Eso qué quiere decir? —Elora le sujetó el pelo para verle mejor la cara y sus expresiones, y a Byron se le deshizo el corazón.

Él suspiró y contestó de manera ponderosa:

—Que tu sangre es importante e indispensable para mí a partir de ahora. Ese va a ser mi único alimento real porque, para mí, sí eres mi pareja. —Ella solo tardó unos segundos en comprender lo que eso significaba—. Pero no te asustes. —Aunque le dolía, le quitó hierro al asunto—. Todo esto se puede acabar mañana, en la noche de Halloween, nuestro Samhain. No estás obligada a nada. Si haces el ritual de desvinculación, mi necesidad y nuestra alianza desaparecerán. Todo se esfumará como en un recuerdo.

Esa fue la primera vez que Elora sintió tristeza al oír aquella posibilidad. No sabía por qué reaccionaba así, pero no pudo evitar encogerse un poco al escucharlo.

Cuando llegaron a Uaimh, el castillo de Byron, Elora continuaba dando vueltas a sus palabras. Su mordisco sí había traído consecuencias, sobre todo para él, y aun así la había mordido. ¿Por qué Byron insistía en estar siempre en la cuerda floja? Elora empezaba a comprender que era un buen líder Baobhan porque siempre se ponía antes que nadie. Siempre se sacrificaba.

Todo se removía en ella cuando pensaba en Byron. ¿Cómo podía ser? Ayer sentía que lo odiaba y al día siguiente, todas esas aristas se habían limado al permitirse conocerlo.

Cuando entraron en el castillo, Elora solo necesitaba pasar un rato en compañía de su amiga. Ojalá estuviese despierta para que pudiesen hablar. Gisele siempre tenía las palabras correctas, las que ella necesitaba para aclarar sus ideas.

—Necesito ir a verla, estar con ella —le explicó Elora a Byron, mirándolo de frente.

Él asintió solemne.

—Bien. Haz lo que convengas. Pero piensa que tenemos que lograr que Rebecca y a John, tus... falsos padres, te olviden.

—Sí. Lo sé —accedió sin sentirse demasiado afectada, cosa que agradeció—. ¿Les hará daño? —No quería hacerles sufrir.

Byron sonrió compasivo.

—No, pequeña. No pueden sufrir por lo que nunca tuvieron ni fue suyo. ¿Hay algo que creas que merezca la pena que recuerden?

Ella negó con la cabeza, asumiendo que, en realidad, esas personas solo le dieron techo, la apuntaron a buenos colegios, la vistieron y le dieron cobijo. Pero nada más. No había ni un cumpleaños que rememorar juntos, porque ellos nunca estaban.

—Solo quiero que les vaya bien —reconoció.

Él movió la cabeza afirmativamente, porque así iba a ser.

—Vivirán con normalidad. Ya han cumplido su función.

—Está bien.

Byron suspiró porque tenía ganas de abrazarla y calmarla, pero ella no se lo iba a permitir.

—Debo ir al centro a hacer algunas cosas. Estás en tu casa, puedes hacer lo que quieras. Puedes entrar y salir como gustes.

—¿Puedo volver al centro veterinario si quiero?

—Puedes, esto no es una cárcel. —Aunque decirlo le dio pena. Quería que ella quisiese quedarse allí y que le gustase el castillo—. Y, cuando lo necesites, puedes llamar a Torch para que te muestre todo lo que posees. Podrías ver una de las casas de Adrien... —la tentó, porque sabía que a ella le gustaría.

—Poco a poco —contestó Elora, aunque no le desagradaba nada la idea—. Aún me estoy asentando y no he hecho las paces con las hadas en el centro para irme sin más al cabo de una semana.

—Puedes quedarte aquí tanto como desees. A mí me encanta tenerte.

«Me encanta tenerte» le sonó a mucho más de lo que significaba. Se puso nerviosa. Y lo peor era que sabía por qué, pero no sabía cómo afrontarlo.

—Esta noche hay una fiesta en el Cat Sith, orejita. —La tomó tan de sorpresa que Elora no fue capaz de replicarle—. Es la antesala del Samhain. ¿Te apetece ir? ¿Quieres que nos encontremos allí? Será divertido. Los fae también sabemos pasarlo bien. Es lo que mejor se nos da.

Elora no se lo pensó dos veces y asintió con firmeza. Una fiesta siempre era bienvenida.

—Byron. —Ahora era muy consciente de su feminidad estando con él. ¿Qué diablos le sucedía?

—¿Elora? —dijo él con tono divertido.

—Solo... —Se pasó el pelo por detrás de la oreja puntiaguda y él se la quedó mirando, hipnotizado por ella—. ¡Ay, mierda! —Se la cubrió rápidamente al acordarse de lo que pasaba con las orejas y los fae. Menuda filia.

Byron se mordió el interior de la mejilla, nervioso, porque claro que le afectaban sus orejas, pero estuvo a punto de echarse a reír por su azoramiento.

—No te asustes, *beag*. No me echaré encima de ti por mucho que intentes seducirme. Soy fuerte.

—¡¿Qué?! Yo no…

Él soltó una risotada y cuando Elora vio el modo en que su cara se iluminaba cuando reía, sintió una punzada en el corazón. Era… arrobador. Además, también tenía sentido del humor.

—No sabía que eras capaz de bromear…

—Soy capaz de muchas cosas.

Sí, ella se estaba dando cuenta.

—Solo quería decirte que agradezco mucho que te hayas detenido en tu ajuste de cuentas.

—Lo he hecho por ti. Solo por ti —le dejó claro, hablándole con dulzura.

—Por eso lo agradezco… Y… siento haberte hecho creer que me parecías débil. No eres débil. Eres… todo lo opuesto. Incluso mucho más poderoso de lo que tú crees.

—¿Y eso por qué, *beag*? —Esa Elora lo estaba destruyendo. Si ella supiera la de cosas que le apetecía hacerle. ¡Claro que era fuerte! Estaba hecho a prueba de bombas seductoras y subyugantes como ella. Le acarició un mechón de pelo y lo sostuvo entre sus dedos.

Elora recibió esa caricia en todo el cuerpo y siguió el movimiento de sus dedos con los ojos mientras respondía:

—Porque creo que los fae os regís por una conducta demasiado violenta para ver quién se golpea el pecho más fuerte y no medís las consecuencias ni la fuerza de vuestros envites. Pero el más poderoso es el que se rige a sí mismo y tiene la capacidad de controlarse. Tú hoy lo has hecho con Finn y con Kellan, a pesar de haber abusado un poco de ellos como si fueran muñecos de trapo —reconoció aún impactada—. Pero has sabido detenerte como ellos no supieron hacer contigo. Eso te convierte en el más fuerte, al menos, a mis ojos. Me ha gustado lo que he visto.

El pecho de Byron se llenó de alegría y, ante ese reconocimiento, sonrió.

—Bien... Creo que es momento de irme antes de que te desdigas... —Le hizo una reverencia y se alejó, decidido a apartarse antes de echársele encima.

Empezaba a creer que Elora percibía lo que sentía por ella. Esa chica podía estar asustada, pero no ciega. Y tenía un corazón inmenso. ¿Cómo no iba a haber sitio para él?

—Que nos volvamos a ver, orejita.

Elora se lo quedó mirando mientras desaparecía por la torre de la cueva subterránea en la que habían dormido colgados boca abajo. Había sido el sueño más reparador de su vida.

—Que nos volvamos a ver —le contestó ella.

Se frotó la cara para poner los pies otra vez en tierra.

—Elora, ¡haz el favor! —se reprendió a sí misma—. ¡No flojees!

Pero debía admitirlo: estaba empezando a flojear de verdad. La convicción que tenía la noche anterior de que jamás lo elegiría se estaba convirtiendo en incerteza.

No podía olvidarlo, Byron había mantenido relaciones con una treebuta el mismo día que ellos dos habían tenido un encuentro apasionado en el bosque. Él lo negaba porque ¿qué iba a decir? Y eso ella no lo podía olvidar.

Pero... ya no se sentía tan fuerte con él porque, desde su ascensión, todo lo relacionado con el Baobhan había sido una sorpresa tras otra.

—¡Elora!

La joven abrió los ojos con alegría y sorpresa al ver que Gisele estaba despierta, vestida aún con el pijama blanco de dos piezas que le iba enorme, como a ella le gustaba, las gafas puestas y el pelo rubio trenzado de un modo que jamás lo había llevado.

—¡Gisele! —Subió las escaleras corriendo para abrazarla, pero entonces su amiga alzó la palma de su mano y se la enseñó. Tenía un señor agujero sanguinolento en el centro—. ¡Gi! ¡¿Qué te ha pasado?! —Le sujetó la muñeca para verla bien.

—¡¿Que qué me ha pasado?! ¡Me he clavado un boli pensando que todo esto era un sueño para intentar despertarme, eso me ha pasado! ¡Y resulta que estoy despierta!

—Pero ¡¿tú estás loca?!

—¡No! ¡No lo estoy! ¡Vino un jodido puercoespín negro a cuatro patas para matarnos! ¡¿O acaso no lo recuerdas?!

Gisele estaba demasiado nerviosa y acelerada, pero era evidente que se encontraba bien y que había sanado por completo, aunque estuviese experimentando una crisis ansiosa.

—Y luego, el rapado, el leñador buenorro, ¡se convirtió en Scott McCall!

—¿En quién?

—¡Joder, Elora! ¡Despierta! —Le chasqueó los dedos frente a la cara—. ¡El de *Teen Wolf*! ¡¿No te das cuenta?! —Parecía que se había metido dos rayas seguidas.

—Gisele, por favor, cálmate...

—¡No! Siempre me has dicho que meto las narices en todo como una cerda trufera, pero es que aquí las voy a meter bien metidas. Porque ¿sabes qué, Elora? —Le pasó el brazo por los hombros y le susurró al oído—: Estamos en Narnia.

19

—Por Dios, Elora... —Gisele no dejaba de temblar, sentada en la cama—. ¿Cuándo te he visto yo vestida así? Siempre he intentado jugar a *Cámbiame* contigo y nunca me has dejado. Qué piernas más bonitas... Eres más Kendall Jenner que nunca: guapa, elegante..., magnética. Esas botas son una maravilla... ¿Te gusta mi peinado? —Se tocó la cabeza—. Me lo han hecho las hadas cabezonas... Esta casa está llena, son del tamaño de una abeja. ¿Tú las ves?

—Gi... —Elora la tomó de los hombros. Su amiga estaba en shock, traumatizada, y su cerebro hacía lo que podía para asimilar la realidad que estaba viendo—. Las veo, como tú. Tienes que calmarte, mírame.

Gisele se frotó la frente, inquieta, y miró hacia todos lados.

—Creo que se me está yendo la cabeza... Mira esto. Tengo las uñas pintadas, una de cada color. Por culpa de un enano feo manicurista que se me echaba encima como un escroto pegajoso. Wiiiiiillowwwwww... —dijo como una oveja—. Tengo que ir a hablar con Gabriela Barrow... El mundo tiene que saber la verdad.

Elora se habría matado a reír si no fuera porque el estado de Gisele distaba mucho del de un ser equilibrado.

—Gisele, mírame —le ordenó con voz más autoritaria.

La rubia la observó con las pupilas dilatadas.

—¿Cómo has hecho eso? ¿Tienes poderes? Dios está en ti, hermana. —¡Plas! Le dio una palmada fuerte en toda la frente.

—¡Ay! ¡Quédate quieta! Tienes razón en todo. Lo que ves es real. —Intentó usar su voz persuasiva para relajarla, y felizmente vio que le daba resultado. Aunque su mirada continuaba siendo la de una desquiciada.

—¿Elora? Me tienes que ayudar —le pidió como si la viera por primera vez sumida en un chispazo de cordura.

—Te voy a ayudar, te lo prometo. —Ella tenía las mismas ganas de llorar que Gisele. Tenía muy en cuenta lo que le había dicho Byron, no se le olvidaba. Pero... si dejaba ir a su mejor amiga así, sería lo más difícil que haría en su vida. Por eso había tomado una decisión. La abrazó con fuerza y pensó en coger un coche e ir hasta la librería de Meadow Joy.

Y tal cual lo pensó, vio las llaves de uno de los vehículos de Byron sobre la cama. Era maravilloso el servicio exprés de los fae que trabajaban en casa de ese hombre.

También pensó en vestir a Gisele con ropas normales.

Y, de repente, los enanos levantaron a Gisele y la vistieron de arriba abajo con ropa muy del estilo de ella. Y ella empezó a mover los brazos y a cantar, riéndose con las hadas:

—*Salacadula, chalchicomula... Bibidi Babidi Bu. Siete palabras de magia que son Bibidi Babidi Bu...* ¡Vamos, bichos, todos juntos! —animaba a los fae—. *Salacadula, chalchicomula...*

Le habían puesto una americana negra, unos vaqueros, unas zapatillas blancas *casual* y las trenzas indias que seguía llevando.

—Vamos a que te dé el aire. —Elora la tomó de la mano y la guio por las escaleras a toda prisa.

—¿Hay ratas fuera?

—No hay ratas —contestó Elora mientras salían del castillo.

—Un puercoespín nos atacó —recordó Giselle—. Me clavó uno de sus pinchos... ¿Estoy sangrando? —Se dio la vuelta para mirarse la espalda.

—No estás sangrando. Ya estás curada.

—No me siento como si estuviera curada —reconoció mirando hacia el amplio jardín del Baobhan con los brazos en jarra como Peter Pan—. Ah, sí... Qué vistas más bonitas...

Elora había entrado en el garaje guiada por una minúscula hada y eligió el Mercedes todoterreno negro.

Cuando vio que Gisele emprendía el camino sola como si quisiera ir a buscar setas, Elora corrió tras ella y la redirigió hacia el aparcamiento.

—¡¿Cómo te puedes mover tan rápido?! Eres peor que un bebé. Es por aquí, cariño.

—¿Has visto? Qué bonitas cabras. —Señaló las manchas blancas que se divisaban entre el verde de la campiña.

—Son ovejas. Anda, ven, entra en el coche... Es como si te hubieras metido coca —murmuró Elora llevándola hasta el vehículo.

Una vez dentro, le ordenó que se pusiera el cinturón, y Gisele le contestó que hacía tiempo que no los usaba en los pantalones.

Ahí supo, definitivamente, que necesitaba ayuda.

—Hay un enano que tiene un ojo como una almorrana. Y los dientes de oro.

—Lo sé. Así son muchos de ellos...

—¿Y tú qué eres? —le preguntó a punto de echarse a

llorar—. Yo soy Gulliver. Todos son diminutos... —susurró mirándose los dedos de las manos, como si viera pixies revolotear entre ellas—. Están en todas partes...

Pero allí no había hadas. Solo su amiga, a punto de perder la cordura para siempre.

Y no lo iba a permitir.

Cuando llegaron al Edén, la librería de la fairie Iris, la joven pelirroja supo leer lo que estaba sucediendo en cuanto entraron por la puerta.

—Oh, por la gloria de Maeve... —susurró acercándose a ellas—. Está pasando...

—No está bien. No ha despertado bien. Es como... si entrara y saliera de su cuerpo constantemente.

—Se llama locura, ungida —aclaró Iris y las apremió para que la siguieran hasta la planta de arriba—. Es lo que les sucede a los humanos cuando entran en contacto directo e intenso con el mundo fae. Nuestra energía y nuestra vibración los desequilibran.

—Me lo advirtió Byron...

Los nervios de Elora eran latentes, pero Gisele, en su locura, era feliz.

—Qué pelo más rojo tienes. —Estaba embrujada por la melena rizada de Iris—. ¿Es tuyo o te lo han pintado los enanos? A mí me hacen trenzas. —Tomó una punta de su trenza derecha y se la pasó por su propia mejilla—. Es suave... Wiiiiiillowwwwwww...

Iris parpadeó impactada y miró al techo.

—Está muy cerca de perder toda la cordura... Vamos a ver a las señoras que leen. Las ellefolk son expertas en infusiones y plantas, guardianas de todos los secretos. Prepararemos una bebida.

—¿Una infusión? —Elora se detuvo en seco.

—Necesitáis tiempo. Venid. —Iris la sujetó de la mano y la arrastró tras ella hasta donde se encontraban las señoras que leen, leyendo, cómo no.

—Gisele —le advirtió Elora—. Estas son...

—Flora, Fauna y Primavera —rio—. Las señoras que leen. Yo también busco personas para formar un club de lectura y beber vino —convino con ese tono desenfadado propio de los que están más allá que acá—. Aunque, entre nosotras, no es necesario leer.

Las tres señoras se rieron ante la ocurrencia.

—Eso es lo que también hacemos a veces en nuestro club. Preparamos bebidas de todo tipo —contestó Iris.

—Tu amiga está a punto de perderse —convino una de las señoras.

—Elora ya lo sabe. —Iris corrió a buscar un frasco de un armario botellero que simulaba ser una estantería de libros—. Y también sabe que solo tiene una solución.

A Elora se le llenaron los ojos de lágrimas, era muy consciente de lo que podía suceder.

—Gisele va a tener secuelas siempre —dijo Iris, cargando con una botella rosa en cuyo interior había hadas submarinas revoloteando en el licor—. Hay humanos a los que les hemos dado una pócima para olvidar porque los cogimos a tiempo. Pero... Gisele no. El mundo fae le ha explotado en la cara y ya no lo puede sacar de ella.

—La opción es —Elora no podía pensar de la ansiedad que sentía— devolverla a la realidad con desequilibrio mental... o...

—Quedártela —propusieron las tres señoras al mismo tiempo.

—No puedo hacerlo. Nadie puede ser mi posesión —respondió desesperada.

—Entonces acepta que se tiene que ir y despídete de ella... —le explicó Iris con todo el tacto posible—. La cordura de las hadas solo dura un día. Ahora no puedes hacer razonar a Gisele. Pero cuando beba esto, volverá a ser cabal y a recordarlo todo sin que se le vaya la cabeza. Tienes un día para explicarle lo que puede pasar y para permitir que ella tome la decisión que quiera, pero sin presionarla ni mencionarle que tiene una salida a la que agarrarse. Tú decidirás lo que hacer con ella y le propondrás esto último en el evento del Samhain, que es mañana por la noche. Aún le durará la cordura de las hadas, pero estará a las puertas de irse a otro mundo... Tendrá poco tiempo para decidir. O se queda contigo para siempre, o se va definitivamente. Podría olvidarlo todo.

—¿Incluso a mí? —Elora se llevó la mano al corazón. Se le partía el alma.

—Sobre todo a ti. Tenéis un vínculo emocional y no podrá estar bien fuera de Meadow Joy. Si te olvida, si lo olvida todo, vivirá en paz. Con medicación y con algún tipo de fobia —explicó abriendo el tapón de la botella—, pero podrá seguir adelante.

Gisele estaba revisando los libros que leían las señoras, como si esa conversación no fuera con ella, pero no se enteraba de nada de lo que había en sus páginas.

—¿Qué idioma es?

—Te regalamos este día con ella para que entienda este mundo y sepa que el efecto solo dura veinticuatro horas, Elora. Solo hay dos opciones —le recordó—. Ella deberá elegir. Si mañana acepta quedarse contigo, debe ser plenamente consciente de lo que hay. Y bajo ningún concepto debéis hablar de la decisión entre vosotras. Debéis esperar a mañana o la cordura de las hadas podría revelarse y hacerle más mal que bien.

Elora asintió derrotada, dispuesta a pasar por lo que fuera con tal de darle una oportunidad de elegir a Gisele, porque así no se podía ir ni tampoco podría vivir como antes. Era injusto para ella que, por haber ido a Meadow, ese mundo fae la perjudicase y le afectase a nivel mental.

—Bien. Gisele, ven aquí —ordenó la fairie.

Ella obedeció con una risita de loca y la mirada fija en la botella.

—¿Vamos a beber? —preguntó.

Elora miraba con fijeza a Iris, quien añadió:

—Un sorbo. Solo tiene que beber un sorbo. Será consciente de todo y recordará todo lo sucedido después de dos minutos de haber ingerido el elixir. Y a partir de ahí, es toda tuya. Tú verás cómo la serenas y cómo hablas con ella. Durante un día, podrá vivir con los fae.

Iris abrió el tapón y Gisele se quedó mirando el fondo de la bebida.

—Hay tropezones dentro.

—Son hadas —contestó Elora—. Bebe un sorbo.

—Ni hablar, no voy a meter la boca en...

—Gisele, bebe un sorbo —usó su tono de voz imperativo.

—Voy. —Agarró la botella, la alzó y gritó—: ¡Salud!

Cuando Gisele le dio el sorbo, Elora le sujetó la botella de inmediato y se la quitó de las manos.

Esperó paciente a que su mejor amiga recobrase la conciencia perdida.

Tenía mucho que contarle.

Tres horas después, Gisele y Elora habían llorado a mares. Estaban en la barra del Cat Sith, abatidas, tomando cerveza y encajando la naturaleza de lo revelado como buenamente podían.

Puck se encontraba cruzado de brazos, escuchando a las dos y ayudándolas en lo que podía.

Elora no sabía lo que era un fairie géminis, hasta que descubrió que significaba que cambiaba de apariencia física, que en él había dos personas. Durante las horas en las que el sol aún estuviese en alto, era un hombre calvo de cejas negras y ojos oscuros que parecía tener unos cincuenta. Y cuando la noche llegaba y la niebla arraigaba, se convertía en el guapo hípster que era en ese momento. Se había transformado en el Puck joven delante de ellas sin cortarse un pelo y sin grandes ceremonias. Se desdoblaba un poco, su figura se tornaba borrosa unas décimas de segundo y... *voilà!*, y ya era otra persona.

Aunque tomó por sorpresa a las chicas, en realidad ya nada les sorprendía. Elora era quien era y Gisele era plenamente consciente de lo que había tenido lugar en sus vidas en los últimos tres días, de las visiones y las apariciones que había presenciado mientras estaba en cama afectada por la ponzoña del lorgaire.

No fue fácil para la periodista comprender lo que estaba sucediendo, pero al mismo tiempo era maravilloso, porque un mundo nuevo para alguien acostumbrada a investigar era una fantasía y algo que no podía pasar por alto.

Su mejor amiga no era humana. Ninguna persona que había conocido allí lo era. No eran humanos. Eran fae. Aquella revelación podía cambiar el destino de la humanidad; era digna del Pulitzer. Pero, lamentablemente, aquella posibilidad, su sueño más ambicioso, tenía por seguro que ya no se haría realidad.

Y si volvía al mundo real, iba a tener problemas mentales de por vida. Aquel día era un regalo. Si se quedaba allí, sería propiedad de Elora, su humana, vinculada a ella para toda la eternidad. Pero no podían hablar de eso durante el resto del día, debían esperar al Samhain.

Odiaba que la pusieran entre la espada y la pared.

Odiaba haber sido víctima de aquello y que su mundo se hubiera vuelto del revés.

Jamás volvería a tener una vida normal.

—Sé todo lo que he visto. Lo recuerdo todo —reconoció la rubia. Elora le sujetaba la mano con fuerza—. La historia que me has contado sobre ti, sobre quién eres, sobre lo que es Meadow Joy y lo que hay tras el arco del Triunfo de su bosque temático... —Su expresión navegaba entre el miedo y la curiosidad—. Yo siempre he creído en cosas, Elora. De las dos, yo era la fantasiosa y tú, aunque leías muchos libros de leyendas y mitología, eras mucho más incrédula. Y resulta que eres hija de una princesa, que tienes un vínculo que ni tú entiendes con un hombre que tiene alas como un murciélago y que duerme boca abajo, que estás enfadada a veces y otras pareces una loca enamorada y que... y que hay una profecía que habla de que la casa más fuerte de los fae depende de ti.

¿Ella parecía una loca enamorada? ¿En serio? Elora no había pensado eso sobre sí misma. Sí sentía cosas, pero de ahí a estar enamorada...

—Sí —dijo Elora, terriblemente apenada por su amiga—. Me siento fatal, Gisele. Te hice venir corriendo cuando me noté perdida y ahora resulta que...

—... la que va a perder la cabeza soy yo —asumió ella, dando un último sorbo a su cerveza—. Tampoco es que tuviera la cabeza demasiado bien puesta. —Gisele bromeaba cuando se sentía mal y no quería que Elora se responsabilizara de su suerte—. Mira, yo decidí venir aquí. No es tu culpa. Estaría escrito en mi destino. Tú no sabías nada... ¿Y sabes qué? Me hace feliz haberte creído desde el principio.

Cuando me dijiste que veías cosas, que se rompían objetos y se movían de sitio en tu casa, siempre te creí. Hasta que he tenido la oportunidad de ver lo increíble con mis propios ojos —reconoció sintiéndose privilegiada—. Pero en veinticuatro horas ya no recordaré si nada de esto fue verdad, todo quedará en una pesadilla y mi cabeza ya no será mía, a no ser que me medique y que esté con un tratamiento permanente. ¿Es como lo digo?

—Totalmente, querida —contestó Puck mientras limpiaba la barra con el trapo. Él estaba fuera de la conversación, pero se metía cuando quería—. La decisión es delicada para una humana, ya que tiene que despedirse del mundo que conocía y de las personas que quiere.

Gisele suspiró y pensó que echaría de menos muchas cosas de su vida, pero no a las personas. Su padrastro nunca la quiso y su madre murió. No tenía hermanos. Pero le encantaba su vida en la ciudad y su trabajo era su pasión. Era lo que más la ataba a la vida.

—No es tan malo ser la persona de nadie. Byron y yo tenemos una relación que también supone una vinculación.

Elora frunció el ceño, no entendía a qué se refería:

—Dijiste que era tu mejor amigo.

—Y lo es. Pero también soy su escudero, su chico para todo...

—Explícate —le ordenó Elora inquieta.

—¿Byron es gay? En mi vida me lo hubiese imaginado. —Gisele silbó anonadada.

—¡¿Qué?! ¡No! —Puck soltó una risotada—. Yo soy bisexual, otra cualidad más de los fae géminis, pero Byron no tiene el mínimo interés en las especies macho, eso os lo aseguro. —Se puso la mano en el pecho y entornó la mirada hacia el techo del pub—. Os digo que tenemos una relación especial porque él me salvó la vida.

—¿Cómo? —preguntó Elora.

—Hay una raza de fae de la que no te puedes fiar. Se llaman changelings. Estos detectan fairies fuera de su entorno y los secuestran para traficar con ellos y con los humanos que tienen en propiedad. Yo era propiedad de uno llamado Archiel, un grandísimo hijo de puta —admitió sin complejos—. No vivía en Meadow Joy. Llegué aquí hará unos cien años, cuando aún era un niño, por aquel entonces debía de tener unos diez años de vida. Él me pegaba y me maltrataba. Yo me encargaba de servirle allá donde fuera. Me llevaba con un collar como si fuera un perro. Byron, que aún no era príncipe, vio cómo me torturaba y decidió comprarme. Pero Archiel no me vendía. Estaba obsesionado conmigo. Byron insistió. No quería un no por respuesta. El changeling no solo no me quería vender, sino que pretendía demostrarle a Byron que él tenía el control de todos lo que poseía. Y me envenenó. Él tenía el poder de decidir si vivía o no. Byron me salvó de la muerte ofreciéndome una gota de su sangre y vinculándome a él, pero no de un modo romántico, como hizo contigo —convino buscando la mirada de Elora—, sino fraternal. La gota del Baobhan eliminó el veneno de Archiel de mi sangre, y yo sobreviví, pero siempre estaría atado a Byron, aunque jamás en los términos que me impuso el changeling. Estoy aquí para él, para lo que necesite. Hago mi vida, tengo mi propia casa, vivo mis romances y soy el que está al día de todo lo que tenga que ver con los fae y con Meadow Joy. Soy su informador. —Se llenó de orgullo al decirlo mientras secaba un vaso de cristal con el trapo.

—¿Por eso puedes ofrecerle su sangre?

—Solo filtrada —aclaró—. Pero sí.

—¿Y qué sucedió con el changeling? —quiso saber Elora intrigada. Le gustaba esa parte de Byron. Le gustaba más de lo que se atrevía a admitir. De hecho, le estaban gustando muchas cosas de él.

Puck se mordió el labio inferior con una sonrisa.

—Su cabeza apareció ensartada en el bosque. A Byron no le gustan los abusos.

Gisele alzó la botella con satisfacción.

—Bien por Byron. Por fin vas a tener a alguien que te proteja de verdad, amiga. Y no esos ñoños obsesivos que se te acercaban.

—Tampoco creo que esté bien ir matando a los que te incordian —musitó Elora contrariada—. ¿Por qué todo se soluciona así aquí?

—Porque los fae llevamos una vida en guerra, ungida. Y los conflictos que en la sociedad humana se solucionan con condenas burdas y reinserciones, aquí no lo aceptamos porque sabemos que eso es solo una invitación para recaer. Por eso no nos andamos con tonterías. Dejar libre a un naimhde o a un changeling cruel como Archiel supone que uno mate de nuevo a alguien cercano a ti, o que el otro intente vengarse de su humillación y acabe lo que empezó. En Faeric hay armonía y no existe este tipo de conflictos, pero en esta tierra, en Meadow Joy, que protege la entrada de Magh Meall, se libra una guerra antigua que sigue presente cada día, aunque no entremos en batallas.

—Faeric es como un cielo —le explicó Elora a Gisele por lo bajini—. El cielo de los fae. Un retiro sagrado que se alcanza por la puerta del Este.

—Al menos, hoy lo recordaré —bromeó Gisele, aunque no podía ocultar la tristeza en sus ojos.

—Byron es el Baobhan más implicado y el que más cosas ha cambiado por la sociedad fae y faeric... —insistió Puck, mirando directamente a Elora—. Ha hecho mucho. Ha perseguido changelings crueles y naimhde fuera de

Meadow Joy. Es un depredador. Pero lo mejor de todo es que lo tenemos de nuestra parte.

Elora se aclaró la garganta al sentir un calor extraño que emanaba de su interior al pensar en el príncipe Baobhan.

—¿Todos los changelings trafican con humanos y con fairies? —indagó Gisele haciendo honor a su profesión—. ¿Por qué no son naimhde si tienen esa naturaleza?

—Seguro que habrá algún changeling que se haya ido al lado oscuro, pero, en su mayoría, siempre negocian por intereses fae. Como te digo, la obtención de humanos en propiedad no es algo mal visto. La mayoría de las veces los changelings les mejoran la vida a los que eligen. Incluso podrían otorgarles la libertad si hacen bien sus cometidos y les podrían regalar incluso algún don, ya que tienen la capacidad de dar privilegios o de quitarlos. Y con los fairies, al ser considerados de menor rango, hacen lo mismo. Son piezas de intercambio.

Elora se frotó la cara porque nada de aquello le agradaba.

—Es esclavismo.

—Por eso Byron lo ha erradicado de Meadow. Aquí no hay —sentenció Puck—. De hecho, los changelings saben que aquí no les está permitido entrar con sus posesiones.

Elora tenía unas ganas enormes de encontrarse con él. Sabía que había muchas cosas de su naturaleza que no entendía. Necesidades, impulsos, instintos... y deseos que iban y venían le rondaban la cabeza y le aceleraban el corazón de maneras incomprensibles.

—¿Y solo Byron tuvo la idea de luchar contra ellos? ¿Ni los Sióg, ni tampoco los Ag Athrú? ¿Ninguno de ellos?

Puck dijo que no con la cabeza.

—El resto del concilio es muy tradicional. Me consta que ya te has dado cuenta. —Puck recogió la cerveza vacía de Gisele—. No quieren variar nada porque piensan que aún tienen el yugo justiciero del Este, de Mac Lir, de Dagda y Maeve, de los Sabios y los antiguos. Pero hace siglos que el Este los abandonó. Y Byron cree que hay cosas que deben cambiar. Pero sus ideas siempre se reciben con algo de incredulidad y nerviosismo. Y, aun así, ha logrado muchas mejoras que ninguno de los príncipes reconocerá, porque eso les haría débiles y también le daría la razón al Baobhan: nadie nos puede juzgar si nos han abandonado. Debemos hacer lo que es mejor para nosotros, siendo lo más justos posible. Byron siempre ha sido partidario de tomarse la justicia por su mano y no ha necesitado apoyos para provocar sus grandes cambios.

Elora se quedó mirando el fondo de su jarra, pensando solo en él, en el líder de la familia Dorchadas. Hijo único, con los padres entregados al sueño eterno en Magh Meall... Y príncipe de la casa Baobhan.

Tener información era poder.

Cuanto más le contaba Puck sobre Byron, más grande se hacía su imagen en su mente, y también en una parte de su corazón que Elora no sabía ni que existía. Él, en ese momento, era el único bálsamo que tenía para que la idea terrible de perder a Gisele remitiera. En algún momento, su percepción sobre él había empezado a cambiar, y ahora le gustaría escuchar su voz.

Ambas tenían una oportunidad. Gisele debía querer quedarse y tener ese vínculo con ella, pero no podía obligarla ni presionarla. Elora no la quería dejar marchar, pero no podía ser egoísta.

Puck parecía vivir bien y feliz a pesar de ese lazo con el Baobhan. Y Byron también. Pero Gisele era humana... No era una fae ni una fairie. ¿Sería más complicado para ella ser feliz en una tierra de dones mágicos sin poseer ninguno?

De repente, todo aquello que hilaba su mente ansiosa se esfumó como la niebla y se quedó inundada de una esencia que la despertó por completo.

Así olía Byron, a algo fresco mezclado con hierbabuena y notas de picante. Percibió al Baobhan entrando en el Cat Sith y se sintió feliz. Era una felicidad que nunca había experimentado y se asustó un poco al advertir lo mucho que lo había echado de menos desde que se fue esa mañana del castillo. Allí, en aquel lugar místico, se estaban dando tantas primeras veces que había dejado de llevar la cuenta...

Elora se dio la vuelta esperando encontrarse a Byron, deseosa de verle, pero se quedó de piedra al descubrir que no era él quien visitaba el local.

Era una mujer muy atractiva. Rubia, de pelo ondulado y ojos de color claro. Se cubría con un abrigo largo de pelo negro brillante tipo ruso; debajo vestía con un mono rojo ajustado que le enmarcaba la figura al completo con unos zapatos de tacón de color negro que hacían juego con su bolso de mano.

Elora no necesitaba que nadie le presentara a esa mujer. Sabía que, fuera quien fuese, había estado con Byron hacía muy poco, por eso olía a él. Y se sintió nuevamente engañada y decepcionada por él. ¿Por qué le afectaba tanto? ¿Por qué cada mentira que desenmascaraba le acababa rompiendo el corazón un poco? Byron dijo que desde que ella llegó a Meadow Joy no había estado con nadie. Y era falso. Esa chica olía a él, como si hubiese marcado cada parte de su cuerpo.

Se sintió furiosa, ultrajada...

—¿Qué pasa? —Gisele le sacudió la mano porque había captado su cambio de expresión al mirar a la joven.

—Nada —contestó Elora volviendo la vista al frente, con la sensación de tener un puñal clavado en el corazón. Decía «nada», pero en realidad sentía de todo.

La joven se detuvo frente a la barra, al lado de Elora, y saludó al barman:

—Hola, Puck.

Él se veía nervioso e incómodo con su presencia allí.

—Hola, Sarah... ¿Qué te pongo?

—Un hada rosa.

Sarah miró a Elora de reojo y no tardó en captar en la ungida la misma esencia que había captado Elora en ella.

—No esperaba verte hoy aquí... —dijo Puck.

Sarah sonrió con algo de vergüenza y contestó:

—He estado con Byron hace un rato, en la treebae. Me ha dicho que hoy se celebra aquí la antesala del Samhain, y no me lo quería perder por nada del mundo.

Puck sonrió comprensivo.

—Siéntate donde quieras —le sugirió—. Ahora te llevo tu bebida.

Sarah se dio la vuelta, volvió a mirar de soslayo a Elora y a Gisele y buscó una mesa libre.

Elora no sabía dónde meterse ni cómo sobrellevar todas esas emociones que la carcomían por dentro.

Después de la mañana que habían pasado juntos, ¿Byron había estado con Sarah? Esa mujer apestaba a él. ¿Otra vez había ido a la treebae? Pero ¿cómo podía ser tan cerdo y mentiroso? ¿Cómo se atrevía a decirle todas esas cosas y después estar con esa mujer en la casa de alterne? ¿Y la había invitado también al Cat Sith?

Basta. Elora tenía suficiente. Ya no podía soportarlo más. Tenía ganas de llorar, de gritar... Con Byron siempre era una de cal y otra de arena.

La iba a volver loca.

—Este día es para nosotras —dijo Elora, centrándose en Gisele—. Quiero que hagas todo aquello que no te atreverías hacer, Gi. Hoy todo está permitido para ti.

—Estás cabreada —reconoció su amiga—. ¿A quién tengo que odiar? ¿Quién es la rubia?

—Es la amante de Byron.

—¡No jodas! Pero ¡si acaba de decir que ha estado con él! —Gisele estaba tan impactada como ella.

Elora se obligó a calmar su temperamento, que empezaba a asomar y podía ser salvaje como el de un Baobhan.

—Solo disfrutemos —le pidió Elora muy seria. Luego miró a Puck—. Quiero ver la carta de bebidas fae que tienes.

Él sabía que esa amenaza en los ojos de Elora no iba a traer nada bueno.

—Dijiste que todo lo que tenía nombre de hadas te sentaba fatal —señaló el barman.

—Hay cosas que me sientan peor —adujo Elora, lanzándole una mirada a Sarah.

Era la última noche con Gisele. No pensaba desperdiciarla llorando a un hombre que, en el fondo, no la quería como decía.

Pero lo que más rabia le daba era que ella se lo creía, que, desgraciadamente, tenía sentimientos hacia él y ni siquiera se comprendía a sí misma.

Que esa noche pasase lo que tuviese que pasar.

20

El mal no descansaba nunca.

Él, tampoco. Por mucho que hibernase intentando escuchar las mentes de todos aquellos conectados a la conciencia colectiva Neck, estaba en activo, siempre lo había estado. Había sucedido algo.

Drackass, en el ático glamuroso de un edificio que era de su propiedad, meditaba en posición de loto en la terraza con las luces de la metrópolis titilando a sus pies.

Como gran líder Neck de los elfos oscuros, había sentido el despertar de una presencia poderosa. Había sido como el pequeño estallido de una supernova en esa realidad. No lo había visto, pero sí lo había percibido. Tal vez la profecía que recibieron las Damas Blancas puertas atrás se estaba cumpliendo.

¿Y si ya había llegado la ungida?

Los sídhe fae hacía mucho que andaban desaparecidos, que se escondían. Y, con ellos, la puerta del Este también estaba ilocalizable.

Pero no había llegado ninguna señal exterior que mandase el cónclave exacto donde estaba ese ser especial. Los lorgaire que nacían de las entrañas de la tierra no habían mandado ninguna posible ubicación. Tampoco los señuelos,

los títeres que rastreaban todos los rincones de la tierra, tenían ninguna noticia al respecto.

Pero esa fae existía y había despertado. Y no solo eso, estaba convencido de que la tenían los sídhe, por eso se ocultaba tan bien.

Y Drackass no iba a permitir que esa profecía se cumpliese y que los cazadores como ellos se convirtiesen en presas.

¿Dónde se escondían? ¿Dónde estaban?

Sabía que si encontraba a la protagonista de esa profecía, podría dar con el centro neurálgico de los fae, con su ciudad, Magh Meall. Y con la ansiada puerta del Este.

Sus mentalistas estaban activos, rastreaban las mentes de humanos oscuros que hubieran tenido algún tipo de fascinación u obsesión por alguien especial. Todos aquellos con habilidades fae dejaban una huella imborrable en los humanos que podían percibirlos, y eso era justo lo que buscaban los suyos.

En ese instante recibió una comunicación mental de un miembro de su enjambre:

Señor.

Habla, Neck, ordenó.

Creo que tengo algo. Vive en una ciudad céntrica y tiene tendencias escuranas. Hay algo curioso en sus recuerdos.

Explícate, le instó ansioso.

Desarrolló una obsesión, de hecho sigue muy obsesionado con esa persona, pero...

Pero ¿qué?

No puedo verla en sus recuerdos.

Drackass alzó su rostro de color café hacia el cielo y meditó el sentido que podían tener esas palabras. La brisa sacudió su pelo negro y mostró sus orejas puntiagudas sin timidez.

¿Es compatible con nuestra posesión?

Sí, lo es. Debería comprobarlo usted mismo, señor. Venga a mi posición y yo le llevaré hasta él. Podrá ver usted mismo lo que yo veo.

Drackass le ordenó que le pasase mentalmente la ubicación. Era momento de moverse.

Por fin la búsqueda daba sus frutos. Si había un huésped compatible, él podría entrar y así comprobar si lo que decían su soldados era cierto o no. Que alguien desarrollase una obsesión con recuerdos reales sobre un ser a quienes ellos no podían ver era una anomalía a tener en cuenta, y lo único que en ese momento podían rastrear.

Pero necesitaban ahondar un poco más.

Drackass sonrió porque sabía que tarde o temprano desenfundaría de nuevo su espada y cortaría de cuajo las esperanzas que los fae habían volcado en ese ser especial.

Porque esa mal llamada ungida no sería el principio de nada, sería el final de todos ellos.

21

Byron estaba satisfecho.

Se había liberado y había acabado con Sarah de la mejor manera. Era una fairie y, como tal, debía agradecerle sus servicios. Él no era como otros fae que se creían que si las gaistlings estaban ahí, no tenían que darles las gracias porque sus necesidades eran esas y aquel, el mejor lugar para darles cabida, pero no el definitivo, como bien sabía. Él no era ningún proxeneta explotador como le había dicho Elora. No, jamás había sido así.

Por ese motivo había ido a ver a la treebuta y la había dado de baja permanente. A ella y a sus padres no les faltaría de nada y la mestiza gaistling podría empezar una nueva vida lejos de la casa de mujeres de compañía como un ser autónomo.

Después de liberarla, Byron había visitado la estatua de homenaje a Adrien y, con sus manos, había desenterrado una cajita que él mismo guardó a sus pies. Se trataba del *earmuff* que había llevado la madre de Elora. Ella no lo sabía, pero los Baobhan protegían la parte superior de sus orejas con un accesorio metálico, dado que eran muy atrayentes. Y cuando se emparejaban, los intercambiaban con sus parejas.

Adrien llevaba unos plateados acabados en punta con brillantes rojos que seguían la silueta de la parte superior. Eran como cascos protectores para ellas. Había pensado que a Elora le gustaría tenerlos y que tal vez, si aceptaba que se estaba enamorando de él y que lo que sentía no solo era curiosidad, querría intercambiárselos. Nada le haría más ilusión a Byron que llevar algo de Elora.

Porque, en el fondo, era un romántico. Y porque se había vinculado y había añorado a esa chica sin conocerla, pero ahora que sí la conocía, sabía que ya no podría vivir sin ella.

Estaba ilusionado de verla, de seguir tejiendo esa relación especial que nacía entre ambos. Había surgido desde el primer instante en que sus miradas se cruzaron y habían pasado por bastantes estados y decepciones en poco tiempo..., pero no había duda de que el camino que emprendían ahora era el correcto.

La niebla corría baja por las calles de Meadow Joy. Todos los trabajadores se habían recogido ya en sus casas y, cuando los humanos se metían en su caparazón, era el momento en que los fae y los fairies asomaban la cabeza del suyo y se reunían en una noche como aquella en el Cat Sith, el único local que aceptaba que ambas especies cohabitasen en Meadow Joy, aunque siempre habría diferencias entre ellas.

Se notaba que en el interior del pub había mucha energía, puede que demasiada, por lo que Byron empezaba a percibir. Los fae eran seres *gnéis*, altamente sexuales, y en el habitáculo sonaba a un volumen altísimo la versión de «Life Is Life» de Willy William.

Aquella canción era como un himno para las celebraciones.

Cuando Byron empujó la puerta de entrada del pub, aquello se les había ido de las manos, porque en el aire, levitando como chispitas doradas de luz, bailoteaba al ritmo de la música el filtro de oro de las hadas, uno de los mayores activadores y estimulantes afrodisiacos que podía haber en el mundo fae.

Y el que mayor filtro de hadas poseía era Finn, el príncipe de la casa Sióg.

Los ojos de Byron rastrearon toda la sala en busca del rubio. Sabía que tanto él como Kellan estarían allí porque, después de la paliza que les había dado, fueron corriendo a las casas treebaes a reponerse. Los había visto en una de las habitaciones multiservicio.

Y ahora que se habían recuperado, no querían perderse el evento del Cat Sith y tampoco iban a perder la oportunidad de volver a provocarlo con Elora.

Evidentemente, la gente bailaba al ritmo de la música, pero también hacía otras cosas muy lascivas. Si a seres altamente carnales los narcotizabas con la droga sexual de las hadas por excelencia, fácilmente el Cat Sith se convertía en una bacanal que no tendría nada que envidiar a lo que sucedería a la noche siguiente en el Samhain en el bosque de las fees de Magh Meall.

Byron no iba a juzgar nada de lo que ahí sucedía.

Era normal. Los fae eran así.

No había ni un humano entre los presentes, solo fae y fairies y... Gisele.

Bailaba poseída, con una pandereta en las manos que no sabía de dónde había sacado, en medio de un corrillo de Ag Athrú y de Sióg que la animaban y la aplaudían cuanto más se movía. La rubia era un ser humano con mucha energía. Meneaba las caderas como si las cargase el diablo.

—*Life is life! Na ná na na ná...* —cantaba a pleno pulmón.

Byron buscó a Puck y lo encontró intentando controlar a un grupo de enanos que querían seducir a una huldra, pero era ella quien realmente jugaba con ellos. Eran como la escena bizarra de *Blancanieves y los siete enanitos*.

—¡Suéltale el pie, Spurson! —gritaba Puck al más atrevido—. ¡Eso no se come!

Byron agarró al enano por el cuello de la chaqueta larga que llevaba y lo apartó unos metros de la huldra, que en cuanto él apareció, se sonrojó y se volvió más coqueta.

—¡Por Dagda, Byron! —exclamó Puck, sujetando por los hombros al Baobhan—. Esto es una completa locura. Un gracioso ha traído el filtro de hadas y lo ha esparcido a través del aire acondicionado —dijo con ojos brillantes, también afectado por la droga.

—¿Y Elora? —le preguntó con voz de ultratumba.

—¡No lo sé! —dijo desesperado—. ¡Mira mis ojos! —Se señaló—. ¡El filtro de hadas no solo me pone cachondo, además me da alergia! —Y era cierto, los tenía inflamados—. Está por aquí... —aseguró—, pero no me dejan acceder a ella ni los Ag Athrú ni los Sióg. Se han puesto de acuerdo en complicarme las cosas. ¡Como si no fuera suficiente con tener los ojos como masas escrotales!

A Byron eso no le gustaba ni un pelo. Sintió ansiedad al pensar en cómo podría afectar a Elora aquella droga fae. Estaría asustada. Con lo racional que era para todo, creería que se estaba volviendo loca...

Byron recorrió el local a toda velocidad y le pareció más grande, largo y ancho que nunca. A él no le podían detener ni los lobos ni las hadas, porque si lo hacían salían volando. Pero todo se lo tomaban como una celebración, incluso una pelea, un puñetazo, una patada voladora... Era todo un festejo.

Entonces, por fin la vio, rodeada de una nube de filtro de hadas, bañada por las luces azules, violetas y rosadas del interior del pub. Y todos sus instintos Baobhan se activaron ante la visión que suponía encontrar a su compañera en medio de un sándwich entre Kellan y Finn, seduciéndola y pasando todos los límites permitidos.

Byron se colocó frente a ella, tieso como una vara y enfadado a niveles que nunca se había permitido experimentar, porque nada le había importado lo suficiente como para aguijonearlo.

Se había dejado llevar por los pinchazos de los celos y de la decepción.

En base a eso, también se había dejado llevar por la absenta y las bebidas de las hadas de todos los colores... Y no estaba borracha, precisamente. Era como si se hubiera bebido veinte Red Bulls seguidos y los hubiese mezclado con popper.

Elora se sentía caliente, desinhibida, disgustada, ultrajada, herida... Y todo, incluso un leve pestañeo, le parecía sensual y hermoso.

Sabía que Gisele se lo estaba pasando de lo lindo y que el ambiente parecía alterado por algo parecido a la purpurina que flotaba en el aire. Ella podía verlo perfectamente.

Había intentado ignorar la presencia de Sarah todo ese tiempo, que no se movía de su mesa, como si esperase a alguien.

Pero su cabeza no dejaba de evocar imágenes de Byron con ella y eso le removía las tripas.

Por eso, en cuanto vio entrar por la puerta a Finn y a Kellan, pensó que ella también tenía derecho a pasárselo bien.

Y los dos príncipes sídhe estaban dispuestos a hacerle olvidar cualquier tragedia personal. De hecho, llevaba un buen rato disfrutando y riendo con ellos porque, cuando querían, eran encantadores.

Finn era un seductor cuya impertinencia le parecía hasta divertida. Y a Kellan el alcohol fae le ayudaba a quitarse esa coraza seria y mostraba su parte más pícara y también avasalladora.

Los dos bailaban muy bien, les gustaba pegarse al cuerpo y frotarse... Ella no acostumbraba a ser osada ni atrevida con los hombres, pero esa noche su cuerpo funcionaba solo y obedecía a su desdén.

—Te dije que te equivocarías si elegías a Byron... —le susurró Kellan pegado a la espalda junto a su oreja puntiaguda. Sus manos vagaban por sus caderas y sus muslos mientras ella cerraba los ojos imaginándose que eran de otro.

Es que encima no podía ni disfrutar del *sex appeal* de esos dos porque solo le venía a la cabeza el moreno de ojos magenta.

—Por suerte no has elegido todavía. Y nosotros aún podemos jugar. —Finn coló una pierna entre sus muslos y acercó su torso, inclinando la cabeza para pasarle los labios por el cuello. Elora sabía que esa saliva era tóxica para Byron, pero le dio igual.

—¿Por qué no nos disfrutas, Elora? —preguntó Kellan mientras murmuraba sobre su piel, en el lado opuesto del cuello donde actuaba Finn—. Somos dos príncipes de las casas fae del concilio. Podrías elegirnos a los dos. Somos dominantes. No tienes por qué elegir una sola —añadió pegando su erección contra la parte baja de su espalda.

Las mejillas de Elora se volvieron escarlata.

¿Qué estaban haciendo? ¿Qué le estaban proponiendo? ¿Cuándo el baile y las risas se habían convertido en aquella declaración de intenciones?

—¿Te imaginas, princesa? —preguntó Finn. Fue mucho más allá y le presionó el muslo contra la entrepierna—. ¿Te imaginas lo que puede ser estar con dos sídhe al mismo tiempo? Te llenaríamos por todas partes —aseguró mirando a Elora fijamente a los ojos—. Cada noche. A cada momento que lo necesitases. Un buen bocadillo de Elora en cada luna.

—¿Qué...? —susurró ella intentando salir de aquel embrujo.

—Todos tus gritos, todos tus orgasmos, nos los beberíamos nosotros —añadió Kellan—. Jamás experimentarás nada parecido. ¿Por qué piensas solo en uno cuando podrías tener dos?

A ella la idea le inquietó. No podría dejarse compartir por dos hombres. Al menos, no sin tener sentimientos por ninguno de ellos o, mejor dicho, si tenía sentimientos por otro que no entraba en la ecuación.

El sexo para los fae era un juego y una necesidad en la que poco tenían que ver los sentimientos o, al menos, eso era lo que daban a entender.

Byron le había hecho creer que sí tenía en cuenta las emociones, pero era mentira, y lo acababa de comprobar al olerlo por todas partes en el cuerpo de Sarah. Él se acostaba con quien quería. Kellan y Finn, por su parte, querían compartirla para ser ellos los elegidos y las casas fuertes... ¿Y el amor?

Elora quería amor. Quería experimentar ese vínculo, esa historia que su madre había tenido con su padre. Quería entender por qué era tan especial el amor sídhe.

Byron le había dicho: «Somos lo que somos, Elora. No voy a sobreesforzarme para agradarte, no voy a fingir ser alguien que no soy, porque esto es lo que hay. Solo yo te estoy enseñando mi verdadera naturaleza».

Pero no le gustaba lo que veía. Si ella era tan especial, ¿por qué la trataba como a una más?

Le reventaba pensar que en ese mismo local, ella, que era una princesa Baobhan Sith, la maldita ungida, tuviera que compartir el mismo espacio con la amante de Byron.

Era azorante para su orgullo.

Entonces, cuando estaba a punto de ceder a su embarazoso dolor y echarse a llorar, vio aparecer a Byron.

Elora lo miró de reojo y ni siquiera se inmutó mientras bailaba y se dejaba tocar y sobar por esos dos fae que, desde el principio, le habían puesto las cosas tan difíciles.

Era inadmisible para él. Intolerable. Insufrible.

Finn y Kellan estaban impregnando a Elora, uno con sus endorfinas y el otro con su maldita esencia de hada.

—Hola, señor.

Byron percibió el contacto de la mano de Sarah sobre su hombro derecho y se la quedó mirando con estupefacción.

—¿Sarah? —¿Qué hacía allí?

—Llevo esperándote toda la tarde —dijo sonriente y sumisa—. Quería volver a verte.

—¿Volver a verme? ¿De qué estás hablando? Tú y yo ya no tenemos ninguna relación, Sarah. Te dije que se acabó desde que Elora llegó a Meadow Joy. Ya hemos hablado de esto.

Sarah miró a Elora con despecho.

—Creo que podrías replanteártelo. Siempre nos hemos entendido bien, señor —aseguró pasándole la punta de los dedos por la clavícula—. Y yo te echo tanto de menos... Además, mira lo que he hecho para ti. —Observó el polvo de hadas levitando—. El filtro de amor que usabas en nuestros encuentros... Lo he esparcido por todo el Cat Sith. Le he pedido un poco al príncipe Finn y él me lo ha dado muy amablemente. Soy libre, y ya podemos dar rienda suelta a lo nuestro sin necesidad de escondernos en la casa treebae.

Byron comprobó cómo la energía de Elora se espesaba y cómo su cuerpo se tensaba ante las palabras de Sarah. El de él no estaba mejor. Aquello era una infamia, una pesadilla y una afrenta que no podía pasar por alto.

—No hagas esto. —Byron sujetó a Sarah por la muñeca y le apartó la mano—. Creo que había dejado las cosas claras y todo listo para que empezases de nuevo, Sarah. Eres libre porque yo te he dado la libertad. Pensaba que estabas preparada. Esto es totalmente inapropiado.

Finn y Kellan contemplaban la escena divertidos. El príncipe iba a tener muchos problemas con Elora. Sarah no quería alejarse, la gaistling se había enamorado de él y de todos era sabido que eran muy obsesivas y tóxicas.

Aquello iba a saltar por los aires.

—Pues, por lo visto —intervino Elora sumida en un limbo de filtro de hadas y celos—, no se lo has dejado claro, murciélago. Y no es culpa de ella. Es culpa tuya, porque no le puedes decir a una mujer que se ha acabado mientras sigues acostándote con ella. Eres un cínico.

—Te dije que desde que llegaste no la he vuelto a tocar —repuso él con los dientes apretados—. ¿Tanto te cuesta creerme?

—Si te creo, siempre me decepcionas —se encaró Elora con él.

—¿Quieres competir? —Finn se divertía provocándole—. Tal vez a ella le guste que estemos los tres juntos. ¿Y si nos elige a los tres?

—Yo no compito, hijo de Amadán. Lo que está destinado para mí es para mí. No quiero lo que deba ser para otro —contestó Byron mirando fijamente a Elora.

—Aquí no hay nada destinado para ti —replicó Elora desviando la atención a Sarah—. O tal vez sí...

Byron estaba harto. Aquello fue la gota que colmó el

vaso de su paciencia. Sabía que tendría que haberles dado más fuerte a esos dos en el anfiteatro. Pero no contaba con la actitud caprichosa de Sarah. Sabía cómo se las gastaban las gaistlings, pero había sido generoso y excesivamente confiado de que ella iba a estar bien.

—Pero... tú puedes ser mío, señor. —Sarah tuvo el valor de acongojarse, tal vez porque lo que sentía era de verdad, pero vivía en una nube en la que creía tener posibilidades con él—. Cuidaste de mí... Un sídhe no se rebaja así ante una fairie gaistling si no tiene sentimientos por ella.

—¿Sentimientos? —Byron la dejó paralizada cuando sus ojos se oscurecieron y se volvieron completamente negros al llenarse de venitas azul oscuro alrededor de los párpados y los pómulos—. Eso no son sentimientos. Se llama consideración. El changeling te habría matado de no ser por mí. Te di otra oportunidad. Te he tenido en consideración, Sarah —dijo fulminante—. Y está claro que no debo tenerla más ni contigo ni con nadie.

Byron posó la mano en la frente de Sarah y pronunció unas palabras que hicieron sentir incómodos a Finn y a Kellan.

—No puedes hacer que me olvide de ti —imploró Sarah asustada.

—Claro que puedo. Cuando pones en peligro tu integridad y la mía, por supuesto que puedo. Estoy cansado de no hacer lo que debo por miedo a lo que puedan pensar de mí —aseguró dirigiendo su atención a Elora—. ¿Por qué iba a esforzarme si el juicio contra mí va a ser siempre el mismo?

—Pero yo te necesito... —aseguró Sarah—. No quiero olvidarme de lo que siento...

—Tus sentimientos te destruirán, Sarah. Porque no son correspondidos —sentenció—. Es lo mejor para ti. Deja de sufrir.

Elora contemplaba cómo Byron cortaba de raíz con Sarah, con la que había sido su amante, y se la quitaba de encima sin problemas, como una mosca.

Así que se apartó de Finn y Kellan y agarró a Sarah por la muñeca para separarla bruscamente de Byron y colocarla detrás de ella. Daba igual que fuese la amante del príncipe Baobhan. No tenían por qué ser enemigas. Era una mujer a la que estaban sometiendo de manera injusta delante de tres hombres.

—¡No puedes hacer eso! —le gritó Elora delante de todo el mundo. Pero allí nadie escuchaba nada porque estaban sumidos en ese frenesí fae que creaba un vacío alrededor, donde solo el sexo y la seducción importaban—. ¡No puedes quitarle su vida y sus sentimientos a esta chica! ¡No puedes hacer lo que te venga en gana! ¡Manipulas a las mujeres a tu antojo! Mientes, rompes promesas, dices que eres de una manera… ¡y después eres de otra! ¡Tú no eres quien debe decidir si se olvidan de ti o no! ¡¿Qué tipo de abuso es este?! ¡¿Y vosotros por qué permitís esto?! —increpó a Finn y a Kellan, que miraban con asombro el arrojo de Elora—. ¡¿Os da igual?! ¡¿Lo veis bien?!

Sarah no comprendía la reacción de Elora. ¿La estaba defendiendo? ¿A ella? Era una fairie gaistling, todos hablaban mal de su especie y ya se había acostumbrado a ello. Elora tenía que odiarla por lo que había intentado hacer y, en cambio, daba la cara por ella… Las hadas tenían un alto sentido de la deuda. Si alguien las defendía y las protegía de algún abuso, consideraban que siempre le deberían un favor a ese fae o a ese humano. Para ella, que fuera la misma ungida quien saliera en su defensa la dejó sin palabras y la admiró de inmediato por ello.

Eso provocó un cambio en su comportamiento. Si alguna vez dudó de que la ungida pudiera cambiar las cosas en el mundo fae, todas esas dudas se habían ido de un plumazo.

Sarah se acercó a ella, agachó la cabeza en señal de respeto y dijo con voz temblorosa:

—Te pido perdón, ungida. Siento haber intentado crear un conflicto entre tú y el se... —Se obligó a llamarlo por otro nombre—. El príncipe Baobhan. Mi comportamiento ha sido irrespetuoso. Él dice la verdad: desde que llegaste a Meadow Joy nunca más me tocó. Yo quise, pero él no.

—No tienes que blanquearlo —convino Elora desconfiada—. Ya sé que ha visitado, al menos dos veces, la treebae para verte. Y... además... —Se clavó las uñas, que de repente se le habían extendido más de la cuenta, en las palmas—. Hueles a él de arriba abajo. Una mujer que sabe lo que quiere no se conforma con el hombre de otra.

La gaistling asintió dándole la razón.

—Por eso voy a hacerme a un lado. Todo es por mi culpa —aseguró ella nerviosa—. Las gaistlings nos imprimamos del olor de nuestro amante cuando nos gusta mucho. No significa que haya estado con nosotras recientemente, es que nos gusta llevarlo como un perfume. Ungida, los Baobhan podéis detectar la mentira en las voces fae. —Elora frunció el ceño. ¿También podía hacer eso? Estaba tan perdida... Sabía tan poco de ella misma—. Byron Dorchadas no miente: no me ha puesto un dedo encima desde que te siente tan cerca. Desde hace días. Estuvo en la treebae para preparar mi liberación y ofrecernos a mí y a mis padres una vida digna. A las gaistlings fairies los fae no nos lo ponen fácil. Estamos estigmatizadas por nuestra naturaleza y por el servicio que damos. Hoy era mi último día. Le tenía que entregar la llave de la treebae al príncipe Baobhan, y pensé que podía celebrar aquí con él —se retorció las manos angustiada— mi liberación, creyendo que... Oh, por

Ainé... He sido muy estúpida. —Se cubrió las mejillas con vergüenza—. Lamento mucho lo que he hecho, señor —reconoció con la mirada clavada en el suelo, dirigiéndose a Byron—. Tú me has dado tu confianza y yo, por mi egoísmo y mi capricho, te he puesto en un aprieto con la ungida. Es justo que decidas hacer conmigo lo que quieras. —Su actitud era sumisa y sincera.

—Lárgate —ordenó Byron con un gesto irreconocible en él—. Vuelve a tu casa y ya decidiré qué hacer contigo mañana.

—No le hables así —lo censuró Elora enfrentándose a él de nuevo.

—Cállate de una maldita vez, Elora. —Aquel tono imperativo sonó rasgado y metálico como el corte de una espada.

—¿Perdona? ¿Qué me has dicho? —Elora arqueó las cejas negras con estupefacción—. ¿Me acabas de decir que me calle?

—No, por favor. —Sarah miró a uno y a otro atribulada, por primera vez era muy consciente de lo que podía comportar su intromisión en esa relación y no le gustaron las consecuencias; iban a ser nefastas no solo para ella, sino para todos. El mundo fae podía cambiar con Elora a la cabeza y un gran líder a su lado. Y para Sarah ese líder debía ser Byron, por todo lo que él hacía por el resto, sin alardear jamás de ello. A ella siempre le gustaría, porque ese hombre gustaba a todas…, pero debía replantearse sus fijaciones—. Me voy. Siento mucho lo que he provocado. Que nos volvamos a ver, Elora. —Sarah le hizo una reverencia muy humilde y sincera.

—Que nos volvamos a ver —contestó Elora con voz muy débil.

Cuando la gaistling se fue, Elora desvió la mirada hacia

Byron. La información de Sarah y la verdad que había detectado en su voz lo cambiaban todo para ella.

Absolutamente todo.

Pero Byron ya no hablaba. Y ella se asustó al ver su expresión. No había nada de calidez, ni de picardía, ni de diversión... Era un rictus hermoso pero feroz, de un depredador dispuesto a imponer su ley sin importar lo que costase.

El Baobhan irradiaba una energía rojiza y oscura a su alrededor. Elora la podía ver como un aura. Y si ella la veía, estaba convencida de que Finn y Kellan, también.

Y sabía que eso era la antesala de una escabechina como la del anfiteatro. O peor, porque antes pensaba que podía hacer entrar en razón a Byron y detenerlo, pero esta vez algo le decía que no la escucharía.

Porque estaba furioso con ellos, pero también con ella.

—Me habéis ofendido de mil maneras —les dijo a los tres—. No habéis dejado de hacerlo desde que Elora llegó al pueblo. No sé si voy a ser el elegido, no sé qué va a pasar. Mañana Elora tiene la oportunidad de revocar mi alianza y de rechazar todo lo que le puedo ofrecer.

—¿En serio? Tú no harías eso nunca. —Kellan se rio creyendo que Byron mentía—. Nunca te atreverías a quedar expuesto a una humillación sin precedentes. Ya es vergonzoso que vayas a hacer el ritual...

—Entonces es que no me conoces —contestó Byron cortándolo de raíz.

Kellan miró a Elora perplejo. Ahí estaban sucediendo cosas muy serias que el Ag Athrú jamás hubiera esperado de un fae orgulloso como Byron. Pero tenía un profundo sentido del honor, como toda su estirpe, y tampoco querría a una compañera obligada a estar a su lado.

—Rezad a Dagda para que la ungida nunca jamás me

elija —añadió Byron. Las venitas de sus pómulos se movían con rabia, como hilos por debajo de su piel, raíces vivas repletas de odio y también de dolor—. Porque si me elije, os torturaré día y noche durante varias puertas seguidas. Finn, sé que le has dado tu maldito filtro a Sarah sabiendo lo que iba a hacer. Tú nunca mueves un dedo sin medir las consecuencias.

—No, en realidad no pensé que iba a tener tanta imaginación —contestó el sídhe afectado y excitado por la droga en el aire—. Ha sido una sorpresa. Y tiene buenos resultados. —Rodeó los hombros de Elora con su brazo musculoso—. ¿A que sí, ungida?

Elora se apartó de él con rapidez.

—Para ya —dijo incómoda, frotándose los brazos.

—No importa. Por esta noche, podéis seguir pasándooslo bien... —Deslizó la mirada por el rostro de Elora como si estuviese decepcionado consigo mismo—. Supongo que mañana nos veremos en el Samhain para acabar con este suplicio, ungida. —Agachó la cabeza con respeto—. Te he dado la excusa perfecta para que no me elijas. Si lo haces, sacrificaré a estos dos sacos de mierda y provocaré una guerra entre casas.

Y cuando Elora vio su expresión, tuvo la sensación de que recibía un puñetazo en el corazón.

—Ah, menos mal, estás aquí. —Puck llegó hasta Elora y Byron con el pelo completamente despeinado por mil manos y marcas de pintalabios por la cara y chupetones por el cuello—. Has encontrado a Elora... —Se dobló sobre sí mismo y apoyó las manos en las rodillas—. Me ha costado un mundo llegar hasta aquí. Alguien tiene que parar esto, estoy viendo cosas realmente asquerosas... —Pero calló de inmediato cuando vio la tensión reinante. Abrió la boca y se quedó ojiplático—. Espero que no hayas hecho nada con estos dos degenerados, Elora —dijo asustado. Byron no toleraría ese comportamiento.

—La noche aún es larga —arguyó Byron quitándole hierro al asunto—. No descartes nada. Yo me tengo que ir. —Se pasó la mano por el pelo y se crujió el cuello hacia un lado. Estaba tan tenso que se iba a partir—. Por favor, asegúrate de que Gisele está bien y que las dos vuelvan adonde la ungida diga.

—¿Adónde vas a ir tú? —preguntó Elora de repente. Comenzaba a sentirse fuera de lugar, muy fría y apenada por todo.

Byron la observó de un modo distinto a como lo había hecho siempre. Sin alma en sus hermosos ojos.

—Adonde yo voy no caben tres ni cuatro. Esos juegos son para otros. —La mirada llena de odio destilado que dirigió a Finn y a Kellan fue de órdago—. Disfruta de esta noche, ungida.

Después de eso, Byron salió del pub en un visto y no visto, a una velocidad indetectable para el ojo humano.

La melena oscura de Elora se agitó por el viento que levantó con su fugaz huida. Percibió el momento exacto en el que el Baobhan dejó de estar cerca y aquella ausencia tan intensa la sustituyó un terrible vacío, a pesar de estar rodeada de fae.

Byron se había ido.

Y ella se había quedado allí, jugando a un sinsentido pernicioso y provocador con dos hombres que, aunque eran muy atractivos y cualquier mujer querría tenerlos en la cama para explorar el *Kamasutra* con ellos, a ella no le decían demasiado. Y en ese momento, al darse cuenta de que estaba sola allí en su compañía, ya no la quería más.

El polvo de hadas y el ataque de celos que había tenido al oler a Byron en esa mujer habían volado los sesos de la

Baobhan Sith que había en ella, pero también de la mujer que se estaba enamorando y se había dejado llevar mal y en peor compañía.

Estaba avergonzada.

—Puck. —Elora lo sujetó por los brazos con la ansiedad reflejada en sus ojos de ese color ámbar tan especial.

—Cariño, esto no es bueno —arguyó Puck más nervioso que ella, secándose el sudor de la frente—. Él no puede estar así... No lo he visto así nunca... —Se agarró el cuello de la camisa y se lo desabotonó.

—¿Qué haces? ¡¿Te estás desnudando?! ¡Puck, atiende! —Elora lo zarandeó.

—Me voy a morir de calor... Qué sofocón... Maldito polvo... Soy un géminis y me drogo por dos, ¿entiendes?

—¿Adónde...? ¿Sabes adónde ha ido?

—Yo sí. —Iris apareció tras ella y les dedicó una mirada iracunda a Finn y a Kellan—. ¿Os parece bonito lo que ha pasado?

Elora se quedó mirando la actitud de los dos sídhe ante aquel rapapolvo de la librera. Era la primera vez que la veía allí y se había cubierto con una mascarilla para no inhalar el polvo de hadas. Era la más lista de la clase.

—Ya está aquí la adivina —murmuró Kellan con cara mustia.

—Historiadora del futuro, gracias —le recordó ella con voz de institutriz.

Finn la miraba de arriba abajo, porque lo cierto era que no era una librera común. Siempre llamaba la atención por su manera de vestir sexy y porque irradiaba una energía muy magnética a su alrededor.

—¿Iris, tú y yo nunca hemos tenido un acercamiento?

—Si te lo estás preguntando es que no —contestó ella sin prestarle atención.

Kellan miraba hacia todos lados menos a ella, como si no tolerase que sus ojos se encontrasen.

—Buenas noches, Kellan —lo saludó entornando la mirada.

Él dejó escapar un pequeño gruñido, pero asintió con la cabeza en un gesto seco. Ese era su «hola».

Elora no entendía nada. Era evidente que Iris conocía más a Kellan que a Finn.

—Ve a la treebae. Ha ido hacia allí. ¿Sabes dónde es?

—Sí.

—Yo la acompaño —se ofreció Kellan.

—No, tú te quedas donde estás —le ordenó Iris.

—No me hables así, fairie.

—No te hablo de ningún modo —se burló de él sin darle importancia—. Ya has hecho suficiente, así que te quedas aquí. Tú y Finn tenéis que dejar de meter las narices donde no os llaman.

—¿Y tú qué sabrás dónde nos llaman?

—Sé que no es detrás de ella como un perro faldero. —Señaló a Elora; aquello había hecho enmudecer al Ag Athrú—. Eres un lobo, Kellan. No lo olvides.

Hubo un silencio muy tenso entre ambos hasta que Finn puso cara cómica y silbó impresionado por el tono entre ambos.

—Iris, ¿quieres probar un polvo de hadas que no se inhala? —le dijo sonriente.

—¿En serio, Finn? Y que eso te funcione con todas... —Iris no cabía en sí de asombro.

—¿Me voy a la treebae o no? —insistió Elora.

—Sí, tienes que ir, pero atente a las consecuencias —le recomendó—. Tiene la suite trescientos treinta. Byron es muy correcto y diplomático hasta que deja de serlo. Y te aseguro que ahora está indignado y se siente desengañado.

Elora asintió y le agradeció a Iris su ayuda. No quería quedarse allí. Gisele estaría en buenas manos con Puck y se estaba dando la fiesta más descomunal de su vida. Quería dejar que disfrutase y viviera esa noche a lo grande.

—Voy. Puck, cuando todo acabe…

—Sigo las directrices de Byron —le recordó—. Me encargaré de Gisele. La llevaré al castillo y la meteré en la cama.

—Bien. —Era justo lo que quería oír—. Me voy.

Elora se alejó de allí corriendo y le importó bien poco lo que pasara en el Cat Sith, ni si iban a quedar todos como amigos o como vecinos y residentes de Meadow Joy.

Ella tenía una necesidad y Byron era el objetivo.

Él le había dicho la verdad, y a ella le había costado creerlo hasta que escuchó a Sarah.

La vida era una broma a veces: la treebuta era la única que había ayudado para que ella intentase reconciliarse con el Baobhan.

Y quería hacerlo. Porque el gran hándicap que tenía Elora con Byron era que pensaba que era un mujeriego, un infiel y un mentiroso. Por eso estaba tan asustada al sentir cosas por ese fae.

Y él no era nada de eso.

Ya no iba a presuponer lo que hacía Byron en la treebae.

Lo pensaba descubrir ella misma.

22

Elora aún no sabía qué iba a hacer cuando lo viera o qué le iba a decir. Su estado no era el mejor ni el más idóneo para enfrentarse al Baobhan, pero necesitaba dar con él.

De todos los lugares que había pensado donde podría acabar esa noche de locura, la casa treebae ocupaba la última posición.

Pero ahí se encontraba.

En la suite 330. No se imaginaba que aquel lugar fuese tan concurrido y tan grande, pero entendía que si había tantas habitaciones era porque ofrecía muchos servicios a la comunidad fae, ya que allí el sexo y todo lo que tuviera que ver con él se consumían mucho.

La dejaron entrar nada más verla. Al parecer, toda la comunidad de fairies y fae ya sabían quién era.

Los dos de seguridad eran cambiantes. Elora no había tardado en reconocerlos. Cuanto más tiempo pasaba en el pueblo y más convivía con ellos, mejor los identificaba a todos.

No tuvo que darle explicaciones a nadie. Era como si pudiera campar a sus anchas allí.

Se metió en el ascensor y subió a la tercera planta. Una vez fuera, se internó por el pasillo angosto y elegante hasta encontrar la 330.

Aquella casa de mujeres de compañía contaba con todo tipo de lujos. Estaba revestida con los mejores materiales, así como con la mejor decoración. Y estaba segura de que todas vivían allí en las mejores condiciones, no era un puticlub de mala muerte como los que había en la sociedad humana. Este, más bien, era de lujo. Parecía más el hotel Ritz que un cónclave en el que los fae iban a fornicar. Y si lo hacían, era con buen gusto.

Tras las puertas se oían risas, gemidos y sonidos relacionados con la lujuria y también con la libertad de expresión más sensual, pero quedaba todo muy bien aislado porque, en realidad, uno no podía escuchar con nitidez lo que se decía en cada una de esas alcobas del deseo.

Se detuvo ante la puerta roja con un picaporte en forma de mano de oro y lo golpeó tres veces. Era la suite que regentaba Byron, y Elora pensó que no quería encontrárselo acompañado de una de esas mujeres por nada del mundo.

Antes de que la abriese, comprobó que su vestido y toda ella estuviesen en su lugar. Aunque tuviera la cabeza narcotizada, no tenía por qué parecer una loca salida con ganas de darle como cajón que no cierra.

No. Siempre había habido clases. Pero que estaba deseando verlo y que, al mismo tiempo, se moría de calor era verdad.

Byron abrió la puerta con el gesto serio. Sujetó el pomo con una mano y se quedó de pie, ocupando todo el marco con su anchura y su apostura desmesuradas y sexis.

A Elora se le cortó la respiración al verlo.

Se había quitado las botas y tenía los pies desnudos y el torso descubierto. Los pantalones le quedaban bajos de cintura y esos espléndidos oblicuos se perdían detrás de la cinturilla.

Byron era sobrecogedor y su belleza siempre la afectaba. Nadie estaba a su altura. Pensar en lo que había pasado en el Cat Sith y en cómo la había encontrado con Finn y Kellan la avergonzó de nuevo.

Pero estaba ahí para arreglar las cosas con él y para decirle...

—¿Qué haces aquí? —exigió saber Byron con el rictus inclemente—. A esa fiesta aún le quedaba mucho para acabar.

Ella se humedeció los labios y se colocó un mechón de pelo por detrás de la oreja. Lo hizo inconscientemente, producto de los nervios, en ningún momento quiso provocarlo, pero Byron endureció más las facciones y su mirada se tornó más juiciosa.

—Solo quiero decirte que... No sé qué quiero decirte, esa es la verdad —reconoció. Era difícil disculparse y reconocer lo que le estaba pasando—. Solo sé que después de escuchar a Sarah..., no quería quedarme allí. Me sentí desubicada. Necesitaba verte y...

—¿Sabes dónde estás, ungida? —la cortó de repente.

Elora se calló y miró alrededor.

—Sí. Es la casa treebae. Lo que no sé es qué haces tú aquí.

Él sonrió con malicia, indiferente, como si no quisiera ser amable con ella.

—¿Qué crees que vendría a hacer un sídhe como yo a un lugar como este? ¿Punto de cruz? ¿Manualidades? ¿Bricolaje, ungida?

Elora se cruzó de brazos y lamentó su actitud, aunque en el fondo lo había provocado ella. Iris le había advertido.

—¿Quieres que crea que has venido a estar con otra? —lo recriminó—. He venido aquí a intentar disculparme y a arreglar las cosas, Byron. —Lo miró de arriba abajo.

—Esa expresión de «estar con otra» conlleva reconocer que hay alguien que se supone que es para mí. Y como no vas a ser tú, prefiero que te des media vuelta, te vayas y me dejes tranquilo. Mañana podrás poner punto final a todo esto. —Byron iba a cerrarle la puerta en las narices.

Y aquello no le gustó nada a Elora, así que la detuvo con la mano y entró en la habitación sin pedir permiso ni ser invitada.

—Sal de aquí —le ordenó él agarrándola del antebrazo para sacarla de allí—. Tienes filtro de hadas por todas partes, estás drogada.

—¡Estoy bien! —replicó ofendida y se liberó de él—. No voy a irme. —Se parapetó en la estancia y se cruzó de brazos.

Eso lo enfureció aún más. Lo estaba desesperando.

—Si no te vas, vas a tener que darme lo que he venido a buscar. —Los ojos de Byron se oscurecieron.

Eso la aguijoneó. Quería los ojos rojos de deseo, no los de estar soberanamente cabreado. Elora ya sabía que Byron no era de esos, que no había estado con nadie desde que ella llegó a Meadow Joy. Y si no lo había hecho desde que llegó, tampoco iba a meter la pata en ese momento, ¿no?

—Vengo a disculparme. —Alzó la barbilla y suavizó el gesto para reconocer que se había precipitado en sus conclusiones—. Sé que no has estado con Sarah.

—No, ya te lo dije —repuso él cansado y sin paciencia—. He estado con ella, era mi amante y una gaistling de quien obtenía alimento. Pero desde tu llegada a Meadow no he estado con nadie. Todo lo que te dije era verdad.

—No quiero detalles —contestó nerviosa.

—Esto que ves es una casa treebae. No soy un maldito proxeneta como dijiste. —Elora agachó la cabeza avergonzada de sus propias palabras—. Aunque no lo creas, siempre he estado muy concienciado con las fairies y siempre he intentado que hubiera cierto equilibrio entre todos. Creé estas casas para que seres como yo, como Finn y como Kellan, como Liek…, que no son unos santos, Elora, y las usan muchas veces —informó con inquina—, pudieran desahogarse y también para que las gaistlings y las huldras pudieran experimentar su naturaleza en un lugar adecuado en Meadow bajo supervisión, sin abusos. A la mayoría de las mujeres que viven aquí las rescaté yo de manos de changelings abusivos… Sus padres me contactaban para que las encontrase. Las roban durante la noche, cuando son pequeñas. Los sídhe nunca han querido meterse en asuntos de las fairies, pero yo siempre he tenido otro tipo de consideración y de conciencia. No podía quedarme al margen. Los Baobhan somos protectores, guerreros, predadores del mal. Esa es nuestra leyenda —aseguró recordando el significado de cada una de esas palabras con honor—. Yo daba con ellas, las salvaba, las reubicaba y les daba un hogar; permitía que volvieran con sus padres, pero en un hábitat adecuado para ellas. La energía de las gaistlings es muy poderosa y pueden volver locos de deseo a quienes estén a su alrededor. Aquí no están explotadas. Necesitan estar aquí, de hecho —se reafirmó—. Son hadas ninfómanas y son muy seductoras. Se alimentan del sexo y no podían ejercerlo con libertad porque estaban bajo el yugo de unos amos terribles, incluso fuera de Meadow Joy. He dedicado parte de mi vida al rescate y la reinserción de fairies en este pueblo. Los sídhe no están contentos con mi labor porque creen que voy en contra de los estamentos antiguos y de los Sabios del Este. Creen que las leyes y la Carta Magna fae son sagradas. Pero a mí me dan igual. Los fae no podemos darles la espalda a los seres mágicos, sean mestizos o no. No podemos ser racistas ni clasistas. Nuestra comunidad está demasiado debilitada. Necesitamos reforzarnos. Y yo siempre haré lo que crea conveniente, sea justo o no, estén de acuerdo o no. No puedo permitir el abuso.

—También salvaste a Puck —añadió Elora cautivada por la historia.

—He ayudado a muchos —aseguró Byron—. Pero no va conmigo alardear ni ponerme medallas —exhaló agotado. Dejó que sus ojos se deslizaran por su cuerpo y se enfadó con lo que veía—. Ahora, por favor —se dio la vuelta y se dirigió hacia la puerta—, necesito que te vayas. No eres una gaistling, pero eres una Baobhan, y por mi culpa tu energía es irresistible para mí. No quiero cometer más errores.

Elora admiraba y respetaba a ese Byron. Ese era el real y no la versión alterada que había creado en su cabeza.

El deseo arraigó con fuerza en su interior y el filtro de hadas estimuló demasiado sus zonas erógenas.

Byron era su fantasía y su realidad, y anhelaba estar con él. Quería estar con él por primera vez, en ese momento. Le daba igual donde fuera.

—Byron, no me quiero ir. Quiero quedarme —admitió sin moverse del sitio, esperando su reacción—. Sé que estás disgustado, pero quiero quedarme —dijo con valentía.

Él se rio con cinismo.

—¿Disgustado? —Aquella palabra ni se acercaba a como se sentía de verdad.

—No me eches.

Él se detuvo en seco y la miró por encima del hombro.

Siempre había hecho lo correcto. La única vez que fue egoísta se dejó llevar por el profundo amor que sintió al ver a Elora y se vinculó a ella; parecía que había sido un error desmesurado por su parte.

Si volvía a hacer lo que quería, si era egoísta, se equivocaría otra vez.

Sin embargo, la imagen de Elora de pie, con ese vestido y ese cuerpo sídhe tan hermoso, esbelta, con el porte y la elegancia de una modelo y con esos ojos que por fin se habían tornado rojo deseo por él, lo estaban debilitando.

Aquello era fruto del polvo de hadas, sin duda. ¿Debería aprovecharse de ello?

—Finn y Kellan se van a enfadar.

Elora supo que le había hecho daño. Un Baobhan Sith era celoso de lo que consideraba suyo y no le gustaba que nadie tocase sus cosas.

No estaba contento.

—No me importan.

—Si te quedas, ¿sabes lo que va a pasar?

Claro que lo sabía, no era una mojigata estúpida. No iban a ver películas ni a comer palomitas. Ella también era una Baobhan y estaba convencida de que el fuego que le ardía por dentro no solo venía del filtro de hadas, era porque se trataba de Byron, y él despertaba en ella lo que nadie había logrado antes.

—Sí. Y sigo queriendo quedarme.

En un abrir y cerrar de ojos tenía a Byron encima. Le había enredado toda la melena en una mano, rodeando su puño, y aunque no le hacía daño, sí la obligaba a echar la cabeza hacia atrás para mirarlo.

Elora lo observó asombrada por su intensidad y pensó que esa noche iba a estar con él, no le importaba cómo ni cuánto.

Él siempre la había atraído, incluso cuando no quería sentirse así.

—¿Estás segura? ¿Quieres probarme?

Ella dejó caer las pestañas y sus ojos de color rojo se quedaron bloqueados en sus labios.

—Sí —susurró sin un ápice de vergüenza.

—Sabes lo que soy, ¿no tienes miedo?

—No.

Byron sonrió como un vampiro, su naturaleza asomó de un modo sensual y brutal porque sabía que Elora le mentía. Él también olía las medias verdades y la ungida sí le tenía un poco de miedo.

—Está bien que me temas un poco —aseguró controlando la situación—. Si no me tienes ningún respeto, al menos espero despertarte algo de miedo. Y si fuera al revés, yo también estaría asustado.

A Elora el mundo empezó a darle vueltas cuando Byron la transportó de la habitación al baño en décimas de segundo.

No sabía lo que estaba pasando hasta que Byron la metió en la cabina de la ducha y encendió el chorro de agua fría y ambos se empaparon.

—¿Qué estás haciendo? —preguntó ella anonadada.

—Apestas a los dos. No voy a tocarte mientras tengas ese olor en tu piel. El Sióg te ha babeado y el lobo, también —lo dijo con asco, indignado—. Sabes que la saliva de esa serpiente es tóxica para mí... ¿Lo has hecho para que no me acercase a ti?

Ella asumió su parte de culpa. Porque era verdad, se le había ido la cabeza por culpa del despecho y del narcótico. Debería haberles parado los pies.

Ella negó con la cabeza, afectada por la rabia que veía en su mirada. El Baobhan echaba humo. Y a ella el frío la ayudaba a sobrellevar el calor que sentía en sus entrañas.

Pero no podía con el tormento que cruzaba las emociones de Byron. No podía con su pena. Estaba defraudado.

Ese hombre le recorrió el cuerpo con las manos como si fuera su posesión, y después las apartó de golpe para darle una orden seca:

—Quítate el vestido.

Elora obedeció en silencio y se quitó la prenda empapada por la cabeza. Se quedó en braguitas y en sujetador, ambos de color negro. Quería quitarse las botas, porque no se imaginaba protagonista de ninguna escena porno bajo la ducha y no sabía si Byron tenía fetiches, pero ella era bastante inexperta en gustos Baobhan.

—Se me están encharcando los pies —señaló para intentar llegar a él de alguna manera.

—Déjate los tacones. Los vas a necesitar. Pero quítate la ropa interior.

Ella había dicho que sabía lo que iba a pasar, y estaba dispuesta a asumir ese compromiso. Sin embargo, esperaba más pasión y no tanta imposición. Aunque lo comprendió. Estaba muy enfadado. Tanto, como lo había estado ella toda la tarde por culpa de Sarah.

A Byron se le iban los ojos, no sabía dónde mirar. Esa mujer era un ensueño. Por fin la tenía, por fin podía estar con ella, aunque no como hubiera querido...

Elora se quitó el sujetador y dejó los pechos al aire. Byron tomó oxígeno y lo aguantó unos segundos. Eran hermosos. Blancos como su piel, de pezones rosados y perfectamente redondos, y tenía lunares por el torso.

El cuerpo de él temblaba, preso de la tensión y el autocontrol... Elora se disponía a bajarse las braguitas, pero iba demasiado lenta, así que Byron dio un paso hacia ella, la imantó a la pared con su cuerpo y él mismo le arrancó la prenda de un tirón.

Lo que pasó a continuación fue que ninguno de los dos estaba preparado para lo que iban a sentir cuando sus torsos desnudos se tocasen piel con piel sin un solo milímetro de separación.

Elora miró al frente, al pecho poderoso y la clavícula

marcada del Baobhan, y él miraba hacia abajo mientras apoyaba las manos en las baldosas blancas de la pared.

Byron nunca había sentido nada tan suave contra él. El cuerpo de Elora era especial porque era su compañera. Pero estaba claro que ella no pensaba lo mismo y, sin embargo, estaba ahí.

Y ya no había marcha atrás para ella. Tal vez no lo quisiera, pero no iba a olvidar jamás lo que era estar con un Baobhan Sith. Lo recordaría toda la vida.

—Quítame los pantalones —ordenó con la voz rasposa presa por el deseo.

Elora llevó los dedos temblorosos por la adrenalina y el filtro de hadas hasta la pretina del pantalón. Le desabrochó el botón y le bajó la cremallera, y con las dos manos tiró de la prenda hasta dejarla a medio muslo. Byron se la acabó de quitar con rapidez y se quedó desnudo frente a ella.

—Mírame, Elora.

Ella lo iba a mirar de todas maneras. Era un guerrero en todo su esplendor y con todas las connotaciones de la palabra. Su lanza estaba lista, erecta y sublime. Donde se suponía que debía tener vello púbico, tenía unas marcas tribales con una forma sinuosa que enmarcaban su gloriosa erección.

Era una vara de carne gruesa, venosa y muy intimidante.

A Elora se le secó la boca. Nunca había estado con un hombre tan grande. Para ella era imposible...

—Vas a estar bien —le dijo él volviendo a amasar todo su pelo en una mano, como si fueran las riendas de un caballo desbocado. Con la otra, Byron empezó a tocarla entre las piernas. Y cuando notó lo hinchada y lo mojada que estaba, sintió rabia porque no sabía si era por él, por la droga o por los juegos y los tocamientos con que Finn y Kellan la habían prodigado. Era frustrante. Desplazó la humedad a lo largo y ancho de su vagina para lubricarla bien y disfrutó del modo en que ella se sujetaba a sus hombros y apoyaba su frente en su pecho. Le gustaba cómo la tocaba. Al menos, Byron se llevaría eso.

—Byron… —El modo en que pronunció su nombre sonó a hielo deshecho—. No ha pasado nada con ellos. Siento… no haberte creído. Y siento que hayas visto eso. Estaba enfadada y celosa.

Él aprovechó para abrirle un poco los labios internos e introducir profundamente el primer dedo hasta los nudillos. No quería oír hablar de nadie más. No quería que le viniera a la mente la escena del Cat Sith.

Elora abrió la boca y cogió aire, porque había llegado hasta la centralita de sus nervios más íntimos. Byron movía el dedo, frotaba de un lado al otro, en círculos, horadándola por dentro, y Elora solo podía mantener las piernas abiertas y sujetarse como fuera a sus hombros para no caerse.

—Estás muy caliente… —reconoció él con voz grave.

—Y el agua está muy fría —admitió ella.

Byron cerró el grifo, porque allí ya no olía a ninguna otra casa que no fuera la suya. Solo a Elora. Y a él.

Quería asegurarse de que ella oliese a su esencia una larga temporada, sin importar lo que sucediera al día siguiente.

Cuando estuvo más dilatada, le introdujo un segundo dedo y ella gimió contra su pecho. Elora estaba disfrutando de aquel interludio. Pensaba que Byron iba a ser más agresivo, más territorial y dominante, teniendo en cuenta que estaba enfadado y celoso. Pero todo lo que le hacía la mataba de placer. Se estaba deshaciendo entre las piernas, humedeciéndose cada vez más. En la ducha resonaban los sonidos húmedos de los fluidos y Elora sabía que se podía correr así. Iba a tener un orgasmo solo con eso. Byron frotaba la palma contra su clítoris y la ensanchaba más por dentro con el índice y el dedo corazón mientras introducía algo más que los nudillos.

Elora no lo aguantó más, no lo quería así. Necesitaba que Byron conectase con ella. Le hundió las manos en su pelo y se puso de puntillas para impulsarse y besarle. Pero él se retiró un poco, como si no esperase ese gesto por su parte.

Sin embargo, ella hizo algo que lo encendió. Era una Baobhan de pura cepa. Le agarró el pelo con más fuerza y sus ojos se volvieron de un rojo chillón y llamativo.

—No te apartes. Según tú, soy tu compañera. No me trates como a una treebuta, Byron —le advirtió—. No he venido hasta aquí con filtro de hadas hasta las cejas para disculparme y echar un polvo sin más. Yo no hago esas cosas. Sé que estás enfadado, pero puedes besarme, aunque sea con rabia.

—No te lo mereces —dijo dejando entrever su angustia.

—Byron…, quiero que me beses —le pidió emocionada.

Él se agitó por la súplica y por la imagen. Era hermosa. Ojalá pudiera verse. Podía besarla. Quería besarla. Y no perdería el control…

Byron se inclinó hacia su boca y la besó. Sabía a agua fresca y a absenta. Y a Elora… Ella lo sujetó por el pelo, porque por nada del mundo iba a permitir que se alejara. Y cuando sus lenguas se unieron y Byron fue plenamente consciente de que tenía a su compañera para él y que ella quería esa intimidad de verdad, dejó ir todo lo que tenía y pensó que las riendas eran para los caballos. Por suerte, era un Baobhan. Ella había ido a buscarlo y era mayorcita. Ambos lo eran.

Elora enloquecía con esos besos. Ahora le sabían diferente. Ella había cambiado en muy poco tiempo desde su despertar, su naturaleza por fin se alineaba y a cada hora se sentía más identificada con su yo interior.

Aceptaba sus emociones, sus deseos y sus necesidades.

No era humana, no iba a pensar como una humana. En una realidad en la que el tiempo se medía por puertas y la vida era eterna, que los fae se enlazasen casi a primera vista ya no la inquietaba, porque el verdadero milagro era que eso sucediese. Esa era la magia y la realidad.

Elora quería abrazar ese milagro porque en su vida, más allá de Gisele, sus emociones y sus vínculos habían estado capados, no por lo que le hizo Byron, sino porque ella no tenía nada que ver con las personas que la rodeaban. Solo Byron y ese mundo fae en Meadow Joy la estaban removiendo a nivel sentimental como desde un principio, por cuna y por derecho, debió ser.

Byron introdujo un tercer dedo que la volvió a tomar por sorpresa y se bebió su quejido, lengua con lengua, labios contra labios. Quería abrirla bien y prepararla para su invasión, porque posiblemente se iba a sentir así. Los Baobhan Sith tenían peculiaridades físicas que no se podían pasar por alto.

Cuando los tres dedos se hicieron hueco en su vagina y volvieron a estirarla, Elora gemía contra su boca, cercana al orgasmo. La palma de Byron frotaba el clítoris con gentileza, toda la que no tenía con esos dedos que lo arrasaban todo con exigencia. Eran demasiadas sensaciones para ella.

Él sonrió al percibir que estaba tan cerca. Era maravillosa por cómo respondía a él y pensó que era demasiado tentador y que no tenía tanto autocontrol como quería. Pero debía hacer un esfuerzo.

Y Elora no se reprimió más. Dejó que sus dedos hurgasen, que la presionasen y la dilatasen hasta que él quisiera, y justo cuando iba a correrse, él se detuvo.

—No. Quiero sentir cómo te corres conmigo dentro. Quiero todos tus orgasmos así —dijo exigente.

—Pero... —Estaba a punto. ¿Por qué paraba? Lo agarró con más fuerza del pelo.

—Puedes tirar todo lo que quieras. No se me va a caer el pelo, lo tenemos muy resistente —rio y le colocó las caderas entre sus piernas. Deslizó su miembro por toda la raja de Elora, desde el inicio hasta el final, acariciándola y masajeándola con ella.

—Es una locura... —susurró disfrutando el contacto lánguido y largo. Estaba duro y suave a la vez.

—No, *beag* —dijo, y la levantó por los muslos—. Ródeame las caderas con esas piernas tan bonitas que tienes.

Elora lo hizo y se abrió por completo para él.

Él la alzó más y la colocó de modo que la punta de su pene quedase ubicada bajo la entrada de su vagina.

—No te asustes. —Le besó los labios y le mordisqueó el inferior—. Quiero ser yo quien haga que te deshagas. No mis dedos ni mi lengua. Yo.

Ella asintió, hipnotizada por sus caricias y sus besos.

—No te tenses... —le pidió uniendo su frente contra la de ella.

—Byron. —Elora tomó aire—. Yo no sé si esto va a funcionar...

—Va a funcionar —aseguró él. La sujetó, la dejó caer poco a poco y empezó a penetrarla.

Elora no se lo podía creer. Era grande y muy ancho. No tenía demasiadas experiencias que contar, y ninguna con seres de ese tamaño. Era obsceno.

Él colocó las manos debajo de sus nalgas y estiró los dedos para abrir y cerrar su labios vaginales externos y, cuando los abría, se hundía unos centímetros más...

Ella dejó de sujetarle el cuello y se abrazó a él. Se le estaban saltando las lágrimas de la impresión.

—No pasa nada, *beag* —le susurró con mucha ternura

al oído, a esa oreja puntiaguda que lo volvía loco—. ¿Quieres que te haga sentir mejor?

Ella asintió y sorbió por la nariz.

—Por favor...

Byron le apresó la oreja con los dientes y le empezó a pasar la lengua por ella con suavidad, succionándole la punta de vez en cuando.

Elora se quedó en un limbo de sensaciones lascivas que la dejaron noqueada. Lo que él le hacía con la lengua resonaba en sus pezones y en su útero y hacía que palpitase sin más. Y mientras ella palpitaba, él adelantaba más las caderas y se introducía a más profundidad.

A esas alturas, él sabía que nadie la había colmado así, y Elora no entendía cómo podía estar tan adentro y que aun así le quedase una tercera parte del camino. Sentía dolor, pero al mismo tiempo un placer exótico le retumbaba en el clítoris y detrás de su ombligo como si se preparasen para más, mucho más de lo recibido hasta ahora.

Byron jugaba con su oreja mientras la abría con sus dedos. Notaba el modo en que ella se lubricaba para él para recibirlo y eso lo hacía rebosar de alegría.

—Te estás mojando mucho —murmuró y le dio un leve mordisco en el lóbulo inferior.

Ella dio un respingo y, en ese momento, Byron le separó más las piernas y se introdujo por completo en su interior, hasta los testículos.

Elora se quedó sin aire. No se podía mover. Cualquier movimiento la hacía muy consciente de la invasión y era demasiado intimidante. Como no podía escapar de ahí, se puso a llorar.

Byron la abrazó con fuerza. Sabía que aquello podía ocurrir, pero Elora tenía que pasar por eso. Ambos debían hacerlo. Los Baobhan no hacían nada a medias. Lo querían todo.

—Lo siento, *beag...* —La dulzura se abrió camino en Byron para tratar con la joven ungida que él adoraba con cada célula de su ser—. Ya sé que te duele, pero en nada te sentirás muchísimo mejor. Solo es el principio.

—¿Cómo voy a sentirme mejor? Estás creciendo dentro... —Elora no quería mostrar el rostro—. Tengo afrodisiaco por todo mi sistema y he sentido mucho dolor. Es como si me hubiesen atravesado con un bate...

Byron se aguantó la risa y le besó el cuello y la oreja, prodigándole todo tipo de mimos.

—Es normal sentir dolor. El afrodisiaco no te lo anula, hace que te acostumbres más rápido y que pidas más. —Le pasó la lengua por la garganta y después volvió a concentrarse en su oreja—. Me vas a pedir más toda la noche, Elora. Vas a quedarte ronca por gritar mi nombre.

Byron esperó paciente a que ella se acostumbrase a su tamaño sin dejar de besarla por todas partes.

Ella se fue relajando al tiempo que dejó de sentir la terrible presión en su vagina y el dolor se fue transformando en un placer sordo. Ella palpitaba en su interior, y el miembro de Byron, también.

Él la besó sujetándole el rostro con las manos. Adoraba cómo encajaban sus bocas y lo bien que besaba. Era como si estuviesen hechos el uno para el otro. ¿Y si era verdad?, pensaba Elora. ¿Si era verdad que estaba ante el hombre de su vida? ¿Que era él y nadie más? Byron había convertido el recuerdo de sus otras experiencias sexuales en tristes escenas para el olvido, secuencias que trascendieron sin pena ni gloria.

Estar con Byron era como perder la virginidad fae, porque nada de aquello era humano.

—Muévete tú, Elora. Acostúmbrate a mí —la animó mientras él apoyaba las manos en la pared húmeda de la ducha y anclaba bien los pies al suelo para que ella lo montase.

Elora lo volvió a besar, se sujetó a él para impulsarse y empezó a moverse como podía. Al principio fue tímida por la incomodidad, pero poco a poco las dimensiones de Byron fueron menos duras de aceptar y, entre beso y beso, se volvió a deshacer y pudo empezar a deslizarse mejor arriba y abajo. Pocos centímetros, pero los suficientes para darse placer.

Cuando Byron se apartó para mirarle la cara, Elora comprobó que sus ojos continuaban estando negros y venosos. Tenía los colmillos expuestos y ella se quedó absorta en ellos. Le cubrió los ojos con la palma de la mano y lo besó dulcemente, pasando la lengua por sus colmillos. En realidad no sabía lo que estaba haciendo, pero su instinto le dijo que aquello era necesario.

Byron se inflamó en su interior y ella abrió los ojos estupefacta.

—No puede ser... —Miró hacia abajo. Estaba dentro de ella por completo. Los símbolos de su pubis se volvieron rojizos iridiscentes y Elora sintió mucho calor emanar del miembro de Byron.

Cuando él le retiró la mano de los ojos, no había negro, solo el rojo rubí del deseo feroz del Baobhan. Una sonrisa diabólica se formó en sus labios y dijo:

—Ya estás lista para mí. Ahora es mi turno.

Byron hundió la mano en su melena húmeda y oscura, le echó el cuello hacia un lado con delicadeza y la mordió al mismo tiempo que se hundía con fuerza en su interior.

La penetró repetidas veces hasta la empuñadura, clavándole los dedos en las nalgas y llenándose la boca de su deliciosa sangre.

—Vamos, *mo beag*... —La estaba poseyendo físicamente como un pistón—. Déjate ir. —Le pasó la lengua por la sangre que se deslizaba por su piel y la ancló contra la pared para continuar moviéndose en su interior sin remisión.

Para ella fue demasiado y cuando menos se lo esperaba, sin avisar, con el segundo mordisco de Byron en la yugular tuvo el primer orgasmo. Un clímax tan demoledor que la hizo temblar y gritar con el rostro alzado al techo.

Aquel placer no tenía nada que ver con un orgasmo normal. Era como una muerte y una resurrección, cómo si el cielo naciera y muriese en ella para dejar lugar a las llamas del infierno.

Fue largo, continuo y tan intenso que, por un momento, pensó que perdería el conocimiento. Pero no lo hizo.

Byron no se lo permitió. Minutos después, aún con espasmos placenteros en el útero, él seguía en su interior.

Los dos estaban abrazados con fuerza. Él no la quería soltar, pero es que ella esperaba que no lo hiciese nunca.

¿Qué demonios había sido eso?

—Tienes que verte —dijo Byron, frotando su frente contra su mejilla.

—¿Qué?

—Verte.

La sacó tal cual estaba de la ducha, la bajó al suelo con cuidado y le dio la vuelta para que contemplase su propia desnudez y el cambio.

Byron parecía gigante tras ella y estaba arrebatador. Pero ella... no se reconocía. Tenía los ojos rojos y parecía una salvaje libidinosa.

Nunca hubiese creído que pudiera ser tan sexual.

Byron la tomó por las caderas y la echó un poco hacia atrás para levantarle el culo en pompa.

—Sujétate y apoya bien las manos —le ordenó.

—¿Qué vas a hacer? —preguntó mirándolo a través del espejo.

—Esto no ha acabado, *beag*. Quiero que te veas y te mires al espejo. Esta eres tú conmigo. Esta es tu esencia. Y no quiero que lo olvides nunca. —Byron continuaba erecto como si acabase de empezar.

Se colocó en posición y se internó entre los labios de Elora hasta llenarla por completo otra vez.

Ella se puso de puntillas y siseó. Estaba irritada y aún le dolía, pero era tan bueno sentirlo así...

Byron se cernió sobre ella y entrelazó los dedos de sus manos con los de ella. Apoyó la barbilla en su hombro y volvió a poseerla sin dejar de mirar su rostro en el espejo.

Sus pechos bamboleaban de un lado al otro, su vientre se movía con cada estocada profunda que recibía, y se le sonrojaban el cuello y el rostro por el esfuerzo de aceptar al Baobhan con toda su envergadura y de dejarse llevar con él.

—No agaches la mirada. Mírame. —Elora se obligó a fijar sus ojos en los suyos.

—No sé si puedo otra vez...

—Claro que puedes. Vas a poder esta y muchas más. Esta noche eres mía, ungida. Mírate. Esos ojos rojos se despiertan solo conmigo. —Quería dejarle claro qué era lo que estaba pasando—. Tu cuerpo, su manera de abrirse... Se abre así solo para mí —le recordó internándose tan adentro que Elora lo sintió en el estómago—. Nunca será así con nadie más.

Ella quiso bajar la vista porque no soportaba tanta intensidad, pero Byron no se lo permitió y la sujetó del cuello con suavidad para que mantuviera los ojos clavados en el espejo.

Aquello era un espectáculo. Elora se excitaba de verlo tan encendido y apasionado.

—No te escondas. Se trata de ser sinceros con quienes somos. Recuerda que soy Byron Dorchadas, príncipe fae de los Baobhan Sith. Un sídhe dominante. Y te elegí a ti como mi mujer. Tú decides qué hacer con eso... —No dejaba de penetrarla y de marcarla por dentro mientras le hablaba. Era terriblemente gustoso—. Pero para mí es importante que sepas esto. Jamás será así con nadie —le juró—. Porque aunque te dé miedo, yo te pertenezco y tú me perteneces. Olvídate de miedos posesivos y de la pérdida de libertades... Eso no existe para nosotros. Nuestro amor verdadero es lo que nos hace realmente libres. —Byron abrió la boca, le mostró los colmillos y después los clavó profundamente en el hueco que había entre el cuello y el inicio del hombro.

—Ah, Byron... —gruñó Elora, presa de un nuevo orgasmo; lo miró a través del reflejo con los ojos llenos de lágrimas por el placer. Fue tanto y tan intenso que Elora, esta vez sí, sufrió una pequeña muerte.

Byron bebió de ella y se corrió con intensidad mientras saboreaba la ambrosía que era la sangre de la ungida. De su pareja.

Sabía que si ella lo rechazaba al día siguiente, él moriría. Porque esa era la pena del Baobhan. Si ella revocaba el pacto, a él le partiría el corazón.

Sin embargo, entendía que aquella era la máxima expresión de amor. Dar espacio al ser amado para que volviese por sus propios pies.

Cuando Byron acabó de beber, se encontró a Elora con el vientre apoyado en el lavamanos y la mejilla recostada sobre sus manos entrelazadas. Si Elora se había narcotizado con el filtro de hadas, él ahora también estaba sufriendo sus consecuencias al beber su sangre. Estaba más encendido que nunca.

Se retiró poco a poco de su interior y su pesado miembro cayó semierecto y húmedo hacia un lado. Se miró al espejo y pensó que jamás se había sentido tan bien y tan vivo como en ese momento.

Lo lamentaba por Elora, pero ella había querido jugar. Y aún quedaba bastante noche por delante.

Iba a sufrir muchos desmayos como ese.

Pero no allí. Byron la tomó en brazos, la cubrió con la colcha de seda negra de la cama y caminó con ella hasta el balcón. Allí alzó el rostro a la noche más maravillosa de Meadow, a su niebla y a las estrellas que alcanzaba a ver en el cielo, desplegó sus alas gigantes y brillantes como una obsidiana con purpurina y emprendió el vuelo con su compañera.

La treebae no era lugar para Elora.

Su lugar era Uaimh, su castillo, debajo de su cuerpo, encima, de lado, como ella quisiera…, pero con él dentro de ella.

23

¿En qué momento pensó ella que dar un paso adelante con Byron sería buena idea?

Estaba amaneciendo y él no se había cansado de poseerla en toda la bendita noche. Estaba agotada, irritada y dolorida de maneras inimaginables, pero tan satisfecha que no cabía en sí de gozo. Si al menos el agotamiento le diera tregua, podría disfrutar de la languidez de tener el cuerpo de gelatina y sentirse más flexible de lo que lo había sido en toda su vida.

Tenía mordiscos por todas partes, marcas, moretones, chupetones... Era un cuadro.

Byron seguía encima de ella penetrándola sin remisión. Estaba tan inflamada que no soportaba ni una estocada más, pero cuando venían, eran tan gustosas...

—Otra vez.

—No puedo más —gimió Elora.

—Sí puedes.

—Byron, maldito trastornado —le espetó en tono de broma—. Me falta oxígeno, estoy sedienta. Dame un respiro.

Él puso cara de pena y Elora le dio un manotazo para que borrase esa expresión.

—Ni se te ocurra ponerme esa cara del gato de *Shrek* —le advirtió.

—*Beag*... Quiero correrme otra vez dentro de ti —le susurró al oído.

—Basta, en serio. Deja mi oreja en paz, debe de parecer un zapato. La cama está empapada. Me quiero duchar. Quiero dormir —lloriqueó.

Byron se reía mientras sacudía las caderas contra ella.

—Está bien. —Por fin admitió sus quejas—. Solo una última vez y nos iremos a descansar y a reponernos.

Y Byron volvió a hacer con su cuerpo lo que le dio la gana. Le sujetó las muñecas por encima de la cabeza, le abrió bien las piernas y se zambulló en las aguas de Elora como un tiburón hambriento.

No podía ser, no tenía ningún sentido. Ella se corría cuando él quería. Algunas veces era rápido y duro; otras, lento y delicado hasta hacerla enloquecer.

Cuando Byron empezó a eyacular en su interior, Elora había perdido la cuenta de las veces que lo había hecho y de cómo eso impulsaba y potenciaba su propio orgasmo hasta cotas inimaginables. El semen del Baobhan debía de tener algo más afrodisiaco que el filtro de hadas. Y si a eso le sumabas que acompañaba la eyaculación con otro mordisco, esta vez en el pecho, entre la succión y el pistón entre las piernas, se formaba un cóctel molotov destructivo.

—Tu cuerpo es lo más maravilloso que Dagda se permitió crear —musitó Byron contra su pecho, lamiendo el pezón inflamado.

—El mundo de hadas que tenía en la cabeza es una mentira —susurró Elora acariciando el pelo de Byron. Cerró los ojos y comenzó a abandonarse al sueño—. Sois demonios, en realidad. Demonios ninfómanos.

—«Somos», preciosa —la rectificó con una risita—.

Tú eres tan fae como yo. Recuerda que eres hija de un mito aníos y una princesa Baobhan Sith. No hay nada más raro. —Byron se deslizó entre sus piernas y se las abrió con los hombros.

—¡Me has dicho que era la última vez! —lo reprendió y le tiró del pelo—. Sal de ahí ahora mismo.

Él alzó la barbilla y sonrió como un niño feliz con una golosina.

—Sabes que me encanta que me tires del pelo. Tanto como a ti te gusta que yo lo haga.

—Esto tiene que ser una enfermedad —murmuró intentando apartarlo—. Estoy sensible. ¡Para!

Pero nada iba a detenerlo.

Byron sujetó su muslo y besó su interior, lleno de orificios por sus mordiscos. Tal vez había sido demasiado, pensó preocupado. Pero, al mismo tiempo, estaba tan orgulloso y ridículamente feliz que tenía hasta ganas de cantar y golpearse el pecho como un gorila.

—Pobrecita... Voy a cuidar de ti y a mimarte —le aseguró besando su pubis.

—Eres perverso.

Y cuando pasó la lengua de arriba abajo por todo su sexo, Elora cerró los ojos por el gusto y ya no pudo pelear más. Mantuvo los dedos enredados en su pelo negro y dejó que él la cuidase.

La saliva de los Baobhan era curativa y sabía que aquello le haría bien, como un bálsamo íntimo. Después de dormir, estaría como nueva.

Hundió la lengua todo lo profundo que pudo y después la pasó entre los recovecos, las curvas y los escondites de sus labios. Elora era preciosa en todas partes.

Cuando vio que su clítoris se había inflamado por las atenciones, decidió torturarla una vez más.

—Elora, quiero morderte aquí. —Le acarició el clítoris con la punta de la lengua—. Los fae no creemos en el Dios humano, pero aseguramos que es una experiencia religiosa.

—Rotundamente no. —Elora levantó la cabeza como pudo y lo mató con los ojos—. Ni se te ocurra.

—Nos gusta mucho. Y a vosotras, más. Los colmillos de los Baobhan...

—Estoy harta, suenas a documental de animales. No quiero que me muerdas ahí. No estoy preparada.

Byron ahogó una carcajada contra su muslo. La respuesta no le desagradó. ¿Estaba abriendo la puerta a más posibilidades para ellos? Ilusionado, se concentró en ese botón incesante y caprichoso de placer y no dejó de lamerlo y de succionarlo hasta que ella tuvo otro orgasmo más.

—Te lo juro... —Elora luchaba por tomar aire y llenar los pulmones de oxígeno—. Necesito descansar. Me voy a echar a llorar. Ten piedad.

Él sonrió. Sus ojos habían recuperado el color magenta y Elora odiaba que incluso después de una noche así, él tuviera tan buen aspecto.

—Como desees, *mo chailín*.

Después de eso, Byron volvió a tomar en brazos a Elora y la llevó a la parte de abajo del castillo. A aquella sala maravillosa y rara de cristales sanadores y obsidiana construida por los quiet folk para que su amo se repusiera y tuviera un buen descanso.

Dio un salto y se colgó boca abajo, desnudo en toda su gloria.

Elora inclinó la cabeza a un lado y sonrió lo que le permitieron sus labios y sus ojos inflamados.

—¿Nunca usas la cama para dormir?

—Pocas veces, solo si tú la necesitaras. Mis alas claman por abrirse, nena. —Extendió los brazos y movió los dedos, invitándola a abrazarse a él.

—Byron, tengo cosas que hacer. Quiero pasar tiempo con Gisele antes de que se le pase el efecto y quiero proponerle que sea mi... Es que me cuesta hasta decirlo. —Se frotó las sienes, consternada por los cambios de su vida—. Y quiero ir al centro veterinario.

—¿Por qué? —preguntó él sin comprender—. No te hace falta.

—A los animales, sí. Tengo un compromiso con Charlotte. Además —se frotó los brazos, ahí hacía frío y ella estaba tan desnuda como él—, quiero un poco de espacio.

—¿Quieres espacio?

—No es por nada malo. No es por ti —le aclaró—. Lo que ha pasado entre tú y yo me ha gustado mucho, Byron, aunque ahora esté para el arrastre. Pero... hoy es el Samhain. Todos habláis como si fuera una noche distinta, y yo ya no sé qué esperar. Me tengo que preparar, quiero estar sola con mi amiga porque tengo decisiones que tomar. Decisiones muy serias en muchos aspectos.

—No te estoy presionando. Ya te dije que sigues teniendo la última decisión respecto a mí y también respecto a la casa fae que decidas elegir. Te prometí que no te iba a agobiar y que decidirías tú siempre.

—No prometas nada, Byron. Deja de hacerlo. Las promesas son ataduras y cuando nos sentimos atados, solo queremos liberarnos.

—Solo digo que no voy a ejercer mis derechos sobre ti como Baobhan. Todo lo decidirás tú.

—Lo sé. —Dio un paso hasta él y lo tomó del rostro—. No te pongas a la defensiva otra vez. Sé que sois muy autoritarios. Pero no todo puede ser cuando uno quiere. Las cosas se dan cuando deben darse y me agrada mucho que te estés esforzando por comprenderlo. Pero —lo detuvo alzando la mano— ahora no quiero hablar de esto. Solo quiero dormir, Byron. Por favor... —Se señaló el rostro—. Se me va a caer la cara a cachos. Creo que voy a subir a la habitación con Gisele y a...

—Ni hablar.

Byron la agarró, le dio la vuelta en el aire y la abrazó, ocultándola con sus alas.

—No voy a agobiarte, pero dormirás y sanarás mejor aquí que en una cama. Descansa, *beag*. Cuando despiertes, podrás hacer lo que quieras. No te voy a impedir nada. Y también quiero decirte que... —acarició su pelo con su mejilla— he encomendado a los alven la labor de desvincular a Rebecca y a John de ti.

Ella asintió, conforme con la decisión.

—¿Quieres que les comuniquen algo de tu parte antes de que lo olviden todo?

—¿Los alven son los que viajan en cáscaras de huevo o en pompas de burbujas de aire?

—Sí. —Byron sonrió. Le encantaba la voz de Elora cuando estaba relajada y agotada por él—. Entrarán por la ventana en forma de pompa y esta reventará ante uno de los dos. Aparecerá el alven y los harán olvidar.

—Entonces solo quiero darles las gracias por todo. No han sido padres; en realidad, ni siquiera padrinos. Pero me han mantenido a salvo y viva bajo su techo. Y eso es importante. Así que con que les den las gracias es suficiente.

—Así será y así se hará, pequeña. Ya no debes preocuparte por nadie del exterior.

Elora apoyó la mejilla en el centro del pecho de Byron y no le costó nada cerrar los ojos y relajarse. Era muy fácil sentirse segura en su crisálida preciosa y protectora. Pero la vida consiste también en tratar de salir de la zona de confort y enfrentarse a desafíos y responsabilidades.

Y la ungida iba a ser responsable de muchas cosas en el mundo fae.

Gisele estaba sentada en el sofá, al lado de Elora, en la casa de su centro veterinario. Al mediodía Elora la había ido a buscar a la habitación, la había despertado y junto a Bombón decidieron salir del castillo y pasar un rato en el pueblo.

La rubia había pasado una noche increíble rodeada de fae y lo más maravilloso de todo era que había amanecido sin resaca. Qué increíble era aquella realidad.

Sin embargo, era su amiga quien había degustado el plato fuerte. Le estaba contando lo que había hecho con Byron e incluso Gisele, que era muy abierta de mente y mucho más atrevida que ella, se estaba ruborizando.

—Así que los Baobhan muerden...

—Sí —contestó Elora, bebiendo su leche caliente con canela—. Por todas partes. Ha sido la noche más agotadora y pervertida que he experimentado. Pensaba que me iba a matar del gusto.

—Me alegra mucho que por fin hayas disfrutado del sexo, Elora. —La miró maravillada—. Ya era hora.

—Eso no ha sido sexo, ha sido mucho más —admitió sin pudor. Le dolía el cuerpo por cómo lo había usado él hasta el punto de que aún lo sentía dentro, empujando contra su cérvix. Pensaba en él y se excitaba, además, le entraba una ansiedad enorme por volver a verlo, y eso que se habían despedido hacía tan solo unas horas.

—¿Y tú a él le mordiste? ¿Has bebido sangre? Sois el origen de los vampiros —afirmó Gisele saboreando el bizcocho que habían preparado, no solo para ellas, sino para los fae que también reinaban en esa casa y que de vez en cuando podían verlos disfrutar de su hogar, en paz, como ellas.

Elora no lo había hecho. En ese instante, pensar en hacerlo la echaba para atrás. Byron se había centrado tanto en ella que no se había planteado lo que quería hacerle. Pero es que, aunque hubiese querido, ese hombre había sido un vendaval incontrolable.

—¿Te das cuenta, Elora?

—¿De qué?

—El mundo fae está arraigado en todas las culturas. Pero no se trata de singularidades culturales. Son fenómenos universales psicosociales. Son los mismos en todas partes. Por eso creo que todos esos monstruos y leyendas que conocemos nacen de la visión y la existencia de los fae. Son ellos, solo que en cada cultura los describen de modos distintos. Los hombres lobo, los vampiros, los ángeles rubios y los alienígenas arios como el guaperas de las hadas que tiene la polla como un hurón deseoso de meterse en cualquier agujero...

Elora por poco se ahogó con la leche y tuvo que reírse fuertemente mientras se limpiaba las comisuras de la boca.

—Has descrito a Finn muy bien. ¿Acaso él te dijo algo?

—Gisele no le dio importancia y eso llamó la atención de su amiga. Más seria, insistió—: ¿Te increpó?

—No. Pero es muy intenso y hace cosas muy raras... Creo que quiso jugar conmigo como hizo contigo. Pero no sé si fue por el filtro de hadas o porque iba borracha, pero su influencia no me afectó. Y eso le ofendió mucho. Aunque tampoco me acuerdo bien de lo que le dije —confesó sin darse importancia.

Elora dejó la taza sobre la mesita de centro de madera y se llenó de ira por culpa de Finn.

—Ese maldito príncipe de las hadas abusón… Que intentase algo contigo no se lo perdono.

—Fracasó. A mí no me gustan tan guapos. Me ponen nerviosa. Me alejo de ellos porque todos traen problemas. Este mundo fae es paranormal por eso: sus príncipes están demasiado buenos. Ellos son las fantasías, los mitos que les contaban a nuestros mayores y que encontramos en los libros. Todo eso está construido en la base de la mitología feérica. Ellos son los misterios. El leshy es el fauno, las gaistlings y las huldras podrían ser sirenas, las banshees son las lloronas de los entierros en cualquier cultura… Gnomos, trolls, enanos, elfos… Podría crear una tesis periodística entera sobre esto. Y, sin embargo, no podré hacerlo —lamentó profundamente—. No podré porque se supone que a las doce de la noche de hoy mi mente sufrirá un cortocircuito, como Cenicienta, y ya no podré ser libre por completo, seré esclava de las pastillas y una sumisa como la mayoría de la humanidad. Me limitaré a seguir ideologías en vez de tener ideas propias.

Elora se acongojó al pensar en perderla. No quería que aquello ocurriese. Gisele tenía la opción de quedarse con ella, y lo sabía.

—Gi…, esta noche tomarás una decisión. —Elora tenía la mirada perdida en la canela que flotaba en su leche caliente—. No quiero sugestionarte porque es tu vida, tuya y de nadie más, y tú decides cómo vivirla. Pero te ruego que decidas bien. Piensa en los pros y los contras. Yo acataré lo que digas.

Gisele le pellizcó la barbilla a Elora y admiró sus facciones, evocando todas sus aventuras juntas.

—Me has dado los mejores años. Incluso este día, aunque sea corto y no me acuerde de él mañana… Es un privilegio poder vivirlo. Te doy las gracias por ser mi hermana y mi compañera, Elora. Pase lo que pase.

A la morena se le llenaron los ojos de lágrimas.

—Tienes que pensártelo bien —le recomendó—. No decidas nada aún.

—No voy a decidir nada hasta que sea el momento. Me gusta creer que todavía controlo algo. Aunque tengo muy claro lo que voy a decir esta noche —aseguró haciéndose la interesante.

—No te soporto. Te encantan las intrigas.

En ese momento llamaron al timbre y Elora se levantó corriendo para mirar por la pantalla del portero. Era Iris.

La librera cargaba con una miosotis como la que recibió en su despertar. Su madre le había dicho que acudiera a ella para recibirlo, pero entre una cosa y otra no había tenido tiempo.

Iris subió a la planta de arriba y Elora abrió la puerta de la casa para dejarla pasar. Bombón corrió a ponerse de pie y a lamer la cara de la fairie.

—Hola, amigo —lo saludó ella celebrándolo también—. Se suponía que debías venir a buscar el nomeolvides de Adrien, Elora. —Iris sonrió y la miró de arriba abajo—. Aunque me temo que ayer encontraste a Byron donde te dije.

Elora se había cambiado y ahora llevaba unos vaqueros ajustados, unas deportivas blancas de bota alta y un top negro de manga larga que mostraba su ombligo y su hermoso vientre.

—Sí, así es —contestó Elora intentando ocultar las marcas de su cuello.

—No las escondas, *cara*. A los sídhe les encanta alardear de las marcas que dejan a sus parejas. Toma. —Le ofreció la flor—. Cuando tengas tiempo, mírala. Si puede ser, antes de esta noche —le recomendó.

—A los humanos no nos gusta mostrar los chupetones

porque es de ordinarios —declaró Gisele mientras comía otro trozo de bizcocho.

Iris se rio.

—Los humanos son seres ordinarios de por sí.

—Gracias, adivina de los libros. —Gisele entornó la mirada con aire sarcástico.

—Mejor, historiadora del futuro —la corrigió la fairie con exquisita educación.

—Iris, ¿puedo hacerte una pregunta? —Elora dejó la miosotis sobre la mesa de centro.

—Sí.

—Seguro que sabía que se lo ibas a preguntar —susurró Gisele.

—Mi habilidad como Dama Blanca fairie no funciona así —les explicó—. En realidad, tú, como mestiza de aníos y Baobhan, me eres imposible de predecir. No te veo nunca en mis cábalas. Por eso sé que estás, porque tengo vacíos y por cómo podrían concluir las cosas. Pero sí sé cómo influyes en el resto de las personas a las que estás vinculada y en sus futuros.

—Sé qué relación os une a Byron y a ti con mi madre, pero... ¿qué os une exactamente a ti y a Byron? Percibo que él te aprecia mucho.

—Éramos mejores amigos —explicó Iris, feliz de podérselo contar—. Supongo que habrás visto que Byron no tiene problemas en relacionarse con fairies y que siempre mira por nosotras como puede.

—Sí, ahora sé más cosas de él —admitió, y todo le gustaba muchísimo más.

—Lo mismo sucedía con tu madre. Ella no entendía el clasismo fae ni el maltrato al que nos sometían solo por no ser puros o por tener mestizaje humano. Por eso eran tan buenos amigos. Cuando mi madre dio a luz, ella, que había sido una alta Dama Blanca, quedó apartada de Magh Meall. Me educó sola. Hasta que se entregó al sueño eterno voluntariamente. Yo era una niña cuando eso pasó. Byron me protegió y no dejó que estuviera sola, así que nos hicimos amigos. Él me sugirió la idea de la librería. Decía que era un lugar perfecto para estudiosas y para las señoras que leen, ya que las ellefolk adoran contar y escribir en sus incunables las historias pasadas de los fae y guardar todos sus secretos. Además, podía ser un lugar de reunión y apoyo fairie para los que habíamos sido apartados de la sociedad mágica. Byron me ayudó en todo, y yo siempre me sentí en deuda con él. Hasta que sucedió lo de Adrien. Acordamos entre las dos ocultarle información sobre mis visiones. Byron habría intentado detener lo inevitable. Yo sabía lo que serías capaz de hacer por cómo cambiaba el hado con tu nacimiento. Pero Adrien y yo pensamos que lo mejor era no decirle nada. —Sonrió dibujando una cremallera imaginaria sobre sus labios—. Él te marcó sin saber quién eras en realidad. Lo hizo porque su corazón no pudo hacer como si no te hubiera visto. Y yo me enfadé muchísimo con él porque con su acción volvió a cambiar mucho el hado, y de un modo que me costaba entender. Eso me desesperó. Siempre creí que cuando se supiera la verdad y todo cambiase, los sídhe agradecerían mi labor y me la reconocerían dejándome entrar de nuevo en Magh Meall, pero él lo desbarató con su acción. Byron se enfadó muchísimo conmigo al descubrir que yo tenía información que él desconocía. Ahí rompimos nuestra amistad. Él sintió que yo le fallé y yo sentí que él había echado a perder mi posibilidad de volver a Magh Meall y limpiar el nombre de mi madre al recuperar su silla en el concilio. Pero, con el tiempo, eso dejó de interesarme. El hado —prosiguió negando con la cabeza— ha cambiado de modos increíbles después de tu aparición hace casi una semana. Y son buenas noticias, Elora. Pero, como con todo, debo cerciorarme de que las cosas se cumplen como espero. Así que intento ayudar a unos y a otros para que vayan en la dirección correcta.

—Iris va muchos pasos por delante del resto. —Gisele estaba asombrada—. Es un noticiario del futuro. Sería un excelente negocio que montar aquí. —Se quedó pensativa barajando sus fantasías.

—El hado me habla —contestó la librera asumiendo su enorme responsabilidad—. Y no es fácil tener mi don. Pero... no lo puedo acallar. Debo dejar que fluya. Sé que sucederán cosas terribles, pero son daños colaterales necesarios.

—¿Es que las otras Damas Blancas no pueden captar lo mismo que tú? —quiso entender Elora—. Si eres la más poderosa, los sídhe deberían replantearse que estuvieras de su lado.

—Putos sídhe —murmuró Gisele oteando de nuevo los libros de mitologías y leyendas que había adquirido Elora hacía unos días.

—Yo solo estoy de mi lado —aseguró—, y de los que están en una situación parecida a la mía. Soy hija de la Dama Blanca más certera de todos los tiempos, pero también soy hija de un silvano barra íncubo. Mis habilidades son distintas, pero, además, no tengo reparos en usar otros medios para hurgar entre los hilos del destino. Estamos cerca de lograr un gran cambio —vaticinó esperanzada—. Solo espero que las cosas se den como deben. Aunque con el hado nunca se sabe. —Se encogió de hombros—. Ahora os tengo que dejar. Gisele.

La rubia levantó la cabeza como un perro.

—¿Qué?

—Cantas y bailas muy bien —reconoció—. Impresionaste mucho al Cat Sith.

—¿Que canté? —repitió con la boca abierta—. Yo no canto en público.

—Sí lo hiciste. —Iris asintió con una sonrisa—. Y pusiste en su lugar a Finn Elrin Impire. Mis respetos. —Le hizo una caída de cabeza y después de eso añadió—: Ungida, me voy. Os dejo a solas y espero veros esta noche en el bosque de las fees para la ceremonia del Samhain. Pero antes deberías ver lo que hay en el miosotis —repitió la sugerencia—. Ah. —Se llevó las manos a la espalda y sacó una espada enfundada para Elora—. Esta espada pertenecía a tu padre, Artio. Adrien me pidió que la guardase para ti. Como era un cazador de naimhde, creyó que te gustaría heredarla por si algún día aceptabas y despertabas a tu naturaleza.

Elora tomó la espada con emoción. Era preciosa. Tenía el mango repleto de brillantes negros. Pero no sabía qué iba a hacer con ella, dado que no sabía blandirla siquiera.

—No te preocupes. Las habilidades con la espada están en tus genes. Ya aprenderás —le aseguró Iris y le dio un golpecito amistoso en el hombro—. Ah, y esta noche, en el Samhain, debes ir de negro y plata y decorar tus orejas con brillantes y aretes.

—Vamos, que debes hacerle caso en todo —convino Gisele.

Elora asintió y acompañó a Iris hasta la puerta. La librera estaba siendo una pieza clave en el devenir de los acontecimientos no solo del pueblo, sino también de su vida.

Era un gran activo para la causa, aunque solo ella sabía para qué. Ese era el encanto de Iris: que sabía más que nadie. Pero también suponía su gran cruz.

Elora dejó la espada apoyada contra la pared y buscó la atención de su amiga.

—¿Te pusiste a cantar ayer, Gi? —le preguntó cruzada

de brazos y recostada en la puerta—. Pensaba que solo me cantabas a mí.

—Y yo también —aseguró Gisele aún sorprendida—. Pero claro, tampoco me drogo ni esnifo filtro de hadas, así que... a saber lo que hice.

Elora sonrió y negó con la cabeza. Gisele ganó una noche increíble con los fae y Elora se había perdido ese momento porque Byron se estaba perdiendo en ella, pero le alegró muchísimo saber que lo disfrutó.

Gisele le devolvió la sonrisa con tristeza.

—Es increíble que mientras estoy aquí, consciente y serena, viendo a pixies robar trozos de bizcocho y a knockers tomarse un vaso de leche frente a la chimenea, mi cerebro esté sufriendo daños irreversibles que a las doce de la noche podrían fundirme para siempre.

Elora se iba a sentar a su lado para abrazarla con fuerza. Quería estar con ella así lo que quedase de tarde, hasta que tuvieran que ir al Samhain.

Pero volvieron a llamar al timbre. Aprovechó y tomó la taza de leche vacía para dejarla en la isleta de la cocina antes de meterla en el lavavajillas.

—Iris ha debido de olvidarse de decirnos algo más... —murmuró Elora.

Abrió la puerta de inmediato y le dio al botón de apertura automática de la entrada. Se dio la vuelta para dejar el vaso de leche dentro del lavavajillas y escuchó a Gisele gritar con todas sus fuerzas:

—¡Elora! ¡No es Iris!

La ungida se dio la vuelta con rapidez para ver de quién se trataba. Pero era evidente que si a su amiga no le gustaba lo que veía y la asustaba, a ella tampoco.

Y así fue.

Era la última persona que esperaba encontrarse allí, en

Meadow Joy, y menos en esa casa. Y cuando lo vio entrar, todo su cuerpo se puso en guardia.

Lo que no vio venir fue el batazo que se llevó en la cara gratuitamente como saludo. Elora cayó al suelo a cuatro patas, consternada por el golpe. Se llevó la mano al pómulo y notó que se lo había abierto y que la sangre goteaba sobre sus dedos.

—Hijo de puta… —murmuró muy dolorida.

Levantó la cabeza para mirarlo bien.

No había cambiado nada. Vestía con una gabardina larga holgada, pantalones de pinza y un jersey gris oscuro de pico. Tenía el pelo castaño claro despeinado a lo James Dean y los ojos de color oscuro, cuya mirada no era del todo limpia. Eso era algo que siempre inquietó a Elora cuando se conocieron en la ciudad.

—Al fin te encontré —dijo él, eufórico por verla de nuevo, soltando su característica risa incómoda. Se parecía a la del Joker.

Iba a golpearla otra vez con el bate, pero Bombón se le tiró encima y le mordió el antebrazo.

No. Eso no iba a acabar bien.

—Rud.

Elora corrió a apartar al perro de él porque no quería asesinatos en esa casa. El lebrel no quería soltarlo, pero Elora era su dueña y la obedeció a ciegas.

Cuando Rud se levantó, con el antebrazo sangrando por las heridas de los colmillos, con la otra mano sacó del bolsillo de la gabardina una pistola y Elora se quedó sin respiración. Tenía una cara de ido muy evidente.

De pronto empezaron a pasarle mil cosas por la cabeza. Rud sería capaz de disparar a Gisele y a Bombón. Y también a ella. Pero no estaba preocupada por sí misma, sino por los demás. No iba a dejar que les hiciera daño.

—¿Cómo me has encontrado? —¿Cómo había accedido a Meadow Joy? ¿No se suponía que era un lugar al que solo se podía entrar por invitación o por desorientación? ¿No decían eso los fae? ¿Quién demonios había invitado a Rud?

—Elora…, te he echado tanto de menos… Estás guapísima. —Aunque lamentó la herida que le había hecho en la cara con el bate metálico—. Supongo que eso te dejará cicatriz.

—Sabía que eras un sociópata manipulador, pero no me imaginaba que estuvieras tan loco. Tú y yo no somos nada. Nunca lo hemos sido. Deberías irte.

—¿Es aquí donde vives ahora? —Ignoró sus palabras. Se pasó la lengua por los dientes superiores mientras advertía cómo se movían los objetos a su alrededor, para distraerlo. Los fae tampoco iban a dejar que allí sucediese nada malo.

—Rud. —Elora miró la pistola y alzó la mano para tranquilizarlo—. Mírame.

Pero él no la obedecía. ¿Por qué no la oía?

—Venga, salgamos de aquí y volvamos a casa —le ordenó—. ¡Ahora!

—Yo no me voy contigo a ninguna parte, jodido loco.

—Elora. —Rud encañonó a Gisele y la rubia se cubrió con un cojín, haciéndose un ovillo en el sofá—. He dicho que salgas de aquí. Nos volvemos a la ciudad. Te vas a subir en el coche conmigo o disparo a la metomentodo de tu amiga. O, mejor, a tu perro. Ese bicho me ha mordido. —Apuntó a Bombón, que se había colocado delante de ella y le enseñaba los colmillos sin ningún miedo.

Entonces, de un momento a otro, Elora dejó de temerle. Simplemente, se esfumó, como poseída por su Baobhan interior, la que corría por sus venas.

Un humano tarado como ese no tenía derecho a amenazarla ni a agredirla en su casa rodeada de fae. Rud no la escuchaba y ella no podía ejercer bien la influencia sobre él, aunque podía hacer muchas otras cosas. Era un ser bendecido con muchos dones que aún desconocía pero que sabía que podía poner en práctica en momentos como ese, porque era su sistema de defensa.

Además, él no se daba cuenta, pero las pixies le estaban atando los cordones de los zapatos para que se tropezase al levantarse.

Rud quitó el seguro de la pistola y volvió a dirigir el cañón hacia Gisele.

Elora siguió el arma con los ojos y justo cuando Rud disparó, ella vio la trayectoria de la bala salir a cámara lenta. Observó el chispazo, el humo emerger del cañón y el proyectil dorado atravesar el aire hacia su amiga.

Era increíble. Y esa bala era demasiado lenta para ella.

Elora extendió el brazo y abrió la mano para ponerla como pantalla en la trayectoria de la bala, que impactó en su palma y se aplastó. Elora cerró el puño en torno a ella. Aplaudía por dentro, pero le dedicó a Rud una mirada vengativa.

De repente se dejó llevar. Permitió que su parte fae tomase las riendas como nunca hasta entonces.

Fue un chute de energía, un subidón sin igual.

Elora se movió a una velocidad que Rud no fue capaz de ver ni de adivinar. Para ella no era difícil controlar el espacio, así que cuando estuvo a su altura, lo agarró de la nuca con una mano e hizo un giro con él de ciento ochenta grados para estamparle la cabeza con fuerza contra la puerta de cristal grueso del horno, que se hizo añicos cuando Rud la atravesó con la cara. El temporizador se activó y empezó a sonar avisando de que la comida estaba lista.

Rud se quedó inmóvil con los pies colgando en el suelo, los brazos muertos a cada lado de las caderas e inconsciente.

Elora se miró las manos, impresionada.

—¡La madre que te parió! ¡¿Qué ha sido eso?!

Gisele estaba de pie sobre el sofá, con el cojín de colores abrazado contra su pecho y las gafas mal puestas sobre la cara. Miraba de hito en hito a su mejor amiga, que se había convertido en una máquina de matar.

Bombón olió el pantalón de Rud y apartó el morro disgustado.

—A mí tampoco me gusta cómo huele —dijo Elora, y se llevó la mano al pómulo.

Eso lo había hecho ella. Tenía mucho poder, era fuerte. Y entonces se sintió orgullosa de haber defendido a los suyos. Miró el bate metálico y siseó al recordar cómo le había dolido el golpe.

Gisele corrió para colocarse al lado de su amiga y, con estupor, observó la sangre que goteaba por la gabardina de Rud.

—¿Está…? ¿Está muerto?

El pie de Rud sufrió un espasmo, como sus manos. La derecha dejó caer la pistola al suelo y Gisele se asustó y dio un brinco.

—No está muerto.

Pero eso no lo dijeron ni Elora ni Gisele.

Bombón ladró al ver entrar a Byron vestido de negro, con gesto compungido y angustiado al ver lo que había pasado allí.

Su expresión era todo un poema.

Estudió la situación, vio la herida y el moratón que Elora tenía en el pómulo y contempló el cuerpo de Rud, cuya cabeza seguía metida en el horno.

Se acercó a Elora y ella se quedó quieta, mirándolo directamente a los ojos. Empezaba a ser consciente de lo que había hecho. ¿Estaba enfadado?

Byron le alzó la barbilla con dedos gentiles y estudió su cardenal. Después le rodeó la nuca con una mano y, en silencio, tiró de ella y la abrazó con cuidado. Elora se sintió inmediatamente relajada cuando recibió el contacto del Baobhan, así que apoyó la frente en su pecho y se dejó mimar unos segundos maravillosos en los que pudo volver a pensar con perspectiva.

—Hay que sacar a este hombre de aquí —sugirió el príncipe—. Lo llevaremos a Uaimh. Y vosotras también os quedaréis allí.

—Pero...

—Pero nada, Elora. Quiero entender cómo demonios te ha encontrado. Esto no tiene ningún sentido. —Estudió con desconfianza el cuerpo de Rud.

Elora suspiró y asintió con la cabeza. Rodeó la cintura de Byron con los brazos y se quedó ahí un buen rato, pensando en que era la primera vez que le plantaba cara a Rud. En la ciudad siempre había querido evitarlo y esquivar los conflictos. Ya sabía que ese tipo le iba a dar problemas, por eso prefirió poner tierra de por medio. No era bueno ser la diana de un obsesivo perverso y un maltratador como ese.

Pero allí, en Meadow Joy, ella había hecho valer las reglas de su fortísima naturaleza Baobhan.

Tolerancia cero para tipos como él.

24

Era una situación de emergencia.

Elora se encontraba allí con él, muy seria y angustiada. La sala tenía un orificio de salida en el techo por el que entraba la luz del exterior. Si Rud gritaba, todos lo iban a oír. Puede que ese fuese el objetivo de una estancia como aquella.

—Byron, háblame. No me has dicho nada desde que has venido a por nosotras al centro —le pidió Elora.

Pero al Baobhan le resultaba imposible articular palabra. Era una bomba llena de odio a punto de estallar. Su violencia no conocía límites si se trataba de Elora.

No habían contado con la aparición de un hombre como Rud en aquella ecuación. Y estaba que trinaba. Se odiaba por haber accedido a darle espacio y por haberla dejado marchar, así sin más, como si estuviesen en una relación mundana, normal y corriente. Había sido otro golpe por bajar la guardia con ella y debía ser más estricto en ese sentido porque la ungida no era cualquiera y él, tampoco.

Había reglas a seguir, por muy bonita e irresistible que se pusiera Elora al pedirle las cosas.

Él no podía ser como ella quería. Y estaba haciendo esfuerzos para no presionarla, pero cuando le daba unos metros de distancia, venían los problemas.

El día no podía empezar peor. Esa noche se iba a enfrentar a la decisión de Elora, pero ahora tenía cara a cara al tipo que vivía obsesionado con ella. La había ido a buscar para sacarla de Meadow Joy y llevársela con él. No tenía ningún sentido... ¿Cómo demonios había encontrado el pueblo?

—Ahora no puedo hablar. Me cuesta hasta pensar —aseguró apretando los dientes con frustración. No podía ni mirarla a la cara—. Quiero comprender qué está pasando primero.

Ella se encogió un poco al escuchar su rudeza y su beligerancia.

—¿Estás enfadado conmigo?

—No. Solo estoy enfadado conmigo mismo.

—Tú no eres culpable de esto...

—Lo soy —aseguró, y le dio a la manivela para alzar el cuerpo de Rud por encima del suelo—. Pero no va a pasar más. Solo quiero saber qué hace este engendro aquí.

La respuesta la encontró mientras lo colgaba de las cadenas en su sala de confinamiento. Aquel lugar fue construido por los bloody cap, los duendes sanguinarios que adoraban la guerra y que vivían en castillos con pasados trágicos. Uno de ellos le debía un favor a Byron y, como regalo, le construyó una sala de torturas digna del mayor sádico de la historia.

Byron no había tenido que hacer uso de esa sala, pero estaba deseando probar sus artilugios en Rud.

Mientras alzaba el cuerpo a un palmo del suelo y lo dejaba colgando como un chorizo, atisbó una nota blanca sobresalir por el bolsillo delantero del pantalón.

Byron se acercó y la tomó para abrirla y descubrir lo que ponía.

Su rostro mudó de expresión ante lo que estaba leyendo.

Era un e-mail que Elora había enviado a sus padres para invitarlos a venir a Meadow Joy, les facilitaba la ubicación y les advertía que a veces costaba encontrarlo, pero que si seguían su localización con el GPS lo encontrarían.

—¿Qué pasa? —preguntó Elora acercándose lentamente a él.

Byron le entregó la hoja sin ganas de decirle nada.

—A Meadow solo se entra con una invitación fae. Este tipo tenía hackeada tu cuenta de correo. Aquí tiene tu invitación, por eso te ha encontrado. Ha seguido las migas de pan como Pulgarcito.

—¿Qué?

—Este correo es como un mapa para encontrar por su cuenta Meadow Joy. Y a ti. Y os ha encontrado a ambos. ¡Maldito sea! —Empujó el cuerpo inconsciente de Rud y lo hizo moverse por toda la sala como un péndulo.

—Pero ahora él está aquí preso y lo he detenido... Solo es un loco y hablas como si yo continuase en peligro —dijo asustada.

—Los locos maltratadores, los crueles, los violentos, los sociópatas, no solo son locos y enfermos patológicos, Elora —le habló en tono muy duro y se pasó las manos por el pelo—. Son recipientes perfectos para los naimhde, sobre todo para los Necks. ¿Cómo crees que los milesianos nos vencieron hace milenios? Todos esos individuos tienen algo identificado como «tendencia escurana». Inclinación hacia la oscuridad. Y son canales perfectos para nuestros enemigos.

—Pero aquí no hay ningún Neck, Byron... —Elora tenía miedo de lo que el Baobhan pudiera hacerle a Rud, porque era un humano y ya estaba malherido—. No hay ningún elfo oscuro. Tú mismo dijiste que los imanes impedían que los Necks entrasen aquí y poseyeran a nadie. Lo dijiste...

—Elora sujetó a Byron por el rostro para hacerle entrar en razón—. Es solo un loco.

—Hay locos que son muy malas personas. —Byron apartó la cara y se alejó de ella—. Y que además están muy locas. Para un Neck no hay diferencia. Y para mí, tampoco. El mal no descansa, Elora. Espera paciente a que nuestra complacencia haga que nos relajemos para pillarnos desprevenidos.

—Pero... se le puede devolver al mundo exterior de un modo que nunca más pueda querer o volver a hacer daño a nadie. —Se humedeció los labios nerviosa, persiguiéndolo por toda la sala—. Que se olvide hasta de quién es y de lo que ha visto. Que viva encerrado para siempre en un psiquiátrico o en una cárcel.

—Elora, por una vez, déjame hacer lo que quiera —le pidió furioso—, porque esta vez sí está alineado con mi deber. Antes vamos a interrogarlo. Pero lo castigaremos y lo mataremos de modos que hasta el diablo se va a tener que tapar los ojos para no verlo.

Ella se horrorizó ante la descripción.

—¿Quiénes? —preguntó con pavor. No le gustaba nada lo que estaba sucediendo allí.

En ese instante entraron Liek, Elda Litir, Finn y Kellan en la sala, con gestos muy serios y ansias por encontrar respuestas.

—¿Los has llamado?

—Sí, esto les concierne también a ellos.

—¿Qué vais a hacer?

—Una ejecución —contestó Finn sin florituras.

—¿Ahora sois todos amigos, cuando hace dos días os estabais matando en el anfiteatro? —Elora no sabía cómo detener aquello y quería hacerles ver que eso no estaba bien.

—Se trata de nuestra casa, ungida —aclaró la Dama

Blanca mientras miraba con curiosidad a Rud—. No vamos a permitir que nadie la ponga en peligro. Sucedió una vez por ser confiados. Pero no volverá a pasar. Si es por defendernos, la unión es ley.

Elora entreabrió los labios con consternación y angustia.

—Las personas que los Necks poseen tienen familias —les recordó Elora colocándose frente a Rud—. Familias que sufren ante sus pérdidas y desapariciones. Tienen hijos, madres, hermanos, abuelos, esposas... que los lloran y también mueren un poco con ellos. Debe de haber otro modo de...

—Elora, apártate. Si no puedes estar aquí, vete —le ordenó Byron.

—Puedes parar esto —le pidió Elora, apelando a su sentido común—. Le he metido la cabeza en el horno para defenderme, pero nunca ha sido mi intención matarlo. No lo hagas tú. Tienes el poder de marcar las diferencias, Byron. Me has hecho creer que eres distinto, ¿no? ¿Era mentira?

Byron soltó el aire sin paciencia. No quería escucharla. Elora no entendía lo que eran las obligaciones fae ni tampoco le encontraba sentido a la guerra. Pero la realidad era que estaban en una guerra silenciosa desde hacía milenios.

Agarró el bate metálico que había en el suelo, a pesar de que le quemaba la mano porque era de acero, y se lo mostró a Elora.

—¡Mira, maldita sea! ¡¿De dónde ha sacado este bate?! ¿Quieres defenderlo? ¡Te golpeó con él! ¡¿Qué tipo de hombre golpea a una mujer con un bate de acero con tanta fuerza?! Es de acero, y a los fae no nos gusta, como tampoco el hierro. ¡¿Es casualidad?! —preguntó con ironía—. ¡Mira! —Agarró la barbilla de Rud y descubrió que tenía tapones en los oídos—. Se usan para no oír nuestra influencia en la voz... ¡No es una casualidad, joder!

—No me hables como si fuera tonta —le advirtió Elora.

—Entonces deja de comportarte como si lo fueras. Despierta, Elora. Eres la ungida, hija de Adrien y de Artio, recuérdalo. Nuestros enemigos no descansan nunca, aunque parezca que aquí estemos aislados y no suceda nada. Y tú tienes el privilegio de decantar la balanza. —Le habló buscando una reacción en ella—. No sé cómo, ni sé qué va a provocar que elijas casa, ni cómo va a cambiar nuestra historia, pero no puedes darle la espalda a esto, ni evadir tu papel ni tus responsabilidades. Porque ellos... —sacudió el bate frente a ella, mientras la carne echaba humo por las quemaduras—, ellos están ahí fuera. Esto no es una ofrenda de paz. —Le señaló la mejilla—. Deja de comportarte como una niña inmadura y espabila de una maldita vez. Sal del caparazón y abraza tu naturaleza en su totalidad. No eres humana. Ya no —le recordó decepcionado—. Y estás defendiendo a esta escoria delante de los fae. Es inadmisible.

—Si ser inmadura es ver las cosas de otra manera y tener otra perspectiva distinta a la vuestra, entonces prefiero serlo —respondió indignada por cómo le había hablado—. Porque ahora no veo diferencias entre tú y los naimhde. Actuáis igual. Yo tampoco sé qué va a ocurrir cuando elija casa, pero no tengo miedo de cambiar las reglas. Lo que no voy a aceptar es elegir una casa fae a la fuerza si no creo en los valores que transmitís. ¿Queréis destruirlo? ¿Queréis cortarlo en pedazos? —preguntó tan enfadada como él señalando a Rud—. Hacedlo. Jugad con él como quien golpea una piñata. Pero lo haréis movidos por la rabia y por el miedo, Byron. Porque lo que de verdad le ha asustado a ese lado *ceassenach* que tienes —lo desafió sabiendo que le iba a dar donde más le dolía— es que alguien me ha hecho daño y tú no has estado ahí para defenderme. Y no sabes lidiar con eso.

Los sídhe se ofendieron ante esas palabras. El ego de Byron se vio arrasado por una verdad que no había hecho falta gritarla. Tenía razón. Estaba tan desatado y descontrolado porque no se podía imaginar que ese mierda hubiese golpeado a Elora. Y se responsabilizaba por ello. Porque era él quien se había equivocado. Por culpa de esa mujer se estaba volviendo un débil y un flojo.

Y Byron explotó lanzando el bate con fuerza contra el cuerpo de Rud, que despertó de golpe por el impacto, perdido y desorientado porque no sabía dónde estaba.

—Tienes razón —dijo Byron respirando como un toro bravo. Sus ojos se oscurecieron como la noche anterior—. Por eso se acabó el ceder antes tus ideas absurdas de independencia, compasión y misericordia... Eres la ungida, pero estás muy verde en muchas cosas. Si te hago caso, los pongo a todos en peligro, sobre todo a ti.

—Y por eso... —A Elora le tembló la barbilla, afectada por la discusión, acongojada por esas palabras que le decían que él tenía un límite. Pero ella, también—. Por eso mismo no pienso elegirte. Ni a ti ni a ninguno de vosotros.

Byron recibió esas palabras como una bofetada. Se lo había imaginado, aunque se guardaba una brizna de esperanza que Elora acababa de aplastar fríamente.

—Decide lo que quieras —contestó él—. Y ahora, si no es mucho pedir —añadió abatido e igual de afectado que ella por lo que se habían dicho—, vete de aquí. No te gustará lo que va a pasar. Eso sí, no saldrás del castillo excepto para ir al Samhain.

—No soy tu prisionera. No soy la prisionera de nadie... —Elora apretó los puños con rabia.

—Ahora mismo es mejor que estés bajo supervisión. Los quiet folk y los knockers te acompañarán y estarán contigo allá donde estés.

—¡No necesito guardaespaldas! —se encaró con él.

—¡Sí los necesitas! ¡Ponme las cosas más fáciles! ¡Deja de causar problemas!

—No necesito protectores. ¡No soy de tu propiedad y no soy tuya!

—Ponte como quieras. —Byron le dio la espalda y tuvo que soportar la cara chistosa de Kellan, que silbaba diciéndole: «Menudo carácter tiene».

—¡Soy la ungida, maldito seas, Byron! —Lo empujó para que la mirase a la cara.

—¿Lo eres? —La agarró de la muñeca para que dejase de pelear con él—. Entonces demuéstralo de una vez y toma la decisión correcta. Deja de comportarte como una cría.

—¿Una cría? —repitió incrédula. ¿Ella era una niña?—. Te juro que tomaré la decisión correcta —le advirtió refiriéndose a lo que iba a pasar esa noche.

—Bien. —La soltó sin fuerzas y se volvió a concentrar en Rud.

—Bien.

—Elora..., sácame de aquí —le pidió Rud, llorando como un niño pequeño—. No sé qué hago aquí... Por favor... ¡Elora, haz que me suelte! ¡No quería hacerte daño! ¡No sé qué me está pasando! —Se ahogaba con sus propias lágrimas—. ¡¿Dónde estoy?!

Al ver que ella no podía hacer nada contra ninguno de esos sídhe, que Byron era intransigente y que no iba a convencer a nadie de hacer las cosas de otro modo, se sintió mal por todo, se cubrió las orejas para no escuchar los gritos de Rud y salió de allí corriendo.

Huyó de la tortura y también del legado que cada vez pesaba más sobre sus hombros y sobre su conciencia.

Se sentía muy perdida en ese momento.

No sabía lo que le habían hecho a Rud. No era que ese tipo no se mereciese cualquier cosa que le pasase. Se lo merecía. Se había obsesionado con ella, pero tal vez había sido su culpa por irradiar esa energía, por los genes que tenía... A lo mejor, de no haberla conocido, Rud sería una persona normal; quizá ella lo había desequilibrado por su ascendencia fae.

Lo que más la afectaba eran las leyes inflexibles de los sídhe y la capacidad de creer que podían decidir sobre la vida y la muerte de cualquier especie.

¿Debía ser así? ¿Podía cambiar ella algo en un protocolo tan militar y jerarquizado?

Era posible que le faltase madurez.

Y quizá era una inmadura, una cría, como le había dicho Byron. Pero no se podía ser suficiente mujer para unas cosas y para otras, no.

Tal vez era excesivamente compasiva.

Rud solo era un hombre al que había conocido, y también el motivo por el que quiso empezar la aventura en Meadow Joy. No era una buena persona.

Pero matar era matar. Los fae estaban acostumbrados a decidir como si fueran dioses solo porque eran seres superiores.

A lo mejor no estaba hecha para ese mundo ni para su legado.

Aunque la realidad era que formaba parte de ellos.

Se sentía frustrada, no creía en derramar sangre por sangre..., pero era evidente que los sídhe creían que la única solución con Rud era esa, porque consideraban que la presencia de ese hombre los ponía a todos en peligro.

La pelea con Byron la había dejado mal. Odiaba discutir con él y no se sentía bien con lo que le había dicho.

Byron estaba asustado. Se había asustado por Elora. Pero ella ya le había demostrado que sabía defenderse por sí misma. Debería estar orgulloso y, en vez de eso, la había tratado como a una niña.

Se ponía enferma cuando ambos se enfrentaban, porque le dolía mucho. Le dolía incluso físicamente. Tenía un nudo en el estómago que no la dejaba respirar bien y no podía dejar de llorar.

Gisele estaba a su lado, sentada en la cama como ella, intentando tranquilizarla.

—A mí Rud no me da ninguna pena, Elora —reconoció frotándole la espalda—. Muchas veces me hubiera gustado reventarle la cara, pero me lo impidió el código penal. Sin embargo, aquí los fae se lo pasan por las alas... Y me gusta. Me gusta que no tengan que dar cuentas a nadie.

Elora sorbió por la nariz con la cabeza gacha y los hombros hundidos, que era como de verdad se sentía.

—¿Crees que soy inmadura?

—¿Inmadura, tú? No, cariño —contestó Gisele—. Demasiado bien lo estás haciendo con el poco tiempo que te están dando. Estos fae son muy exigentes y tienen mucha prisa. Pero creo que lo son porque saben que tú lo puedes soportar. Eres una mezcla de algo increíble. Tú también eres como un mito para ellos.

—No me tratan como a una más, sino como si fuera una posesión. Me sobreprotegen mucho. Él lo hace.

—Byron te ha dado la oportunidad de ser libre, y aunque le cueste, te está dejando ir. Esta noche puedes romper esa alianza de sangre con él y ese vínculo extraño que tenéis. Pero creo, Elora, que igualmente habríais tenido una historia sin gota de sangre de por medio.

—¿Por qué dices eso?

—Estas son mis últimas horas como humana cuerda y

quiero ser honesta y sincera contigo. Nunca has sido una chica con la autoestima alta, Elora. No te has querido mucho. Tus padres tampoco te han querido demasiado y puede que no hayas tenido unas bases sólidas que construir a tu alrededor para atreverte a quererte y amar sin miedos ni inseguridades. Te has pasado la vida huyendo de los grupos, de la intimidad, de las personas... Has tenido relaciones sexuales solo por tenerlas, por probar, y no han sido para lanzar cohetes porque nadie te ha estimulado lo suficiente. Y yo vengo de una familia totalmente disfuncional, de una madre alcohólica y cocainómana y un padrastro sátiro que solo quiere que le compren cerveza. Sin embargo, llevo toda mi vida intentando conectar con algo y con alguien con todas mis fuerzas, dándome demasiado, y tampoco me ha salido bien. Pero sé que nunca diría que no a vivir una aventura y conocer a un hombre que me hiciera sentir una décima parte de lo que sé que te hace sentir Byron, aunque no fuera humano y tuviera alas de murciélago. Porque es un maldito regalo. Y tú eres un regalo para él. Por eso sé que lo tuyo con Byron no va de pactos ni de hechizos. No creo que se te enciendan los ojos al mirarle porque él se vinculase a ti cuando eras una bebé. Ni creo que nadie te haga sonreír así y vibrar tan alto solo por un nudo sanguíneo —admitió. Reconocía a leguas lo que era una verdadera relación especial—. Te ha vestido de fuego, cariño, y estás llena de una fuerza y una luz que es difícil de no admirar. Le miras así porque estás enamorada de verdad, pero la historia del vínculo no te deja creer que sea auténtico. Crees que todo ha sido impostado. Tú misma te estás boicoteando porque tienes miedo de Byron, de lo que sientes cuando estás con él... Por eso tampoco coges este reino fae por los cuernos, te cuadras y les dices a todos lo que quieres en realidad y quién eres. Porque si exiges, es porque estás verdaderamente comprometida, no solo con tu legado, sino también con ese hombre. Y estás muerta de miedo.

Elora miró a su amiga con ojos maravillados.

—Creo que estas últimas horas tienes una lucidez fuera de lo común… Y me encanta.

—Sabes que tengo razón.

—Le he dicho a Byron que no lo pienso elegir —reconoció rememorando su acalorada discusión delante del concilio. Qué vergüenza…

Gisele dibujó un mohín de tristeza.

—¿Lo dices en serio? ¿O ha sido por el calor del momento? Yo no me quedo tranquila si tú no lo eliges a él…

—No soporto las exigencias ni que me obliguen. Son las malditas formas, que no las tolero.

—Para un hombre como Byron, que no es ni siquiera un hombre, sino un macho tremendo y único en su especie, acostumbrado a liderar, a tomar decisiones controvertidas, debe de resultarle complicado que una fae novata le pase la mano por la cara en público una y otra vez —incidió—. No te puede controlar, pero tú tampoco a él. Y creo que todo lo que ha hecho hasta ahora ha sido para protegerte.

—Oye… —La miró de soslayo—. ¿Estás de mi parte o de la suya?

—Siempre estaré en tu equipo, pero todos tenemos equipos amigos —reconoció Gisele—. Y a mí me gusta lo que Byron provoca en ti y la vida que te da. Eres una mujer completamente distinta aquí, Elora. Has cambiado. Pero a mejor —admitió orgullosa de su mejor amiga—. Mantienes tu dulzura y tu bondad, y a la vez has sacado tu lado más valiente y empoderado entre estos fae locos y sanguinarios. Porque creo que este es tu verdadero hábitat… Y me ha encantado la utilidad que le has dado al horno. Creo que tienes futuro en WrestleMania.

Elora sonrió y cerró los ojos, consternada por lo que escuchaba de boca de su mejor amiga.

Gisele se recostó sobre sus piernas y cerró los ojos.

—Me está empezando a doler la cabeza... Creo que mi cerebro empieza a freírse.

A Elora se le encogió el corazón. Quedaban solo un par de horas para las doce de la noche, para que se iniciase el Samhain en el bosque de las fees. A Gisele se le estaba agotando el tiempo.

Y que continuaran juntas dependía de su decisión, porque Elora tenía muy claro lo que le iba a proponer.

—No me quiero dormir —admitió Gisele, pero estaba empezando a cerrar los ojos.

—Duerme, Gi —le pidió pasándole los dedos como púas por su largo pelo liso dorado—. Te despertaré para que nos preparemos para el Samhain.

Gisele se quedó dormida sobre su regazo.

Ella sí era una humana excepcional. Y el único modo que tenía de conservar esa mente tan brillante que poseía era traerla de forma indefinida al lado fae de la vida, porque en el exterior, más allá de Meadow Joy, ella jamás volvería a ser la misma.

No se habían querido presionar la una a la otra, pero estaba convencida de que ambas deseaban lo mismo.

Las palabras de su amiga le habían calado muy hondo. Porque tenía razón. Si no tomaba ninguna decisión, era como no comprometerse con ese mundo.

Era como estar sin estar. Y lo mismo sucedía con Byron.

En ese momento necesitaba una charla, un consejo de alguien que pudiera entenderla y hablarle de su auténtica naturaleza, por eso decidió ver la segunda miosotis que su madre tenía preparada para ella y que Iris le había entregado. Pensó que necesitaba abstraerse y alejarse de la agonía que le suponía estar mal con el Baobhan.

Y se preparó para ver a Adrien de nuevo.

En el exterior de Meadow Joy se celebraba Halloween. Todos se disfrazaban de sus monstruos favoritos y salían a la calle aprovechando que la niebla tan común de la zona ayudaba a hacer inmersión en un ambiente de misterio y tétrico.

Todos se divertían, bebían en las terrazas como un día exclusivo de festejo. Los coches hacían sonar el claxon y las casas y los pubs ponían la música a máxima potencia para que se mezclase con los gritos de terror y las carcajadas histéricas que se perdían entre sus callejones.

Sin embargo, más allá del arco del Triunfo, en las tierras de Magh Meall, los fae celebraban el verdadero Samhain.

En el bosque de las fees, en su centro neurálgico, se había erigido una tarima enorme para que tuvieran lugar las ceremonias en las que la ungida sería la máxima protagonista. Pero después de ella, la noche sería la única reina. La noche y la luna, que todo lo agitaba y a todos los fae afectaba.

Byron no había visto a Elora salir del castillo.

Sabía que no quería ir acompañada de él a los festejos y que estaba enfadada.

No quería ser tan duro con ella, pero estaba cansado de que no comprendiese la importancia que tenía para él y para todos.

Se había vestido como los antiguos guerreros Baobhan, con hombreras de titanio plateadas y tiras de cuero negro que cruzaban por delante de su pecho, unos pantalones negros ajustados con protectores metálicos en los muslos y unas botas altas con suela gruesa y punta redonda y metálica. Tenía el pelo recogido en una coleta negra lisa y corta, pero alta, con algún mechón de pelo que caía rebelde por delante de su cara, y una línea horizontal de color negro cruzaba sus ojos como un antifaz. Por último, se había cubierto las orejas con unos *earmuffs*, también de titanio negro y brillante.

Los fae se habían dividido en dos bandos, hombres y mujeres. Ellas estaban a la izquierda y ellos, a la derecha, no importaba de qué especie fueran. En aquel festejo que señalaba el nuevo año mágico para los fae, todos celebraban la vida y la apertura de los túmulos funerarios, que eran la entrada al otro mundo, al Este. Para ellos era el mejor día del año.

Pero Byron no tenía ninguna ganas de estar ahí. Elora no lo iba a elegir e iba a romper su alianza. Él quedaría señalado y marcado por esa mujer para siempre, y no sobreviviría a su ausencia. Era triste y dramático haberse enamorado para un Baobhan como él. Con el ojo que tenía para todo, no le había ido demasiado bien con Elora; se trataba de la ungida, y no contaba con la personalidad que iba a tener ni con los problemas que conllevaría el haber sido educada de otra manera. Aun así, había soñado con ella desde siempre, creyendo que se entenderían y que se querrían, porque estaban hechos el uno para el otro.

Fue demasiado presuntuoso y estaba demasiado convencido de que ellos dos se pertenecían.

El hado creaba almas eternas y las separaba, y si se encontraban era una dicha, la mejor de todas. Un milagro y un don.

Pero, por lo que fuera, él no se merecía ese don.

Se llevó la mano al bolsillo y sacó la bolsita de terciopelo negra que quería darle desde el día anterior. La vació y acarició por última vez los *earmuffs* de Adrien. Qué ridículo. Elora no los iba a aceptar. Pero los regalos no se despreciaban, sobre todo si eran una herencia.

La Dama Blanca salió al escenario.

Le encantaba hacer de maestra de ceremonias. Ellas eran las únicas que no participaban en las correrías porque esas sídhe debían mantenerse puras. Sin embargo, sabían cómo disfrutar de otro modo y buscaban otros servicios.

Era una noche de frenesí para los fae. Y debía ser también la noche de ambos, en la que su compañera debería tomar decisiones trascendentales. Y las iba a tomar, pero no las que él había creído.

Elora había supuesto un golpe de realidad para todos. No pensaba actuar como ellos esperaban, porque era distinta y no creía en Cartas Magnas fae ni en tradiciones y constituciones obsoletas. Ella encarnaba el cambio, un tiempo nuevo, y ningún sídhe, menos aún los arraigados al pasado, lo había querido ni sabido leer. Ni siquiera él.

Allí, esperando con una calma tensa que lo desgarraba por dentro el momento en que la Elda Litir llamase a Elora a subir a la plataforma, Byron pensó que, tal vez, de haber hecho las cosas de otro modo, todo sería muy distinto entre ellos.

Puede que fuese su culpa, él no había sabido tratarla o entender qué era lo que le pedía. Pero lamentarse ya no venía al caso.

Byron localizó a Elora, que llevaba a Gisele cogida de la mano y todos le hacían el pasillo para que subiese al atrio. Era evidente que había tomado una decisión con la humana y que Gisele debía aceptar.

Incluso con ella eso había cambiado. Los fae podían poseer a humanos, incluso sin pedirles permiso, pero Elora quería dejar que su mejor amiga eligiera.

Iba a ser una reina sin igual, pensó orgulloso. Y estaba

tan hermosa que le dolía mirarla, porque sabía que ella no lo miraba a él igual. Se había vestido como una Baobhan elegante.

Llevaba un vestido negro de tirantes que enmarcaba su bien formado busto y realzaba sus hermosos hombros y clavículas. Una cinta plateada trenzada le ceñía la cintura estrecha y la falda se le abombaba ligeramente en las caderas, donde Elora tenía esas formas gráciles que lo embelesaban. El vestido era largo, de seda negra, y le cubría hasta los pies. Se había trenzado el pelo por la parte superior y el resto lo llevaba suelto y liso, liberado, de modo que le cubría los hombros y la espalda. Su oreja derecha seguía sin cubrir y eso le pateó el corazón a Byron, porque daba a entender que no tenía ningún compromiso con nadie.

Sus ojos leonados estaban más definidos con las sombras oscuras y el kohl sinuoso y alargado en el rabillo. El aleteo de sus pestañas extensas y pobladas podía competir con el de las hadas que bailaban a su alrededor.

Elora era lo más bonito y mágico en esa realidad y en las otras. Y Byron supo que nunca, jamás, la superaría.

—Murcielaguito —canturreó Finn a su espalda, vestido de negro y plata pero con un estilo más principesco, cruzado de brazos como si aquella fiesta no fuera con él.

—No estoy de humor, Finn —contestó Byron sin mirarlo.

—Lo entiendo, no debe ser plato de buen gusto rendirse, y menos cuando el premio es tan inmenso como el cuerpecito de esa mujer.

Byron cerró los puños y presionó los dientes con fuerza.

—No quiero problemas esta noche, Finn.

El Sióg sonrió soberbio y se colocó a su lado, pasándose la mano por su trenza rubia.

—Kellan y yo no te lo hemos puesto tan difícil para que ahora acabes derrotado y humillado así. No entiendo por qué le estás dando tanto poder a Elora; es tu pareja, y tú, un Baobhan. ¿Quieres que te destruya? ¿Te estás suicidando?

—¿Qué harías tú, Finn? Ilústrame —pidió displicente.

—Yo no la dejaría subir ahí. Me la llevaría y me aseguraría de hacerle entender durante toda la noche por qué no puede rechazarme. Y menos cuando hay algo tan poderoso en juego como la supervivencia de uno.

Byron sonrió con tristeza al comprender que Elora tenía razón en muchas cosas. Así eran los fae. Ellos mandaban. Los demás no tenían ni voz ni voto.

—¿Tú no harías lo mismo, Kellan?

El Ag Athrú solo llevaba unos pantalones negros, muñequeras de cuero con tachones de plata muy puntiagudos, hombreras del mismo tipo y unas botas con puntera metálica y plataforma plateada.

—Yo haría lo mismo. Si le das todo el poder, te vas a matar, Byron —convino el sídhe lobo.

—Y si se lo quito, la mataría a ella —contestó el Baobhan—. Y eso no me lo puedo permitir. Ninguno de nosotros puede. Es la ungida y debe decidir por amor, no coaccionada por las órdenes de nadie.

Finn chasqueó la lengua con desprecio.

—El amor… No sé qué tiene que ver esa emoción aquí. Esto es política. Hablamos de la supervivencia de un reino y de un nuevo amanecer.

—Y, Byron, para ser honestos… —añadió Kellan—. Elora siempre te elegiría a ti. Ya no tiene sentido que intentemos boicotear lo vuestro porque es evidente que la ungida ya ha decidido. Por eso no entendemos por qué no acabas lo que has empezado y te vinculas a ella definitivamente. Debes hacerlo, nuestro reino está en juego.

Hubo un tiempo en que Byron pensaba así. Creía que podría hacer que la ungida sucumbiera a sus encantos y después ir a buscar a su verdadero amor, a Elora. Pensaba que marcarla de pequeña estaba bien, porque el Baobhan nunca se equivocaba. Pensaba que mantener secretos era lo adecuado y que las leyes fae eran inalterables y servían para mantener un equilibrio y seguir un orden. Creyó que si Elora era de él, poco importaba que ella se opusiera. Iba a serlo, porque a un Baobhan vinculado, a un príncipe como él, no se le decía que no.

—No lo entendéis porque nunca os ha pasado —adujo un Byron cada vez más consciente de lo que era amar y respetar a Elora—. No sé si alguna vez os vais a vincular con alguien o si vais a entregar vuestra llama a otras fae. —Entornó la mirada para dejarles claro lo que pensaba de ellos—. Pero no las envidio nada.

—¿Entonces? —insistió Kellan—. ¿Vas a dejar que esa chica suba ahí y decida el hado de toda una especie?

Byron volvió a mirar a Elora y se encontró con que sus ojos también lo miraban a él. No decían nada. Él tomó aire profundamente y dejó que el amor que sentía por ella lo barriese. Por mucho que le doliese, todo lo había hecho por ella. Era la única que realmente importaba en aquella historia.

—Voy a dejar que sea libre. Que sea lo que el hado decida. Que sea lo que Elora quiera.

—En esta noche de Samhain tenemos mucho que celebrar, muchos pactos que iniciar y otros que concluir —proclamó la Dama Blanca, haciendo callar a todos—. La ungida debe tomar decisiones que nos influyen a todos. ¡Es momento de que suba y tome la palabra!

25

«Debes de estar asustada y muy perdida, pequeña mía. ¿Verdad? —Adrien estaba sentada a orillas de un río, mojándose los pies y más embarazada que antes. Elora pensó que su madre era realmente bella y se emocionó al verla de nuevo—. Es normal que lo estés. El miedo no es malo. Puedes abrazarlo, Elora, y hacer todo lo que tengas que hacer aun sintiéndolo. Y no pasará nada. Seguirás siendo valiente. Hay algo que debes aceptar con todas tus fuerzas para poder liberarte y ser la reina que has venido a ser: Elora, te vas a enamorar. Si eres la ungida y eliges una casa fae, lo harás por amor. Y el amor Baobhan Sith es otro nivel. Los Baobhan nos enamoramos con tan solo un cruce de miradas. No solemos necesitar más. Nos vemos de inmediato. Tenemos la certeza de que hemos encontrado a nuestra persona y nunca erramos. Su olor nos envuelve, su sonrisa nos seduce, sus ojos nos someten... y su sangre nos da de beber. Necesitamos ese contacto con nuestra pareja de un modo dependiente, pero también muy enriquecedor. Es un privilegio encontrar a tu compañero de camino. Porque es para siempre. Y si hemos sido bendecidos con el don de la correspondencia, nos espera una vida siempre plena y llena de pasión.

»Tenemos muchas necesidades —prosiguió; esta vez comía fresas de un bol de madera—. Muchísimas. Solemos enamorarnos entre nosotros, con los de nuestra casa fae, porque biológicamente nos acoplamos mejor, pero a veces puede haber excepciones, como por ejemplo la mía. Pero es que tu padre era tan guapo... —Se llevó una mano al pecho—. Y tan fuerte... Para mí fue imposible no caer rendida a sus pies. Supongo que estarás descubriendo quién eres y cómo sientes, y ojalá estuviera a tu lado para guiarte. Cuando te enamores, tendrás una sensación de *déjà vu*. Son vuestras almas que se reconocen del origen.

»Nosotras mordemos y bebemos sangre de nuestro compañero. No se nos abren las alas, pero cuando se lo hagas a tu amor, si es Baobhan, abrirá las alas cuando esté contigo y será un espectáculo. Si no tenemos pareja, nos alimentamos de la energía sexual, pero cuando la tenemos, nos alimentamos del sexo con ella y también de su sangre. Esa ansia, esa necesidad, solo se despierta con nuestro verdadero complemento. Solo bebemos de ellos y ellos, de nosotras. Somos el alimento vital el uno del otro. Elora —miró al frente—, sé que no te va a ser fácil. No eres como yo, tienes mezcla también de aníos..., pero tendrás mis mismas necesidades porque los Baobhan somos dominantes sobre cualquier otra especie. Tienes que confiar en ti, en lo que sientes cuando estás con esa persona y en todo lo que quieres hacerle. Los fae no somos patriarcales ni matriarcales. Cuidamos los unos de los otros y no consideramos estar por encima del otro por ser macho o hembra. Tenemos nuestros puntos fuertes y débiles, y los respetamos. Pero ambos tenemos carácter. La vinculación total de la pareja Baobhan sucede cuando los dos corazones laten al mismo ritmo y tu sangre está en él y la suya, en ti. Siempre vas a desear tener esa conexión. Y si un día se pierde porque uno de los dos se fue antes, la pena de la pérdida te abrazará y querrás entregarte al sueño eterno. No porque seas débil sin él, sino porque habrás sido tan feliz a su lado que otro tipo de felicidad sin él será mucho menos. Somos muy afortunados como fae por querer y amar así. No nos da miedo el compromiso extremo ni la intensidad, porque cuando es de verdad, todo vale la pena. ¿Podemos romper esa vinculación? —lanzó la pregunta al viento—. Se puede, sí, pero, una vez se rompe, ya no vuelve; el dolor en el Baobhan rechazado es inmenso. Y es una locura no querer abrazar ese privilegio porque, que no te engañen, hija, solo un cobarde o un ser que nunca ha amado de verdad, con dolor y alegría, te dirá que el amor no es suficiente. Yo te digo que sí lo es cuando es recíproco y todo está en su lugar. Amar es dolor, placer, júbilo, alegría, compasión, comprensión y crecimiento. Amar es el más preciado de los regalos, y solo un necio creería que puedes pasar por él sin derramar lágrimas de pena o de alegría.

»Vas a ser reina, hija mía. Eres un mito para los sídhe y deben respetarte. Y tendrás que hacer valer tu palabra. No dejes que te intimiden, ni tampoco permitas que tus miedos te impidan disfrutar y sentir quién eres. Confía en tu compañero, porque si sientes algo por él, es de verdad. Date la oportunidad de apoyarte y dejarte llevar por el ser amado. Serás una monarca equilibrada y tu mandato será muy valorado. En la noche del Samhain la luna nos afecta especialmente a los fae. Ese día, en nuestro cielo, la luna es gigante y rosada, y ejerce su magnetismo en todos nosotros. Se nos activa la energía sexual y entramos como en celo. Me temo que tu primer Samhain será especial por muchas razones. Que la luna te guíe en la elección de tu casa fae por amor. Y que tu pareja te merezca y tú lo merezcas a él. Luchad siempre el uno por el otro. —Dicho esto, sonrió, se llevó las dos manos al pecho y finalizó su recuerdo con un—: Que nos volvamos a ver en el origen. Te quiero.

Elora tenía el mensaje del último nomeolvides de su madre grabado a fuego en su cabeza. Y era lo que ansiaba escuchar, era el consejo que necesitaba de ella y que actuaba como un abrazo reparador en su espíritu.

Cada una de esas palabras parecía que hacía referencia a Byron, porque así era como se sentía con él. La gota de sangre solo era una protección y una alianza, y que él se hubiese vinculado a ella no la obligaba a sentir nada, excepto si el amor era recíproco. Eso aclaraba todas sus dudas.

Byron no la había manipulado para sentir cosas por él. Las sentía porque era él.

Cuando lo vio entre la multitud, en el bosque de las fees, a punto de subir a la tarima, tuvo la sensación de que el tiempo se detenía, como la primera vez que sus ojos se encontraron y él la salvó del atropello del motorista.

Entonces pensó que era el hombre más cautivador del mundo, pero en ese instante volvía a sentir lo mismo, con el añadido de todas las experiencias vividas con él que habían forjado una historia compartida que jamás podría olvidar. Estaba tan sexy que era incapaz de quitarle la vista de encima. Byron Dorchadas tenía nombre de leyenda y, como tal, le había dejado su marca en la piel. Su madre tenía razón. No era fácil asumir esa realidad ni aceptar esos sentimientos, pero nada lo era cuando merecía tanto la pena. La magia que, sin saberlo, había estado buscando residía en el amor y en el esfuerzo que estaba evitando hacer. Tal vez había aprendido a pensar demasiado como los humanos, que amaban lo fácil, y esto les gustaba tanto que habían perdido la capacidad de identificar lo excepcional.

Pero Elora ya no era humana en su naturaleza. Había aprendido y había sido educada como ellos, pero había cambiado.

Era un ser excepcional y valorarse era pedir para sí misma una vida extraordinaria al lado de un compañero igual de admirable que ella.

Y Byron lo era. Porque había dejado de lado su orgullo y sus credos sídhe para darle la oportunidad de que pudiera deshacer todo lo que él había hecho.

Eso era amor. Dar libertad sabiendo que el otro podía irse, era amor de verdad.

Y Elora ya no se podía engañar más, estaba cansada de oponerse a las emociones que despertaban en ella.

—En esta noche de Samhain —proclamó la Dama Blanca haciendo callar a todos—, tenemos mucho que celebrar, muchos pactos que iniciar y otros que concluir. La ungida debe tomar decisiones que nos influyen a todos. ¡Es momento de que Elora suba y tome la palabra!

Había llegado la hora de soltar o de abrazar con fuerza, pasase lo que pasase.

Pero la primera decisión, porque el tiempo se le agotaba y porque había estado con ella antes que nadie, era para Gisele.

Así que retiró la mirada del hombre que le marcaba la piel a fuego y subió con Gisele al escenario.

Su amiga no se encontraba bien. Le costaba hablar por la fuerte migraña que tenía y en pocos minutos dejaría de ser ella, excepto si ambas decidían cambiar su sino.

Elda Litir vio sorprendida cómo Elora llevaba a la humana al atril y se apartó respetuosamente para darle voz a ambas.

Elora miró a Gisele de frente y ambas se tomaron de las manos. Su amiga estaba temblando, nerviosa porque no habían hablado de ese momento. Estaba prohibido y la propuesta y su consecuente decisión se debían ofrecer en el momento exacto.

Y este ya había llegado.

—Vengo del mundo exterior, lo aprendí todo allá fuera —empezó Elora, y aguantó la respiración sin apartar la mirada de los ojos claros de su amiga inseparable—. Los humanos son distintos. Yo he vivido como una más y me he sentido distinta entre ellos. No son fáciles de comprender. Pero, a veces, entre los humanos hay estrellas, personas diferenciales que nos iluminan y nos ayudan a ver la vida con más colores. Tú eres una de esas estrellas —le dijo directamente a Gisele—. Tú y yo no hemos tenido familias que de verdad nos merecieran. No hemos sentido ese calor y nunca hemos encajado del todo en otras piezas. Pero tuvimos la suerte de encontrarnos y elegirnos, porque en los ojos de la otra encontramos el amor y el hogar que nos faltaban... No eres mi amiga, eres más que mi hermana... y me has ayudado a ser como soy y a ver la vida como la veo. —A Gisele se le llenaron los ojos de lágrimas a pesar del dolor de cabeza que tenía y de lo difícil que le resultaba escucharla—. No me imagino vivir esta nueva vida sin ti. Sé que debo ser responsable, pero necesito que estés conmigo. Soy una fae, hija de una Baobhan y de un aníos. Soy sídhe. Y desconozco este mundo tanto como tú. Sé que los fae pueden poseer humanos como propiedades. Creen tener ese derecho —admitió sin importar si eso les ofendía o no—. Pero, en realidad, yo siempre te he sentido mía, como sé que tú me has sentido como parte de ti. Por eso solo quiero prolongar nuestra relación tan especial hasta el final de los tiempos —sonrió; al igual que ella, se había emocionado y le acarició el dorso de las manos con los pulgares—. Para ti siempre seré Elora, no tu ama ni tu señora..., sino tu amiga del alma, eternamente —juró—. No quiero quitarte la vida que tienes fuera. No quiero arrebatarte nada. Solo quiero ofrecerte una que ni siquiera tu imaginación, más vívida que la mía, pensó tener jamás. Gisele, ¿quieres vivir conmigo y estar a mi lado, acompañarme y quererme como me has querido hasta hoy y formar parte de mí hasta que nuestros días se apaguen? Si es que sí, desde hoy te quedarás conmigo. Si es que no, entonces nuestros caminos deben separarse. Pero, entre tú y yo —se acercó a ella y le dijo en voz baja—: date prisa antes de que se te vaya la cabeza.

Gisele lloraba tan fuerte que no era capaz de hablar. Elora esperó a que se recuperase mientras aguardaba estoica su respuesta. Sus gafas se habían empañado, y se las tuvo que quitar para limpiárselas rápidamente y volver a mirar a Elora a los ojos.

—Tú no me arrebatas nada. Me das un abanico de posibilidades y me ofreces un mundo en el que siempre quise vivir —contestó Gisele apretándole las manos con fuerza—. Pero quiero vivir en él solo si estás tú. En este o en el que sea. Nuestra amistad es posesiva y nos da igual si es tóxica o no. —Se echó a reír—. No importa que un pacto me marque como posesión tuya, porque siempre ha sido así, igual que siento que tú eres mía. Por tanto, sí —afirmó finalmente aceptando su proposición—. Quiero que me reclames. Y quiero quedarme contigo, Elora, futura... —movió las manos rellenando con ellas las palabras que no le salían—, lo que sea de los fae. Acepto.

En un absoluto silencio, la Dama Blanca sacó una daga de la cinturilla de su vestido, tomó la palma derecha de Elora y le hizo un corte transversal; después realizó el mismo corte en la mano izquierda de Gisele, y se escuchó que esta decía por lo bajini: «Hija de puta, qué daño me ha hecho...». A continuación, la fae unió las manos de ambas, obligándolas a entrelazar los dedos.

—La humana Gisele Faeson —proclamó Elda Litir, alzando los brazos al cielo— ahora es propiedad de la ungida. ¡Que así sea, así es y así será!

Todos rompieron a aplaudir aquella unión, y Elora y Gisele se abrazaron con fuerza para cerrar el pacto que las vinculaba para siempre.

—Aquí lo de las enfermedades por intercambio de fluidos no llegó, ¿no? Esto es antihigiénico —le murmuró Gisele al oído.

Elora se echó a reír y la abrazó con más fuerza.

—Lo sé, son unos dramáticos todos.

Después de esa escena, a Elora aún le quedaba lo más difícil: enfrentarse a Byron. Gisele lo sabía y como aún se encontraba mal y con mucha jaqueca, aceptó que unas fees la guiasen para bajar del escenario y la ayudasen a que se recuperase de su malestar, no sin antes decirle a su amiga:

—Haz lo que tengas que hacer, Elora. Pero... escucha a tu maldito corazón. Es gigante y está hecho para un amor igual de grande.

Mientras tanto, la Dama Blanca volvió a poner cara de sacerdotisa de sacrificios y ordenó a todos que guardaran silencio de nuevo.

—Byron Dorchadas —proclamó la fae tan respetada—, príncipe sídhe de la casa Baobhan Sith, se quiere prestar para el primer ritual de desvinculación.

Cuando Elora escuchó esas palabras, sintió que le retorcían el corazón. Los fae no salían de su asombro y hablaban entre todos de la deshonra que suponía para el príncipe aquel gesto de inseguridad y debilidad.

Así lo asumían ellos, pero en realidad era un gesto solo al alcance de los más fuertes, valientes y considerados. Exponerse así para que alguien lo rechazase hablaba mucho y bien de él. Estaba nerviosa, sabía que ella le había empujado a esa situación, que lo había provocado, pero escuchar a su madre, hablar con Gisele y haber pasado la noche anterior con Byron, había cambiado la imagen construida en su mente sobre ese hombre. Adrien tenía razón: el tiempo lo medían los humanos para dar credibilidad a sus experiencias, pero los fae no estaban sujetos a él, sino a las vivencias y emociones. Por eso podían enamorarse, amar y desear con un pestañeo. Ella, como los fae, había entendido que ni el amor ni las emociones se medían por segundos, días u horas, sino por la intensidad con la que se vivía cada experiencia y la huella imborrable que se imprimaba en uno. Byron se había apoderado de todo su tiempo y de sus experiencias en Meadow Joy y se había grabado en ella de algún modo; era el único responsable de que Elora se sintiera como se sentía en ese momento.

No quería pensar en la posibilidad de que él ya no estuviese cerca de ella.

Y él, a pesar de todo lo que eso conllevaba para su reputación, para su casa y también para su corazón Baobhan, estaba ahí, subiendo al escenario, muy serio, para colocarse frente a ella y arriesgarse a ser rechazado.

Byron miró los aretes y los diamantes que se había colocado en las orejas. Elora se había esforzado en seguir las indicaciones de Iris: «Esta noche, en el Samhain, debes ir de negro y plata y decorar tus orejas con brillantes y aretes». Lo había conseguido gracias al servicio exprés fae de sastrería, joyería, maquillaje y peluquería que tenía Byron en el castillo.

Sabía el tipo de impresión que causaría en él y en todos los fae. Era la ungida, una mezcla genética y biológica de un mito como la especie aníos y una princesa Baobhan Sith.

Irradiaba poder de atracción, aunque no fuera esa su intención.

Igual que la irradiaba Byron. Era un imán gigante que atraía toda su atención.

Ahora que estaba a un palmo de él, solo podía admirar la bella fiereza de sus rasgos y la clara decisión de entregarse a sus designios, a lo que ella decidiera hacer con él.

Elora levantó el rostro para mirar la luna llena; era enorme y se estaba tornando rosa.

La luna de Samhain.

—Dorchadas... —La Dama Blanca parecía inquieta—. ¿Estás seguro de que quieres hacer esto?

—¿Por qué? —preguntó Byron con humor, resignado al destino—. ¿Has visto mi futuro y no te ha gustado lo que has encontrado?

Ella sonrió y contestó:

—El hado es caprichoso y cambiante a cada puerta. Lo que hoy es negro, mañana puede ser blanco. Y al revés.

Elora no podía apartar sus ojos ámbar de los magenta de Byron. Por un momento tuvo la sensación de que allí solo existían él y ella, ni la multitud fae, ni los sídhe con sus juicios, ni la Dama Blanca que le hablaba de tonalidades... El espacio abierto de Magh Meall, en ese fascinante bosque de las fees, con sus luces y sus sombras y personajes de leyenda, se había convertido en la nada. Una nada en la que ella y él se encontraban, donde una luna rosada les sonreía y bajaba a saludarlos.

Elora supo que empezaba a estar afectada física y emocionalmente por el astro de la noche fae. Como todos.

Primero vino una oleada de calor que la barrió de arriba abajo y le enrojeció las mejillas. Después, la electricidad, una corriente que viajó por su columna vertebral hasta centrarse en su útero y en sus pechos. Su cuerpo despertaba a su verdadero instinto y naturaleza. ¿Qué locura era esa?

Y, por último, escuchó su propio corazón. ¿O era el de Byron? ¿Podía escucharlo de verdad?

—Hace veinticuatro años —Byron alzó la voz— me vinculé a Elora, una recién nacida —admitió—. Hoy todos sabéis que es hija de Adrien y Artio y la esperada ungida. Reconocí a mi llama eterna en ella sin saber quién sería para nosotros. Y la quise para mí. Pensaba que iba a ser correspondido cuando fuera adulta y buscase su identidad. Me imaginé que podía ayudarla a crecer y a entender nuestro reino y que ella estaría encantada porque —alzó su apuesta barbilla y la miró entre sus pestañas espesas— íbamos a reconocernos y a amarnos como hacen los Baobhan Sith, y nadie podía luchar contra eso. —Todos escuchaban con atención a Byron, pero también con escepticismo, pues no se creían que hubiese errado o que se atreviera a revocar la vinculación—. Pero es evidente que Elora no siente igual ni tampoco percibe ningún tipo de unión conmigo. No me reconoce como a su compañero. Por eso debo hacer lo propio y permitirle que anule mi vínculo. Quiero que se libere de mí y que elija a quien desee.

Ella no esperó que oírlo hablar así la afectase tanto. Cada palabra que pronunciaba le dolía como si la cortasen por dentro. Como si la Baobhan y la mujer por fin se pusieran de acuerdo en que no querían ser liberadas porque nunca se sintieron presas. Y la revelación le abrió los ojos para ver a Byron como era realmente y quién era para ella: Byron era... era de ella. Era para ella. Punto final.

—Es la primera vez que tiene lugar un rito de desvinculación —aseguró Elda Litir—. Debo de estar muy oxidada o quizá lo percibí mal —convino recolocándose el *earmuff* de la oreja izquierda—. En cuanto os vi juntos en el anfiteatro hace dos días creí que erais la pareja más hermosa y vehemente que había visto en Magh Meall. Pensé que ambos estabais hechos de fuego y por eso compartíais la misma llama. Jamás dudé de que os pertenecierais. —En realidad, la rubia sídhe parecía desconcertada.

Byron no quiso reaccionar a esas palabras con ningún tipo de gesto. Él también se sentía así, pero lamentablemente Elora no estaba bien con nada de aquello. Y los deseos de la ungida estaban por encima de los de él.

—Elora —le dijo Byron—, tienes que abrirme la carne con una de tus uñas y extraer una gota de mi sangre. Después tienes que decir que no quieres nada de lo que te ofrezco y debes escupir la sangre al suelo. Eso romperá la vinculación.

Elora no se atrevió a moverse. Estaba paralizada. ¿Qué insolencia era esa? ¿Escupir la sangre de Byron? Era un desprecio terrible.

—Elora. —Byron le habló con tono impaciente—. ¿Me has oído? Córtame y...

—Te he oído. —La voz le salió estrangulada por los nervios y la tribulación.

Byron asintió con gesto impasible.

—Bien. Hazlo y te librarás de mí o de cualquier influencia que creas que haya podido tener en ti —explicó mirando al frente—. Hazlo rápido, por favor.

Elora dirigió la mirada a todos los fae y se humedeció los labios.

Debía dejar de temer y dudar.

Debía ser valiente, decir lo que pensaba y hacer valer sus palabras. Nadie podía obligarla a hacer lo que no quería hacer o a sentir lo que no quería sentir.

—Sé que estáis esperando que esta noche elija casa. Sé que es importante para la comunidad fae y que anheláis el cumplimiento de la profecía. Pero yo... no puedo elegir —reconoció con humildad—. No esta noche... Quiero estar segura de tomar la decisión correcta, y hoy no... —No estaba en su mejor momento. Se moría de calor y la ropa le molestaba. Tenía la piel hipersensibilizada y el corazón, demasiado agitado. Quería llorar por aquel ritual y por aquella prueba que sus dudas habían originado, y no sabía cómo dar marcha atrás. No quería que Byron se alejase de ella, no quería ningún tipo de separación, solo...—. Hoy no estoy bien para decidir... nada. Y no lo voy a hacer.

Elora esperaba poder retirarse hasta que Byron la agarró de la muñeca con exigencia y le dijo:

—Elora, no me vas a tener así ni un día más. No dispongo de tanta paciencia. —La obligó a ponerle la mano en el pecho desnudo.

—¿Qué estás haciendo? —preguntó asustada.

—Me da igual que no elijas la casa fae en este momento. Pero yo no quiero seguir esperando. Es una agonía para mí —admitió—. Así que haz lo que has venido a hacer.

Elora intentó retirar la mano, pero él no se lo permitió.

—Suéltame.

—No. Quiero que acabes con esto ya —le pidió desesperado—. Lo necesito. Los fae también necesitamos salud mental, y esta incertidumbre me la está quitando.

—Pero, Byron... —lloriqueó.

—No pasa nada. Hazlo —la animó. Su intención era no angustiarla más—. Te prometo que estaré bien y que no me entregaré al sueño eterno. No tienes que preocuparte por mí. Solo tienes que pensar en ti.

¿Pensar solo en ella? ¿Cómo iba a hacerlo si él estaba en sus nuevas sinapsis y rincones de la memoria? Pensar en herirlo con esa intención hacía que se sintiera como una miserable, como si maltratase algo que debía ser hermoso.

—¿Por qué tardas tanto? —Byron presionó su muñeca y las uñas de Elora se extendieron, como cuando ella le hacía lo mismo a los gatos para cortarles las uñas—. Solo es un corte.

—No puedo...

—¡Elora!

—No...

—Te estoy dando la oportunidad de acabar con esto... ¡¿Qué te pasa?! ¡Hazlo! —gritó duramente para hacerla reaccionar—. Tú no me apruebas, no apruebas mis leyes, no toleras mi dominancia, no concuerdas con mi modo de proceder ni de pensar. Ya sé que no vas a elegirme como casa fae —reconoció en voz alta—. Y también sé que no vas a elegirme como tuyo. Discrepas mucho conmigo y hoy me has dejado claro lo que piensas de mí. Así que no tiene sentido que alargues esto más de lo necesario... ¡Hazlo de una vez, ungida!

Ella le clavó las uñas en la carne del pecho, enfadada y frustrada por haber llegado hasta ahí y no haberlo sabido hacer mejor. Sus ojos se aguaron y se volvieron de color rojo.

Byron esperó a que ella acabase con el ritual. Solo tenía que beber y escupir. Dos acciones para un solo fin.

Pero Elora hizo algo sorprendente.

—No me grites. —Volvió a advertirle encarándose con él sin miedo—. Creo que hay cosas que se pueden hacer mejor y se pueden debatir. Todos me exigís, todos esperáis algo de mí... y no tienes paciencia conmigo. Te estás olvidando —desclavó las uñas de su pecho y Byron siseó sorprendido— de que hace solo cuatro días que me enterraste en un árbol y hace dos que desperté. ¿Es un delito no tenerlo todo tan claro como tú? —le preguntó vencida por sus emociones.

Luego se quedó callada, como en trance, cuando observó el hilo de sangre emanar de las pequeñas heridas que le había infligido con las uñas a Byron. La sangre la llamó tanto que, sin poder evitarlo, se vio pegando los labios en su piel y recogiendo el hilo de sangre con la lengua.

Byron se quedó tieso ante aquel gesto público tan íntimo entre las parejas Baobhan. Lo chupó como si fuese un helado y, en vez de escupir la sangre…, para estupefacción de ambos, se la tragó.

El público silbó entusiasmado ante aquella muestra de arrojo y seducción de la ungida con el príncipe Baobhan. A los fae les encantaban los juegos de pareja y celebraban el coqueteo y la persuasión física. Y si era en público, mejor.

—Elora… ¿Qué… qué has hecho? Tienes que escupir la sangre, no tragártela. Si te las has tragado… —dijo asustado por ella y por lo que eso significaba. Su voz se había enronquecido—. Acabas de cerrar el vínculo conmigo. Acabas de… encerrarte.

Pero Elora no se había encerrado. No se sentía así, ni mucho menos. Acababa de probar el Este, el origen y la vida, el amor y el dios de los fae en una sola gota de Byron. La paladeó, sus ojos se aclararon con un rojo iridiscente y chillón y sus colmillos se expusieron a través de su labio superior. No pudo esperar a probarlo de nuevo. Así que volvió a pasar la lengua, con lentitud y sensualidad, concentrada en el pecho de Byron y en la ambrosía de la que jamás se cansaría de beber.

—Elora, por Dagda… —Byron dejó escapar un gruñido y apoyó la barbilla en la cabeza morena de la joven—. ¿Qué estás haciendo, pequeña loca? No era esto lo que querías.

Entonces Elora apoyó la frente en el pectoral izquierdo de ese hombre y se abrazó a su cintura mostrando toda su vulnerabilidad y su aceptación hacia él y a todo lo que tuviera que ofrecerle.

No quería rechazarlo. No sabía qué depararía su futuro, pero, fuera el que fuese, quería que Byron estuviera en él, a su lado.

—Byron…, ¿puedes sacarme de aquí? —Elora alzó el rostro. Tenía los colmillos expuestos y poseía la mirada Baobhan del deseo y la necesidad. Estaba completamente encendida y acalorada.

Él le levantó la barbilla con dos dedos y pasó el pulgar por sus labios.

—¿Sabes lo que me estás pidiendo? Es la luna rosa del Samhain.

Elora se puso de puntillas y le dijo al oído:

—Te necesito. Sácanos de aquí, por favor. Y te diré qué es lo que realmente quiero.

Él dejó de parpadear durante unos segundos y después desplegó las alas de golpe sin pensarlo dos veces.

Aquella situación angustiosa había dado un giro radical. Elora no quería romper el pacto. ¿Significaba eso que quería estar con él?

Los fae los vitoreaban, felices de aquella muestra de deseo que se había convertido en el pistoletazo de salida a los juegos y a las correrías nocturnas para todos. Y se lo tomaron.

Cuando Elora y Byron se marchasen, los demás los seguirían y se entregarían a la tan esperada luna rosa.

—Echa a volar ya —le ordenó Elora apretando las piernas y siseando de placer—. Quiero morderte, Byron.

Él sonrió de oreja a oreja y dio gracias por su suerte. Dio un salto y alzó el vuelo con Elora en brazos.

La luna rosa era una fiesta de todos, pero Byron pensaba celebrarlo por todo lo alto.

Así que voló por los terrenos de Magh Meall, y mientras se concentraba en ello, Elora lo atrajo por la cabeza y lo besó.

Byron disfrutó de ese beso real y caliente y de la lengua juguetona de la ungida; cruzó el arco del Triunfo de Magh Meall con su boca pegada a la de ella.

La luna rosa iba a surtir el mismo efecto en un lugar o en otro.

Byron estaba deseoso de demostrarle a Elora lo que era la verdadera unión Baobhan y de borrarle cualquier resquicio de la idea de abandonarlo.

26

Cuando llegaron a la torre de su castillo, Byron no quiso entrar en su habitación. Era una noche de Samhain maravillosa. Meadow Joy disfrutaba de su fiesta y el pueblo pronto se mezclaría de humanos ebrios, fairies precavidas y fae desatados.

Al día siguiente, muchos humanos no recordarían casi nada de lo vivido ni sabrían con quién habían compartido un evento sagrado y pagano como ese. La gran mayoría no entendían cuál era el significado del Samhain, al que ellos llamaban Halloween.

Pero de lo que Byron estaba seguro era de que ni él ni Elora iban a olvidar nada al amanecer.

Bajó a Elora y permitió que esta apoyase los pies en el suelo.

Pero ella le rodeó el cuello con los brazos, imantó todo su cuerpo al de él y lo besó de un modo que lo volvió loco. ¡Cómo besaba esa mujer!

Él la abrazó con fuerza y después fue bajando las manos por su espalda hasta descansar en sus nalgas. El cuerpo de Elora se palpaba perfectamente a través de esas prendas suaves y frías que contrastaban con su piel caliente.

Byron se estaba excitando por la pasión incontenible de su compañera.

—No sé qué me está pasando... —murmuró ella moviendo las manos hasta acariciarle el trasero con osadía—. Necesito...

Elora no sabía poner en palabras todo lo que su cuerpo exigía. Y lo quería todo de él. Posó los labios en las heridas que le había hecho con las uñas y las besó una a una. Aquella era una disculpa silenciosa por haber pretendido llevar a cabo un ritual como aquel. Al menos, su conciencia Baobhan la había despertado a tiempo.

Él recibió esos besos como si fueran tiritas y cerró los ojos agradecido. Pero los Baobhan no querían mimos en la luna rosa. No querían cuidados ni cariños, sino algo más. Por eso hundió una mano en su pelo y echó el cuello de Elora hacia atrás para admirar su belleza salvaje. Se inclinó sobre ella y coló la lengua en su boca, lenta y profundamente. Elora la succionó con delicadeza mientras apretaba sus nalgas duras como piedras.

—¿Vas a ser mi Baobhan, Elora? —le preguntó desafiándola—. ¿Ya no estás asustada de tener una relación conmigo?

Ella le pasó la punta de la lengua por los labios y lo besó para hacerlo callar. Era la respuesta adecuada.

Él la alzó por las axilas, se dio la vuelta y la sentó sobre el ancho balaustre de piedra grisácea que parapetaba la parte alta de su torre. Abajo, a una altura considerable, estaba el jardín privado de Byron y, más allá, Meadow a sus pies.

Elora abrió las piernas despacio. Lo miraba fijamente y a la expectativa, y Byron se las abrió más con las manos y se arrodilló en el suelo, frente a ella.

Sus manos se internaron por debajo de la falda y alcanzaron sus braguitas, unas suaves tiras negras que no cubrían nada. Con un poco de presión, la prenda se quedó colgando en su mano. Byron la lanzó al suelo y adelantó los hombros y la cara para sumergirse en el sexo abierto de Elora como un hombre sediento.

Su lengua viajó y vagó por todos sus rincones, y la torturó elevándola para no dejarla caer en ningún momento.

Ella gimió, arrobada por las sensaciones, y lo sujetó por el pelo, anclándolo para que no se fuera de donde estaba.

—Byron...

Él succionó su clítoris con fuerza al mismo tiempo que le introducía un dedo.

—Deja que te prepare. Es una noche de celo, *beag* —dijo con la barbilla apoyada en su pubis—. Necesitas estar muy lubricada...

Ella no le iba a decir que no. Lo quería todo. Se sentía salvaje, emancipada de inhibiciones, libre por completo. Más que nunca. Porque ese hombre hermoso le había querido dar la llave de su vida al ofrecerle la ruptura de su pacto de amor. Solo alguien muy enamorado, nada egoísta y bondadoso se sacrificaba por el bien de los demás. Pero Elora había estado a punto de cometer el mayor error de su vida al estar a punto de revocar su vinculación. Porque aquello que ella sentía no lo había causado una miserable gota. Lo había provocado él, el ser, el Baobhan, el hombre que en pocos días, pero con mucha intensidad, se había ganado su corazón. Lo quería todo de él. Quería que se siguieran conociendo, que él la siguiera sorprendiendo. Quería oírlo hablar de historias pasadas de los fae, de viejas tradiciones y de nuevas ideas que él quisiera llevar a cabo. Y ella quería ser partícipe de forma activa en todo ello. Sabía que Byron escucharía sus propuestas y que ambos estarían de acuerdo en implantar cambios para todos. Y lo que había pensado era muy revolucionario, muy reaccionario, pero necesario para un gran cambio y un nuevo amanecer.

Elora solo quería estar con él en esa aventura. Sin él, ni ella, ni su historia ni su cometido tendrían sentido, y lamentaba mucho haberlo puesto en esa tesitura frente a todos los fae.

Byron introdujo un segundo dedo mientras su lengua azotaba su clítoris y lo hinchaba hasta cotas dolorosas. Sin embargo, Elora no tenía tiempo. Le urgía tenerle.

—Byron. —Tomó su rostro con las manos y lo apartó de las atenciones que le daba entre las piernas—. Te quiero a ti. Ahora. Te necesito.

Él se pasó la lengua por los labios y se levantó, hechizado por la orden de su bella mujer.

—Ven. —Elora tiró de su pantalón, le quitó el cinturón sin dejar de mirarlo a los ojos y después coló la mano en el interior para liberar su miembro pesado y abultado, que ya estaba erecto—. Quiero que estés dentro de mí. —Lo acarició arriba y abajo, suavemente. Byron entornó los ojos y sus rodillas se debilitaron—. No te tengo miedo. Y no me voy a romper —le recordó, instándolo a que se liberase y se lo entregase todo, porque ella pensaba hacer lo mismo—. Más tarde te tomaré en mi boca, Byron, pero ahora te quiero dentro...

Ese hombre había crecido respecto al día anterior.

—Tus deseos son órdenes —aseguró Byron, acercándose a su entrada mientras ella no dejaba de acariciarlo.

La sujetó por las caderas y le sacó un poco las nalgas para poder penetrarla mejor. Y entonces ubicó el prepucio en la entrada de la vagina de Elora y lo movió arriba y abajo para lubricarse.

Sus miradas rojizas se imantaron. Aquella chica era un espejismo, un embrujo de otra categoría fae. Su recogido, con parte del pelo suelto, dejaba expuestas sus orejas sin vergüenza; sus ojos rojos enmarcados en kohl negro le daban aspecto de diabla y sus colmillos, que asomaban entre sus labios rojos, dejaban claro que era una vampira fae, una Baobhan Sith por decreto. Y era suya.

Byron no lo quiso alargar más y penetró a Elora con una estocada. Ella abrió los ojos consternada, pero no tardó en dejarse cuidar por él y por el vaivén de sus caderas. La estaba estirando por dentro, la expandía y la dilataba con cada embestida poderosa. Elora agarró a Byron de la coleta corta que llevaba y lo besó, posesiva, dejando que él hiciese con su cuerpo lo que quisiera. Ella descendió los labios por su garganta. Byron se excitaba más al sentir la punta de sus colmillos arañarle la piel levemente, y eso hacía que profundizase más las penetraciones.

Entre ellos solo había placer, con alguna estocada que se mezclaba con un dolor sublime y que, al retirarse, otorgaba recompensa...

Ella se sentía en un limbo de amor, de deseo y de vida. Sabía lo que tenía que hacer. Su interior se lo pedía a gritos, así que abrió la boca y mordió a Byron en la vena que más le palpitaba para empezar a beber su esencia vital.

La sangre de Byron explotó en mil sabores en su boca, y Elora lloró de la emoción y la alegría por probar algo con connotaciones tan egregias y gloriosas. Byron estaba en cada regusto, en cada mililitro, en cada gota... No solo era hermoso por fuera, también lo era por dentro. Y Elora acabó de caer rendida a sus pies, a sus encantos, a sus fortalezas y a su única debilidad, que sabía que era ella misma.

Estaba enamorada de Byron.

Él imprimió más fuerza a sus estocadas. Gruñía y gemía superado por el placer y por sentir a su amor bebiendo de él, como debía ser.

Se corrió en su interior, cautivado por el mordisco de la Baobhan. Sus alas puntiagudas, rojas y negras, se abrieron de nuevo, ofreciendo una imagen fantástica y con un atractivo feroz.

Elora percibió más intensidad en su sabor cuando él llegó al orgasmo. Y sonrió sin dejar de beberlo, porque había hecho algo que a él, a ese líder poderoso, le había hecho perder el control. Byron no dejó de mover las caderas ni de internarse en ella, disfrutando de la vaina caliente que le ofrecía y que lo cobijaba por completo. Se estaba corriendo y solo quería volver a hacerlo una y otra vez.

Elora dejó de beber de él y pasó la lengua morosamente por los orificios de su cuello.

Apartó el rostro para mirarlo a los ojos. Parecía otro. Como si le hubiesen caído encima dos mil años de vida gratuitos.

—Eres… delicioso —susurró emocionada, sorbiendo por la nariz—. Nunca imaginé que podría ser tan feliz haciendo esto.

—Entonces vamos a ser muy felices esta noche, bonita mía. Es un momento de celo. Todas las lunas llenas lo son —aseguró contra sus labios—. Pero en la luna rosa todo se intensifica más.

Escuchaba la voz de Byron y cómo le hablaba, y todo su cuerpo lo recibía como una caricia.

—Dime qué quieres —le pidió Byron.

—Todo —admitió ella sin pudor.

Enseguida notó la mano apremiante de Byron en su pelo y cómo se cernía salvaje sobre ella. Él le bajó la parte de arriba del vestido, expuso sus senos y decidió que el mejor lugar en el que podía empezar a morderla era ahí.

Lo hizo sin avisar, y Elora soltó un grito de sorpresa que, añadido a la impresión de sus acometidas, acabó alcanzando un orgasmo que le hizo temblar hasta la oreja.

Pero Byron no iba a quedarse satisfecho con eso, y ella tampoco.

Cuando Elora aún sentía el placer del orgasmo, la bajó

de la balaustrada y le dio la vuelta, instándola a apoyar las manos en la piedra.

Ambos se quedaron mirando las luces de Meadow Joy y la inmensa luz de la luna que solo allí podía ser rosa por la influencia de Magh Meall.

Él le subió la falda y expuso su trasero. Pasó las manos por su blanca piel con reverencia y se agachó para llenarle la carne de besos húmedos y lascivos.

Elora apenas podía respirar por las sensaciones, hasta que sintió que Byron le apoyaba el pecho en la espalda, le abría las piernas y la empalaba de nuevo, rellenando toda la vagina hasta el inicio de su cérvix.

—Agárrate a la piedra. Sujétate —le pidió Byron.

Elora le obedeció y dejó que él se metiera en su cuerpo y la poseyera de un modo que nunca había creído posible. Y pensar que en algún momento de su vida creyera que era asexual... No lo era, solo esperaba a Byron.

Él retiró la melena de su cuello y fijó su atención en la carótida. Con una mano le acarició un seno y jugueteó con su pezón, apretándolo ligeramente y haciéndola gemir; con la otra, posada en su sexo, masajeó su botón de placer con suavidad mientras seguía el ritmo de sus embestidas.

Los movimientos que Byron imprimió a aquel coito, a esa manera de hacerle el amor, eran subyugantes. Elora se notaba mojada entre las piernas y sentía cómo la humedad de ambos se deslizaba entre sus muslos.

Estar con el Baobhan sería siempre así. Perverso, obsceno, húmedo y maravillosamente salvaje.

Byron la mordió y se introdujo con fuerza en su interior hasta llegar a su límite, para luego quedarse muy quieto, tensándola y empujándola por dentro sin dejar de estimularle el clítoris. Ella sollozó de gusto y alzó su rostro vampírico a la noche. Él disfrutó de la sangre de su compañera y de las palpitaciones de su cuerpo al correrse con tanta intensidad...

—Dímelo, Elora —le ordenó él mientras la horadaba—. Dime quién eres para mí.

—*Is mise do chailín.* Soy tu chica.

A Byron las orejas y el corazón se le estremecieron al oírla hablar en el idioma de los antepasados Tuatha. Eso quería decir que ya empezaba a estar alineada con quien era y que aceptaba su sino. Su lengua empezaba a ser suya.

—*Tá tú?* ¿Lo eres?

—*Seá tá mé.* Sí, lo soy —aseguró desafiándolo a que lo negara.

Claro que lo era. No había sido él quien lo había negado.

—Elora... —gruñó Byron y volvió a morderla para tener otro orgasmo.

Ella apoyó la frente en la piedra y arrancó trozos de la balaustrada debido a la intensidad del sublime placer del que era la única beneficiaria.

Byron salió de su interior, cogió aire, la tomó en brazos y la abrazó contra él con delicadeza mientras se internaban juntos en la habitación.

—Voy a asegurarme de que nunca olvides quién eres para mí.

Le besó la punta de la nariz y Elora, en un acto impulsivo, volvió a morderle en el cuello y a beber de él mientras le acariciaba el pelo. Byron suspiró de gusto y dio gracias a Daannan, a Dagda, a Ainé y a todos los dioses fae al tiempo que la llevaba de cabeza a una luna rosa de Samhain que iba a cambiarlo todo para ambos.

Liek había tenido una buena noche de Samhain, como todos. Había estado con las huldras, que siempre lo trataban maravillosamente bien, y después se había tomado su café de buena mañana en el Cat Sith con su amigo Puck.

Pero tenía un cometido importante que incluso a él le había costado aceptar. Sin embargo, se trataba de Byron Dorchadas y de una decisión que había salido por mayoría en votación con el concilio.

Por eso estaba en el bosque, para asegurarse de que ese individuo, que nunca más recuperaría la cordura y al que se le había hecho un lavado de cerebro importante, se marchase de Meadow Joy para siempre y jamás regresase en busca de la ungida.

Lo que Liek no sabía era que Drackass estaba esperando paciente a que ese hombre saliese de allí para ejecutar su plan maestro.

Habían estado hablando delante de él de lo que iban a hacer con su cuerpo, pero desconocían que el Neck, aunque no podía poseer a Rud debido a la inestabilidad molecular que le provocaban los imanes del cordón protector de Meadow, sí podía valerse de otros medios, y en todo ese tiempo también había desarrollado modos más invasivos para manipular a los humanos.

Ellos ni siquiera se imaginaban lo que habían hecho con Rud.

No tenían ni idea de la bomba de relojería que supondría. Habían usado unas placas microscópicas que emitían órdenes al cerebro y cambiaban los comportamientos. Además, podían grabar imágenes ópticas y audios a través del receptor.

Así, Drackass y los suyos, que se habían servido de la tecnología que odiaban los fae y habían aprendido a explotar a los humanos, obtuvieron imágenes del interior de Meadow Joy. Los fae no se veían bien por el nivel distinto de las ondas que emitían, pero habían conseguido la información que necesitaban para la invasión. El pueblo existía y escondía en él a Magh Meall, era la base de los fae y, seguramente, en algún lugar debía esconderse la puerta del Este.

La falta de pruebas de que Rud tuviera algún tipo de invasión Neck en su cuerpo o de manipulación mental y la inesperada compasión de la mujer llamada Elora habían ayudado a que su plan tuviera éxito.

¿Era Elora la ungida? Y si era así, ¿dónde estaba? ¿Por qué no la podía ver? Eso era lo que más inquietaba a Drackass y esperaba resolverlo pronto. Elora, Byron, Magh Meall y la puerta del Este estaban ahí.

Byron Dorchadas y el resto de los sídhe habían decidido liberar a Rud.

Y ahora Drackass sabía lo que debía hacer. Una vez el humano llegase al límite de los imanes, las placas emitirían una señal al equipo de Necks que comandaba el elfo oscuro y, entonces, haría estallar en la cabeza de Rud los potentes dispositivos, volando así el cinturón de imanes que hacían que Meadow fuese imposible de detectar para los naimhde. Hasta ese momento.

Rud apareció caminando por el bosque con Liek tras él, asegurándose de que fuera por dónde él dijese. Drackass siguió su localización y movilizó a todo su ejército con él.

—Sigue adelante, humano —le ordenó el Túmulo invitándolo con la mano a que avanzara y se fuera—. Solo te quedan unos metros más. —Bostezó y miró al cielo colocando los brazos en jarras—. Bonito día después de una bonita noche…

Rud cruzó el cinturón de imanes y Liek sonrió satisfecho por haber concluido su insignificante misión.

Pero entonces Rud se detuvo y Liek frunció el ceño.

—¡Lárgate ya, humano! ¡Y no vuelvas! —El enano se agachó para coger una piedrecita y tirársela.

No le dio tiempo a hacerlo porque el cuerpo de Rud explotó, generando una onda expansiva poderosa que lo lanzó por los aires.

Liek quedó muy malherido en el suelo y solo pudo alzar el rostro para ver cómo parte de los imanes habían quedado desperdigados por la superficie. El cordón se había roto y, a través de él, Drackass avanzaba con paso firme con Fragarach en la mano, la espada inclemente de Mac Lir, dispuesto a acabar lo que inició tantas puertas atrás.

Con las pocas fuerzas que le quedaban, antes de perder el conocimiento, Liek se llevó la mano al cuello y tiró de su collar. Agarró la minúscula flauta dorada que pendía de la cadena y sopló con todo el aire de sus pulmones.

Estaban en guerra y debía avisar a todo el reino fae.

Elora amaneció con la mejilla apoyada en el pecho de Byron. La cama estaba algo rota, así como el mobiliario de la habitación. Parecía que por allí había pasado un tornado y que lo había cambiado todo de lugar.

La habitación de Byron olía a ellos. Dejaban un olor fresco y dulzón cuando se apareaban. Elora nunca había estado allí antes y le sorprendía no haber dormido boca abajo, envuelta en las alas de su príncipe.

Sonrió, feliz por el descubrimiento y por lo bien que sonaba esa palabra en su cabeza. Frotó la mejilla contra él y se apoyó en un codo para mirarlo a la cara.

Pensaba que estaría durmiendo, pero no.

Byron solo la miraba a ella, despierto, con una expresión complacida y un halo extraño a su alrededor, como si brillase. Tenía el pelo negro desparramado por la almohada y sus orejas puntiagudas se mostraban insolentemente bellas para ella.

Elora alzó la mano y le acarició una como si tuviera TOC. Byron emitió un sonido que la dejó embelesada y en un estado mental catatónico... Cuando al Baobhan macho se le acariciaba las orejas, ronroneaba. Y era maravilloso.

—Buenos días —dijo Elora.

Le dolía todo. Y lo peor era que estaba encantada, porque no era una sensación insoportable. Era el peaje que había que pagar por una noche intensa de amor y mordiscos.

Los ojos magenta de Byron estaban llenos de ternura y picardía, una muy mala combinación para un amanecer tranquilo. Él observó su desnudez de arriba abajo, y se humedeció los labios.

—¿Cómo estás, *beag*? —le preguntó y se tumbó encima de ella con movimientos perezosos. Tocó con sus labios unas incisiones que Elora tenía en el cuello y les pasó la lengua por encima para hacerlas cicatrizar.

—Fantásticamente dolorida —reconoció ella, lo que les hizo reír a ambos. ¿Qué tenían las orejas que no podía dejar de tocarlas?—. ¿Y tú?

—No sé explicarlo. Nunca me había sentido así. —Se miró las manos como si se viera por primera vez y su cuerpo, de algún modo, ya no lo conociese como antes—. ¿He bebido demasiado de ti? —se preguntó preocupado.

—No —contestó ella deslizando los dedos por su espalda y por las marcas tribales que escondían sus maravillosas alas—. Me siento muy bien, Byron.

Él se hizo hueco entre sus piernas y se las abrió con las caderas.

—Lo sé... —le dijo para tranquilizarla—. No voy a hacerte nada. Necesitas descansar... Solo quiero estar así. —Apoyó la cara sobre su pecho desnudo y lleno de marcas. Acarició sus blandos globos con las mejillas y besó un pezón.

Elora suspiró agradecida, pero también divertida.

—Eres un hombre grande pero muy mimosón… —reconoció acariciando su pelo negro.

—Solo soy así contigo.

Eso esperaba Elora. Que todo aquel amor y pasión se lo entregase solo a ella o, de lo contrario, lo mataría.

La sangre de Byron también había hecho efecto en ella, aunque aún debía analizarlo. Se sentía más posesiva, más protectora y, definitivamente, más vinculada a él que nunca. Sin embargo, no olvidaba que el día anterior habían tenido un encontronazo fuerte por la manera de proceder de Byron con Rud. Y debían hablarlo. No quería ser de esas parejas que se peleaban y después hacían como si no hubiera pasado nada porque no sabían enfrentarse a sus problemas.

—¿Byron?

—¿Mmm? —Él tenía los ojos cerrados, entregado a las caricias de Elora.

—Si vamos a seguir adelante con esto, quiero que podamos hablar. No quiero órdenes ni decretos que digan: «Las cosas son así porque tienen que ser así». —Puso voz de hombre para imitarlo.

—Estoy dispuesto a hacer cambios, *beag*. —Apoyó la manaza sobre su pecho y lo cubrió por completo—. Pero solo si es bilateral. Tú también debes poner de tu parte. Soy el primero en abrirme a nuevos procedimientos, pero hay otros por los que no soy capaz de pasar y, aun así, he hecho esfuerzos por ti.

—Lo sé. Y lo aprecio. —Elora le besó la cabeza con cariño.

Él asintió en silencio, expectante por lo que sabía que le iba a preguntar.

—Dime lo que quieras. No debes callarte nada. Además, ahora estamos vinculados y, aunque no nos leemos la mente, sí percibimos las inquietudes y los estados del otro.

—Es Rud. Solo… solo quiero saber qué habéis hecho finalmente con él. No podéis volver a actuar así, jamás. Es intolerable. Si un humano está influenciado por un naimhde, no se puede matar al humano. Si actuamos como lo hacen nuestros enemigos, entonces no somos distintos a ellos.

Byron se incorporó sobre un codo y estudió su rostro con detenimiento. Estaba serio y, en cierto modo, parecía preocupado por algo, aunque Elora no sabía por qué.

—He tomado una decisión impopular, Elora. Y lo he hecho por ti. No hemos matado a Rud, como todos queríamos. Les dije que me dejaran un día para decidir qué hacer con él.

Elora se apoyó en los codos lentamente para escucharlo con atención.

—¿No lo habéis matado?

—No. No soy una bestia —le recordó—. Solo soy protector y puedo razonar. Te escuché y he querido hacer lo que nos pediste.

—¿Qué habéis hecho?

—A estas horas, Liek está acompañando a Rud hasta la salida de Meadow Joy para que cruce el cordón protector de imanes y vuelva por donde vino. Los quiet folk lo trataron para que se olvidase de todo. Ahora mismo es como un zombi que regresa a la sociedad humana. Que sea lo que tenga que ser con él, pero nosotros no lo hemos matado. Querías un gesto, querías que te mostrara que puedo ser misericorde y compasivo y que, como especie, podemos actuar de otro modo que no sea derramando sangre.

—¿Por qué no me lo dijiste antes? —Elora se quedó sentada sobre el colchón y Byron se arrodilló y la sentó sobre sus muslos—. No he estado bien pensando que habíais matado a Rud por mi culpa.

—No querías hablar conmigo. Y me dijiste que jamás

me elegirías… Así que pensé que eso no iba a cambiar nada. Al menos, mi conciencia se quedó tranquila.

Elora unió su frente a la de él y le colocó unos mechones de pelo por detrás de las orejas. Él hizo lo mismo con la suya.

—No sé qué decir —murmuró Elora—. A veces me siento egoísta pidiéndote tantos esfuerzos… Sé que no puedo cambiar la manera de proceder de una nación fae entera. Pero me alegra saber que tú me escuchas, aunque pongas en riesgo tu reputación.

—Tú eres la que más se está esforzando —admitió—. Y no sé si me arrepentiré de la decisión que he tomado, pero si eso me ha valido para que me mires así, ha merecido la pena.

—¿Cómo te estoy mirando? —preguntó y lo besó en los labios.

—Como si todavía se pudiesen sacar cosas buenas de mí. Como si te gustase mucho lo que ves. Como si quisieses pasar toda la eternidad conmigo y…

Y, de súbito, Byron se quedó callado y sus ojos se dilataron. Lo mismo le pasó a Elora. Ambos torcieron el rostro hacia las puertas del balcón y se quedaron inmóviles, esperando algo terrible.

La intuición Baobhan era un sistema de alarma. Percibían los eventos segundos antes de que sucedieran.

Hasta que la intuición se convirtió en realidad.

Hubo una fuerte explosión en el interior del bosque.

Y no auguraba nada bueno, porque no era una explosión cualquiera. Se había producido en el lugar más inconveniente.

Byron y Elora se levantaron de la cama a toda velocidad y corrieron a asomarse al balcón para ver qué había sucedido.

Y entonces escucharon una flauta que todos los fae oían. Era la corneta de los Túmulos que los avisaba cuando el enemigo se disponía a atacar.

—Liek... —susurró Byron. Su cara era de angustia.

Sí, sin duda, estaban siendo víctimas de un ataque. La explosión había volado parte del cordón de imanes y, con ello, algo muy malo y oscuro acababa de entrar en Meadow Joy.

—¡Byron! ¡Los animales! —gritó Elora. Sentía el miedo y el terror de las especies ante el fuego que empezaba a avanzar en el bosque. Era como si le estuvieran pidiendo ayuda.

—Han entrado.

—¡¿Quiénes?! —preguntó asustada.

—Los Necks —contestó Byron, decidido a enfrentarse a ellos—. Y Drackass va a la cabeza. Percibo la espada de Mac Lir desde aquí. Todos los fae la percibimos. Sin el cordón de imanes completamente cerrado, estamos expuestos de nuevo. ¡Hay que ir a defender Magh Meall! No pueden entrar aquí. Los fae deben ocultarse.

Byron entró corriendo en la habitación y, allí mismo, el servicio lo vistió con ropas de guerra, como las que había usado la noche anterior: hombreras plateadas de titanio, rodilleras, coderas, muñequeras del mismo material y una espada que Elora no le había visto todavía.

—¡Byron! ¡¿Qué vas a hacer?!

—Vengo de una estirpe de Baobhan Sith guerreros, no puedo eludir mi responsabilidad —le explicó intentando hacerla entrar en razón—. Somos la primera fuerza de los fae, mucho más que la guardia de Magh Meall. No vamos a quedarnos de brazos cruzados mientras nos encuentran.

—Pero ¡dijiste que la espada de Mac Lir era invencible! No podéis derrotar a Drackass mientras tenga en su poder esa arma... ¡Byron! —Intentó detenerlo.

—¡Elora, Drackass no puede encontrar la puerta del Este! ¡Hay que detenerlo como sea!

Elora no sabía lo que hacer, pero no quería quedarse allí

de brazos cruzados, así que hizo lo mismo que Byron y entró para dejarse vestir por los fae y salir del castillo, pero él se lo impidió.

—No. Tú no. Aún no sabes pelear.

—Le metí la cabeza en el horno a Rud —le recordó.

—Elora. —Byron la sacudió por los hombros—. Escúchame y hazme caso en esto, por favor. Quédate aquí, los quiet folk vendrán a buscarte y te llevarán de inmediato a Magh Meall a través de las cuevas subterráneas. No debes exponerte. Y yo debo preparar a los míos.

—Yo soy de los tuyos. Las Baobhan también somos guerreras —protestó—. Y no quiero que te pase nada...

—Pequeña... —Byron sonrió y le dio un fuerte beso en los labios—. Soy yo quien te protege a ti, no al revés. No salgas por nada del mundo del castillo y espera a los quiet folk. Tú eres un tesoro, eres preciada y una anomalía. La única imprescindible eres tú.

—No digas eso, tú también lo eres.

—No. Yo solo soy un protector. Tienes un cometido que cumplir, y debes elegir la casa fae, ¿me oyes? Tu labor será muy importante algún día —aunque no fuese aquel—, nos darás ventaja sobre ellos. Prométeme que lo harás.

—¡¿Por qué hablas así?! —Lo empujó por los hombros enfadada—. ¡¿Por qué suena a que te estás despidiendo?!

—Si lo nuestro es de verdad, nunca nos diremos adiós. Haré lo posible por volver a ti. No alargues más tu decisión. —La miró por última vez, queriendo memorizar sus facciones, y volvió a besarla con más fuerza—. *Is breá liom tú, mo bhata beag. I do chroí, go deo.* Te amo, mi murcielaguito. En tu corazón, para siempre.

—¡Byron!

Él salió corriendo, extendió las alas y, espada en mano, saltó de la torre para emprender el vuelo sin perder el tiempo. Había una ciudad y un pueblo que proteger. Pero, ante todo, saltó por la ungida. En nombre de ella.

Elora se pasó las manos por las mejillas y se dio cuenta de que estaba llorando.

¿Byron se acababa de despedir de ella?

¿Había sido capaz de decirle eso como un soldado antes de irse a la guerra?

¿De verdad se pensaba que se iba a quedar ahí quieta mientras los fae se jugaban la vida? ¡Cómo lo odiaba en ese momento!

Dejó que el servicio fae la vistiera a toda prisa y les dio un mensaje que debían obedecer inmediatamente:

—Llevad a Gisele con los quiet folk para que la trasladen a Magh Meall. Yo me reuniré con ella pronto.

Los enanos y las hadas asintieron como si aquel fuese el encargo más importante de sus vidas.

Y, aunque no tenía alas, Elora hizo lo mismo que Byron: saltó por el balcón porque sabía que su naturaleza Baobhan le permitía aterrizar sin dolor.

Lo hizo como una circense. Cayó sobre los talones y se acuclilló en el suelo solo para tomar impulso y echar a correr a toda velocidad hacia donde nacía el fuego, que avanzaba sin pausa.

Meadow Joy y Magh Meall no podían consumirse así.

Elora ayudaría en el incendio como una humana. No se escondería.

Y haría lo mismo en nombre del bosque y de los fae siendo la ungida.

Byron estaba en lo cierto. Puede que aún no supiera pelear bien, pero tenía otras herramientas y no quería dejar solo al hombre de quien se había enamorado.

Porque si él caía, ella caería con él.

27

Byron les pidió a todos que no salieran de Magh Meall y que se ocultaran tras el arco del Triunfo. De un momento a otro, Drackass y los suyos aparecerían por aquella parte del bosque temático y llegarían hasta la entrada de piedra.

El príncipe ordenaba a todos sus Baobhan que estuvieran atentos y abrieran bien los ojos, porque el destacamento de los Necks no tardaría en llegar hasta ellos.

Elora estaba en lo cierto. Nadie tenía nada que hacer si se enfrentaba a Drackass. Un naimhde con la espada invencible del Señor de la Niebla significaba una muerte segura.

Por eso se había despedido de Elora. Y lamentaba haberlo hecho así. Le dolía el modo en que había sucedido todo. Pero debían ganar tiempo para preparar a todos los fae para cambiar de lugar de nuevo, para que se desplazaran todos juntos como habían hecho tantas puertas atrás, cuando los milesianos los vencieron. Ese era el único modo de sobrevivir. El *modus operandi* estaba claro: los Baobhan ganaban tiempo mientras los demás completaban el ritual de desplazamiento. Era el único modo de que los fae subsistieran.

No esperaba un enfrentamiento así. Jamás se habría imaginado que su decisión de ser compasivo acabase con la implosión del cuerpo de Rud y la entrada de los Necks. En su vuelo había visto trozos de carne humana desperdigados por el bosque, y también había podido recoger a Liek para llevarlo a Magh Meall.

Y era evidente, porque lo podía sentir, que Drackass estaba muy cerca.

Byron había dado las directrices pertinentes. Primero, un grupo de Baobhan volaría en círculo para, con sus arcos, lanzarles flechas de plomo a los Necks.

Otro, taponaría la entrada del arco. Y él intentaría como fuera entretener todo lo que pudiese a Drackass. Debían quitarle la espada de un modo u otro.

Cuando los Necks aparecieron, Byron alzó la mano para que estuviesen todos listos. Y cuando la bajó, empezó a caer una lluvia de flechas sin igual desde el cielo. Los Baobhan eran arqueros excelsos y podían lanzar varias flechas al mismo tiempo y dirigirlas donde quisieran.

Algunos Necks resultaron heridos, pero Byron no había esperado que un fae, naimhde o no, prefiriese las armas de fuego a las armas de honor. Así que se vieron sorprendidos cuando, desde tierra, los Necks, con su piel color café con leche y el pelo negro y largo rasurado de un lado, disparasen con metralletas a los Baobhan del cielo y a los que se ocultaban entre los árboles.

Los Necks se habían modernizado y se servían de la munición humana y sus armas de guerra. Y Byron comprendió que, en una guerra como esa, los Baobhan no serían suficientes porque sus medios se habían quedado obsoletos.

Además, Drackass llevaba la espada Fragarach.

Aun así, sabiéndose en inferioridad de condiciones, la lucha no cesó: los Baobhan batían las alas hacia ellos para remover la tierra y producir bocanadas de aire que obligasen a los Necks a cubrirse. Entonces, avanzaban y los placaban a máxima velocidad en una pelea cuerpo a cuerpo para quitarles las armas de las manos, ya que los Baobhan eran infinitamente superiores a los Necks en este tipo de combates.

Pero sus enemigos se habían militarizado. Estaban muy protegidos con chalecos y protecciones de aleaciones extrañas de acero y hierro que herían a los fae al entrar en contacto con ellos.

Cayeron unos cuantos Necks y Byron les cortó la cabeza con su espada. Cada vez más se replegaba más hacia el arco, cubriendo su entrada, buscando con mirada aguileña la ubicación de Drackass.

El Neck lo divisó y le sonrió señalándolo con la espada de Mac Lir, en un gesto que decía: «Voy a por ti».

Byron también iba a ir a por él. Sabía que la muerte sería su destino, pero, tal vez, si conseguía retener el embate de su espada, si se la arrebataba, todo podía cambiar.

—¡Replegaos! —gritó el Baobhan a su equipo.

Cuando los tuvo a todos hombro con hombro, Byron decidió jugar su última carta. Drackass era la clave. Él era el único que no debía entrar jamás en Magh Meall, porque allí estaba Elora y porque la espada del Señor de la Niebla era la llave de la puerta del Este. Y si Drackass entraba, invocaría a Amadán y a todo el séquito naimhde para iniciar la invasión, y entonces el reino fae de la luz caería para siempre. Y eso no era bueno ni para ellos ni tampoco para los humanos.

No era bueno para ninguna dimensión.

Con la idea de evitar lo peor, Byron decidió ir con todo a por Drackass.

Pero algo muy extraño sucedió. A su alrededor empezó a escuchar risitas femeninas, como cantos extraños y seductores que detuvieron a los Necks, que se quedaron hipnotizados.

Byron buscó con la mirada el origen de esas voces y lo que vio le dejó sin habla. En el bosque, colocadas por grupos, esparcidas alrededor de todos ellos, se encontraban las fairies treebutas, mestizas de gaistlings y huldras con humanos, que silbaban y buscaban la atención de los demoniacos Necks.

Y, de algún modo, liderando aquella rebelión y con una espada en la mano, divisó a Elora. Había aparecido entre los árboles como una guerrera pirata, impía y maliciosa decidida a hacer caer a los enemigos.

Nadie había pensado en ellas, las fairies de Meadow Joy. Solo los fae habían tenido derecho a esconderse en Magh Meall y habían olvidado a la comunidad fairie, relegándola a un papel testimonial y tratándola como si jamás hubiese importado, como si a Dagda, Daannan, Maeve, Ainé y al resto de los Sabios del Este les diera igual si se salvaban o no.

Pero a Elora no le daba igual. Ella también era una fairie. Y había recordado lo que le dijo su madre sobre las gaistlings y las huldras y cómo afectaban a los Necks. Por eso no había dudado en ir a por ellas y pedirles su ayuda.

Y todas sin excepción, a la casa treebae, salieron corriendo tras Elora para ayudarla a la desesperada a detener aquel ataque como fuera.

Los Necks, uno a uno, se vieron afectados por el sonido celestial, el coqueteo y la sensualidad de las fairies, que conseguían atraer sus miradas para hechizarlos. Ellos, al fin y al cabo, solo tenían la capacidad de poseer cuerpos humanos o de naimhde, pero jamás controlarían el alma de un fae de la luz. Dejaron de luchar y se quedaron pasmados. Fueron hacia las gaistlings como elfos en celo.

En ese momento, Elora corrió por todo el bosque cortando cabezas de los Necks hipnotizados blandiendo la espada de Artio. Nunca habría imaginado que haría uso de ella tan rápidamente. Se colocaba tras ellos y, como no la podían advertir, aprovechaba y les segaba el cuello. La espada que le había dado Iris estaba afilada como el primer día. Y era preciosa, con el mango de brillantes negros y una hoja plateada con tréboles serigrafiados por toda la superficie. No importaba que ahora se estuviera manchando con la sangre de los sucios Necks. Lo único que importaba era detenerlos como fuese.

Byron se quedó sin respiración al verla. ¿Por qué no le había obedecido? ¿Por qué estaba allí? Se suponía que debía estar protegida en Magh Meall. ¡Niña inconsciente! ¿Y... podía esa mujer ser más increíble? Ella sola había urdido un plan, había pensado más allá de las leyes fae para asegurar la supervivencia de todos.

Pero aún quedaba lo peor. Drackass era el más inteligente de los Necks y llevaba unos aparatos en los oídos que le aislaban de las frecuencias de las gaistlings. No las escuchaba y como tampoco las miraba, no se vio afectado.

Por eso el elfo oscuro avanzó él solo hasta la puerta de Magh Meall.

Elora corrió tras él, espada en mano, al ver que se dirigía hacia Byron.

El Baobhan perdió milenios de vida cuando vio a su compañera tan cerca de Drackass.

—¡Elora, apártate! —gritó Byron corriendo hacia ella.

Pero la joven le desoyó. Era impetuosa e inusualmente valiente para ser alguien tan joven. Drackass no la veía porque era hija de Artio, el último aníos, y era invisible para él.

Elora dio un salto y le clavó la punta de la espada en la espalda. Sin embargo, al elfo no le supuso mucho, dado que los protectores metálicos que lo cubrían absorbieron parte del impacto la hoja.

En ese momento, Drackass se dio la vuelta y movió la punta de Fragarach hacia atrás, a ciegas, e hirió con ella a Elora en el estómago, haciéndole un corte de izquierda a derecha.

Elora se llevó las manos a la herida y trastabilló hacia atrás, asombrada por la cantidad de sangre que emanaba de ella. Le dolía como el demonio y se estaba mareando.

Cuando esa espada atravesó la piel de Elora, fue como si a Byron le cortaran cien veces más y lo desconectaran de la realidad.

—Sé que estás ahí, chica de la profecía —dijo Drackass con aire victorioso—. Te he herido con Fragarach. Es imposible que sobrevivas a ella. Se acabó tu historia.

El elfo escaneó el suelo buscando el cuerpo de Elora, pero no lo veía. Pensó que ella ya no importaba y decidió que iría a por Magh Meall. Nadie iba a detenerle, ni siquiera Byron Dorchadas.

—Acabaré contigo tan rápido como he acabado con la ungida, Dorchadas. Tu novia debe de ser hija de un aníos, ¿me equivoco? Por eso no la percibimos. —Caminó hasta él arrastrando la espada manchada con la sangre de Elora—. Ahora ella ya no importa.

Byron estaba en shock. No se sentía el corazón. Elora no sobreviviría a la herida de Fragarach. Se le humedecieron los ojos y la impotencia y la rabia que sintió lo arrasaron por dentro. Todo su cuerpo se puso en tensión y, sin mover las alas, empezó a levitar unos centímetros del suelo a la vez que creaba ondas expansivas con cada latido, lento y duro, de su corazón destrozado.

Drackass frunció las cejas negras, extrañado por aquella energía que despedía el cuerpo del Baobhan.

Y, entonces, Byron cerró los ojos, como si hibernase unos segundos. A su alrededor se formó un halo luminoso que provocó que los Baobhan que aún quedaban en pie, las gaistlings y todos los Necks se cubrieran los ojos, cegados por su fuerza.

¿Qué estaba sucediendo?

Elora contemplaba el espectáculo desde el suelo. Tenía la sensación de que se le iba la vida, pero admiraba lo que fuera que le sucedía al hombre que siempre querría.

Entonces el bosque se quedó en silencio, y Drackass aprovechó para correr hacia él, que parecía dormido, y atravesarle el estómago con la espada.

—Muere, Baobhan.

—¡No! ¡Byron, no! —gritó Elora llorando, triste por aquel final.

Pero él no se inmutó. Seguía levitando, sus alas estaban desplegadas y el halo había desaparecido. Y, de repente, una explosión de luz lo rodeó y la onda expansiva recorrió todo el bosque y Meadow Joy, provocando que los pájaros volaran en desbandada en todas direcciones.

Después de que la luz se apagase, Byron ya no parecía el mismo. Su pelo era más largo; sus rasgos, más duros y afilados; sus orejas, más puntiagudas, y su cuerpo, definitivamente más grande y musculoso de lo que lo había sido antes. Sin embargo, lo más intimidante eran sus alas. Parecían las de un dragón, eran negras por completo y tenían motas rojas fluorescentes que se distribuían por el increíble torso, donde también le había crecido una protección por parte de los brazos.

—¿Qué significa esto? —dijo Drackass.

Byron abrió los ojos, tan rojos, de ese mismo color intimidante de las motas, y le sonrió a Drackass mostrándole sus colmillos.

El Neck retorció la espada, pero el Baobhan detuvo la hoja. La sujetó con ambas manos, y se la clavó todavía más en su propio cuerpo, para atraer al elfo, agarrarlo del cuello y, con un movimiento de mataleón, impulsarse con él hasta el cielo.

Byron voló y voló con él hasta que todos lo perdieron de vista.

Transcurridos unos segundos, lo primero que cayó sobre aquel suelo manchado de sangre frente a la entrada de Magh Meall fue la cabeza de Drackass. No la había cortado. Se la había arrancado de cuajo de los hombros. Después cayó una pierna, un brazo, otra pierna, otro brazo, el torso y, por último…, sus testículos.

Elora entornó los ojos mirando hacia arriba y pensó que era una bonita manera de morir, contemplar a Byron cruzando el cielo con sus alas de dragón y su aspecto intimidante, sujetando la espada de Mac Lir tras haberla recuperado.

Los Baobhan que todavía cubrían la puerta se arrodillaron y agacharon la cabeza, intimidados y sobrecogidos, así como las gaistlings y las huldras.

Del interior de Magh Meall salieron más fae e hicieron lo mismo ante la llegada de Byron, que les agitaba la melena con el batir de sus alas. Todos habían percibido aquel estallido de energía y no daban crédito de lo que eso significaba.

Kellan y Finn fueron los primeros en quedarse anonadados ante lo que veían.

El Sióg exclamó:

—¡No me lo puedo creer!

Kellan se arrodilló y Finn hizo lo mismo; le estaban dando la bienvenida a un rey, a un ser mítico fae que nadie allí había visto antes.

—*Hail, Diaga Sith* —lo saludaron todos con reverencia. Entonces, Elora lo comprendió.

Y Byron también: había invocado al Diaga Sith, el Sith Divino. Pero él no había invocado nada. La sangre de Elora lo había hecho evolucionar. Ella había obrado el milagro.

El Baobhan caminó hasta Elora, se acuclilló y tomó en brazos a su chica, abrazándola dulcemente sin mediar palabra. Con ella en brazos, miró agradecido a las fairies y les hizo una reverencia de respeto. Después, ordenó a los Baobhan que quedaban en pie que acabasen de recoger los cuerpos de los Necks y que reestableciesen lo más pronto posible el cordón magnético de Meadow Joy.

—Señor... —intervino Elda Litir, asombrada por lo que estaban viviendo—. Elora ha elegido la casa fae por amor —le aseguró—. Tú has sido su elegido. De eso hablaba la profecía. No... no era una elección ni una decisión a dedo —convino tras comprender la mala interpretación que habían hecho—. Su sangre... te ha otorgado el don del Diaga Sith y nos has salvado.

—Ya hablaremos de todo ello cuando estemos recuperados. Hay mucho que cambiar —la cortó Byron.

—¿Hago llamar a las curanderas? —preguntó la Dama Blanca preocupada por el estado de Elora.

—No. Me encargo yo —contestó Byron.

Alzó el vuelo y todos se quedaron unos segundos en silencio hasta que empezaron a corear su nombre y a gritar con el puño alzado: «¡Diaga Sith! ¡Diaga Sith! ¡Diaga Sith!».

Elora cerró los ojos y se permitió sonreír mientras las lágrimas descendían por sus comisuras. Por fin Byron era el héroe reconocido que debía ser.

—Byron...

—Chisss, *beag*. Primero, recupérate. Luego, hablaremos —le aseguró con tono rígido, sin mirarla.

Elora suspiró y negó con la cabeza.

Él era el Diaga Sith, aunaba el poder de Dagda y se convertía en una especie de mano de Dios fae. En un ejecutor y un protector.

Y ella era la ungida, y se estaba muriendo.

—Muérdeme —le ordenó él.

—Me ha cortado la espada de Mac...

—Soy el maldito Diaga Sith, Elora —le recordó enfadado—. Muérdeme. Mi sangre te sanará. Nada que esté bajo mi protección será nunca dañado por un objeto sagrado de los Sabios del Este.

—S-sí... —contestó ella y le obedeció de inmediato.

Cuando sorbió su sangre, cerró los ojos por el placer y se abrazó a él con más fuerza, bebiendo más y más de aquel poder.

Su sangre le hablaba de cielos y de orígenes, de una inmortalidad a prueba de polvo de estrellas. Le hablaba de bondad y de justicia, de un amor increíble como el que sentía hacia ella.

Y de sanación y vitaminas. Pero ¿qué tipo de chute era ese?

Byron no estaba de humor, aunque debería de estarlo porque, al final, todo había salido bien. Pero se mostraba inquieto, pues su sangre también le hablaba del miedo más atroz que había pasado en su vida al pensar que podía perderla.

Y un hombre como él no estaba acostumbrado a sobrellevar esas emociones.

Cuando llegaron al castillo, los lutins, los pixies y los hobgoblins, que andaban como pingüinos, se unieron a los wichtln, los knockers y los quiet folk para aplaudir efusivamente a su señor. Tenían ante ellos al mismísimo Diaga Sith y a la ungida, de cuya hazaña se hablaría en los anales del tiempo fae puerta tras puerta.

Estaban tan felices que les habían preparado la habitación de nuevo. Habían arreglado los desperfectos de la noche anterior para nada, dado que sabían que, con toda probabilidad, volverían a romper el mobiliario.

Pero eso sería algo bonito y motivo de celebración para ellos. Porque a los fae serviciales nada les hacía más felices que ver felices a sus amos.

Así que, como sabían lo que iba a suceder, se dieron prisa en salir de la alcoba y dejarlos a solas.

Byron lanzó a Elora sobre la cama de malas maneras.

Su herida había cicatrizado en pleno vuelo y ya no tenía absolutamente nada.

Ella se colocó de rodillas sobre el colchón, expectante, al ver la actitud amenazante que se gastaba Byron en ese momento.

Él dejó la espada de Mac Lir en una esquina de la habitación y se dio la vuelta para enfrentarse a Elora con un gesto frío y furioso con ella.

—Nunca, jamás, vuelvas a desobedecerme —le ordenó mientras caminaba lentamente hacia ella—. Te dije que esperases a que vinieran los quiet folk a buscarte y tardaste nada en hacer lo que te dio la gana, como siempre.

—¡¿Y qué esperabas?! —replicó Elora nerviosa—. ¿Que me quedase aquí mientras tú ibas solo a salvar al mundo?

—¡Eres una inconsciente y una cría!

—¡A mí no me grites, Batman! ¡¿Te parece bonito dejarme aquí mientras tú vas a hacerte el héroe y a arriesgar tu vida?! ¡Yo soy la que está enfadada contigo! —¡Flas! Le lanzó un cojín a la cara.

El pelo largo de Byron le cubrió el rostro y sus ojos se tornaron negros, con esas venitas de cabreo lamiéndole los pómulos y las sienes. No iba a permitir que Elora no tuviese en cuenta sus decisiones.

—¡Tú no entiendes que todo dependía de ti! ¡Que tú debías estar a salvo! —La agarró del tobillo y la arrastró por la cama hasta inmovilizarla con su propio cuerpo—. ¡Te da igual todo! ¡¿Quieres matarme?! ¡No lo hizo Drackass con la espada de Mac Lir! ¡Me vas a matar tú!

—¡¿Y tú no entiendes que yo no puedo arriesgarme a perderte, pedazo de zoquete?! —Se le rompió la voz por la ansiedad y el miedo que había estado acumulando—. ¡Me dices que me quieres y que siempre voy a estar en tu corazón, y vas y me dejas sola! ¡¿Qué eres?! ¡¿Un terrorista emocional?! ¡Ni siquiera me dejaste responderte! —Estaba nerviosa. La energía de Byron era contradictoria y su cuerpo, mucho más grande que antes. Más guapo no, porque eso era imposible, pero parecía que había crecido a lo alto y ancho—. Sigues siendo un mentiroso. Me dices que siempre... que siempre vamos a estar juntos y... y te largas a suicidarte. —Se cubrió el rostro con las palmas porque no quería que la viese llorar así—. Me moría de miedo.

Sintió los dedos cálidos de Byron apartarle las manos de la cara y se las sujetó por encima de la cabeza.

—¿Has sentido miedo por mí?

Ella sorbió por la nariz y asintió.

—Respóndeme, Elora.

—¿Qué?

—Que me respondas ahora. —El pelo de Byron le enmarcaba el rostro y los ocultaba a los dos en un escondite de seda oscura en el que podían revelarse los secretos más íntimos—. Me has dicho que cuando me he ido a salvar el mundo, te he dejado aquí con la palabra en la boca. Bien. —Se encajó entre sus piernas—. Este es tu momento —sonrió provocador—, ¿por qué no quieres que me pase nada?

—¿A qué juegas?

—A nada. Solo quiero que me digas algo bonito de verdad. Quiero escucharte —pidió con humildad mientras deslizaba las manos por debajo de su falda larga y negra hasta bajarle las braguitas—. No me has dicho nada bonito desde que nos conocemos. Yo te lo he dicho todo. Tú a mí, no. Me has estado poniendo en aprietos constantes, me has vuelto loco, me has dicho cosas hirientes... —Le cubrió el sexo con la mano y la acarició suavemente.

Elora no se creía que desease esa intimidad, ni que él la estuviera tocando así cuando se suponía que hacía nada tenía el vientre abierto por un corte de una espada mortal. Pero Byron la había sanado por completo, y ahora estaba muy intenso...

—Porque, Byron... —exhaló angustiada—, yo... estoy enamorada de ti. No ha sido por tu gota, no ha sido por ninguna alianza ni ningún pacto de sangre... Es por ti, porque te has colado bajo mi piel, por todos los esfuerzos que has hecho por entenderme y hacer lo que yo pensaba que era mejor y... —Echó el cuello hacia atrás y cogió aire al sentir que él le introducía dos dedos de golpe—. Un momento... —pidió tragando saliva—. ¿Qué estás...?

—Necesito esto. Me he vuelto loco y lo quiero ahora, necesito estar aquí, a salvo, en puerto seguro. Pensé que no volvería a vivir esto ni a mirarte a los ojos, y quiero estar dentro de ti otra vez. —Adelantó las caderas y se introdujo en su interior centímetro a centímetro.

—Pero... —Elora intentó reacomodarse porque su Baobhan estaba más grande que antes—. Byron, me voy a morir —susurró mordiéndose el labio inferior.

—Soy el Diaga Sith... —gruñó adelantando más las caderas—. Esto también es parte de mí. Y si me quieres, me tienes que aceptar al completo.

Ella parpadeó atónita por el amor y la necesidad que

veía en los ojos de Byron y no fue capaz de decirle que no, porque también era lo que ella deseaba.

—También me gusta el Diaga Sith —susurró levantando la cabeza para apresar sus labios—. Me gustas todo tú, y siento haberme dado cuenta tarde de que te quiero. Siento haber despertado y haber estado tan desubicada...

—Sigue, cariño.

—Siento de todo por ti y no estoy acostumbrada a esto. Y tengo mucho miedo.

—¿Crees que yo sí estoy acostumbrado? —replicó Byron devolviéndole cada beso mientras la poseía—. Elora, este amor es tan nuevo para mí como para ti. Pero lo iremos descubriendo juntos. Solo quería mantenerte a salvo. ¿No entiendes que para mí lo más importante desde que te vi eres tú, *beag*? Por eso me he enfadado. Tú podías cambiar nuestro sino. No tenías que ir detrás de mí.

—A mí no me importa el sino, Byron. No quiero ser alguien a quien todos deben defender, eso no es ser una heroína. Y me moría al pensar que te pudiera pasar algo malo con Drackass. —Retiró la cara y él se la sujetó de nuevo tomándola de la barbilla—. Y, para colmo, ha pasado todo esto por mi culpa ... Por decirte que dejases libre a Rud... —Se odiaba a sí misma por haber sido tan necia y tonta.

—Ha sido la mejor decisión. Gracias a él y gracias a ti, Drackass ha salido de su madriguera y ha venido aquí como un ratoncito a su trampa mortal. Es verdad que lo has cambiado todo... —reconoció, ya más sereno. Se zambulló en su interior y la besó como había deseado desde que la vio aparecer en el bosque con la espada de Artio y las fairies—. Eras como una visión en el bosque, Elora... Me has matado de amor.

—Y yo he sentido que me moría cuando he visto cómo

Drackass te atravesaba con la espada... Byron..., suéltame las manos.

Cuando lo hizo, Elora hundió sus dedos en su pelo para apartarle los largos mechones negros de su apuesto rostro.

—¿De verdad eres tan fuerte? ¿Ha sido por mi sangre?

—Sí —contestó él—. Creo que nuestra combinación nos ha hecho poderosos a los dos. Tu sangre ha activado a mi Diaga Sith y mi sangre hace que seas inmune a heridas como las de Fragarach. En la luna rosa decidiste entregarte a mí porque sabías que estabas enamorada y por eso bebiste mi sangre y yo la tuya. Nuestra vinculación completa nos ha hecho más fuertes y ha cumplido la profecía. Me has elegido a mí por amor, pero tu sangre nos convierte a los Baobhan en la casa fae más poderosa, porque...

—... he hecho que el Diaga Sith esté en ti —comprendió—. Y con él..., que es invencible y un justiciero... y el mejor cazador naimhde de todos...

—Y con la ungida, que es invisible para los naimhde y los detecta como nadie...

—Hemos recuperado la espada de Mac Lir y con ello, la puerta del Este.

—Y con la casa Baobhan en el poder y el Diaga Sith y la ungida como reyes, llega un nuevo amanecer... —Byron sonrió y la besó de nuevo para continuar haciéndole el amor.

Pero Elora lo sorprendió con su fuerza y se colocó encima de él, a horcajadas. Clavó las rodillas en el colchón y se cernió sobre su rostro como él había hecho.

Byron permitió que se girasen las tornas y le dio el control, satisfecho con lo apasionada que era y con la iniciativa que tenía.

—Tú me obligaste a decírtelo —le recordó mordisqueando su cuello, meneando las caderas para masajearlo en su interior—. Y ahora quiero que me lo digas tú a mí.

Byron se incorporó y se quedó sentado mirando frente a frente a Elora. La agarró de las nalgas para que no se moviera y sintiera lo bien encajados que estaban.

—¿Vas a ser mi Baobhan, Byron?

—Sí, lo voy a ser.

—Dímelo. Dime quién eres para mí. —Unieron la frente y él le pasó las manos por la espalda con ternura.

—*Is mise do buachaill. Is mise do ghrá. Is mise do Diaga Sith. Go deo.* Soy tu chico. Soy tu amor. Soy tu Diaga Sith. Para siempre.

—*Tá tú?* —repitió emocionada.

—*Seá tá mé.*

Elora sonrió con lágrimas en los ojos y se dejó llevar por los besos, los abrazos y las confidencias de quienes ya no tenían nada más que ocultarse el uno al otro, solo con la obligación de pronunciar una verdad: que se querían.

Se habían enamorado, más allá de pactos de sangre o de alianzas.

Mucho más allá de profecías y obligaciones.

Elora y Byron, juntos, empezarían una nueva vida, un nuevo reinado… y trabajarían por el nuevo amanecer que los fae pedían.

Un nuevo amanecer para un nuevo principio que lo cambiaba todo.

Epílogo

Al día siguiente, después de que Byron y Elora se hubiesen recuperado completamente del enfrentamiento con Drackass, se preparó un cónclave especial en el anfiteatro de Magh Meall.

Iban nombrarlos reyes de Magh Meall y de Meadow Joy, y los Baobhan Sith serían proclamados la casa fae dominante del concilio.

Las Damas Blancas, los Ag Athrú, los Túmulos (con Liek ya recuperado), los Sióg... Todos se habían vestido con sus mejores galas para estar presentes en el día fae más importante desde la caída contra los milesianos.

Pero aquella era una ocasión de felicidad, crecimiento y cambios.

Muchos cambios que todos debían empezar a asumir.

Elora y Byron estaban sentados en sus tronos en el concilio, el uno al lado del otro, vestidos con ropas oscuras y elegantes, ella como una troyana y él como el apuesto guerrero oscuro y líder que era. Ambos llevaban sendas coronas de oro con rubíes y obsidiana como piedras preciosas de decoración, y unas alas de murciélago en el frontal del cerco de oro. Tenía seis florones puntiagudos, interpolados con otros tantos más pequeñitos que acababan en bolitas cristalinas.

Los dos tenían las manos entrelazadas y miraban a la multitud congregada. Tras Elora, se encontraba Gisele. Sonreía orgullosa con sus inseparables gafas, que ya no necesitaba, y estaba vestida con ropas doradas y un recogido romano que mostraba su gloriosa cabellera rubia. Su amiga estaba completamente recuperada e iniciaría una vida en Meadow Joy en una propiedad justo al lado de la de Byron para que Elora y ella pudieran verse siempre. Elora le había ofrecido vivir en el castillo, pero Gisele le dijo: «¿Me has visto cara de Lumière?», y después de eso le propusieron una casita para ella a pocos metros. A su lado se encontraba la hermosa y bella librera fairie que tanto había sabido y callado de los desenlaces de la historia de Meadow Joy y de Elora y Byron. Iris había retomado la relación de amistad con él y se había hecho muy amiga de Elora y de Gisele. Las tres estaban encantadas de haberse conocido y de ser piezas importantes en el organigrama del nuevo reino que los Baobhan levantaban. Llevaba un vestido verde esmeralda que remarcaba su estilizada silueta y que tenía una raja larguísima en la falda por la que asomaba su pierna. Su pelo rojo y rizado brillaba con los reflejos del sol del atardecer de Magh Meall.

Si Elora miraba al frente, también veía a sus nuevos amigos enanos, al servicio fae del castillo, a Puck, a todas las fairies de Meadow Joy y a las treebutas.

No era un evento normal y por eso los sídhe y los fae se sentían un tanto inseguros con la presencia de las fairies en Magh Meall cuando desde siempre había estado prohibida. Los ciervos blancos habían hecho acto de presencia para ver la coronación de la ungida. Todos la veneraban y apreciaban por el papel determinante que había tenido para recuperar la espada de Mac Lir.

Los sídhe se habían arrodillado ante sus nuevos reyes

para mostrarles respeto y fidelidad. Las hadas habían portado las coronas en un vuelo armonioso, acompañado de la música de los elfos, para depositarlas en sus testas.

Y había llegado el momento incómodo de, como nuevos reyes que iniciaban un reinado, presentar los cambios obligados que ambos habían convenido.

Byron sonreía, cubriendo su boca con el puño, entretenido porque sabía que Elora había llegado a Magh Meall para revolucionarlo todo.

Y cómo adoraba él esa revolución... Le guiñó un ojo y se levantó con ella para darle paso.

—Fae, sídhe, fairies... —proclamó Byron después de que todos se sumieran en un respetuoso silencio—. Sin más dilación, cedo la palabra a *mo chailín*, vuestra reina. Ella os va a explicar los cambios que implantaremos a partir de ahora para una mejor convivencia entre especies.

Elora le devolvió una sonrisa cómplice y carraspeó para aclararse la garganta.

—Hola, pueblo fae —los saludó, y escuchó a Gisele aguantarse la risa ante la expresión—. Creo que Magh Meall ha gozado de una paz de puertas adentro que no era verdadera. Habéis presumido de una sociedad mágica y fantástica que se cuidaba entre ella, pero que era terriblemente elitista y que no representa para nada los valores en los que Byron y yo creemos. Si queremos una sociedad fuerte, un reino sano y próspero y que en el futuro todos trabajemos hombro con hombro para eliminar a nuestros posibles enemigos, debemos unirnos —clamó segura de que la verdad estaba con ella—. Habéis vivido bajo el yugo de los credos de los Sabios del Este, bajo la Carta Magna de los antiguos... Del mismo modo que los humanos viven bajo unos mandamientos cuyas leyes ya no se sostienen, se han quedado obsoletas. Los tiempos han cambiado y las sociedades, también. Rechazasteis a las fairies porque creíais que así los fae no seguiríais cometiendo errores y creando descendencia pagana. Las considerasteis de menos porque no eran puras. Tratáis a las treebutas de un modo despreciativo y las consideráis meros objetos de uso, y ha sido gracias a ellas que hoy estamos aquí celebrando este día. Vinieron a ayudarme sabiendo que podían perderlo todo y, aun así, cumplieron su cometido contra los Necks. Alejáis a las fairies y no permitís que entren en Meadow Joy porque os sentís amenazados por sus diferencias, pero es que apenas las hay. —Abrió los brazos para darle más fuerza a su discurso—. Y esas pequeñas diferencias que pueda haber son las que de verdad nos unen. Os habéis perdido los unos a los otros por un elitismo absurdo que no os ha llevado a ninguna parte, excepto a haceros más débiles.

El mensaje de Elora estaba calando en todos, que, arrodillados, escuchaban sus palabras y asumían el *mea culpa*.

—Somos una especie increíble. Somos mágicos, seres de leyenda, y sí, es cierto, somos superiores, mucho más fuertes que los humanos, por eso no nos debemos dejar llevar por sus mismos comportamientos. De hoy en adelante, proclamamos a las fairies como una nueva casa sídhe en el concilio.

Las Fairies se pusieron a gritar y a aplaudir, eufóricas por su aceptación.

—Podrán entrar en Magh Meall de pleno derecho, del mismo modo que los sídhe y los fae campan por Meadow Joy a sus anchas. La Carta Magna fae será revisada y nunca más obedeceremos las leyes de aquellos que nos dejaron aislados tras la puerta del Este. El mundo, la sociedad, la vida… es de los que estamos aquí para pelearla y debemos ser capaces de cambiarlo todo a mejor, con buenas elecciones, entendiendo nuestras necesidades y siendo mejores como comunidad, apoyándonos unos a otros. Las treebutas, como Fairies que son, serán respetadas y se les permitirá seguir desempeñando sus funciones donde y como ellas quieran. Cualquier abuso de poder de un fae o de un sídhe contra ellas o contra cualquier Fairie será castigado con el encierro. No se permitirá el tráfico de fae ni tampoco el abuso a los humanos.

—Empieza una nueva puerta para nosotros. —Byron tomó de la mano a Elora y le sonrió, orgulloso de ella y de cómo había hablado en aquel anfiteatro donde habían ocurrido tantas cosas malas y buenas—. Una nueva oportunidad de recuperar todo lo que perdimos. La lucha no ha acabado, fae —les recordó—. Siempre hemos estado en guerra, aunque preferimos escondernos. Pero ahora... —sacudió la cabeza y chasqueó la lengua—, ¡ellos serán los que se escondan! ¡¿Estáis con nosotros?! —Levantó el puño gritando al aire para espolear a las masas.

Y todos, sin excepción, estuvieron con él, decididos a iniciar esos cambios y a aceptarlos, porque viviendo de ese modo las cosas no les habían ido demasiado bien y sabían que debían actuar de manera diferente.

Elora y Byron, junto a un nuevo clan sídhe de Fairies y una humana que viviría con las hadas, eran el claro ejemplo de que ese reinado iba a ser distinto.

—Ahora, disfrutad todos de esta noche de coronación. Nos la merecemos —convino Byron tirando de la mano de Elora para salir del anfiteatro con prisas.

Ella pensaba quedarse allí a bailar y a disfrutar con las chicas, con los demás, por eso la sorprendió que la sacase de allí de ese modo, entre risas.

—¿Byron? —le dijo—. Somos los reyes. ¿Por qué no estamos allí con el resto?

Él se quitó los *earmuffs* que Adrien había guardado para

Elora y clavó una rodilla en el suelo. Detrás del anfiteatro, en aquel bosque iluminado por hadas diminutas y luces de colores, Byron miró con ojos de enamorado a su compañera y le dijo:

—Pertenecían a tu madre. Quería que nos los intercambiáramos, pero solo tienes una orejita adorable, cariño... —murmuró riéndose—. Y yo quiero que llevemos uno.

Elora, acongojada, sonrió, se sentó en su rodilla y le echó los brazos al cuello.

—Mi Diaga Sith... Son preciosos —reconoció.

—Quería dártelos en la coronación, pero sé cómo te las gastas y me dio miedo que me dijeses que no, que no te gustaban o que era muy pronto... Los humanos se dan anillos, nosotros nos damos esto.

Elora se echó a reír y hundió el rostro en su cuello.

—Siento haberte trastornado tanto... Nunca, jamás —agarró sus mejillas—, volveré a rechazar nada que venga de ti. Te lo prometo.

—No prometas, Elora, ya sabes cómo somos los Baobhan Sith...

—Lo sé. —Elora tomó uno y se lo colocó a Byron en la oreja dulcemente. Él se lo puso a ella. Eran preciosos—. Por eso estoy tan enamorada de ti, murciélago. —Lo besó, imprimiendo en ese contacto todos los sentimientos que tenía hacia él.

—Nacimos para ser el uno del otro. Mi amor por ti no está en las cartas ni en las estrellas, ni siquiera en el hado. Está en mí, Elora. —Le posó la mano sobre el corazón.

Ella se mordió el labio inferior y después le rodeó el cuello para besarlo con ganas.

—Está en nosotros —afirmó.

Byron la cogió en brazos y caminó con ella por el bosque.

—No me distraigas, que tenemos cosas que hacer.

Ella dejó escapar una risita.

—Si no he hecho nada... ¿Adónde me llevas?

—Vamos a hacerles una visita a los antiguos y a los Sabios del Este, y a entregarles la espada de Mac Lir.

—¿En serio?

—Sí. Yo como Diaga Sith y tú como reina, debemos presentarnos y hablarles de los cambios que hemos hecho en sus leyes. Dicen que tras las puertas hay un océano infinito por donde llegaron nuestros dioses...

Elora apoyó la mejilla en su hombro y dejó que Byron cargase con ella y le contase las historias del mundo de donde ambos venían mientras acariciaba su *earmuff* y pensaba en que era muy afortunada de haber encontrado un mundo como aquel y un amor como el de Byron.

No era un amor de cuento de hadas, pero sí era de leyenda.

Una leyenda que, en el futuro, seguro que quedaría escrita en los incunables de la librería de Meadow Joy, muy recomendada y releída por las señoras que leen.

Hay muchos mundos que colindan con este.

Recordad: jamás construyáis nada sobre los caminos de hadas. Nunca trae nada bueno...

¿O sí?

Diccionario de términos fae

Ag Athrú: casa fae, cambiante.
Beag: pequeña.
Caisléan: castillos.
Ceassenach: dominantes.
Cú: sabueso.
Deas: linda.
Duine: humano.
Earmuff: orejero.
Fragarach: espada de Mac Lir.
Franchach spéir: rata de los cielos.
Gaistlings: poderosas hadas, todas con varios dones, pero
    sobre todo, muy persuasivas sexualmente. Se alimentan
    de la energía sexual.
Gealtachta: marca de conjuro oscuro.
Gnéis: altamente sexuales.
Mathaire: mamá.
Mutt: chucho (despectivo).
Sióg: casa fae, hada.
Treebaes: casas de servicio de las treebutas.
Treebuta: fairies mestizas de servicio que cubren de necesi-
    dades sexuales a las casas fae.
Unghad: ungida.

Diccionario de expresiones fae

Ag ríomh: ajuste de cuentas.

An Rogha Iontach: la elección perfecta.

Dia Dhuit: hola.

Doirteadh fola: derramar sangre.

Is breá liom tú, mo bhata beag: te amo, mi murcielaguito.

Is breá liom tú, mo bhata beag. I do chroí, go deo: te amo, mi murcielaguito. En tu corazón, para siempre.

Is mise do buachaill. Is mise do ghrá. Is mise do Diaga Sith. Go deo: soy tu chico. Soy tu amor. Soy tu Diaga Sith. Para siempre.

Is mise do chailín: soy tu chica.

Seá tá mé: sí, lo soy.

Tá tú?: ¿lo eres?

Tugaim dúshlán Kellan agus Finn! Maidin ag luí na gréine: ¡yo desafío a Kellan y a Finn! Mañana al atardecer.

Mo bhanríon: mi reina.

Mo grá: mi amor.

Mo leanbh: mi bebé.

Mo sholas: mi luz.